LA RICOMPENSA

UN ROMANZO DELLA SERIE: IL PUNTO DI NON RITORNO

Brenna Aubrey

Traduzione: Mirella Banfi

SILVER GRIFFON ASSOCIATES
ORANGE, CA, USA

ISBN 978-1-940951-69-0
Silver Griffon Associates
P.O. Box 7383
Orange, CA 92863
www.BrennaAubrey.it

Per Tessa, che abita con me nel mondo di Lair of Brilliance 2.0.

ACKNOWLEDGEMENTS

Come sempre, grazie alle mie prime lettrici, Kate McKinley e Sabrina Darby. La vostra pazienza non ha limiti. Grazie a Carey Baldwin per la sua competenza nel campo medico e la sua costante e cortese disponibilità a condividerla.

Grazie alle autrici Lynn Raye Harris, Viv Arend, Natasha Boyd, Anna Zaires e Cassia Leo per il sostegno entusiastico e fervente.

Un grazie urlato a tutti coloro che leggono, sostengono, condividono e parlano dei miei libri sui loro blog. Non riuscirei a fare niente senza di voi. Se questo libro vi è piaciuto, la cosa più gentile che potete fare è lasciare una recensione e parlarne ai vostri amici.

Grazie a Sarah Hansen per la copertina e a Julianne Burke per il meraviglioso materiale promozionale.

Amo la mia famiglia. Sono così grata per tutto il loro sostegno. Quando sto per crollare, cercando di elaborare una storia nella mia testa e mettendo ordine tra i personaggi immaginari, voi mi amate anche se non mi capite. A mio marito e ai nostri figli: siete il mio mondo e vi amo più di quanto le parole possano dire. Sempre.

CAPITOLO UNO
RYAN

ESTA GONFIA E ZAMPE D'UCCELLO. È COSÌ CHE LO descriviamo. In assenza di gravità, il sangue non scorre come sotto l'effetto della gravità. Tutti i fluidi corporei si accumulano in modo diverso. In orbita, si vive per sei mesi con la testa intasata come se si avesse un brutto raffreddore di testa e gambe secche che penzolano dal fondo degli shorts.

Mi passo la mano sulle punte morbide del mio taglio militare. Mi faccio sempre radere la testa prima di lavorare sulla stazione perché detesto il modo in cui i miei capelli sparano in tutte le direzioni a zero-g. È ora di pranzo e il mio stomaco sta brontolando. Ho svolto un complicato esperimento scientifico per tutta la mattina e mi fa male la testa per la concentrazione e per l'accumulo di fluidi.

Quando arrivo al modulo Harmony e il tavolo dove mangiamo, so che Xander sarà già lì, a sgranocchiare un sandwich preparato con una tortilla morbida, ovviamente. Quassù non usiamo pane convenzionale perché fa troppe briciole che poi fluttuano in giro, finiscono nei macchinari e in genere fanno un gran casino.

Quando entro, do un'occhiata all'unico altro occupante del modulo, media statura, robusto, capelli castano chiaro. Il mio miglior amico, Xander, sta masticando pensieroso la sua tortilla ripiegata, senza dubbio farcita con ciò che preferisce, burro di nocccioline e gelatina d'uva, mentre fissa la scacchiera avvitata alla parete sopra la nostra workstation.

«Marshall ti ha inviato un'altra mossa?» gli chiedo mentre mi preparo un burrito farcito con fagioli e riso reidratati. Mi assicuro di aggiungere *un mucchio* di salsa piccante. Qui è il condimento più popolare, dato che il senso del gusto è alterato dall'eccesso di fluidi nelle nostre teste. I cibi piccanti e altri gusti forti sono particolarmente ricercati sulla stazione.

Xander non risposte alla mia domanda. Questa mattina, la sua agenda includeva dei lavori di manutenzione al sistema di recupero dell'acqua. L'ultima volta che ho dovuto lavorarci io è stato a dir poco frustrante. Ma Xander è molto più paziente di me.

«Che cosa dicono da casa oggi?» Gli faccio un'altra domanda, anche se non ha risposto alla prima.

Lui sta fissando la scacchiera, piegando la testa per studiare la nuova mossa. «Giorno di paga, oggi. Non ho ancora sentito Karen.»

«Probabilmente è fuori a fare spese» sghignazzo. Da quando Xander è quassù, Karen gli manda qualcosa ogni singolo giorno, perfino due volte al giorno. Foto del bambino, noterelle. Piccoli video, meme divertenti. Xander è decisamente viziato. Io potrei anche essere un pochettino geloso.

Beh, oggi è un po' in ritardo. È per questo che è così giù? Xander controlla tutti i giorni all'ora di pranzo e di solito condivide subito quello che gli ha mandato Karen. Ma oggi niente.

Finisco l'ultimo boccone di burrito e mi spingo via dal tavolo da pranzo, in realtà un banco da lavoro, coperto di cinghie e pezzi di velcro per tenere tutto fermo. Rimbalzando sul soffitto sopra la testa di Xander, mi afferro alla cinghia più vicina per restare lì, ri-orientandomi in modo che adesso sia il mio pavimento. La prima volta che sono stato quassù, più di un anno fa, ci era voluto un po' per abituarmi, ma adesso sono un vero professionista.

Xander non ha mai avuto problemi. Forse sono le capacità che ha affinato come pilota. Fisso la scacchiera per un momento, calcolando le mosse possibili. Il set è magnetico in modo che i pezzi non fluttuino in giro a meno che li si stacchi volutamente dalla scacchiera.

«Ti daranno scacco matto in cinque mosse» gli dico.

Xander mi dà un'occhiataccia, irritato. «Sto giocando contro l'intero gruppo del Marshall Flight Center. Il potere nerd di tutti quegli ingegneri contro me da solo.»

Alzo le spalle. «*Sei tu* che li hai sfidati…»

Xander sbuffa, e riporta gli occhi sulla scacchiera. Oggi sembra un po' strano. Che sia preoccupato perché non è ancora arrivata l'email di Karen?

Cambia argomento tornando a quello precedente. «Ed io immagino che *tutta* la tua paga sia finita diritta nel tuo conto in banca per i tempi difficili o per quell'Harley che stavi adocchiando.»

Mi do una spinta, allontanandomi dal soffitto e vado al sacchetto sulla parete dove c'è il cibo "premio". Prendo una spessa corda di liquirizia e la spezzo in due, mandandone un pezzo a fluttuare verso di lui, che l'afferra al volo e comincia a masticarla come me.

«No. Questo mese pensavo di spenderla tutta in escort e coca.» Ridacchio e Xander reagisce con una smorfia. «Non essere geloso, solo perché la mogliettina avrà già speso tutta la tua.»

«Non credo che troverai escort o coca quassù.»

Con un'alzata di spalle rispondo: «I cosmonauti potrebbero avere una scorta di cognac dalla loro parte.» Faccio un cenno verso il modulo *Zvedza* della stazione e ci scambiamo un'occhiata complice. *Ufficialmente* non ci sono liquori sulla stazione. Ma la NASA non ha alcun controllo su quello che i cosmonauti possono portare (e portano) con loro.

Lo osservo ancora per un momento, notando il suo insolito silenzio, il suo atteggiamento sottotono. Dev'essere la passeggiata spaziale di domani che gli pesa sulla mente. Dopo la cena di gruppo stasera, dall'altra parte, con i cosmonauti, dove condivideremo cibo e storie, Xander ed io ci prepareremo per il periodo di sonno e passeremo la notte nell'airlock. Lì la pressione sarà ridotta e respireremo ossigeno puro per preparare i nostri corpi all'ambiente brutale dello spazio.

Ma Xander non ha mai fatto una passeggiata spaziale. Io ne ho fatte tre. A quanto pare ciò fa di me un veterano, abbastanza da essere l'EV1 per questa.

Lo stress aggiuntivo è che quest'attività extra-veicolare non era programmata. La perdita di ammoniaca refrigerante è stata scoperta solo tre giorni fa. Ci è voluta un'intera giornata al Controllo Missione per esaminare il problema e un'altra per elaborare un piano e spiegarcelo passo-passo. E dopo pranzo, faremo una simulazione completa che durerà qualche ora.

«Sarà un gioco da ragazzi, sai. Usciremo solo per fare quell'unica cosa. Normalmente un'EVA richiede dalle sei alle otto ore. Noi staremo fuori novanta minuti al massimo. Non sarà nemmeno abbastanza da bagnare i tuoi MAG.»

Xander sbuffa. «Dio, Karen mi prende in giro sui "pannoloni da astronauta" da quando ha saputo della passeggiata.»

«Lei ti prende in giro su tutto. Spero che il sesso sia abbastanza bollente da compensarlo.»

Xander sogghigna. «Decisamente sì.»

Sorrido e ammicco. «Io continuo a preferire la vita da single e la varietà che posso avere.»

Xander ride. «Non per molto, se Karen potrà dire la sua. È ancora decisa a trovarti moglie. Ti do sei mesi al massimo, quando saremo tornati a casa, prima che ti ritrovi in qualche modo impegolato.»

Con una smorfia, prendo la mia sacca d'acqua, regolando la valvola sulla cannuccia. «Grazie per l'avvertimento. Farò in modo da stare il più lontano possibile da Karen quando torneremo a casa.»

Strizzo una sfera d'acqua dalla sacca e la catturo con una lavetta mentre fluttua allontanandosi. Mi passo il tessuto umido sulle mani, per eliminare il residuo appiccicoso della liquirizia che ci siamo divisi. La lavetta bagnata finisce appesa al mio gancio personale così che, mentre asciuga, l'umidità sia riassorbita e finisca nel serbatoio dell'acqua riciclata.

Mi allontano dalla parete e plano verso l'uscita che porta allo SNODO 1, dove ci sarà l'esercitazione per il grande evento di domani. «Andiamo, fratello. Si torna alle miniere di sale.»

Xander mi segue con una risata.

Mi svegliai di colpo, con il cuore che martellava e la testa che sembrava spaccarsi per il dolore. No, niente testa gonfia, niente fluidi extra. E sentivo distintamente la gravità terrestre che tirava ogni cellula del mio corpo verso la superficie del mio letto, nella mia casa nella California del sud.

Sbattendo le palpebre, aspettai che il mondo tornasse a fuoco. Era parecchio che non mi svegliavo con il mal di testa, ma la sera prima era stata veramente di merda. Fissai il soffitto, ancora sbigottito per il penoso realismo del sogno.

Xander, reale come se fosse stato seduto accanto a me e avesse riso solo pochi secondi prima. Strofinandomi gli occhi cercai di riscuotermi dalla sensazione di sgomento e di calmare il battito del mio cuore. *Cazzo.*

Guardai l'orologio per avere la conferma che era tardi, quasi le dieci del mattino. E il letto accanto a me era vuoto. Passai la mano sulle lenzuola, notando che erano fredde. Gray si era alzata già da un po'.

E pensando a lei, tutta la tensione in sottofondo tornò di corsa per aggiungersi al dolore fresco di aver visto Xander in quel breve frammento di tempo. In quei momenti di sonno senza tempo avevo rivissuto porzioni di quell'ultima giornata della sua vita con dettagli vividi e realistici, quasi esattamente come si erano effettivamente svolti.

Alcuni particolari erano cambiati, ma erano dettagli che erano sbiaditi col tempo... e per via del mio desiderio di riporre quel giorno, e i giorni che erano seguiti, nell'angolo più remoto della mia memoria.

Alzai le mani per strofinarmi la fronte imponendomi, senza riuscirci subito, di scendere dal letto. Il ricordo di quei momenti con Xander stava svanendo in fretta, troppo in fretta. Volevo aggrapparmi a quelle sensazioni e tenerle vicine, e volevo simultaneamente che evaporassero in una nebbiolina, come azoto liquido a temperatura ambiente.

Non sognavo Xander da mesi, lunghi mesi... fin da dopo la cerimonia funebre. Perché adesso?

Mi premetti il palmo delle mani sulla faccia, poi le lasciai cadere, sforzandomi di alzarmi finalmente dal letto. Una bella doccia calda avrebbe fatto sparire lo sgomento e la sensazione di instabilità che sentivo fino in fondo alle ossa.

Ma dietro quel dolore nuovo, c'era quello che restava dal giorno prima. Avevo tenuto Gray stretta tra le braccia per tutta la notte. E mentre ascoltavo il suo respiro leggero e il suo battito ticchettante, avevo sepolto il viso nei suoi capelli morbidi. La mia mente aveva galoppato per tutta la notte ed ero riuscito ad addormentarmi solo all'alba, con la domanda che mi fluttuava nella mente, e nessuna risposta.

Il padre di Gray, l'illustre Conrad Barrett, mi aveva scaricato addosso un mucchio di merda il giorno prima, anche se sembrava fossero passate settimane. *Che cosa le dà il diritto di pensare di essere degno di lei?* E in quel momento mi ero sentito come il più infimo cumulo di sporcizia, riconoscendo la verità di quelle parole con ogni battito del mio cuore. Poi Barrett mi aveva dato l'ultimatum: porre fine alla storia tra sua figlia e me, o patirne le conseguenze.

Io avrei accettato volentieri le conseguenze. *Senza pensarci due volte.* Strizzai gli occhi e lasciai che il getto bollente della doccia mi pulisse il viso e massaggiasse i muscoli rigidi. Ma non riuscì a mitigare la tensione. Perché dentro di me, e nemmeno tanto in fondo alla mente, sapevo che non sarei stato solo io a soffrirne le conseguenze.

E non ero ancora riuscito a capire che cosa cazzo fare.

Ma c'era una cosa che sapevo *non* avrei fatto. Non avrei permesso a quel bastardo di vincere. *Non* l'avrei persa. Non era nemmeno tra le opzioni.

Qualche minuto dopo tornai in camera, mi asciugai e mi misi un paio di pantaloni e una t-shirt, chiedendomi che cosa stesse facendo Gray. In lontananza sentivo il rumore di un apparecchio in funzione in cucina. Il mio frullatore forse? No, il suono era diverso, più acuto.

Quando entrai in cucina, sembrava che fosse passato un uragano.

Ciotole vuote, cucchiai di legno, tazze graduate impilati dentro e intorno al lavandino... tutti allineati come antichi monoliti caduti.

C'erano chiazze di farina sui ripiani e sul pavimento. Gusci d'uovo sparsi dappertutto. Gesù. Sembrava che avesse rapinato un pasticcere puntandogli un coltello alla gola.

«Che cos'è successo?» chiesi prima di modificare il tono. Gray sobbalzò da dov'era davanti a un apparecchio sconosciuto, un mixer gigantesco che non mi apparteneva. Io non facevo mai dolci, quindi perché avrei dovuto avere una cosa simile?

Forse *aveva* veramente rapinato un pasticcere?

Il mixer si spense e lei si mise una mano sul petto. «Mi hai spaventato a morte. Non ti ho svegliato, vero? Ho aspettato finché mi è parso di sentire la doccia prima di cominciare a preparare la glassa.»

Ma c'era glassa *dappertutto*, sul ripiano e sulle piastrelle sul muro, in gigantesche chiazze rosa-rosso, come il sangue di un pasticcere. Mi venne quasi da ridere a quel pensiero. Se non fossi stato così profondamente malinconico per via del sogno recente, e non poco irritato per la zona disastrata che era adesso la mia cucina, avrei anche potuto ridere.

Gray spalancò gli occhi, seguendo il mio sguardo lungo i ripiani. «Pulirò tutto quanto, lo giuro!»

Sorrisi involontariamente guardandola, carina, dolce e con quel battito ticchettante che andava a mille all'ora. Era adorabile come sempre, e già mi prudevano le mani dalla voglia di stringerla a me.

Ma era anche un allucinante, appiccicoso disastro.

«*Quello* da dove viene?» chiesi indicando l'enorme mixer.

«È mio. L'ho preso a casa mia mentre tornavo dalla cena con Pari ieri sera. Avevo voglia di fare dei dolci e dato che questa settimana è il compleanno di Pari, sto facendo dei cupcake per lei.»

Mi ritrovai a sorridere nonostante tutti gli sforzi per restare serio. Aveva un po' di glassa rossa sulla guancia e nei capelli biondi. Con lo zucchero a velo spolverato sulla sottile canottiera che aderiva al seno, stavo trovando veramente difficile distogliere lo sguardo.

Lei alzò le sopracciglia, implorante. «Sei arrabbiato?»

Mi spostai di fianco a lei, intinsi il dito nella ciotola e assaggiai la glassa. «Mmm, fragole.»

Lei sorrise incerta. «Glassa al burro e fragole. Ti piace?»

Le passai un altro dito sulla guancia morbida, raccogliendo un po' di glassa. «Mi piace il sapore delle fragole.»

Ci guardammo a lungo. Gray sgranò gli occhi e deglutì visibilmente.

«Non ho ancora glassato i cupcake, ma te ne metterò sicuramente un po' da parte. Vuoi il caffè? L'ho appena fatto.»

Sentivo decisamente il profumo del caffè, ma guardando nella direzione della caffettiera riuscii a vedere solo ciotole sporche ammonticchiate. «Esattamente quante ciotole ci vogliono per fare un'infornata di cupcake? Ed esattamente per quale esercito li stai facendo?»

Il timer del forno suonò e Gray si affrettò ad andarci, infilando le mani in un paio di guanti da forno nuovissimi che ero sicuro di non aver usato più di una volta o due. Si chinò per togliere dal forno la teglia da cupcake, presumibilmente un'altra transfuga da casa sua.

Ovviamente da quell'angolazione avevo una visione meravigliosa del suo sedere negli shorts e i miei occhi percorsero le sue lunghe gambe lisce. I cupcake riempirono l'aria del profumo inebriante della vaniglia, ma adesso l'acquolina in bocca era tutta per lei. La sua presenza solare aveva già cominciato a far svanire la malinconia di quella mattina, facendola diventare un'eco lontana, sbiadita. Ma la sentivo ancora. Anche se solo in fondo alla mente.

Sommergerla seppellendomi in Gray? Avremmo vinto entrambi.

Gray infilò nel forno un'altra teglia di impasto e mise quella appena tolta sopra un sotto-pentola. Mentre si dava da fare estraendo i cupcake (quasi tutti sbilenchi) dalla teglia per appoggiarli su una griglia per farli raffreddare, mi spostai dietro di lei e le misi le mani sui fianchi.

«La mia cucina è un disastro, signorinella.»

Lei mi diede in fretta un'occhiata, voltando la testa, prima di continuare. «Ti prometto che tornerà come nuova. Non ti disturberò se vai a passare un po' di tempo nel tuo ufficio, vai a rilassarti con una tazza di caffè. Quando tornerai sarà come se questo disastro non ci fosse mai stato.»

Passai la mano sul suo sedere rotondo e tentatore, abbassai la bocca sul collo e non fui sorpreso quando sentii più sapore di glassa che non di pelle salata. Le tremarono le mani e la sua postura cambiò quando le succhiai il collo.

Mettendole la bocca all'orecchio le dissi: «Penso che tu mi debba qualcosa per compensarmi dell'uso dei miei locali.»

Gray alzò la testa, ma non si voltò a guardarmi. Le mie mani vagarono, scivolando dalla vita verso il davanti. Gliele appoggiai sul seno, stuzzicando i capezzoli finché divennero dure punte in pochi secondi.

«Pancake?» chiese Gray con un sorriso, come se non stessi al momento accarezzandola per prepararla a un po' di sano, magari anche un po' impuro, passatempo. «Faccio schifo come pasticcera e i miei cupcake sono tutti sbilenchi, ma faccio dei pancake da favola. Ti farò i pancake per colazione domani mattina.»

Infilai le mani sotto la canottiera. E, sorpresa, non portava il reggiseno.

Quando i miei palmi si posarono sulla pelle morbida, lei ansimò involontariamente, ondeggiando contro di me. Le morsicai l'orecchio. «E se non volessi aspettare tanto?»

«Ai cupcake in forno mancano ancora quindici minuti ed io sono coperta di glassa.»

«Mmm, è un problema...»

Lei finì di togliere i cupcake dagli stampi e si voltò a guardarmi quando l'inchiodai contro il bancone. Tolsi le mani da sotto la maglietta, con le dita che prudevano dalla voglia di toccare altra pelle delicata. Lei mi guardò, alzando le sopracciglia. «Più tardi?»

Credo proprio di no. Come tutta risposta, le premetti la mia erezione contro la gamba e lei aprì la bocca. Nel tono più fermo che potessi inventarmi le disse: «Non sono così flessibile in questo momento. La mia agenda è molto... *rigida.*»

Poi misi in moto i miei piani di seduzione, deciso a farle cambiare idea nel più piacevole dei modi.

CAPITOLO DUE
GRAY

RYAN AVEVA LA BOCCA DAPPERTUTTO, SUL COLLO, IL petto, le clavicole. A quanto pareva, "rimandiamo" non faceva parte del suo vocabolario. Se non fossi stata conscia dei cupcake attualmente nel forno, lo avrei felicemente seguito lungo quel sentiero di primule, per dirla come Shakespeare.

Perché Ryan sapeva come accendere i miei motori con qualche bacio e toccandomi nei posti giusti. La sua piccola personale e perfezionata sequenza di lancio.

All'improvviso, il suo telefono suonò dalla base di ricarica indicando che era arrivato un messaggio. Lui sembrò non farci caso mentre si chinava per un altro bacio sulla bocca. Io mi tirai indietro sapendo che se avesse continuato anche solo per mezzo minuto avremmo bruciato i cupcake e causato altri disastri in cucina. Inoltre, *l'attesa del piacere* e roba del genere. Una ragazza doveva fare la difficile *una volta* ogni tanto. Dovevo veramente finire quei cupcake e non gli avevo ancora detto di aver incasinato la glassa e che avrei dovuto rifarla.

Non avevo mai preteso di essere una pasticcera esperta. «Vai a controllare il tuo messaggio. Devo comunque chiamare mio padre tra un attimo.»

Sul volto gli apparve per un istante una strana espressione che non riuscii a definire prima che svanisse. «Tuo padre?» chiese a voce bassa. «Che cosa vuole?»

Scossi la testa. «Lo sto chiamando *io*. Per vedere come sta. L'altra sera, quando eravamo fuori a cena sembrava fuori fase e penso che non si sentisse bene. Gli ho chiesto di controllare la glicemia, quindi lo chiamerò per controllare che l'abbia fatto.»

Ryan fece un piccolo passo indietro ma per il resto non cambiò espressione. I suoi occhi mi frugarono il viso, indagatori. Poi deglutì, forte.

Mi preoccupai. Si stava comportando in modo strano da quando era entrato e mi aveva trovato che gli distruggevo la cucina. Era veramente arrabbiato e non stava solo fingendo? Feci per mettergli una mano sul petto e chiederglielo. Ma in quel preciso momento, lui si voltò e andò a prendere il telefono.

Io avevo usato il mio come timer, quindi andai a prenderlo e decisi di mandare un messaggio a mio padre invece di chiamarlo. Quando alzai di nuovo gli occhi, Ryan stava guardando il telefono con un sorriso enorme sul viso. *Enorme.*

Quasi trasalii quando lo vidi. Sembrava incondizionatamente felice in quel frammento di momento. «Qualcuno ti ha mandato un messaggio sexy o roba simile?»

Lui mi guardò, con gli occhi che scintillavano e scosse la testa, alzando il telefono in modo che potessi vederlo, senza parlare. Era un primo piano della bocca di un bambino. Tutto ciò che riuscivo a vedere erano un naso, narici, labbra, lingua e denti, o meglio in quel caso, la mancanza di uno degli incisivi superiori. Chiaramente la bocca di un bambino.

«Qualcuno ha perso un dente?» lo sollecitai, sospettando chi poteva essere e sperando intensamente di avere ragione.

«AJ» disse. «Ricordi quando mi hai dato l'idea, qualche settimana fa, di mandargli una fotografia? Gliene ho mandata una di Noah e Hammer che facevano una simulazione, al lavoro.»

Annuii, sorridendo anch'io. «Gli è piaciuta?»

«Sì. Ci siamo scambiati altre fotografie, avanti e indietro, nessun vero messaggio, solo foto. Ho potuto vedere un video di Boba.»

Lo guardai incuriosita. «Fett?»

Il suo sorriso vacillò mentre guardava di nuovo lo schermo del telefono, chiudendo l'app che stava usando. «Il cane dei Freed. Un labrador cioccolato. Xander... lui adorava quel cane.»

Oddio. Non era in quella direzione che doveva andare la conversazione. Volevo vedere i suoi occhi scintillare di nuovo. Allungai la mano verso il telefono. «Posso rivedere la foto?»

Lui aprì l'app e mi passò il telefono. Guardai di nuovo la foto e risi. E, fortunatamente, lui rise con me. «Wow... è caduto il primo dente. Stanotte riceverà la visita della Fatina dei denti. Bello.»

La fronte di Ryan si increspò un pochino. Stava pensando di nuovo a Xander o, ancora più probabilmente, stava riflettendo sul fatto che Xander si stava perdendo questa prima pietra miliare. «Lo so. Penso che dovresti mandargli una tua foto mentre glassi i cupcake.»

«Cosa? Non li ho nemmeno fatti io!»

Feci spallucce. «È un cavillo. Dai, ti farò vedere come farne uno e poi farò un breve video di te che glassi un cupcake.»

Ryan sembrava dubbioso, quindi andai al ripiano dove i cupcake si erano raffreddati dopo essere stati tolti dal forno, presi un coltello con la lama piatta e gli feci da modella. Prima di tutto immersi la lama nella glassa rosa. Era così liquida che non cooperava per niente.

«Quella roba fa schifo.» Ryan scoppiò a ridere quando la maggior parte della brodaglia che avevo raccolto sul coltello si riversò sul ripiano. Risi con lui mentre fissava la ciotola di glassa che avevo appena preparato. «Che diavolo è successo a quella glassa?»

Alzai le spalle, ancora decisa a finire il lavoro. «Penso di aver fatto casino col il burro, non so come.»

Lui prese il pezzetto di carta che conteneva le mie scombussolate note sulla ricetta. «Qui dice burro a temperatura ambiente. L'hai fatto?»

«Sì, ho sciolto il burro e l'ho versato.»

Mi guardò storto. «Temperatura ambiente, Gray. Non sciolto. C'è differenza.»

Gli diedi un'occhiata mentre un altro pezzo di brodaglia finiva sul ripiano. «Oops, l'ho sciolto nel microonde. Era liquido. Tipo quello che si mette sui popcorn.»

Ryan scosse la testa. «Bisogna essere in grado di leggere e capire in fretta quelle istruzioni.»

Io scossi la testa. «Spiacente, non sono una brillante astronauta.»

Lui sorrise, abbassandosi per baciarmi la guancia. «No, solo un genio. Un genio che sa di fragola.»

Gli ficcai in mano un cupcake senza glassa. «Okay, adesso hai delle nuove istruzioni. Glassa il cupcake.»

Ryan si mise a ridere. «Non userò quella glassa difettosa. La prepareremo di nuovo e la faremo giusta, altrimenti niente da fare.»

Sospirai. «Ma sarebbe stato divertente con la brodaglia. AJ ha sei anni. L'avrebbe trovato divertente.»

Ryan scosse la testa, stringendo le labbra e fingendo tristezza. «Io lavoro sempre al meglio. Sempre.»

In un attimo avevamo messo da parte la vecchia ciotola e preparato la nuova glassa, che, dovevo ammetterlo, aveva un aspetto decisamente migliore. Glassa rosso-rosa al burro e fragole.

Poi Ryan collaborò mentre filmavo un video di novanta secondi con lui che glassava un cupcake. Comunque, per renderlo più interessante e per divertire un ragazzino, ne fece cadere apposta un grumo sul ripiano per ottenere un miglior effetto umoristico.

Spensi la telecamera e mostrai il segmento a Ryan perché lo approvasse. Poi lui mandò subito il video ad AJ, sorridendo nuovamente. Forse stava pensando alla reazione del bambino ai suoi tentativi umoristici. Mi morsi il labbro, fissandolo.

Non c'erano dubbi che Ryan adorasse quel bambino, e rendeva ancora più triste il fatto che non lo vedesse da tanto tempo. Forse avremmo dovuto trovare una soluzione. Forse potevano parlarsi via Skype? *Piccoli passi, Gray. In questo momento ha bisogno di fare piccoli passi.*

Indicai il suo grumo di glassa. «Io pulirò tutto il resto di questo disastro, ma non ho intenzione di pulire *quello*. Quello è colpa tua.»

Ryan fissò torvo il disastro e poi mise da parte il telefono. «Hai ragione. Dovrei veramente pulirlo io.» Raccolse il grumo di glassa con un dito e me lo spalmò sulla guancia.

«Ehi!» esclamai. «Che cosa stai facendo?»

Negli occhi era tornata quella scintilla. «Pulisco» disse avvicinandosi per leccare la glassa sulla mia guancia. Cercai di scansarmi e lui mi mise le mani sulle spalle per tenermi ferma, stringendomi a sé. Appoggiò la bocca sulla mia, e cominciammo a baciarci.

Lui sapeva di glassa, di mattino e pregustazione. Sentivo la tensione nel suo corpo e il modo in cui cercava di arrivare a ogni piccola parte del mio corpo che riusciva a toccare con il suo.

Proprio allora suonò forte il timer per l'infornata di cupcake. Mi staccai da lui e andai al forno, infilandomi nuovamente i guanti per estrarre la teglia. Mi aveva distratto talmente che non avevo avuto la possibilità di mettere l'impasto nell'altra teglia. Appoggiai la teglia calda sul sotto-pentola e afferrai quella vuota, ormai fredda.

All'improvviso sentii una sensazione di freddo sulla spalla, appena sotto il collo. Mi voltai e Ryan era subito dietro di me. «Che cos'era?»

«Penso di averti accidentalmente versato addosso un po' di glassa. Qui.» Tracciò una linea lungo la spalla verso il collo ed io rabbrividii involontariamente. In risposta, l'altra sua mano mi afferrò l'altra spalla e Ryan abbassò la testa per arrivare nel punto in cui aveva messo la glassa.

Proprio lì. In *quel* punto. Stava leccando e succhiando, arrivando a ogni goccia mentre le mani percorrevano le mie braccia e mi afferravano i gomiti per tenermi ferma.

«Accidentalmente, eh?» dissi con la voce roca, una voce che sembrava strana alle mie stesse orecchie. Probabilmente la mia voce era così quando ero eccitata. E probabilmente Ryan sapeva esattamente che cosa significava quando parlavo in quel modo.

Era un vero esperto nell'eccitarmi e a farlo in fretta. Da zero a Mach 5 in tre secondi netti.

Probabilmente era più facile che non pilotare i jet da addestramento. Avevo già le mutandine bagnate e i capezzoli dolorosamente eretti e probabilmente estremamente visibili sotto la canottiera sottile.

Mi schiarii la voce. «Io, uh.» Mi schiarii nuovamente la voce. «Ho un'altra teglia di cupcake da cuocere.»

Senza dire una parola, Ryan allungò la mano e spense il forno. «Mettiamo in pausa quel piccolo progetto per ora» disse nella sua voce bassa e roca. *La sua* voce quando era eccitato. Conoscevo anch'io quella voce e di solito sembrava perfettamente in sintonia con la sensazione di calore e pressione nella pancia e più giù che voleva che le sue mani e la sua bocca (e altri parti), alleviassero quella tensione.

«Sei davvero diabolico.»

«Lo sapevo già» disse tra un bacio e l'altro sulla nuca che mi mandavano piccole scosse elettriche lungo la spina dorsale e aumentavano ancora di più la pressione dentro di me.

Mi girai tra le sue braccia e anche se riuscivo a malapena ad arrivarci, raccolsi una ditata di glassa dal bordo della ciotola d'acciaio del mixer. Ray mi guardò e poi alzò le sopracciglia per fare silenziosamente una domanda: *dove hai intenzione di metterla?*

La mia risposta? Afferrai l'orlo della sua t-shirt e la sollevai, tenendola appena sotto il collo e poi spalmai generosamente la glassa sui suoi addominali superiori. Gnam-gnam.

Ryan risucchiò il fiato e fu sufficiente perché io mi tuffassi. «Mmm. Che disastro abbiamo qui? Sarà meglio dare una pulita.»

La glassa era dolce, cremosa. Squisita, davvero. La crema al burro era deliziosa, la crema al burro spalmata sugli addominali duri come l'acciaio di Ryan? Perfezione assoluta. Lui quasi non respirò quando passai le labbra e la lingua sui rilievi e gli avvallamenti e il resto della geografia unica del suo torace.

La parte migliore fu quando dal fondo della gola gli uscì quel basso ringhio, che mi faceva sempre salire la pressione. Quando mi raddrizzai, Ryan non disse niente, raccolse ancora un po' di glassa e invece di spalmarla su di me, la distribuì sopra la parte bassa del suo stomaco, appena sotto l'ombelico.

Mi chinai e lo ripulii con la lingua, notando trionfante che la sua erezione stava premendo contro i pantaloncini. Quindi lui poteva farmi bagnare in pochi secondi ed io potevo farlo diventare duro altrettanto in fretta, o anche più in fretta.

Raddrizzandomi, allungai la mano verso la ciotola, ma lui ci arrivò per primo. Intinse un altro dito e raccolse un'altra ditata di glassa. E mentre io osservavo il suo stomaco per vedere quale parte avrei leccato dopo, lui afferrò la spallina della mia canottiera e la tirò giù abbastanza da denudare uno dei miei seni. M'irrigidii, appoggiandomi al suo braccio, mentre lui spalmava lentamente, dolcemente, la glassa sulla mia pelle sensibile.

E ancora più lentamente si abbassava a leccare e succhiare la glassa dalla mia pelle. Ma si prese tutto il tempo, passandomi la lingua sul capezzolo, succhiandolo famelico, e ogni risucchio faceva aumentare la tensione dentro di me, come se la sua bocca fosse direttamente collegata alle mie parti intime.

Quando sollevò la testa, la pressione tra le mie gambe e il fuoco che mi ardeva nel ventre rispecchiavano il calore nei suoi occhi. Infilai la mano nella ciotola più in fretta che potevo, prima che ci arrivasse lui e affondai tre dita, raccogliendo la glassa e spalmandogliela sulle labbra. Poi saltai, agganciando le braccia intorno al collo e tirandogli la bocca verso la mia mentre leccavo fino all'ultima goccia.

Tutte le nostre parti appiccicose aderivano una all'altra e ridacchiai mentre succhiavo la glassa dalle sue labbra, sentendo la stessa esilarante sensazione che provavo quando mangiavo troppo zucchero troppo in fretta. Unita alla tensione sessuale fuori dal mondo minacciava di stordirmi.

Ryan si raddrizzò, sollevandomi dal pavimento e gli avvolsi in fretta le gambe intorno ai fianchi mentre lui andava verso il ripiano più vicino. Agganciai le caviglie intorno alla sua vita e lui mi strinse, schiacciandomi il petto contro il suo.

Poi si fermò, esitò, sembrò cercare un punto libero sul ripiano. Quando non lo trovò, allungò un braccio e spostò rudemente ciotole e tazze, mandandone qualcuna a cadere sul pavimento, rovesciandone il contenuto.

«Ci vorrà una vita per pulire tutto» dissi, con la bocca sulla sua.

Con gli occhi fissi nei miei, Ryan ringhiò: «Ne sarà valsa la pena.» Poi appoggiò il mio sedere sul ripiano di duro, freddo granito. «Tutte le volte che vedo, odoro o assaggio una fragola, penso sempre a te.»

Sorrisi. Gli piaceva davvero il mio shampoo alle fragole. Come rispecchiando i miei pensieri, mi passò le dita (quelle della mano non appiccicosa) tra i capelli.

«Non tagliarti mai i capelli. Mi piace passarci le dita.»

«È l'incentivo migliore al mondo per non tagliarmi i capelli.» Mi misi a ridere, decidendo di non parlargli del taglio corto, sbarazzino, a cui stavo pensando. Forse l'avrei rimandato di qualche mese.

Togliendomi gli occhiali, mi allungai per trovare un punto sicuro dove metterli, lontano dalla confusione sul ripiano. Se dovevo abbuffarmi di Ryan, dovevo proteggere le lenti. Quando mi allungai, la maglietta risalì dalla vita e Ryan si chinò per baciare la pelle denudata. «Non dirmi che hai trovato altra glassa.»

«Questo era solo nel caso ce ne fosse» disse sorridendo. Un momento dopo, con un gesto fulmineo, mi tolse la canottiera. Riuscii appena ad alzare le braccia prima che la scartasse, gettandola sul pavimento accanto alle ciotole sporche.

«Mmm», gemette, con gli occhi fissi sul mio petto nudo. «Mi piace quando non porti il reggiseno.»

Prima che potessi rispondere, aveva chiuso la bocca sul mio capezzolo e stava leccando e succhiando, mentre io gli passavo le dita tra i capelli folti, chiudendo gli occhi.

Non stavo più nemmeno pensando ai cupcake. Erano la cosa più lontana dalla mia mente. O al disastro che avevamo fatto, e che stavamo peggiorando. In qualche punto nei minuti successivi di baci e tocchi frenetici, Ryan estrasse misteriosamente un preservativo dalla tasca dei pantaloncini. Doveva aver pianificato fin dall'inizio quella seduzione mattutina.

Non vedevo l'ora di dirgli, più tardi quella settimana, dopo una visita di controllo con il mio cardiologo, che non avremmo più dovuto usare i preservativi. Ma volevo che fosse sorpresa.

Pochi minuti dopo ero seduta sul ripiano gelido, e Ryan stava passando un mucchio di tempo a coprire ogni centimetro della mia pelle nuda con la sua bocca umida e calda. Avrei riconosciuto la forza che lo spingeva, dietro l'insistenza, perfino con la respirazione azzerata e gli occhi quasi rovesciati.

Era migliorato moltissimo ultimamente, ma capivo che qualcosa lo preoccupava e stava usando uno dei suoi vecchi metodi per alleviare lo sconforto. Fortunatamente per me aveva scelto il sesso invece della vodka.

Avrei cercato di parlargliene più tardi ma per il momento mi sarei goduta quell'entusiasmante cavalcata mozzafiato.

Oh, e che cavalcata fu. Finimmo per far cadere altri oggetti. Avevo le mani sulla sua schiena dai muscoli perfetti mentre lui continuava a spingersi dentro di me.

Quando raggiunsi l'orgasmo, gettai indietro la testa ed emisi un lungo gemito che sembrò attizzarlo ancora di più. Tirò ancora più vicino i miei fianchi e aumentò seriamente il ritmo. Quando si spinse in fondo, mi seppellì il volto nel collo e si bloccò e le contrazioni del suo orgasmo percorsero anche me. Strinsi le gambe intorno alla sua vita e lo tenni lì, vicino a me mentre tornavamo a poco a poco a terra. E lentamente il suo corpo si rilassò e si ammorbidì tra le mie braccia.

Mi tirai indietro e lo guardai. «Sembri stanco.»

Ryan sorrise ironicamente. «Sono soddisfatto. Mi rendi sempre così famelico.»

Poi mi baciò e lasciai, riluttante, che si tirasse indietro, allentando la mia stretta. Mi rimisi in fretta i vestiti e usai il bagno. Quando uscii, Ryan aveva già quasi finito di caricare la lavastoviglie con le macerie lasciate dai miei cupcake.

Dopo una breve pausa per bere un caffè e mangiare qualcosa, passammo l'ora seguente (Ryan era sorprendentemente efficiente come uomo delle pulizie) a rimettere a posto la cucina.

Ma sembrava silenzioso, contemplativo, e lo strano umore con il quale era arrivato in cucina lo stava nuovamente travolgendo.

Lasciai perdere per il momento, sicura che sarei riuscita a farlo parlare.

Finito di cuocere le ultime teglie di cupcake, li glassai e diedi gli ultimi tocchi. Ryan si tenne occupato per il resto della giornata studiando i manuali tecnici per i test della rampa di lancio in Florida, e poi con un allenamento in solitaria e una corsa nel canyon. Poi passò alcune ore rinchiuso nel suo ufficio a lavorare al libro con Lee, il suo biografo e assistente.

Non lo rividi fino all'ora di cena, che ci godemmo nella cucina tornata immacolata.

Ma non riuscimmo veramente a parlare di nuovo finché non andammo a letto quella sera.

«Com'è durante il lancio?» gli chiesi. Eravamo sdraiati uno accanto all'altro, entrambi sulla schiena, con le dita di una mano intrecciate e l'altra sopra la testa. Ryan accarezzava ritmicamente il mio pollice con il suo. Com'era nostra abitudine quando chiacchieravamo a letto, fissavamo il soffitto invece di guardarci.

«Che cosa vuoi dire? È come cavalcare una gigantesca esplosione su fino all'orbita.»

Sbuffai. «No. È *esattamente* come cavalcare una gigantesca esplosione su fino all'orbita, ma dammi qualcosa di più. Fammi provare l'emozione. Trova una similitudine o qualcosa del genere.»

Voltai la testa verso di lui e Ryan sbatté le palpebre un paio di volte, riflettendo, con le labbra tirate. «È come... un'esplosione...»

«Smettila! È un modo così maschile di descriverlo.»

Lui aggrottò la fronte e si voltò verso di me. «Beh, ha senso perché, sai, sono un maschio.»

Mi girai sul fianco e lo guardai negli occhi. «Sì, ma *com'è*, Ryan? Voglio sentirlo. Non potrò mai vivere di persona quell'esperienza, eccetto ciò che posso vedere nei film o al massimo qualche attrazione nei parchi di divertimento. Ma tu ci sei effettivamente stato. Hai fatto ciò che il 99,999% della razza umana non potrà mai provare.»

Ci pensò, con quei suoi seri occhi azzurri, riflettendo per un momento. «È come perdere il controllo... no, è come essere *sotto* il controllo di questa forza massiccia tanto più grande di te che tu diventi irrilevante. Al confronto non sei niente. Senti i motori che ruotano sulle sospensioni cardaniche manovrando per tenere in equilibrio il razzo. È come essere in mezzo a un vero e proprio uragano. Come cavalcare una mandria di cavalli selvaggi, tutti insieme.» Fece un'altra lunga pausa mentre io pendevo dalle sue labbra e cercavo di raffigurarmi ciò che mi stava dicendo.

«Come... guardarti negli occhi» concluse, con la voce che si spegneva.

Gli diedi un'occhiata. «Ti ho seguito fino a quell'ultima frase.»

Ryan strinse gli occhi. «Ero serio.»

Gli misi una mano sulla guancia. «Dovrai cercare di migliorare le tue battute sdolcinate. Non sono una conquista facile.»

«Battute sdolcinate?» Ryan alzò le sopracciglia e non riuscii a capire se fingesse di essere offeso o se si sentisse veramente insultato. «Prima di tutto non era una battuta per portarti a letto, perché, notizia flash, ci sei già. E due... perché dicevo sul serio.»

Gli si gonfiò la guancia quando chiuse la bocca, come per impedirsi qualcosa di più, qualcosa che rivelasse troppo. Ma c'era qualcosa nei suoi occhi, una traccia di emozione che mi trapassò il cuore e si avvolse intorno ai miei polmoni, rendendomi difficile respirare.

Oh.

Ci guardammo negli occhi e il mio cuore fece un balzo e, ecco, sentivo un bruciore in fondo agli occhi? Mi stavano venendo le lacrime agli occhi per le sue parole?

Erano parole incredibilmente dolci. E capivo dall'espressione sincera sul suo volto che diceva sul serio. Gli lisciai di nuovo la guancia.

«Mi dispiace. È una stupida abitudine che ho. Respingere tutto ciò che potrebbe essere carino o lusinghiero.»

Ryan imitò il mio gesto, mettendomi la sua mano grande sulla guancia. Deglutii, travolta dall'emozione. Sussurrò: «Non ti hanno detto abbastanza cose carine in tutta la tua vita. Sarà la mia missione porvi rimedio, Gray Barrett. Perché meriti solo le parole e le azioni più gentili per il resto della tua vita.»

Okay, adesso c'erano lacrime vere all'angolo degli occhi, ma sbattei forte le palpebre perché non scendessero e mi tradissero. Presi la mano ancora unita alla mia e baciai il dorso ruvido, leggermente peloso della sua mano così virile. «Grazie. Io…» Io. Ti. Amo, avrei voluto dirgli. *Ti amo. Ti amo. Ti amo tanto.* Il pensiero che quelle parole mi sfuggissero di bocca mi terrorizzò e mi inebriò allo stesso tempo.

Potevo dirglielo? Avrei dovuto dar voce alle parole che erano comunque sospese nell'aria tra di noi? Era quella che sperava fosse la mia reazione? Mi schiarii la voce e scossi piano la testa, con la lingua improvvisamente di piombo.

Ryan si chinò e mi diedi un bacio deciso sulle labbra.

Quando ci staccammo, minuti dopo, stavamo entrambi respirando in fretta. E lui mi fissava negli occhi, ancora con quell'espressione intensa che era come una sonda diretta fino al mio cuore. Come se stesse cercando cosa stavo nascondendo.

Ma io sapevo, in fondo in fondo, che non era pronto a vederlo. Quindi presi la decisione repentina di usare l'umorismo per spezzare la tensione.

«Le tue battute sono veramente sdolcinate. Anche se forse non quella.»

Lui sbuffò, riappoggiandosi al cuscino. «Neanche per sogno.»

«Immagino che non abbia mai dovuto darti da fare per trovarne di nuove perché hai già tanto che va a tuo favore, ma… vediamo. *Lasciati portare fino alla luna.* E com'era la prima che hai usato con me al ristorante, il giorno della riunione degli investitori?» Abbassai il tono della voce, cercando di imitarlo mentre tendevo una mano nella mia miglior imitazione di un uomo arrogante e sbruffone. «*Non riesci a gestire tutta questa magnificenza? Non tutte ci riescono.*»

Ryan sbuffò e si strofinò la fronte con il palmo della mano, arrossendo. Era evidente che era imbarazzato. Era stato uno stronzo, quindi non mi dispiaceva fargliela pagare, anche se un po' in ritardo.

«Ci eravamo appena conosciuti e non hai voluto stringermi la mano» disse. «Non è una scusa ma…» Tornò a guardarmi. «E comunque, perché non mi hai stretto la mano?»

Perché avevo una cotta gigantesca per te prima ancora di conoscerti e mi intimidivi da morire? No, no. Troppe informazioni, Gray. Avrei tenuto quella rivelazione per un altro momento. «Avevo la mano sudata ed ero imbarazzata.»

Ryan sorrise. «Davvero?»

Quando annuii, il suo sorriso si trasformò in una risata.

«Non ricordi ancora che non era la prima volta che ci vedevamo, vero?» gli chiesi.

Ryan tornò serio come se l'avessi innaffiato con l'acqua gelata. «Non sono molto sicuro che la storia che racconti sia vera. Non avrei *mai* dimenticato di averti già incontrato.»

Lo guardai ironica. «Davvero, amico? Hai intenzione di insistere? Sai che ho ragione io. Ho dei testimoni, inclusi i tre uomini con cui lavori tutti i giorni.»

Lui scrollò le spalle e borbottò: «Teoria della cospirazione.»

«È successo durante l'happy hour, una settimana o forse due prima della riunione degli investitori.»

Lui aggrottò le sopracciglia riflettendo. «Uhhh. Quella volta in cui ci siamo trovati tutti al bar? C'eri anche tu?»

Sbuffai, fingendo disgusto anche se non ero sorpresa. «Eri veramente così ubriaco?»

Era al bar quando ero entrata, con un paio di jeans, una camicia button-down e un bomber. Era più favoloso che nelle fotografie che avevo visto, e ne avevo viste parecchie.

Da brava nerd dello spazio, ero una dei pochi che potesse dire di sapere chi era prima ancora dell'incidente che lo aveva reso famoso in tutto il mondo. La sera in cui ci eravamo incontrati, il bar era affollato, più che altro con gente dell'XVenture. Era l'idea di Tolan di un evento per creare un legame tra i dipendenti della società: rumoroso, affollato, e tutto.

Ero entrata con Marjorie, il capo dell'équipe sanitaria e, speravo, il mio futuro capo, e un paio di medici. Il nostro gruppo era seduto a un grande tavolo davanti agli altri tre astronauti. Marjorie fece le presentazioni e Kirill Stonov si alzò e strinse formalmente la mano a tutti prima di fare un cenno per attirare l'attenzione dell'onnipotente, famoso ed eroico comandante Ty, distogliendolo da qualunque cosa fosse che lo teneva inchiodato al bar. Da ciò che potevo vedere, erano una bottiglia di birra e una bionda con una gonna corta e aderente, stretta accanto a lui e che si beveva ogni parola che gli usciva dalle labbra.

Kirill dovette quasi staccare fisicamente Ty dalla bionda, che aveva accennato a seguirlo prima che Kirill le facesse segno di allontanarsi.

«Marjorie, conosci già Ryan Tyler?» chiese il cosmonauta. Poi Kirill ripeté tutti i nostri nomi e Tyler ci diede una breve occhiata prima di piegare disinvoltamente la testa e rivolgerci un beffardo saluto militare con due dita.

«È un piacere conoscervi tutti. Ovviamente ti conoscevo già, Marjorie.»

«Anche per me, comandante Tyler» disse uno dei medici seduto alla mia destra.

Io intrecciai le dita e mi raddrizzai sulla sedia, aprendo la bocca per fargli una domanda, quando lui fece un passo indietro e si voltò.

«Scusatemi un momento, devo andare a occuparmi di una cosa.» Mise la mano nella tasca posteriore del jeans e ne tolse il portafogli, come se volesse pagare il conto al bar. Ovviamente aveva offerto un drink alla donna, o aveva intenzione di farlo.

Lei gli fissava la schiena dal momento in cui si era allontanato per parlare con noi e aveva ignorato chiunque cercasse di parlare con lei, come il tizio proprio accanto a lei che stava cercando da cinque minuti di attirare la sua attenzione.

Quando Ty tornò al bar, la donna sorrise, estasiata, e fece perfino un saltello. Prevedibilmente, Tyler non tornò più al nostro tavolo.

Ciò nonostante, era stato piacevole conoscere gli altri tre astronauti, ma non mi aveva impedito di lanciare occhiate irritate nella direzione di Ty. Lui non guardò nemmeno più indietro. Ci aveva dimenticati due secondi dopo averci voltato le spalle.

Bene, bene, bene. Immaginavo che i resoconti dei media fossero più accurati di quanto avessi sperato.

Quando se ne andò qualche ora dopo con la sua nuova amica, lanciai occhiate di fuoco alla sua schiena rivestita di cuoio, talmente brucianti che doveva averle sentite.

Mi sentii cadere lo stomaco. Beh, com'era quel detto? Non si dovrebbero mai incontrare i propri eroi.

E far accettare a mio padre quello stronzo arrogante come la nuova faccia del programma XPAC sarebbe stato praticamente impossibile.

Come diavolo avremmo fatto?

Quando finii di raccontargli l'intera storia, Ryan si stava coprendo il volto con le mani e aveva la pelle del collo rossa come una ciliegia. Era troppo mortificato perfino per ridere.

Io risi, però, e lo incoraggiai a fare lo stesso.

«Ti capisco, non pensavi di avere molto da dire a una psicologa e a un paio di medici. Quelli come te di solito evitano come la peste quelli come noi.»

Ryan abbassò le mani e accennò un sorriso. «È una regola sottintesa che noi astronauti non fraternizziamo mai con l'équipe sanitaria. Specialmente con gli strizzacervelli.»

Io sbattei le palpebre un paio di volte, stringendo la bocca per impedirmi di sorridere. «Beh, ecco un'altra regola di cui hai fatto piazza pulita.»

Ryan rise con me ma, quando i nostri sguardi si incontrarono, vidi che la risata non era arrivata fino ai suoi occhi. C'era qualcosa lì, qualcosa di pesante e un po' cupo. Tristezza, forse.

Avrei voluto abbracciarlo e chiedergli perché era triste. Invece fu lui ad attirarmi contro di sé, stringendomi. «Vieni qua» sussurrò, facendomi accoccolare contro di lui. Il mio corpo si adattò alla forma del suo, vicinissimo. «Mi dispiace. Sono stato un completo idiota per non averti notato quella volta.»

Piegai la testa per baciarlo sul collo e dare una bella annusata al suo profumo di conchiglie e lime che mi faceva sempre tremare e formicolare dentro.

«Il lato positivo è che mi ha dato qualcosa per cui prenderti in giro e da usare contro di te per tutti questi mesi.»

Ma quella solennità era ancora appiccicata a lui come fosse una nebbia umida quando mi strinse più forte. «Mi piace ascoltare il tuo cuore che batte quando c'è tanto silenzio ed è l'unica cosa che sento.»

E poi le mie palpebre si fecero pesanti e mi sentii al sicuro e completamente a mio agio tra le sue braccia forti.

Premetti la faccia contro il suo petto caldo, solido. L'ultima cosa che ricordai prima di addormentarmi furono le sue parole, solo un soffio tra i miei capelli come una brezza, come una premonizione. «*Mi dispiace.*»

***

Le mattine della domenica stavano diventando in fretta le mie preferite... purché potessi svegliarmi tra le braccia di un uomo sexy, bello, e non importa quanto stesse dormendo profondamente.

Lo baciai di soppiatto, la faccia, il collo, le braccia, e lui non si mosse nemmeno. Era la cartina di tornasole di quanto fosse stanco. Se non si muoveva, nemmeno con la tentazione del sesso mattutino, allora aveva bisogno di dormire ancora. E dato che era lì immobile come un pezzo di legno, decisi di mantenere la promessa che gli avevo fatto il giorno prima e preparargli i pancake per colazione mentre lui dormiva fino a tardi.

Ryan di solito si alzava presto ma la notte prima e anche stanotte, sembrava avesse dormito male. Poi c'era la malinconia che sembrava durare da una settimana. C'era forse un anniversario di cui non ero a conoscenza? Era successo qualcosa per ricordargli l'incidente, qualcosa che lo turbasse?

Sembrava sinceramente felice di essere nuovamente in contatto con la famiglia di Xander. Per quanto ne sapevo, non era successo niente di terribile in quei giorni l'anno prima o negli anni precedenti. Poteva trattarsi di qualunque cosa, in effetti. Avrei dovuto fare in modo di farmi dire di che cosa si trattava.

E fare in modo che quell'uomo si aprisse richiedeva strategie epiche, roba da far impallidire Napoleone Bonaparte. Decisi di elaborare un piano d'attacco mentre preparavo la colazione.

Ed ero fortunata, dato che i pancake erano una delle tre (proprio tre) cose che sapevo cucinare. Cercai gli ingredienti necessari nei suoi armadietti e nella dispensa, lieta quando li trovai. C'era perfino una bottiglia di succo d'acero in frigorifero, che mi fece capire che piacevano anche a lui.

Quindi eccomi, alla veneranda età di venticinque anni a preparare la colazione per il primissimo uomo con cui…

Con cui cosa…? Con cui andavo a letto? Con cui facevo sesso? Il mio ragazzo?

Nessuna di queste definizioni si adattava veramente.

Aggiunsi farina all'impasto, mescolando furiosamente per evitare i grumi e stando particolarmente attenta, questa volta, a non imbrattare la cucina. Pensai alla conversazione che avevamo avuto la sera prima, quando l'avevo interrotto ridendo di qualcosa che aveva detto, quando lui era così serio.

Aveva detto che cavalcare un razzo era come stare in mezzo a un uragano, come essere in groppa a cavalli selvaggi e come guardare nei miei occhi. *Come perdere il controllo.*

Era così che si sentiva? E se era così, voleva dire che provava gli stessi miei sentimenti?

Forse temeva di dirmelo perché non l'avevo detto io per prima. Forse era quello che aspettava.

Il pensiero di dirglielo mi sembrava come immaginavo mi sarei sentita saltando fuori da un aeroplano. Esilarante. Terrificante. Una cosa che potenzialmente poteva cambiare la mia vita.

Mi morsi il labbro mentre mescolavo vigorosamente. Forse era perché avevo sempre preferito non correre rischi? Forse *lui* aveva paura di spaventare *me* rivelandomi i suoi sentimenti.

Mescolai più forte, sbattendo furiosamente il cucchiaio contro i lati della ciotola di plastica. *Inoltre,* non ero nemmeno sicura che sarei riuscita a tenermelo dentro ancora per molto. Le parole volevano uscire.

Proprio allora, pensai al modo più ingegnoso per dirglielo....

CAPITOLO TRE
RYAN

SONO DI NUOVO NEL BAR. È L'HAPPY HOUR CON I NUOVI colleghi di lavoro. Non avevo veramente voglia di venire, ma che altra scelta avevo? Sono alla XVenture da una settimana circa e Tolan vuole che gli astronauti leghino con il resto della squadra. Ma devo restare sobrio. Dopotutto si tratta di lavoro.

Inoltre, dopo l'incidente in moto, ho giurato di dare un taglio al bere, anche se non ero ubriaco quando sono finito contro quell'albero. Stavo andando troppo forte, pericolosamente forte, ubriaco di velocità. Me l'ero cavata senza un graffio, fortunato me. La moto però…

Il tizio dell'assicurazione si era quasi messo a piangere quando aveva visto come avevo ridotto l'Harley. L'avevo pagato per restare zitto, ma in qualche modo, ovviamente, i media erano entrati in possesso dell'informazione.

Ora sono qui, nel mio nuovo posto di lavoro una settimana dopo quell'incidente, e spero che nessuno me ne parli. Inoltre questo nuovo gruppo di persone sembra a posto, una volta superati i salamelecchi e tutta quella storia dell'eroe che mi fa venire voglia di infilarmi gli stuzzicadenti negli occhi.

Spero che l'XPAC ottenga in fretta i finanziamenti così da poter cominciare sul serio l'addestramento. Le cose sembrano promettere bene. Bevo un sorso della mia birra gelata e sento qualcuno che mi parla. È una voce di donna, ma non la sto guardando. Invece sto fissando la mia birra.

Kirill mi batte sulla spalla e mi parla in russo. «Vieni al tavolo. Ci sono alcune persone nuove da conoscere.» So che è quando incontrerò Gray per la prima volta, ma so che non la conosco ancora, quindi non ha senso che lo sappia.

E questo non sembra un ricordo. Un ricordo che non ho ancora.

Sbuffo e mi volto per dire qualcosa alla mia compagna, ma lei non c'è. Mi volto verso Kirill e vedo che se n'è andato anche lui. In effetti, il bar è completamente vuoto e silenzioso. Do un'occhiata al tavolo per controllare se Kirill se n'è andato senza di me. C'è una sola persona seduta lì.

Lo guardo negli occhi. Decisamente non è Kirill: più vecchio, semicalvo, magro e con un vestito che gli pende addosso. Mi sta guardando con gli occhi semichiusi e i denti stretti.

Mi blocco, sostenendo quello sguardo ostile.

Conrad Barrett, il fottuto Conrad Barrett. L'uomo che vuole rubarmi l'unico raggio di speranza che ho in questa vita. Strapparmelo dalle mani per sempre.

Mi irrigidisco per la tensione, stringo i pugni, serro le mascelle e lo fisso con la stessa quantità di calore. «Vai a farti fottere Barrett» mormoro. «Io non rinuncio a lei.»

Lui scuote la testa. «Quanto desidera tornare a volare?»

«Forza, continui, e si tiri fuori. Rovinerà anche i sogni di Gray.»

Lui alza le sopracciglia. «Non sono io quello che rovinerà i suoi sogni. È lei. Lei rovina tutto. E tutto ciò che tocca si rompe, diventa polvere. *Muore.* La voglio lontano da Gray.»

«Sì» dice una terza voce, anche se non mi ero accorto che ci fosse una terza persona nella stanza con noi. Volto di scatto la testa a sinistra e lui è lì, accanto alla mia spalla e mi fissa negli occhi. Indossiamo le tute spaziali senza il casco, ma sulla testa abbiamo le cuffie Snoopy.

Mi si stringe la gola quando incontro quello sguardo nocciola dorato. *Xander.*

Mi guardo intorno di nuovo e vedo che non siamo più al bar. Riconoscerei le pareti di plastica bianca della stazione ovunque. E l'odore, quella miscela di auto perpetuamente nuova e le leggere tracce di spazzatura e sudore.

Rendermene conto mi colpisce come un masso. Sono di nuovo senza peso, e galleggio accanto al mio amico. Dovrei essere contento di vederlo. *Contento.*

Ma lui non sta sorridendo.

«Ty» dice a voce bassa, come se stesse trattenendo l'emozione. «Che cazzo stai facendo?»

Io sbatto le palpebre. «Io… io…» Apro e chiudo un paio di volte la bocca, cercando le parole.

«Hai promesso» mi dice seccamente, e le sue parole sono pungenti e penetranti, come pallottole di una pistola. «Le promesse non significano niente per te?»

«Lo farò, amico. Volerò di nuovo. Per te. Penso a quella promessa ogni giorno…»

Lo sguardo di Xander è inespressivo, incredulo. L'attimo dopo le pareti intorno a noi svaniscono, anche se siamo ancora senza peso. Ora siamo fuori dalla stazione, anche se nessuno dei due indossa il casco.

C'è un magnifico campo di stelle dietro a Xander, un'oscurità che si può percepire solo quando si attraversa la zona crepuscolare e si è nella parte notturna del pianeta, altrimenti la terra brillante sotto di noi offuscherebbe tutte le stelle. Ma io riesco a vederle e significa che è notte. Che significa che è...

«*Buio.*» Xander dice la parola a voce alta come se uscisse direttamente dalla mia testa. Non siamo legati. Stiamo andando alla deriva. La stazione sta diventando sempre più piccola. «Non hai mai avuto paura del buio. Perché adesso sì?»

E prima che possa rispondergli, spara un'altra domanda.

«Perché hai tanta paura... continuamente?»

«Per favore. Perdonami.» La mia voce esce come un sussurro strozzato.

Lui scuote la testa. «Piantala con queste stronzate.» Poi la sua faccia si fa dura e arrossisce. Tende bruscamente la mano verso di me. «Per che cosa sono morto, Ty? Eh?»

Ho una morsa intorno alla gola e non riesco a respirare, anche se sto boccheggiando. Dovremmo essere già morti. Mi guardo attorno. La stazione è un puntino tra le stelle e la terra è una sfera azzurra, lontana.

«Non distogliere lo sguardo. Guarda me.» Ma quando lo faccio, vedo che fa fatica a respirare. La sua voce è sibilante, ansimante, come suonava alla radio quando era vicino alla fine. Quando stava dicendo addio per sempre.

Tossisce violentemente. «Per che cosa ho sacrificato la mia famiglia? Ho rinunciato a tutto perché tu potessi vivere, perché tu potessi tornare indietro e fare cosa... scopare chi capita?»

Le parole e il comportamento di Xander, l'espressione tormentata dei suoi occhi sono così insoliti per lui eppure così *lui* allo stesso tempo. Gli occhi sono duri come pietre e senza emozione.

Morti.

Morti come lui.

Ingoio freneticamente una boccata d'aria e mi sveglio tossendo, boccheggiando come fossi veramente stato nel vuoto, a fluttuare senza protezione. La stanza mi gira attorno quando mi metto seduto, cercando di capire perché ho la bocca così secca. Fisso la parete davanti a me e i suoi occhi mi guardano come un'immagine incisa a fuoco nel mio cervello.

Il sudore mi gocciola dalla fronte e una fitta di dolore mi trapassa la testa, pulsando in sincrono con il battito del mio cuore. Senza esitare un altro secondo, mi libero dalle coperte e scendo dal letto, precipitandomi barcollante in bagno, dove prima di tutto mi getto una quantità spropositata di acqua fredda sulla faccia.

Mentre lo faccio, le parole mi scorrono in testa. Solo un sogno. Solo un sogno. Era solo un sogno. Solo un sogno.

Che cosa stai facendo, Ty? Quella domanda riesce a superare tutto il resto del rumore. Quella domanda, chiesta con la voce accusatrice di Xander. Il dolore nella mia testa esplode in una vera e propria emicrania, del tipo che avevo solo in orbita perché sulla stazione l'apparecchiatura per assorbire il biossido di carbonio non funzionava bene.

Come se fossi stato veramente lassù, il mal di testa era un promemoria.

Saltai nella doccia e alzai la temperatura a livello della lava, la più alta che riuscivo a sopportare. Stringendo forte gli occhi, ficcai la faccia direttamente sotto il getto.

Che cazzo stavo facendo?

Gli occhi stretti di Barrett. La sua unica domanda. Le sue minacce.

E tutto ciò che tocca si rompe, diventa polvere. Muore.

Il mio cuore stava ancora martellando per aver visto nuovamente Xander, un misto di gioia per essere stato là con lui, come nel sogno della mattina precedente, ma unito all'evidente disgusto nella sua voce. Lo stesso disgusto che provavo per me stesso.

Tolsi la faccia dal getto e chinai indietro la testa. Il dolore mi stava trapanando le tempie. Afferrai il sapone e continuai con la mia routine quotidiana mentre riflettevo.

Stavo rimandando l'inevitabile. La decisione.

Avrei voluto chiederle che cosa dovevo fare, ma farlo sarebbe stato solo passarle la patata bollente. Avrei scaricato la responsabilità su di lei.

E sarebbe stato come lanciare una bomba sui rapporti con suo padre. Ero già stato responsabile per la distruzione di un rapporto padre-figlio, quello tra Xander e AJ. Non potevo farlo di nuovo.

Perché, alla fine, lei mi avrebbe odiato per essermi appoggiato a lei. Per averle passato la difficile scelta che mi era stata imposta.

Era una decisione che dovevo prendere da solo. E gli occhi di Xander mi accusavano ogni volta che chiudevo i miei.

Dato che non sopportavo più di restare al buio, mi chiesi quanto tempo sarebbe passato prima che non riuscissi nemmeno più a chiudere gli occhi. Si poteva morire per una privazione del sonno autoimposta?

Premetti forte le mani contro gli occhi.

Ero abbastanza uomo da fare ciò che andava fatto?

In fretta e nel modo più schifoso. Strappa il cerotto, Tyler. Strappalo e basta, con un colpo solo.

Il pensiero di quanto avrebbe fatto male strappare quel particolare cerotto mi fece boccheggiare in cerca d'aria. Non sarebbe stato il bruciore di qualche minuto. Cazzo, mi avrebbe dilaniato.

Sentii la paura, il terrore, che si raccoglievano in fondo allo stomaco, dove si stava già coagulando la determinazione, dura e indifferente.

Non potevo farlo.

Ma dovevo.

Sì. Sapevo che l'*avrei* fatto, ma mi sarei odiato per sempre. Più di quanto già mi odiassi.

Probabilmente più di quanto fosse umanamente possibile.

Cazzo..

CAPITOLO QUATTRO
GRAY

ERO QUASI PRONTA A PORTARE A COMPIMENTO IN CUCINA il mio piano da genio folle. Sentii un brivido di eccitazione quando portai la ciotola sopra la padella calda sul fornello e versai una piccola quantità di impasto. Avevo imparato quel trucchetto durante la convalescenza dopo l'ultimo intervento, nel centro di riabilitazione. La mia infermiera mi aveva dato qualche lezione di cucina.

Diedi un colpetto con il polso, sorridendo davanti al pancake dalla perfetta forma di cuore. *Sì!*

Ripetei lo stesso gesto e preparai una pila di pancake dalla forma e dalle dimensioni perfette e le misi sul piatto. Poi mi voltai verso il vassoio per la colazione che avevo già preparato, perfettamente apparecchiato e pronto da consegnare.

Ripiegai ad arte il tovagliolo e lo misi sul vassoio alla destra del piatto, sorridendo al mio lavoro.

E dato che sentivo il rumore della doccia, sapevo che Ryan era sveglio.

Prendendo il vassoio entrai in silenzio nella stanza e lo appoggiai sui suoi piedini sopra la coperta, sistemandolo perché avesse il massimo effetto la prima volta che lo vedeva.

Più in fretta di quanto riuscissi a dire *PorcaMiseriaFaPaura*, Ryan aprì la porta del bagno ed entrò nella stanza solo con la biancheria addosso.

Tempistica perfetta. Come se l'avessi coreografato.

«Ehi» grugnì, poi andò nella cabina armadio, presumibilmente per prendere dei vestiti. Che cavolo...?

Sarebbe dovuto venire direttamente da me, abbracciarmi adorante e guardare oltre la mia spalla verso la colazione che avevo amorevolmente preparato per lui.

Aspettai, con una smorfia sul viso e le braccia ripiegate sul petto. Poi mi misi direttamente davanti al vassoio, in attesa.

Qualche minuto dopo rientrò nella stanza, completamente vestito in jeans e maglietta. Aveva ancora i capelli bagnati e in disordine. Dubitavo che li avesse spazzolati dopo essere uscito dalla doccia.

Di solito non si rasava nei fine settimana, quindi la barba che era ricresciuta da venerdì mattina ora era un'ombra scura sulle guance.

Ma, sotto, la pelle era pallida come carta e sembrava esausto. Come se non avesse dormito un momento.

«Hai passato una brutta nottata?»

Lui sospirò e si passò una mano tra i capelli bagnati, come per appiattirli. «Già.»

«Spero che ti possa rallegrare una bella pila di...» Mi spostai di lato e tesi le mani, indicando il vassoio. «Pancake, come promesso!»

Ryan rimase in silenzio, osservando piatto e posate, sbattendo più volte le palpebre. Nel frattempo il mio cuore stava battendo a mille al minuto.

Perché con quel gesto stavo dicendo molto di più.

Sul vassoio, usando i pancake come pezzo focale del mio messaggio, le posate e il tovagliolo piegato, avevo scritto le parole *Io Ti (Cuore)*.

L'avevo fatto. Adesso non ci sarebbero stati dubbi.

Gray, la ragazza che non correva mai rischi, stava saltando fuori dall'aereo, fidandosi che il paracadute si aprisse al momento giusto.

Strinsi i pugni mentre Ryan studiava il vassoio, infilandomi le unghie corte nel palmo mentre aspettavo la sua reazione.

Quando arrivò, potei seguire tutti i cambiamenti di espressione sul suo bel viso.

Prima il divertimento sconcertato. Poi la comprensione. Poi lo shock, la bocca aperta, le sopracciglia che si alzavano. Deglutì, chiudendo la bocca, con le labbra che diventavano sottili.

«Io non...» Scosse la testa.

«È un messaggio. Da me ovviamente. Non dovrebbe essere difficile da capire.»

Continuando a studiare il vassoio, divenne ancora più pallido, se possibile. La sua espressione si offuscò ma non abbastanza da celare la sua lotta interiore.

E fu in quel momento che mi resi conto di aver fatto un casino.

Gray era saltata fuori dall'aereo e ora stava tirando la corda del paracadute.

Che non si apriva.

Ryan chiuse gli occhi, stringendo i pugni lungo i fianchi.

Ingoiai una grossa boccata d'aria. Così non provava gli stessi sentimenti. Non era la fine del mondo, no? Tesi una mano, implorante. «Va tutto bene, Ryan. Non devi... voglio dire, non mi aspettavo che lo dicessi anche tu. Pensavo solo...»

Lui fece un respiro profondo e aprì gli occhi, guardandomi. E ciò che vidi...

Ciò che vidi mi mandò lo stomaco a cadere da qualche parte. Giù. Giù. Giù.

Il fiato mi uscì sibilando dai polmoni. Sbattei gli occhi, sentendomi leggermente stordita.

«Non possiamo» disse Ryan, con la voce roca, ficcandosi i pugni in tasca. «È finita. Mi dispiace. Non è...»

Scossi la testa, tendendo una mano. «Non dire "non sei tu, sono io." *Non...*»

Quei suoi occhi azzurri-azzurri tenevano avvinghiati i miei come una morsa. Non riuscivo a staccarli, anche se i miei minacciavano di riempirsi di lacrime.

«Gray, mi dispiace. Ma deve finire. E deve finire adesso.»

Non avrei pianto. Era un'esperta nel tenermi dentro le lacrime. Ero cresciuta perfezionando quella tecnica. Ce l'avrei fatta...

Distolsi gli occhi, ingoiando l'amaro in fondo alla gola e mi voltai. Raccolsi con calma il vassoio, mi voltai e uscii dalla stanza tornando in cucina. Senza dire una parola, senza pensare, buttai i pancake dal piatto direttamente nella pattumiera mentre le sue parole mi giravano costantemente nella testa.

Avrei voluto discutere con lui, ma l'espressione nei suoi occhi aveva chiarito tutto.

Non avrebbe cambiato idea. E, cazzo, io avrei dovuto aspettarmelo. Beh, almeno non l'aveva fatto al telefono, quindi perlomeno ero un misero e traballante gradino più su di Suz, la tromballenatrice.

Pari mi aveva avvertita settimane prima, come se fosse stata in grado di vedere ciò che sarebbe successo, vedere ciò che non vedevo. Forse perché era promiscua anche lei, poteva rilevare lo stesso tratto in Ryan. Aveva un intuito speciale, che io non avevo, per ciò che lo faceva funzionare. Comunque dubitavo che Pari sarebbe stata così crudele da illudere una persona per settimane, permettendo che nascessero sentimenti per lei.

Ma sapeva che sarebbe potuto succedere e mi aveva avvertito.

Ed io non l'avevo ascoltata.

Maledissi la mia passata arroganza e la mia stupidità. La mia vana illusione che io, Gray, l'onnipotente psicoterapista-in-addestramento, avessi tutte le risposte.

Restai lì a guardare nella pattumiera fin troppo a lungo, con il piatto e la forchetta fermi a mezz'aria. Che diavolo avrei dovuto fare adesso? Il mio cervello era vuoto, come se fossi appena stata colpita e stessi cercando di riavermi. Che opzioni avevo, in realtà?

Beh, era ovvio. La prima cosa che dovevo fare era *andarmene*.

Respirai a fondo e misi i piatti nel lavandino. Avrebbe potuto pulire lui il casino, per quello che mi interessava. Poi andai nella stanza degli ospiti, dove c'era la maggior parte delle mie cose, e tirai fuori la valigia da sotto il letto.

Dentro di me sentivo il gelo cui ero abituata mentre raccoglievo le mie cose e mettevo tutto in valigia, come un robot. La mia mente però era a migliaia di chilometri di distanza.

E l'unica domanda che mi stavo facendo, ripetendomela a ogni movimento che facevo era: *Perché? Perché? Perché?*

Non so nemmeno quando apparve sulla porta. Avevo semplicemente voltato la testa per afferrare una nuova pila di vestiti e l'avevo notato con la coda dell'occhio. Voltai di scatto la testa nella sua direzione e i nostri sguardi si incrociarono. Sembrava...

Che cos'era quell'espressione? In parte dolore e in parte sollievo. Era sollevato?

Mi allontanai dalla valigia e mi voltai a guardarlo, con le braccia incrociate sul petto e la testa alta. I miei occhi sfidarono i suoi azzurro cupo.

Non avevo intenzione di supplicare.

Per quanto il mio cuore lo desiderasse, non mi avrebbe mai visto implorare. Una donna doveva mantenere un po' d'orgoglio.

Inspirai a fondo dal naso. Lui distolse per primo gli occhi, indicando la valigia. «Ti aiuterò con le tue cose quando sei pronta.»

Lo disse con un tono inespressivo, ma mi colpì come uno schiaffo. Mi si strinse la gola, impedendomi quasi di respirare. Avrei voluto gridare, piangere, cadere a terra e dargli un pugno in faccia, tutto insieme.

Fanculo alla maturità emotiva. *Fanculo tutto!*

Avrei voluto pestare i piedi, fare una scenata. Invece restai lì, con le braccia strette nella morsa delle mie mani.

«È ciò che vuoi» borbottai alla fine, con una vocina sottile. Non era una domanda.

Lui mi guardò incerto. «Scusa?»

«Non sei dispiaciuto, per niente.» Scossi la testa e mi schiarii la gola, alzando la voce, in modo che mi sentisse. «È ciò che vuoi. È la reazione che volevi da me.»

Il volto di Ryan perse ogni espressione, ricordandomi una parete vuota. I suoi occhi azzurri si indurirono e tra di noi il silenzio risuonò nell'aria come una cacofonia di campane di chiesa.

Poi Ryan fece un respiro profondo. «Non voglio farti del male.»

«È esattamente ciò che vuoi. Quale miglior modo di liberarti di me? Per far smettere tutta la faccenda della *babysitter*? Cominci qualcosa tra di noi e poi la interrompi bruscamente. Mi spingi da parte come hai fatto con Suzanne, l'allenatrice...»

Mi interruppi quando si irrigidì visibilmente, con le mani che si stringevano talmente forte da far gonfiare le vene negli avambracci. Fece un passo nella stanza e si fermò. *«Non è così.»*

«Ti dispiacerebbe allora dirmi esattamente che cos'*è*? Perché da dove sono io, sembra un'azione ben studiata per liberarti di me. Voglio dire, quale modo migliore potrebbe esserci di eliminarmi come qualcuno con cui dovrai lavorare direttamente?»

Aggrottò la fronte e il suo sguardo divenne più intenso. «Non ti stavo usando. Non...» Scosse la testa, borbottando tra sé e sé mentre si passava la mano nei capelli.

«Ma vuoi portare le mie cose nell'auto. Vuoi che me ne vada.»

Ryan chiuse gli occhi e poi li riaprì, guardando profondamente nei miei. «Sì. Devi andartene.»

Restai immobile per un momento, senza quasi riuscire a raccogliere le idee, senza quasi riuscire a evitare le ferite fresche che stava accumulando su quelle appena più vecchie. Come un mucchio di compost.

Ma se l'avessi fatto, se me ne fossi andata, avrei compromesso tutto. Innanzitutto avrei lasciato un lavoro che per me era importante. Ryan Tyler era riuscito a entrarmi nel cuore e nel cervello. Forse era stata un'azione ben studiata per cercare di controllarmi.

O forse era stato un gioco e lui era semplicemente il donnaiolo che aveva lasciato che qualcosa andasse troppo avanti, e adesso doveva porvi fine.

Tornai alla mia valigia, afferrai una pila di biancheria e la rimisi nel cassetto che avevo appena svuotato, facendola seguire dalle t-shirt e dai calzini.

«Che cosa stai facendo?» mi chiese dopo aver guardato lo spettacolo in silenzio per qualche minuto.

«Ti dirò quello che *non* ho intenzione di fare.» Afferrai tre paia di scarpe e le rimisi sul pavimento della cabina armadio. «Io *non* me ne vado.»

Ryan sbatté le palpebre un paio di volte prima di reagire. «Devi andartene. Te lo sto chiedendo.»

Mi voltai verso di lui e gli puntai addosso un dito. «Non tocca a te decidere. Sono qui perché alla XVenture e alla futura XPAC interessa in modo particolare che io stia qui. Per assicurarmi che tu ti comporti bene. Ovviamente ho fatto un enorme casino nelle ultime settimane ed è colpa mia. Ma. Io. *Non.* Me. Ne. Vado.»

Ryan abbassò il mento e strinse gli occhi, stringendo lo stipite della porta tanto da avere le nocche bianche. «Viste le circostanze, è meglio se non resti» disse con la voce bassa, quasi pericolosa.

Pescai nella tasca posteriore ed estrassi il telefono, alzandolo verso di lui. «Che ne dici se chiamo Tolan e tu glielo spieghi, adesso? Hai il mio permesso di dirgli tutto delle *circostanze.*»

Gli tremarono le sopracciglia, come se il mio comportamento lo confondesse, completamente. Ciò nonostante non toccò, e nemmeno guardò, in effetti, il mio telefono. Invece guardò me, con la fronte aggrottata, come se lo disorientassi.

Bene così. Poteva continuare a essere confuso. Con un sospiro disgustato, rimisi il telefono nei jeans. «Dato che non avrò bisogno del tuo aiuto per portare la mia roba in auto, non è necessario che resti lì ad aspettare che finisca. Sono sicura che tu abbia del lavoro e altra roba da fare oggi.»

Con quella dichiarazione, tolsi le ultime cose dalla valigia, le buttai sul letto e poi spinsi con un gesto esagerato la valigia sotto il letto. Poi gli voltai la schiena e cominciai a piegare i vestiti che avevo buttato alla rinfusa.

Quando mi voltai qualche minuto dopo, Ryan se n'era andato.

Caddi sul letto con un sospiro che mi lacerò l'anima e fissai senza vederlo l'armadio aperto, ripercorrendo con la mente l'intera conversazione. E poi la conversazione nella sua stanza e il momento in cui aveva visto i pancake. E poi ripensando alla conversazione prima di quella, a letto accanto a lui, mentre lo fissavo negli occhi.

Lui che mi diceva che guardarmi negli occhi era come perdere il controllo.

Sbuffai, lieta della mia forza, della mia capacità ancora intatta di nascondere le lacrime. Era il mio superpotere, in effetti, affinato fin dall'infanzia quand'ero decisa a tenere calmi i miei genitori, a impedire loro di farsi prendere dal panico.

Anche quando sentivo la paura farsi più acuta, la tristezza diventare più profonda perché non potevo uscire a correre e giocare con gli altri bambini, o anche quando provavo dolore, fisico o emotivo, lo nascondevo per il bene dei miei genitori. Per fare in modo che fossero felici. Per impedire loro di andare a pezzi.

Potevo essere *io* quella malata, ma non sarei mai e poi mai stata io quella debole.

E Ryan se ne sarebbe accorto, anche lui.

***

Uno dei miei idoli della psicologia moderna, Elizabeth Kübler-Ross, aveva descritto le cinque fasi del lutto. E quando si perde qualcuno, per una morte, o la rottura di una relazione, in un momento o nell'altro una persona soffre di tutti quegli stadi. Anche più di una volta.

E anche se mi piacerebbe dire che possedere quella conoscenza e il mio addestramento possono avermi aiutato ad affrontare meglio le cose, so che non è mai così facile.

Prima fase: negazione e ricerca di risposte.

Passai fin troppo tempo quella notte fissando il soffitto bianco vuoto, ridicolmente incapace di spegnere la luce finché mi obbligai a farlo. Mi ero abituata ad averla accesa tutta la notte nel breve mese da quando avevo cominciato a dormire accanto a Ryan nel suo letto.

Ma ora ero stata riportata violentemente alla mia vecchia vita. E, diversamente da lui, io non avevo problemi con il buio.

Quindi, per ripicca, la spensi appena mi resi conto di ciò che stavo facendo. Ma fissai quel soffitto senza riuscire a credere che avesse troncato senza battere ciglio quando avevo ammesso di amarlo. Deglutii, ricordando quanto era stato difficile innanzitutto raccogliere il coraggio per ammettere i miei sentimenti. E l'avevo fatto in un modo così indiretto, non minaccioso, per paura di spaventarlo.

Ah!

Come avevo potuto sbagliarmi tanto?

Fui prontissima a rimproverarmi per non essermelo aspettato, ma almeno non piansi. No. No, non avrei pianto.

Quasi non dormii quella notte, con quei pensieri che mi frullavano costantemente per la testa. Chiusi finalmente gli occhi mezz'ora prima che suonasse la sveglia.

Ma sapevo già che la casa era vuota. Ryan era uscito un'ora prima, appena il sole aveva toccato l'orizzonte a est.

Controllai il telefono, sperando di trovare un messaggio da parte sua. Ma... niente.

Quindi mi preparai, sentendomi vuota. Mi facevano male tutte le ossa.

Ma avevo del lavoro da fare. E non avrei permesso che questa faccenda mi fermasse.

CAPITOLO CINQUE
RYAN

L A STRAMALEDETTA METAFORA DEL CEROTTO. FANCULO. Non era come strapparsi un cerotto. Per niente, era come strapparsi un organo interno con le mie stesse mani, *scavandolo* fuori. Un organo sanguinolento e vitale. Non un rene. Si poteva vivere per tutta la vita con un solo rene. Forse il fegato? La rimozione del fegato poteva causare una morte lenta, prolungata e dolorosa, vero?

No, non stavo effettivamente morendo. Ma, a volte, mi sembrava letteralmente di sì. Come la tortura medievale dell'eviscerazione. Mi sentivo come immaginavo potesse essere appesi e squartati.

Tortura lenta.

E l'ultima cosa che volevo era restare seduto al tavolo in una stanza piena di luci brillanti accanto all'AD dell'XVenture Tolan Reeves, e il capo progettista della nostra capsula spaziale Phoenix, ad ascoltare i clic degli otturatori delle macchine fotografiche e le domande dei cronisti.

Ma ero arrivato presto apposta. Anche se non ero riuscito ad auto-ingannarmi, dicendomi che non aveva niente a che vedere con Gray. Dopo la rottura, avevo passato le ultime notti praticamente arrampicandomi sui muri dell'insonnia e della follia. Mi giravo e rigiravo, sapendo che lei era solo a poche stanze di distanza, rannicchiata nel suo letto, tutta sola, e che pensava che non me ne importasse un cazzo di lei.

Tutte le notti dovevo impedirmi di precipitarmi nella sua stanza, prenderla tra le braccia, sussurrarle le mie scuse e rimettere tutto a posto. Quel pensiero mi stava lentamente ossessionando, tanto che mi ero preparato a fatica per la stupida conferenza stampa di cui io ero il protagonista. Avevamo appena fatto l'annuncio ufficiale del volo di prova e ora i media volevano la loro libbra di carne.

Lo striscione sul tavolo dov'eravamo seduti aveva il logo dell'XPAC, XVenture Private Astronaut Corps, con la X formata dalle scie di due razzi che si incrociavano. Davanti a noi, oltre le luci abbaglianti, c'erano parecchie dozzine dei rappresentanti più interessati della stampa che si occupava di spazio.

Allacciai le dita davanti a me e mi concentrai sul giornalista che stava facendo la domanda.

«Come ha preso la NASA la sua diserzione, il fatto che sia passato a un'impresa commerciale, comandante Ty?»

Risposi meccanicamente e senza esitare. «I miei rapporti con la NASA restano positivi e produttivi» mentii con disinvoltura. In realtà non esistevano rapporti degni di nota. Ma Victoria mi aveva preparato bene per questa conferenza stampa. Era *molto* brava nel suo lavoro. Era in fondo al tavolo e controllava la stampa dal suo punto di osservazione, prendendo appunti sul suo telefono. Sul tavolo accanto al mio braccio, lo schermo del mio telefono si illuminò.

Victoria: *Ci sono i reporter di alcuni tabloid. Aspettati qualche domanda su Keely.* Diceva il testo.

Guardai le luci brillanti, una videocamera e alcuni flash. Esitai, quando intravidi per un attimo una figura snella, una testa bionda in fondo alla stanza. Di colpo, la cravatta che avevo al collo mi sembrò troppo stretta e cercai di deglutire un po' di saliva per inumidirmi la gola.

Non che non la vedessi spesso, al lavoro, almeno. Avevo perfezionato il metodo per evitarla. Uscire prima di lei, arrivare a casa appena prima del tramonto, restare nella parte opposta della casa rispetto a quella che occupava lei. Ci incrociavamo solo occasionalmente in cucina, ma a parte scambiarci un'occhiata, non parlavamo mai. Al lavoro solo di sfuggita, in mensa, in corridoio, durante le molte riunioni con dozzine di nostri colleghi. Era uno schifo.

Eppure, per quanto cercassi di evitarla, continuavo a sperare di vederla ogni maledetto giorno.

Ma ogni volta che la vedevo era come riaprire la stessa ferita auto-inflitta, sentendo ogni pezzettino di quell'organo mancante. L'indolenzimento di qualcosa di vitale che era stato improvvisamente rubato. Ecco com'era.

Era proprio sotto il mio naso, eppure mi *mancava*.

Mi sforzai di concentrarmi sulla domanda successiva. «Qualche dichiarazione sulla sua nuova relazione con Keely Dawson, comandante Tyler?»

Lanciai un'occhiata a Victoria che aveva sulle sue perfette labbra rosse un sorriso sarcastico, come per dire: *ti avevo avvisato di aspettartela. Fidati di me, sempre.* Le schiacciai l'occhio, complice, e tornai alla mia risposta pre-confezionata, da lei ovviamente, da dare ai reporter.

«Sono qui per parlare del nuovo test di volo con equipaggio. Ne sono veramente entusiasta e preferirei non sprecare il tempo parlando della mia vita personale, che ottiene già un mucchio di attenzioni. Mentre altre società stanno inviando nello spazio insetti, vecchie automobili e manichini da test, noi invieremo veri astronauti. E, francamente, la cosa mi eccita. E dovrebbe eccitare anche voi. Preferirei riportare l'attenzione su ciò che conta.»

Borbottii e sussurri riempirono la stanza e si alzò qualche altra mano. Risposi ad altre domande su aspetti tecnici del lancio che sarebbe avvenuto tra sole otto settimane.

«Sarà difficile per lei tornare lassù, dopo ciò che è successo durante la sua ultima missione?»

Strinsi i pugni, immobile, riflettendo sulla domanda. Ovviamente mi ero preparato, ma la realtà di sentirmela sbattere addosso, con le luci e i clic degli otturatori delle macchine fotografiche, fece per un attimo il vuoto nella mia testa. Vedevo con la coda dell'occhio che il mio telefono si era acceso, probabilmente altri messaggi da Victoria.

Lo ignorai. Dopo aver fatto un respiro profondo, cercai di tenere pacata la mia voce. «La verità è che ho sempre voluto tornare lassù dopo l'ultima volta, quindi sono grato per l'opportunità che mi è stata data. Sono anche grato di poter dedicare questo volo alla memoria del mio miglior amico, l'astronauta Xander Freed.»

Il pensiero del volo, nonostante il suo costo orribilmente alto, scatenava in me una fredda emozione. Era eccitazione, macchiata da un po' di paura e di dubbi, se dovevo essere sincero con me stesso.

Non avevo mai dubitato di ciò che volevo. E non mi ero mai tirato indietro. Tornai per un attimo con gli occhi a quella figura in fondo alla sala, solo per notare, deluso, che se n'era andata. Una porta lì vicino si stava lentamente chiudendo.

Mi bagnai le labbra risucchiandole in bocca, concentrandomi sulla prossima domanda, cercando di non sbuffare quando arrivò. «Keely otterrà una parte nel film che verrà fatto sulla sua vita e l'incidente della stazione spaziale?»

Più tardi, Victoria mi lodò per non aver risposto in modo sarcastico.

Avrebbero comunque avuto l'occasione di dare una bella sbirciata a me e Keely insieme la settimana seguente alla prima di un film. Ma mi irritava comunque che fossero più interessati alla "bollente storia d'amore", la farsa che stavamo recitando, che alla possibilità di far uscire l'umanità dalla bassa orbita terrestre per riprendere i viaggi spaziali, dopo cinquant'anni di inerzia.

Non importava. La conferenza stampa era finalmente finita. Grazie al cielo.

Era ora di continuare la mia giornata. Sarebbe stata lunga, mentre cercavo di evitare la mia onnipresente coinquilina, cercando al contempo di non impazzire dalla voglia di vederla.

Già. Un simile dilemma avrebbe richiesto un doppio allenamento.

Ma prima avevo una breve riunione di gruppo, seguita da una serie di rigorose simulazioni di volo con l'intera squadra di astronauti.

La giornata consistette in ore su ore di addestramento, durante le quali ci alternammo in una checklist dopo l'altra, registrando i dati. Quando arrivò il tardo pomeriggio, avevamo completata l'ultima simulazione e ci stavamo preparando per uscire.

Noah ricominciò a battere sullo stesso tasto. Stava sfogliando delle carte sul suo portablocco. «C'è qualche motivo per cui continuiamo a rimandare il test senza luci a bordo?»

A essere sinceri, nessuno di noi era di umore particolarmente allegro dopo una giornata fottutamente noiosa. La ripetitività di quello che stavamo facendo era molto più che irritante, ed eravamo tutti mentalmente e fisicamente esausti.

Infilai il mio laptop nella borsa insieme a una cartella piena della mia ultima serie di checklist. Era stata stampata solo quella mattina ed era già piena di post-it e appunti a matita per suggerire dei cambiamenti.

Noah aveva diretto a me il suo commento, quindi risposi. «Il test senza luci a bordo non è cruciale. Specialmente in questo momento. Dobbiamo riuscire a togliere parecchi millesimi di secondo alla sequenza di accensione motori per uscire dall'orbita, prima di cominciare con gli scenari ipotetici.»

Evitai il suo sguardo, chiudendo la borsa del laptop. Non volevo parlare del vero motivo per cui stavo evitando il test condotto completamente al buio, un test che aiutava a valutare la funzionalità del sistema di backup nel caso in cui fosse mancato l'impianto elettrico principale. Non sapevo che cosa sarebbe successo se fossi stato rinchiuso in uno spazio buio, senza via di uscita. E non volevo scoprirlo davanti agli altri.

Noah mi diede una strana occhiata mentre ritirava la sua roba. «Possiamo almeno metterlo in agenda? Mi disturba lasciare in sospeso un test così semplice, quando stiamo coprendo ogni altro particolare in modo così meticoloso.»

Alzai le spalle, voltandogli le spalle. Non avevo intenzione di discuterne in quel momento. «Almeno non per qualche altra settimana.»

«Spero che ci lasci un po' di tempo prima del volo» borbottò lui tra i denti.

Io non dissi niente, fingendo di essere distratto da qualcosa sul telefono. Noah cominciò a borbottare sottovoce e Kirill si fece avanti per risolvere la situazione, dandogli una pacca amichevole sulla spalla. «Rilassati, amico. Calma. Ti serve una donna sexy e farti una scopata.» Quasi mi misi a ridere per l'uso di Kirill del gergo californiano, unito al suo accento russo.

Noah lo guardò alzando un sopracciglio. «Facile dirlo per te. Non sono io quello che si sbatte regolarmente un'attrice sexy.»

Kirill sogghignò. «Cerca di non essere geloso, Noah. Non tutti possono essere così sexy che le donne non li lasciano stare.»

Hammer apparve dall'altro lato di Kirill. «Troppo sexy amore mio… troppo sexy per la sua t-shirt…» cominciò a cantare.

«Troppo sexy per il suo cervello» mormorai io con l'angolo della bocca e Noah ridacchiò mentre Kirill cominciava a cantare con Hammer.

«È vero, sono così "sexy"» disse Kirill, con le sue ridicole virgolette in aria, come sempre sulla parola sbagliata. Mi sconcertava come Kirill, che poteva pilotare ogni veicolo immaginabile, che aveva un alto rango nell'esercito russo e aveva l'equivalente di una laurea magistrale in ingegneria aerospaziale, non riuscisse ad afferrare la sottile arte delle virgolette.

Certo, non stava parlando nella sua lingua natia. Ma ero comunque sicuro che se quel tipo di virgolette fosse esistito in russo, le avrebbe incasinate anche nella sua lingua madre.

Finii di infilare il resto della mia roba nella borsa, e, con una risata e un sogghigno, rifiutai l'invito dei ragazzi ad andare a bere qualcosa. «Sono stanco morto» dissi. Anche se in realtà ero diretto in palestra per un allenamento, dato che sarebbe stato troppo buio per andare a correre, una volta arrivato a casa.

Kirill mi raggiunse prima che salissi in auto.

«Ty, aspetta» disse, parlando in russo, come faceva di solito quando eravamo da soli. «Ehi, andiamo a vedere un film. Quello sulla rapina in banca sembra buono.»

Dio, un film. Non ero più stato in un cinema dall'incidente. Non volevo nemmeno pensare a che cosa sarebbe potuto accadere. Forse non sarebbe stato abbastanza buio, ma non volevo correre rischi.

«Kirya. Vado a casa, farò qualche vasca e poi dormirò come un tronco» dissi modificando i miei piani al volo.

Lui mi corresse con lo slang aggiornato per andare a letto, rimproverandomi ancora una volta perché parlavo il russo come suo nonno.

Scossi la testa con un sorriso. «È perché l'ho imparato da *mio* nonno. Notte, Kirya. Ci vediamo domani.»

Lui mi mise una mano sulla spalla. «Sono preoccupato. Non sembri più tu.»

Alzai le spalle. «Se sei qui in missione per gli altri, allora puoi riferire che ho rotto con Gray. Non c'è bisogno di continuare a controllarmi.»

Lui aggrottò la fronte ma fece un breve cenno con la testa, mettendosi le mani in tasca e guardando l'orizzonte oltre il parcheggio. «Mi dispiace. Per prima. Dai, vieni a bere qualcosa almeno.»

Scossi la testa. Di tutte le persone con cui discutere di quella rottura il macho russo non sarebbe stata la mia prima scelta. C'era la probabilità che l'usasse come un modo di tormentarmi per il resto della mia vita.

«Sono concentrato sul volo. Non ho tempo per nient'altro.»

Lui divenne serio. «Bene, è ragionevole. Dovrei fare lo stesso.»

Lo guardai perplesso, ma sorvolai. Voleva dire che anche Keely doveva aspettarsi presto cattive notizie?

Dio, era tutto ciò di cui avevo bisogno. Evitare la ragazza che non voleva andarsene da casa mia ed essere obbligato a passare del tempo con la falsa ragazza con i suoi patemi d'animo per la sua rottura. Sembrava un percorso a ostacoli verso l'inferno.

Da quanto avevo potuto vedere, Keely e Kirill avevano avuto una storia molto casuale, ma chissà? Di solito l'interesse di Kirill per le donne che frequentava scemava dopo un breve lasso di tempo. Non dissi niente però. Erano solo affari suoi ed era un adulto. Anche se aveva ritenuto di interferire nella mia vita personale, io non avrei fatto altrettanto.

Lui diede un colpetto al cofano della mia auto. «Forse le cose torneranno presto alla normalità. Solo noi quattro. Che ci divertiamo insieme e passiamo del tempo insieme.»

Kirill aveva un gruppo di amici, espatriati russi come lui, con cui si trovava regolarmente. Sapevo che non si sentiva solo. Ma annuii. «Sì. Siamo solo stressati ultimamente con il volo che si avvicina. A volte, quando ci diamo dentro così intensamente, abbiamo bisogno di una pausa dagli altri.»

Lui annuì. «*Da. Eto pravda.*» Poi lo ripeté in inglese. «È vero. Buonanotte, Ty.»

Gli feci un cenno di saluto. «Buonanotte.»

Lo guardai andare e attraversare il parcheggio prima di inserire la chiave nell'accensione e mettere in moto. Pensai a quanto mi piaceva lavorare con questi uomini e risolvere i problemi e i bachi nelle procedure e nelle checklist. Il cameratismo. L'eccitazione. Mi piaceva tutto del mio lavoro eccetto il pensiero vero e proprio di salire nuovamente su quel razzo, nonostante ciò che avevo detto al mondo nella conferenza stampa quella mattina.

Ma lo avrei fatto, perché era ciò che avevo promesso di fare. In qualche modo ce l'avrei fatta.

Mi strofinai il volto con la mano e misi in moto, dirigendomi verso casa, simultaneamente sperando di evitare eppure di vedere la mia ospite.

Forse avrebbe avuto voglia di discutere la conferenza stampa, o qualunque altra cosa, invece di mantenere il suo strano, calmo silenzio.

Gray stava andando sul portico con in mano il suo e-reader proprio quando finii le vasche in piscina. Ci incrociammo davanti alla porta di vetro che portava all'interno.

Dato che le bloccavo l'uscita, mi feci da parte, ancora gocciolante e lei mi ringraziò in fretta, evitando di guardarmi negli occhi.

Sentii un nodo formarsi in gola. Restai lì, asciugandomi, mentre lei mi superava e andava a sedersi accanto alla ringhiera, mettendosi in modo da osservare la luna che sorgeva a est. Era quasi piena e sfiorava appena l'orizzonte del canyon. Mi voltai e guardai Gray per un momento.

Come accorgendosene, lei si voltò a guardarmi. Non c'era animosità sul suo volto. Solo quella stessa, silenziosa, calma.

Era così da domenica mattina. Nessuna emozione. Niente lacrime. Niente discorsi tristi. Niente tentativi di farmi sentire in colpa. Nemmeno ostilità. Niente.

Era come se tra di noi non fosse mai successo niente.

Solo che *era* successo qualcosa ed io non riuscivo a dimenticarlo. E cominciavo a risentirmi perché sembrava che lei se lo fosse messo alle spalle così facilmente.

Le acque più calme sono quelle più profonde. E le acque di Gray... beh, non avevo avuto il tempo di esplorare le loro profondità e tutto ciò che si nascondeva sotto quella superficie placida. Mi sorprendeva continuamente. Anche in un momento in cui teoricamente non avevamo una relazione. Perfino adesso.

Quell'espressione serena. Niente rabbia. Niente tristezza. Almeno niente che riuscissi a vedere.

Si schiarì la voce. «Avevi bisogno di qualcosa?»

Scossi la testa. «No, grazie. Buona serata.»

Lei restò immobile, come se non sapesse come reagire alle mie parole, poi annuì lentamente. «Anche a te.»

Mi voltai ed entrai, cercando di trovare qualche idea su come fare per mandarla via da casa mia. Se avessimo dovuto condividere lo stesso tetto fino al volo di prova, non so che cosa sarebbe potuto succedere. La guerra fredda. Il caos. Non un omicidio, speravo. E, con ogni probabilità, una ricaduta, una che avrebbe significato me, lei e un mucchio di divertimento nudo e sudato.

Dopo una doccia e un cambio d'abiti, controllai il telefono e trovai un'altra fotografia, un selfie di Karen e AJ. Sotto, la didascalia diceva: *Stiamo venendo in California!*

Sbattei le palpebre e poi cercai di capire.

Ultimamente, avevo messo insieme istantanee divertenti, spesso con la fotografia di AJ in posa a scuola messa nei posti più strani, per farlo ridere. Incollata all'interno del simulatore di capsula mentre stavamo lavorando; fissata sul volante durante il viaggio verso casa; su una roccia sulla spiaggia; incollata a uno dei nostri modellini di razzi Rubicon III.

Avevo quasi esaurito la mia limitata creatività. Gray probabilmente avrebbe avuto un mucchio di altre idee. Ma, come per tutto il resto, avevo dovuto rammentarmi almeno una dozzina di volte di non chiederglielo.

Ciò nonostante, quell'esercizio era servito a ricordarmi che nella mia vita c'era una grossa carenza di divertimento. Il vecchio tipo di divertimento, quello che avevo quando ero vicino alla famiglia di Xander e ai miei amici a Houston.

Risposi: *Grande! Quando?*

Qualche minuto dopo ricevetti la risposta. *La settimana prossima.*

Risposi che ero felice di sentirlo e che non vedevo l'ora di vederli. Poi riposi il telefono, tornando serio quando la prima cosa che avrei voluto fare era andare a dire a Gray che sarebbero venuti. Ma quel dolore costante, quel vuoto che sentivo dentro, mi rammentò che meno le dicevo meglio era.

Avevo bisogno di una pausa da quella sensazione di vuoto. Andando nella stanza di soggiorno, mi avvicinai al bar, attento ad assicurarmi che lei non fosse in giro e non potesse vedermi.

Mi dissi che avrei bevuto solo un bicchierino. Solo uno. Per aiutarmi un po' a superare quella giornata di merda, quella settimana di merda, che presto sarebbe diventato un mese di merda. Che presto sarebbe stata una lunga fila di giornate di merda che si sarebbero confuse l'una con l'altra.

Ma quando svitai il tappo e feci per versare la vodka nel bicchiere, vidi il piccolo segno di pennarello che Gray aveva fatto sulla bottiglia.

Per un attimo restai senza fiato, poi rimisi il tappo, lasciando indisturbata la vodka.

Il suo piano malefico aveva funzionato. Non toccavo quella roba dal giorno in cui aveva segnato il livello, oltre un mese prima.

E adesso non l'avrei toccata per pura testardaggine. Ma mi resi conto di quanto era stata brillante anche in quello. Mi passai la mano tra i capelli, piegando le dita e tirandoli, con una smorfia, ma non per quel piccolo, sordo dolore al cuoio capelluto.

Facevo fatica a respirare, pensando a lei. Era difficile non andare a sedermi accanto a lei sotto la luce della luna. Solo che adesso era buio ed io non potevo sopportare l'idea di stare al buio, anche se significava stare accanto a lei.

E davvero, non riuscivo nemmeno ad affrontare il buio per lei, la mia bella e intelligente ragazza, non mia, ma *mia*. E se non potevo nemmeno affrontare il buio per lei…

Non sarei mai stato degno di lei.

CAPITOLO SEI
GRAY

M I MANCAVA. TANTO. MA STAVO CAMMINANDO SUL filo del rasoio, cercando di essere comunque un'influenza tranquillizzante, cercando di essere emotivamente matura. Cercando di essere accomodante, dopo aver volontariamente scelto di restare a vivere sotto lo stesso tetto anche dopo la rottura della nostra storia.

Mi rendevo conto di quanto potesse essere stressante per lui.

Ma anch'io mi stavo leccando le ferite.

Così, quella sera guardai la luna che sorgeva, pallida e argentea, e bagnava il canyon buio di sotto del viola più scuro e delle tonalità più scure del grigio, chiedendomi quando sarei passata alla fase seguente del lutto.

Erano passati solo pochi giorni, eppure piangevo ancora pateticamente con la faccia nascosta nel cuscino, la sera, quando non riuscivo più a trattenermi, e mi svegliavo ogni mattina con gli occhi che bruciavano e il naso chiuso.

Mi dicevo che sarebbe passato presto, giusto? Il tempo poteva solo attutire il dolore, come succedeva con una ferita fisica.

La prossima fase, rabbia giustificata, era proprio dietro l'angolo.

E, in effetti, mi capitò di svoltare quell'angolo il pomeriggio seguente.

Quando arrivai a casa dal lavoro, mi affrettai a fare qualche vasca nella piscina prima che tornasse Ryan. Ma persi tempo cercando il costume da bagno. Niente era più al suo posto, dopo aver fatto in fretta e poi svuotato la valigia, quando Ryan mi aveva chiesto di andarmene.

Volevo nuotare, maledizione. Ma il costume si stava nascondendo sotto una pila di vestiti da qualche parte.

E così persi la pazienza.

Frustrata, mi lasciai andare a una vera a propria crisi isterica.

Seconda fase: rabbia

Ruppi gli occhiali. No, non accidentalmente. No. Li calpestai volontariamente.

Ero frustrata o forse stavo fingendo che gli occhiali fossero la faccia di Ryan.

Quel rumore di vetri rotti fu *così* soddisfacente, finché mi resi conto che anche il paio d'occhiali di riserva era rotto. Era caduta una vite minuscola, quasi invisibile, e mi ero ripromessa di portarli a riparare, senza mai decidermi a farlo.

Merda, merda. Andai comunque a fare un bagno, per calmarmi, per sfogare la rabbia nuotando avanti e indietro e nel contempo cercare una soluzione per il mio improvviso problema di lenti.

Mi venne in mente mentre mi stavo asciugando. Avrei usato il nastro adesivo. Lo trovai facilmente in uno dei cassetti degli attrezzi di Ryan, ne strappai un pezzettino e lo portai in camera mia.

A parte il fatto che avevano un aspetto orribile, li avevo aggiustati ed erano quasi come nuovi. Mi feci una smorfia davanti allo specchio. Sembravo Harry Potter dopo un'estate particolarmente difficile con i Dursley. Forse avrei lanciato una moda.

Ora, se solo fossi riuscita a dimenticare quanto fosse stato stupido provare soddisfazione per il rumore scricchiolante delle lenti sotto la scarpa mentre visualizzavo il cranio di Ryan...

Non che gli avrei veramente schiacciato il cranio, ovviamente.

Ma immaginarlo aiutava un po'.

Con il problema degli occhiali temporaneamente risolto, feci una doccia per togliermi l'acqua della piscina dai capelli e dalla pelle.

Ma visto che Ryan non sarebbe arrivato a casa ancora per qualche ora, mi vestii, e, non contenta della precedente stupida bravata, ne feci un'altra, ancora più stupida.

Una presa direttamente dal manuale *Guida allo stalking per principianti*.

Andai nella sua stanza.

In tutta sincerità, avevo lasciato un paio di cose nel suo bagno, quindi la faccenda era cominciata in modo abbastanza innocente, con me che recuperavo uno stick di deodorante e la lozione struccante.

Uscendo dal bagno, rallentai quando passai accanto a letto. Ryan rifaceva sempre il letto. Sempre. Senza una grinza, le lenzuola e la coperta perfettamente lisce e tirate. Dovevano averglielo inculcato nel cervello durante tutto il tempo che aveva passato in marina.

Toccai il suo cuscino. Poi, da donna perfettamente sana di mente e senza tendenze da stalker, mi abbassai e affondai la faccia, inalando forte il suo odore e sentendo quella perfetta fitta di emozioni che mi travolgeva. Il ricordo dei suoi baci, delle sue mani sul mio corpo, di svegliarmi con il mio corpo stretto al suo.

Appoggiai le mie cose sul comodino e mi sedetti sul letto, tirandomi in grembo il cuscino per poterlo abbracciare mentre davo qualche altra bella annusata.

Aveva il suo odore. Conchiglie, lime. L'odore della sua pelle, dei suoi capelli.

Nonostante tutto, temevo ancora che non dormisse abbastanza senza la mia presenza per aiutarlo.

Mi mancava sentire il suo corpo accanto al mio nel letto. La nostra storia, mi rifiutavo di chiamarla relazione, era durata solo qualche breve, meravigliosa settimana, ma mi ero abituata in fretta a dormire accanto a lui. Troppo in fretta.

E mi ero innamorata altrettanto in fretta.

Quando sentii le lacrime che bruciavano in fondo agli occhi, mi fermai, obbligandomi a rimettere a posto il cuscino e ordinando al mio cervello di riprendere una parvenza di sanità mentale. Ma, a quanto pareva non ero pronta nemmeno per quello.

Invece entrai nella sua grande cabina-armadio. Non sapevo che cosa sperassi di trovare. Sapevo solo che non ero ancora pronta a lasciare la sua stanza. Tutti i vestiti che c'erano lì erano stati lavati, quindi non avevano il suo odore, ma passai le dita su alcune delle camicie che una volta gli avevo tolto con piacere durante le nostre frenetiche pomiciate. Slacciandole lentamente, lasciando una scia di baci lungo il suo torace muscoloso.

Passai le dita sui diversi tipi di tessuto, chiedendomi perché Elizabeth Kübler Ross non avesse parlato di temporanea follia nel suo trattato sulle fasi del lutto.

Mi fermai quando toccai un tessuto spesso, utilitaristico, proprio in fondo a una lunga fila di indumenti appesi. Colore blu quasi elettrico, con gli stemmi, in particolare quello blu scuro bordato d'oro con l'aquila e il tridente, emblema dei Navy SEAL. Sotto, in oro a indicare un astronauta proveniente dalla marina, c'era il suo nome: Ryan Tyler.

Ce n'erano parecchie appese una accanto all'altra, incluso quella semplice che gli avevano dato da indossare il giorno in qui aveva mantenuto la promessa fatta alla fondazione *Esprimi un desiderio.* Con lui avevamo visitato il centro spaziale a Houston con un adorabile ragazzino sopravvissuto al cancro, Francisco.

Senza nemmeno pensare a ciò che stavo facendo, premetti il volto sulla sua tuta di volo della NASA. Ovviamente, non aveva il suo odore. Probabilmente era stata lavata da quando l'aveva indossata l'ultima volta. Quando mi tirai indietro, tracciai con la punta del dito gli stemmi delle missioni ISS. Un minuto dopo mi ero tolta i vestiti e stavo chiudendo la cerniera della tuta che avevo indossato.

Era enorme, ovviamente. Ryan era molto più alto di me e aveva una figura muscolosa. Nuotavo all'interno di quella cosa, ma dovevo ammettere che anche se era della misura sbagliata, l'emozione di indossare la tuta di volo di un vero astronauta era fortissima. Passai nuovamente le mani sul tessuto, immaginando che fosse la mia tuta, che mi calzava perfettamente, di essere appena tornata da una missione sulla Stazione Spaziale Internazionale.

Arrotolare le gambe dei pantaloni e le maniche migliorò un po' la situazione. Afferrai anche una delle sue cinture e la strinsi in vita. Tornai nella stanza e mi guardai allo specchio a tutt'altezza sulla porta del bagno, voltandomi di qui e di là.

Certo, mi sentivo da schifo, ma quello era un improvviso barlume di felicità nel mezzo della mia giornata. Mi strinsi le braccia attorno e poi mi raddrizzai, come mettendomi sull'attenti. Come se stessi posando per i fotografi e la stampa.

Beh, sì, ovviamente, stavo solo cercando di essere il miglior psicologo possibile, ma hanno insistito che mi addestrassi come astronauta per il primo viaggio su Marte. Alzai la testa davanti allo specchio, in un gesto arrogante e risi di me stessa.

Quando sentii la chiave girare nella porta d'ingresso, restai impietrita. In qualunque altro momento avrei riso della mia espressione da lepre sotto i fari riflessa nello specchio. Ma in quel momento ero sia una stalker sia in una posizione veramente umiliante.

Oh merda. Oh... tutte le altre imprecazioni oltre a quella scatologica!

Guardai in fretta l'orologio mentre mi affrettavo ad abbassare la cerniera sul davanti per togliermi la tuta prima che mi vedesse. Ryan era un po' in anticipo, ma non molto. Con tutto quel sognare a occhi aperti, avevo perso la nozione del tempo.

Non so quale fosse esattamente il mio piano. Il mio cervello apparentemente aveva smesso di funzionare, congelato, bloccato come quella maledetta cerniera una volta raggiunta la cintura. Nel panico, avevo abbassato la cerniera e mi ero tolta le maniche prima di levare la cintura. Ma arrivata a quel punto, decisi che non avevo abbastanza tempo per svestirmi, rivestirmi e appendere nuovamente la tuta di volo prima che Ryan entrasse in casa, e alla fine nella sua stanza per cambiarsi.

Era a soli pochi secondi dal cogliermi nella sua stanza con i suoi vestiti addosso.

Mi sentivo bruciare al pensiero di quel livello di imbarazzo. Sarebbe stato stratosferico. Quindi feci la cosa più logica che riuscì a pensare il mio frenetico cervello e corsi fuori dalla sua stanza a tutta velocità, sperando di riuscire a tornare nella mia prima che aprisse la porta e mi vedesse con la sua tuta di volo addosso.

Ahimè, il mio spontaneo piano B, correre e nascondermi, non era destinato ad andare a buon fine.

Mentre correvo attraverso la stanza di soggiorno, diretta al corridoio, dovetti passare proprio davanti alla porta d'ingresso. E proprio in quel punto inciampai in una delle gambe dei pantaloni che si era srotolata e feci un volo.

Nel panico, non avevo rialzato la parte alta della tuta. Quindi adesso avevo una bruciatura da tappeto su tutto il petto. E, ovviamente, la parte superiore del mio corpo era completamente nuda.

Sbattei le palpebre, allungando la mano per prendere gli occhiali che mi erano saltati via dal naso, a quel punto probabilmente per il disgusto che provavano nei miei confronti.

All'improvviso apparve un paio di scarpe nere proprio davanti alla mia faccia. Scarpe nere grandi.

Scarpe da uomo.

Poi una mano si unì alle scarpe a livello dei miei occhi mentre Ryan si abbassava per prendere i miei occhiali e passarmeli tranquillamente. Li presi, sentendo la pelle bruciare per l'imbarazzo, oltre che per la bruciatura da frizione dovuta al tappeto.

Mormorai i miei ringraziamenti, nonostante l'umiliazione, poi mi schiarii la gola mentre Ryan stava indubbiamente analizzando la scena davanti a lui: io lunga distesa nella sua stanza di soggiorno, mezza nuda, con la sua tuta di volo della NASA aperta che mi pendeva di dosso.

«Non… uhm… non è come pensi.»

«No?»

Risucchiai il fiato, cercando di capire come mettermi seduta senza espormi completamente, anche se era un pensiero piuttosto stupido. Meno di una settimana prima avevamo fatto sesso sul ripiano della sua cucina e non avevo avuto problemi a restare nuda davanti a lui.

Ci fu una pausa impacciata mentre aspettavo a faccia in giù sul pavimento, cercando di immaginare un modo per uscire dalla stanza con la mia dignità intatta. *Decisamente troppo tardi, Gray!*

«Allora, uh, che cosa sto pensando?»

La mia faccia bruciò ancora di più e non risposi. Qualche secondo dopo, Ryan sembrò percepire il fortissimo invito ad andarsene che gli stavo inviando mentalmente. Dovette scavalcarmi per andare in camera sua, ma lo fece senza ulteriori commenti.

Quando la sua porta si chiuse, mi alzai, corsi nella mia stanza e mi affrettai a togliermi la tuta. La piegai attentamente e poi indossai qualcos'altro, risparmiando il reggiseno ai miei poveri, indolenziti capezzoli. I pantaloni della tuta e la t-shirt che indossavo prima erano ancora sul pavimento della cabina-armadio.

Ero seduta sul letto, agitata, decisa a restare nella mia stanza per tutto il resto della serata, quando Ryan bussò piano.

Leccandomi le labbra non risposi, non avendo ancora trovato qualcosa da dire.

«Gray» disse Ryan attraverso la porta. «Ho qui le tue cose.»

Senza una parola, raccolsi la sua tuta e la sua cintura e andai alla porta. L'aprii solo quel tanto che bastava per lo scambio di vestiti, poi feci per chiuderla.

Ryan tese in fretta una mano e la tenne aperta. Strinse gli occhi.

«Stai bene?»

Mi schiari la voce e mi ordinai invano di non arrossire. «Sopravvivrò.»

«Posso… possiamo parlare?»

Rimasi sbalordita. Beh era già qualcosa. Finalmente voleva parlare?

Controllai l'orologio come se avessi un milione di appuntamenti urgenti invece di qualche rapporto da scrivere per l'ufficio il giorno dopo, non più di un'ora di lavoro.

«Uh, sì, certo. Dammi un minuto. Ci vediamo in cucina.»

Qualche minuto dopo e una visita in bagno per calmarmi e spruzzarmi un po' d'acqua fredda in faccia, eravamo seduti uno davanti all'altro al tavolo della sala da pranzo. Lui aveva preso una birra per sé dal frigo e, senza chiedermelo, una Dr. Pepper gelata per me.

Voleva che me ne andassi. Si capiva dal modo in cui mi stava guardando, dal modo in cui si stava comportando. Quella non era una riconciliazione. Nemmeno una spiegazione, che mi doveva ancora. Era un'espulsione.

Tolsi la linguetta dalla lattina e bevvi un sorso mentre lui svitava il tappo della sua bottiglia di birra e la metteva da parte senza portarsela alla bocca. Poi intrecciò le lunghe dita davanti a sé, con i gomiti sul tavolo, studiandosi le mani. Parlò senza alzare gli occhi ma con le parole misurate che ero sicura si fosse già ripetuto parecchie volte.

«Gray, dobbiamo arrivare a qualche tipo di accordo.»

Sbattei le palpebre, senza guardarlo. «Mi dispiace veramente. Non sarei dovuta andare in camera tua e non avrei dovuto mettermi la tua tuta. Non volevo spiare, lo giuro. Solo...»

«Gray.» Allungò la mano sul tavolo per attirare la mia attenzione mentre le parole mi uscivano più in fretta di quanto riuscissi a pronunciarle.

Lo guardai. Aveva la faccia seria ma non severa. «Non mi interessa la tuta. Puoi tenerla se vuoi.»

Aggrottai le sopracciglia, con il dolore per quella situazione che mi colpiva di colpo. Scossi la testa e mormorai un patetico: «No, ma grazie. Sei gentile.»

Ryan sospirò. «Okay. C'è un'altra cosa di cui ti volevo parlare.»

Mi raddrizzai. «Cioè?»

I suoi occhi così azzurri fissarono i miei e riuscii a vederlo, aveva rialzato ogni singola sua barriera. Era ben schermato. «Sul fatto di vivere insieme in questo modo... prima di continuare voglio che tu sappia che non era calcolato. Non ho cominciato la nostra storia nel tentativo di manipolarti.»

Oh, non glielo avrei reso facile. Niente da fare. Appoggiai il mento sul pugno e giocherellai con la linguetta della lattina, piegandola avanti e indietro finché non si ruppe. «Perché l'hai cominciata, allora?»

Lui sbatté gli occhi in quello strano modo lento, cioè chiuse gli occhi, li tenne chiusi per un attimo e poi li riaprì di colpo. Poi deglutì. «Ero attratto da te. Sentivo che eri attratta da me. C'era chimica tra di noi.»

«E non è più così?» Piegai la testa di lato per sottolineare la mia domanda e lui si dimenò sulla sedia.

Non ci voleva un dottorato in psicologia per capire che aveva immediatamente rimpianto di aver cominciato quella conversazione. E mi rendeva ancora meno disposta a fargliela passare liscia.

«Sono ancora attratto da te» disse con la voce bassa, senza intonazione. «Ma adesso c'è di più. Ci sono dei sentimenti in ballo.»

«Oh? Vuoi dire che tu provi dei sentimenti?»

Ryan strinse i denti. «Stavo parlando dei tuoi sentimenti...»

Ahi. Scudi alzati...

«Oh. Okay. Quindi tu non provi sentimenti?»

Lui fece un'altra lunga pausa. «Non è ciò che ho detto.»

Aggrottai la fronte. «Ma non sono gli stessi sentimenti che provo io.»

Ryan si tirò indietro dal tavolo e si appoggiò allo schienale della sedia, rigido e a disagio. «Non ho intenzione di parlare di sentimenti in questo momento.»

La sua palese agitazione mi diceva che ci stavamo avvicinando a qualcosa che voleva evitare, o che ci stavamo allontanando troppo da ciò che voleva discutere all'inizio. O entrambe le cose.

Evitai il sospiro che volevo disperatamente fare e decisi di tagliar corto. «Quindi significa che non hai intenzione di dirmi perché hai rotto con me?»

Ryan guardò di lato, con le sopracciglia che si univano. Una strana espressione, finché arrossì e capii facilmente che stava lottando contro la rabbia.

Sbattei le palpebre, stupita. Si stava arrabbiando con me perché lo stavo obbligando a parlare? Perché non accettavo il suo discorsetto preparato per poi andarmene?

Ma quando mi guardò di nuovo non fu con la rabbia negli occhi. Era qualcos'altro. Forse frustrazione. Ma non nei miei confronti.

Scossi la testa, confusa.

«Gray» sussurrò roco, e il modo in cui la sua voce tremò quando disse il mio nome mi arrivò fino al cuore. «L'ultima cosa che voglio è che tu ti metta in discussione o dubiti di te stessa. Tu non hai fatto niente di sbagliato.»

Digrignando i denti, lottai contro la mia ondata di frustrazione. «Come puoi pensare che non mi metta in discussione? Sai che è impossibile. Specialmente se non mi dai risposte.»

Ryan strinse i pugni davanti a sé sul tavolo. «Sono incasinato in questo momento. Lo sai. Non ci riesco. Tu meriti di meglio.»

Scossi la testa protestando. «Ma ci stavamo lavorando. Ti stavo aiutando...» la mia voce morì quando vidi l'espressione gelida sul suo volto. «Almeno è ciò che pensavo.»

Deglutì. «Devo tenere la mente concentrata su ciò che sto facendo, sull'addestramento, il volo di prova e la roba con Keely. Tutto quanto. Non posso lasciarmi distrarre.» Scosse la testa, distogliendo lo sguardo.

«Quindi ti stavo distraendo?»

Ryan abbassò la testa e si passò una mano tra i capelli, strizzando gli occhi, irritato. «Sì» sbuffò.

La mia gola si strinse e bruciò per le lacrime che volevano arrivare in superficie. Ma non lo avrei permesso. Ryan aveva già abbastanza sensi di colpa e pensava di essere irreparabilmente guasto. Non potevo aggiungere la mia angoscia e il mio dolore al carico che si era volontariamente preso sulle spalle.

Mi accigliai, sapendo che bisognava essere in due per cominciare qualcosa. Ed io ero perfettamente conscia del suo stato molto prima che cominciassimo la nostra liaison amorosa.

Forse avevo puntato sul fatto che sarebbe migliorato. O forse avevo solo fatto l'errore fatale di non valutare le cose fino in fondo.

Avevo scommesso, sì. E avevo perso.

«Quindi adesso vuoi dirmi che me ne devo andare» dissi alla fine, sommessamente.

La sua fronte tornò liscia e mi diede velocemente un'occhiata, per poi distogliere nuovamente gli occhi.

«*Ma*» continuai, «c'è il problema che si aspettano che io resti qui e ti impedisca di ricominciare a comportarti come prima, se lo aspetta Tolan. Se lo aspettano mio padre e gli altri investitori.»

Vidi lo strano sussulto e il lampo di rabbia prima che distogliesse nuovamente gli occhi, come per sforzarsi di calmarsi. Per fare qualcosa, presi la bibita e bevvi un sorso. Ryan fissò nel vuoto per un minuto o due prima di riscuotersi visibilmente e voltarsi di nuovo verso di me.

«La settimana prossima avrò degli ospiti» disse a voce bassa.

Beh, non era ciò che mi ero aspettata di sentire. Esitai, facendogli cenno di chiarire.

«Karen Freed. È una consulente nel nuovo film e lo studio le ha chiesto di venire qua per le interviste. Quando me l'ha detto, ho invitato lei e AJ a stare da me. E dato che il ragazzino non deve tornare a scuola ancora per un mese e mezzo, resteranno qui per un po'.»

Aprii la bocca, la richiusi e poi l'aprii di nuovo. «Perfetto. Sono contenta che tu sia nelle condizioni di riuscire...» Mi mancò inaspettatamente la voce, anche se non fu proprio un singhiozzo. Il momento in cui era riuscito a mettersi in contatto con Karen era esattamente quello in cui mi aveva scaricato, e ora che mi stava dando l'ordine di via.

Lottando per mantenere il controllo emotivo, ingoiai il mio stesso dolore. Potevo essere felice per questo enorme passo nel suo progresso. «Sono contenta che voi due vi stiate nuovamente parlando.»

Lui fissò il tavolo in mezzo a noi e notai com'erano stretti i suoi pugni, con le nocche bianche. Aveva delle mani bellissime. Grandi, le dita lunghe, vene ben definite. Sbattei le palpebre prima di permettermi di seguire "il sentiero di primule" e ricordare ciò che potevano fare, e avevano fatto, quelle mani per me.

Perché era finita. Me lo stava assicurando. Non c'era più speranza. Non avremmo ricominciato.

«Ho l'impressione che non me lo stia dicendo solo perché faccia un po' di spazio sul ripiano del bagno per i tuoi altri ospiti.»

Ryan scosse la testa. «Penso che ci sia tanto che puoi fare per il programma. E hai la tua vita a cui tornare.»

Sentii un altro peso cadermi nello stomaco, un'improvvisa, pesante solitudine instillata da quelle parole. *La tua vita.* La mia vita... senza di lui.

«Stai pensando che Karen possa prendere il mio posto?» gli chiesi dolcemente. Ryan sembrò perplesso ed io feci un gesto secco con la mano, mentre chiarivo. «Intendevo dire per impedirti, uhm, di ricascare nel tuo stile di vita.»

Lui non disse niente, mi fissò solo negli occhi con quel suo sguardo penetrante. Aveva di nuovo quell'espressione, come se stesse cercando di risolvere un difficile rompicapo. Poi annuì lentamente.

Io feci un respiro profondo, sopraffatta da un insieme di emozioni. Non desideravo veramente restare lì e continuare l'imbarazzante gioco a rimpiattino che eravamo riusciti a sostenere nei giorni precedenti. Ma non volevo nemmeno dirgli addio.

Non volevo che fosse la fine.

E di certo non volevo continuare a restare seduta a quel tavolo e continuare quella conversazione.

Mi alzai. «Parlerò con Tolan domani mattina per vedere se può stargli bene.»

«Posso farlo io. Non hai bisogno…»

Tesi una mano per interrompere la discussione. «Va tutto bene. Lo farò io.»

Ryan abbassò nuovamente gli occhi sul tavolo. Prima di dire o fare qualcosa che avrei rimpianto, come sciogliermi in una pozza tremolante sul pavimento, misi la lattina nel bidone del riciclo e tornai nella mia stanza.

A leccarmi in silenzio le mie ferite, con la mia collaudata, apparente, imperturbabilità.

All'inizio, le ferite aperte sono nude e vulnerabili, suscettibili agli elementi. Ma presto, seguendo la naturale tendenza del corpo a guarire, si forma una crosta che protegge la pelle sottostante mentre si forma il tessuto cicatriziale. E presto il tessuto è come nuovo, anche se un po' brutto da vedere. E alla fine il tessuto cicatriziale è meno sensibile della pelle che aveva riparato.

L'esperienza sembrava funzionare allo stesso modo.

E anche il crepacuore.

Feci due promesse a me stessa: che avrei cercato di fare del mio meglio per superare il risentimento nei suoi confronti per avermi spezzato il cuore. E che avrei lottato per superare l'odio per me stessa per avergli dato innanzitutto l'opportunità di farlo.

Il tempo guarirà tutto, mi diceva una voce in fondo alla mente. La voce della mia ragione. Il mio io pensante.

Ma giù in fondo, sapevo che non era così facile. Non quando mi sembrava che mi mancasse una parte di me. E la ferita che si era lasciata indietro era aperta e dolorante.

CAPITOLO SETTE
GRAY

MENTRE ERO PER STRADA PER ANDARE AL LAVORO LA mattina seguente, ricevetti una telefonata da mio padre. Dato che stavo ancora andando a passo di lumaca nel traffico mattutino sulla superstrada 22, risposi al telefono usando i tasti sul volante.

«Ciao, papà. Sto andando al lavoro. Che c'è?»

«Cena a casa mia questa settimana. Sabato sera se ce la fai?»

«Certo, mi sembra vada bene.» Risi e non resistetti a prenderlo in giro. «Cucini tu?»

«Ho invitato un ospite. Ricordi Aaron Thiessen? Mi ha chiamato la settimana scorsa e voleva chiacchierare. Ricordo come vi eravate trovati bene assieme quando ci siamo imbattuti in lui in quel ristorante frou-frou il mese scorso. Mi stava facendo un mucchio di domande sullo spazio, quindi ho pensato che sarebbe stato simpatico invitarlo alla nostra cena. Possiamo parlare dei vecchi tempi.»

Mi innervosii, annusando la trappola. Non avevo molti "vecchi tempi" di cui parlare con Aaron. Ero al college durante la maggior parte del tempo in cui papà era stato il suo mentore. Non era l'amicizia che avevo con Tolan, che era quasi una persona di famiglia.

«Uh, okay, che cosa vuoi che porti?»

«Solo te stessa» rispose mio padre come se si fosse aspettato la domanda.

Non era proprio da lui. Di solito si teneva alla larga dalla mia vita personale e sociale, specialmente dalla mia vita amorosa che, fino a molto di recente, era stata inesistente. *Strano.*

Chiacchierammo ancora per un paio di minuti prima di chiudere, e continuai a ripensare a quello strano nuovo sviluppo, anche se ero contenta di lasciare per una sera la casa di Ryan, piena di tensione.

Perché adesso sembrava che stessimo solo contando i giorni fino all'arrivo di Karen Freed e suo figlio e alla mia partenza, se l'XVenture l'avesse approvata, ovviamente.

Ebbi l'occasione di discuterne con Tolan a pranzo quel giorno, dopo avergli mandato un messaggio appena arrivata al lavoro. Come incentivo perché mi ricevesse gli avevo offerto del take-out cinese da uno dei ristoranti lì vicino che piaceva a entrambi e lui era rimasto d'accordo di vedermi mentre ci rimpinzavamo.

Quando passai davanti al suo assistente con i sacchetti di cibo fragrante, quasi scoppiai a ridere notando Tolan che mi aspettava alla sua scrivania, con le bacchette pronte in mano. L'unica cosa che avrebbe potuto essere più divertente sarebbe stato trovarlo con un bavaglino sopra la camicia.

Le sue bacchette erano leggermente diverse, metalliche e piatte, il tipo coreano. Era logico che le preferisse perché sua madre era coreana e forse la donna più adorabile che avessi mai conosciuto.

Presi le bacchette monouso dal loro incarto e le tesi, come volessi tirare di scherma. «*En garde.* Il vincitore prende tutti i *wonton?*»

«Diavolo no, dai qua, ragazza.» Sbatté insieme forte le bacchette, imitando delle mandibole affamate. In risposta, misi i sacchetti sulla sua scrivania e lui cominciò a frugare nei cartoni bianchi per trovare i suoi piatti preferiti.

«Non sbafarti tutti gli involtini primavera, per favore. Salvane almeno uno per me» sbuffai.

Lui aveva già aperto un cartone, e aveva i *noodle lo mein* tra le bacchette a qualche centimetro dalla bocca. «Mi dispiace. Volevi veramente parlare con me? Io avevo solo intenzione di abbuffarmi.»

Passammo i minuti seguenti consumando allegramente il cibo con un sacco di sbatter di labbra e mormorii di approvazione da parte di Tolan. Era un uomo brillante, uno degli uomini più intelligenti e visionari che conoscessi, e conoscevo un sacco di gente brillante. Ma Tolan aveva coltivato una visione fin da quand'era un ragazzo, si era innalzato da un background di classe media, di immigrato negli Stati Uniti da adolescente. Nonostante i quindici anni di differenza tra di noi, avevamo legato quando studiava come pupillo di mio padre. Eravamo entrambi fanatici dello spazio e avevamo frequentato insieme eventi spaziali, seminari al planetario, un paio di atterraggi dello shuttle alla Edward Air Force base, il firmacopie di un libro di memorie di un astronauta, anche parecchie convention sull'esplorazione spaziale.

Mi aveva portato in Florida a vedere l'ultimissimo lancio della navetta spaziale *Atlantis* a Cape Canaveral nel 2011. Aveva usato la sua influenza per ottenere i posti nella sezione VIP per osservarlo.

Restava uno degli eventi più memorabili della mia vita.

«Ahh, era tutto così buono» disse Tolan quando smise di mangiare qualche minuto dopo. Mangiava a una velocità insolita, cosa per cui lo prendevo regolarmente in giro. Si batté sulla pancia. «Potrei dovermi slacciare la cintura, Gray. Ti avviso.»

Alzai un sopracciglio. «Per favore, aspetta che me ne sia andata e cerca di esercitare un po' di autocontrollo con il tuo consumo di cibo.»

Tolan scosse la testa. «Non è colpa mia. Sei tu che mi hai messo davanti al naso il cibo cinese. Sono come Homer Simpson e le ciambelle, quando si tratta di cibo cinese.»

Sorrisi serenamente ma non dissi ciò che stavo pensando. *È esattamente ciò su cui contavo, Tolan.*

Si pulì la bocca con un tovagliolino di carta con il logo, il nome e l'indirizzo del ristorante in rosso. «Allora, che cosa posso fare per te?»

Io alzai le spalle. «Volevo solo chiacchierare un po'.»

«Come vanno le cose con Ty? Meglio?»

Non discutevamo a fondo della situazione fin dalle prime settimane, quando Ryan era stato belligerante e molto irritabile per tutta la faccenda del mio babysitting.

Con mio grande sollievo, Tolan non sapeva che cos'era successo nel frattempo.

«Beh, proprio riguardo a quello» cominciai lentamente. «Stavo pensando che potrei allentare un po' la sorveglianza.»

Tolan non sembrò sorpreso o nemmeno un po' curioso. Lasciò cadere il tovagliolino sporco nel cestino della spazzatura e prese la sua bottiglia d'acqua per bere un sorso. «Già, tuo padre ha detto più o meno la stessa cosa quando l'ho visto la settimana scorsa.»

Rimasi sorpresa. *La settimana scorsa?* Tolan aveva parlato con mio padre la settimana prima?

«Papà è stato qui la settimana scorsa?» Lo avrei saputo, no? Sicuramente si sarebbe fermato almeno a dirmi ciao.

Tolan scosse la testa. «Non qui. Dall'altra parte della strada. Abbiamo avuto una piccola riunione da Happy. Comunque ha detto che era un po' preoccupato perché eri impossibilitata a finire le tue ore di tirocinio. Che non era più preoccupato per Ty, ora che stava assecondando la faccenda della falsa relazione. Non ne ha parlato con te?»

Sforzandomi di nascondere la mia reazione, mantenni il volto impassibile invece di mostrare la mia sorpresa. «Non ancora. Cenerò con lui questo sabato.»

«Beh, personalmente mi fido della tua opinione. Daremo un po' di spazio a Ty se ritieni che sia all'altezza. Specialmente in modo che tu possa tornare alla tua solita vita.»

Quasi sbuffai. Già, la mia grandiosa, eccitante vita. Che barzelletta. Migliaia di calorie di gelato, consumato a vaschette intere mentre ascoltavo canzoni tristi. *Non vedevo l'ora.*

«Giusto perché tu ne sia al corrente, la vedova di Xander Freed e suo figlio staranno con lui a partire dalla settimana prossima. Penso che sarà in buone mani. Inoltre… inoltre…»

Non riuscii nemmeno a dirlo.

«Sta andando meglio?» mi invitò a proseguire Tolan.

Annuii appena. «Sì. Non beve e niente feste.» Non avremmo parlato dell'altra roba. Il disturbo da stress post traumatico, la paura paralizzante del buio, la mancanza di sonno. E la sua tendenza a volersi punire perché era *spezzato.*

Tolan annuì. «Bene, allora perché non resti finché non arriva Karen Freed. E, per favore, puoi invitarla a venire qua se ha tempo? Mi piacerebbe conoscere lei e suo figlio. Mi piacerebbe farle fare il tour VIP dell'impianto.»

Annuii. «Sì, certo.» Mi si strinse lo stomaco e chiacchierammo ancora per qualche minuto sulla sua vita. Tolan e la sua ragazza cominciavano a fare sul serio e lui voleva qualche suggerimento psicologico riguarda ad alcune delle pietre miliari... come, per esempio, quando dire le famose paroline.

Il miglior suggerimento? Non farlo con una fottuta pila di pancake a forma di cuore. Mi morsi il labbro per non fare quel commento a voce alta e feci del mio meglio, come al solito, per essere una buona ascoltatrice.

Il giorno seguente finalmente mi incontrai con Pari, che avevo quasi evitato da quando Ryan aveva fatto scoppiare la bomba il fine settimana precedente.

Avevo lasciato i cupcake per il suo compleanno e un biglietto d'auguri sulla sua scrivania lunedì mattina presto e lei aveva lasciato un meraviglioso biglietto di ringraziamento sulla mia il giorno dopo.

Ma non avevo veramente voluto parlare di quel disastro con lei. Non ancora comunque. Forse, in fondo in fondo, stavo ancora sperando che fosse temporaneo.

Ma non potevo evitare Pari per sempre. Ci incrociammo, mi stampai sulla faccia un sorriso fasullo, ma lei non si fece ingannare.

Mi tirò in una rientranza. «Sei stata difficile da trovare ultimamente» disse, guardandomi con gli occhi speranzosi e un grande sorriso. Poi abbassò la voce. «Come vanno le cose nell'astro-casa dell'amore?» Poi agitò le folte sopracciglia scure. «O dovrei chiamarla *rampa di lancio?*»

La zittii. «Non vanno.»

Pari rimase frastornata. «Che cos'è successo?»

«Non voglio parlarne adesso, okay. Ti prometto che ti dirò tutto nel fine settimana, o, meglio ancora, vieni a casa mia la settimana prossima. Sarò tornata lì per allora.»

Pari ci rimuginò per un momento prima di annuire lentamente. «Stai bene?»

Mi morsi il labbro. «Andrà tutto bene. Poi ti dirò.»

Pari fece una smorfia, dispiaciuta. «Okay. Mi dispiace tanto.»

Esitammo, guardandoci in faccia e poi io feci un passo nella direzione dei cubicoli che dividevo con gli altri membri dell'équipe sanitaria. Era quasi ora di uscire e dovevo raccogliere alcune carte per poter finire a casa il lavoro. «E tu? Va tutto bene?»

Lei annuì e poi abbassò la testa, con un sorrisino sul volto. Lo colsi e mi fermai di colpo.

«Che cosa significa quel sorriso?»

«Beh, ti avrei detto come vanno le cose a me, ma adesso mi sento in colpa a condividere delle buone notizie.»

La fissai, ripiegando le braccia sul petto. «Sputa il rospo.»

«Ho ascoltato il tuo suggerimento e... beh, ho raccolto il coraggio e ho parlato con Vic.»

Sorrisi, nonostante la mia tristezza. Avevo sperato in un esito positivo tra lei e Victoria da quando mi aveva parlato della loro avventuretta. «Sono così felice. È andata bene, suppongo?»

Pari annuì. «Penso di sì. Parleremo ancora un po' a cena, forse questo fine settimana se riusciamo a trovare un po' di tempo libero.»

Continuammo a camminare nella stessa direzione. «Per favore, fammi sapere come va, se te la senti. E sai, non esitare a dirmi che tra voi sta succedendo qualcosa di bello, anche se sono triste, okay?»

Pari annuì, continuando a fissarmi con uno sguardo indagatore. «Promettimi che parleremo quando sarai pronta? Non devi essere quella che ascolta i problemi di tutti eppure non trova mai il tempo per parlare dei propri, sai?»

Le sorrisi anch'io, anche se il mio sorriso era un po' tirato. L'avrei abbracciata, ma Pari non era tipo da abbracci, e rispettavo il suo atteggiamento.

Dall'ufficio, andai direttamente in un bar lì vicino e feci la maggior parte del mio lavoro collaterale lì, evitando di andare a casa troppo presto. Ancora avvilita per il discorsetto *"fuori dai piedi"* di Ryan, non me la sentivo ancora di fare le valigie e desideravo ancora meno incontrarlo.

Sabato, feci il lungo, lento e faticoso viaggio a LA per andare a cena da mio padre.

E mi ritrovai, nel modo più strano e imbarazzante, in quello che si poteva descrivere come un primo appuntamento a sorpresa. Non avevo avuto molti primi appuntamenti, e, a essere sincera, non erano mai andati bene. E il primo appuntamento che mio padre aveva, non tanto discretamente, cercato di fissare per me superava di molto i limiti dell'imbarazzo.

Papà aveva tre case; una a Peoria, Illinois, che era il suo stato natio, un appartamento a Manhattan e la sua abitazione in California, che era una modesta casa in stile ranch nel quartiere della classe media superiore di Los Angeles, Los Feliz.

Nessuna di quelle abitazioni rivelava il fatto che fosse uno degli uomini più ricchi del paese. Niente di ultra moderno o il *buen retiro* sul lago, come il suo conoscente, Bill Gates. Niente replica appariscente della casa sulla cascata di Frank Lloyd

Wright, come quella del suo buon amico Mark Chandler, AD di uno dei più grandi hedge fund a New York. E niente enorme ranch a Hidden Hills, nella San Fernando Valley, come il suo ex pupillo, Tolan Reeves.

Papà aveva comprato la casa a LA per la nostra famiglia quando ci eravamo trasferiti lì per i miei problemi di salute, quando avevo otto anni. Ero vissuta lì in tutti i miei anni formativi perché era vicina a uno dei migliori ospedali pediatrici del paese. I trasferimenti della mia famiglia, e molti degli eventi che ci avevano segnato come unità famigliare, erano spesso incentrati su di me e la mia salute.

Aaron Thiessen era già a casa di mio padre quando arrivai con il pane appena fatto e un mazzo di fiori per la tavola. E sapevo che la serata sarebbe stata lunga quando papà mi chiamò in salotto dove lui e Aaron erano di fronte a una parete piena di mie fotografie.

Sì, giusto. Aveva un'intera parete di foto che mi erano state fatte negli anni, dall'infanzia, attraversando quel magnifico periodo in cui ero stata maledetta con la perfetta tripletta: apparecchio per i denti, pelle orribile e occhiali infrangibili dalla montatura spessa. C'erano un paio di foto di me in ospedale, con alcuni dei miei medici e infermieri preferiti. E, ovviamente, c'era l'istantanea della mia prima visita a Disneyland dopo l'ultima sostituzione valvolare, nella quale sembravo pronta a prendere di petto il mondo, dopo aver finito le superiori a sedici anni.

«Aveva i voti per essere la prima della classe, se si fosse diplomata con gli altri.»

Oh, uffa, papà, smettila.

«Che cosa sta succedendo qui?» Nel dubbio su come comportarti nella più imbarazzante delle situazioni, fai la finta tonta, dicevo sempre.

Aaron, che si era chinato a guardare più da vicino una foto mia con in mano uno strano *objet d'art*, per il mio progetto d'arte della quinta elementare, si raddrizzò. «Gray! È bello rivederti così presto.» Si avvicinò e prima che potessi tendergli la mano perché la stringesse, si abbassò e mi baciò la guancia.

Aveva poco più di trent'anni, era un uomo di notevole successo con un aspetto e una corporatura medi. Non gli mancava l'occhio astuto dell'uomo d'affari, anche se l'avevo sempre trovato amichevole ed era facile andare d'accordo con lui. Non aveva nemmeno un grammo di arroganza o di presunzione. Esattamente l'opposto di un certo uomo della cui compagnia avevo goduto recentemente.

«Benvenuto a casa Barrett» gli dissi, rivolgendomi poi a mio padre. «Qualunque cosa stia cuocendo ha un odore delizioso. Mary ti ha lasciato qualcosa nel forno?»

«Le sue lasagne. So che sono le tue preferite, quindi gliele ho chieste in particolare per te.» Papà si avvicinò, abbracciandomi stretta e mi diede un bacio particolarmente vistoso sulla guancia, ed era strano perché non era famoso per le sue dimostrazioni pubbliche d'affetto, perfino per la sua unica figlia.

«Ed io ti ho portato il tuo pane preferito.» Gli sorrisi. «Non mangio da secoli le lasagne di Mary. Sto già sbavando.»

Papà si rivolse ad Aaron. «Non è che sbavi veramente.» E Aaron rise diligentemente, sorridendomi.

Sbattei le palpebre. *Oh, papà, per favore no.* Sembrava che stesse cercando di vendere un'auto usata. «Che ne dite se mangiamo? Sto morendo di fame.» E prima che mio padre potesse aggiungere un'altra banalità, voltai la testa verso Aaron con un sorriso sarcastico. «E, in effetti, tendo a mangiare regolarmente.»

Papà ridacchiò. «Sei così divertente. Dico sempre a tutti quant'è divertente la mia ragazza.»

Resistetti al desiderio di alzare gli occhi al cielo per implorare l'intervento divino. Gliene avrei dette quattro più tardi. E forse non sarebbero nemmeno state parole piacevoli e rispettose.

Per qualche motivo, papà aveva una tovaglia bianca e allegri tovaglioli rossi sul tavolo della sala da pranzo. Era tutto apparecchiato come per una festa, probabilmente da Mary, la governante di papà, prima che se ne andasse a fine giornata.

Affettai il pane ancora caldo, spalmandolo di burro morbido e passando in giro le fette mentre ci servivamo delle lasagne dalla teglia in mezzo al tavolo. Con mia somma sorpresa, mio padre rientrò nella stanza con una bottiglia di vino rosso già aperta.

«Secondo gli ordini del medico devo lasciar perdere il vino, ma ho questa bottiglia per voi due.» Verso un bicchiere di vino per me e Aaron con tutta la formalità di un sommelier di un ristorante a cinque stelle. Avrei voluto guardarlo storto, ma non lo feci. Accidenti, ci stava andando giù pesante.

Papà chiacchierò innocentemente di affari, decantando al contempo le mie virtù. Poi all'improvviso, dopo soli dieci minuti, si pulì la bocca e si alzò. «Scusate, me lo sono appena ricordato. Devo fare una telefonata importante. Ahh... dove ho lasciato il telefono?»

«Ce l'hai nel taschino della camicia, papà.» Lui esitò prima di uscire, fermandosi a rabboccare i nostri bicchieri prima di sparire. Sperai che il pavimento mi inghiottisse, ed evitai lo sguardo di Aaron.

Appena uscito dalla stanza, papà cominciò a dire a voce molto alta. «Ah, salve. Sì, sono Conrad. Conrad Barrett. Dovrò fare alla svelta perché la mia bellissima figlia è a cena da me.» Mi misi mentalmente le mani sulla faccia per l'imbarazzo.

Poi papà chiuse la porta del suo studio e, grazie al cielo, il resto fu attutito prima di finire in niente. Presi il resto della mia fetta di pane e cominciai nervosamente a ridurlo in briciole.

«Mmm, mi dispiace.»

Aaron appoggiò la forchetta e mi guardò con un sorriso. Non era brutto. Forse un po' più giovane di Ryan, aveva i capelli molto più chiari ed era dieci centimetri più basso. Non aveva nemmeno lontanamente la stessa forma fisica, ma aveva un bel sorriso. Anche se, dovevo ammetterlo, non illuminava tutto intorno a lui come una stella di classe O come faceva il sorriso di Ryan.

Oh, accidenti, Gray. Smettila, smettila subito. Non avevo bisogno di paragonare ogni uomo che incontravo o con cui passavo un po' di tempo con l'uomo probabilmente più incomparabile che c'era. Secondo il sistema di valori di Pari, avevo commesso il peccato imperdonabile di innamorarmi del primo e unico (finora) uomo con cui ero andata a letto.

Aveva ragione. Era un errore. Un *grosso* errore.

Ma per quanto tentassi, non riuscivo a indirizzare la mia mente su un percorso diverso. Mi presi un appunto mentale di applicare un po' di terapia cognitiva comportamentale al problema, quando avessi avuto un po' di tempo e me la fossi sentita. Se avessi imparato a darmi un pizzicotto tutte le volte che pensavo a lui, sarei finita con una fortissima avversione al pensare a lui, o con un braccio pieno di lividi. I lividi erano molto più probabili.

Da parte sua, Aaron sembrava molto divertito. «Sarei mortificato per te, Gray, ma lo trovo veramente adorabile.»

Sbuffai. «Adorabile è *un* modo per definirlo. Non riesco a capire perché di colpo abbia deciso che serviva che mi trovasse qualcuno.»

Lui sorrise. «Tuo padre non è mai stato il tipo da immischiarsi, ma... chissà? Forse pensava solo che lavori troppo.»

Scossi la testa. «Ma non pensa mai che i suoi pupilli lavorino troppo, giusto?» Lo guardai alzando le sopracciglia.

«Assolutamente no.»

«E quando il tuo lavoro ti piace, non lavori un solo giorno in vita tua.»

Aaron appoggiò i gomiti sul lavoro e si premette i pugni sul mento. «Allora, dimmi di più del tuo lavoro. Sono rimasto affascinato da quando ti ho sentito che ne parlavi al ristorante il mese scorso.»

Cercai di non guardarlo storto. Se Aaron stava fingendo di interessarsi alla XVenture solo per farmi piacere, beh, stava recitando decisamente bene. Papà restò nel suo studio per almeno un'altra ora e Aaron ed io finimmo per spostarci sul divano in soggiorno e a parlare mentre io rispondevo alle sue domande. Nessuno dei due toccò un'altra goccia di vino, grazie al cielo.

«L'umanità è nata sulla terra, ma non è mai stata destinata a morire qui» dissi, tirando un filo sul sedile del divano di papà, liso ma estremamente comodo.

Aaron era seduto davanti a me, con la schiena appoggiata all'altro bracciolo. Ci rifletté per un momento. «È un pensiero profondo.»

Risi. «Non posso prendermene il merito. È una frase dal film *Interstellar*. Ma un'osservazione giusta resta giusta, anche se la fonte è una sceneggiatura e a pronunciarla è Matthew McConaughey. Siamo nati per esplorare, per andare tra le stelle. Per sopravvivere e trovare il modo perché il nostro pianeta possa sostenere la nostra crescente popolazione.»

«Dovrò aggiungere quel film alla lista di quelli che devo vedere. Sei piena di sorprese, Gray Barrett.»

«Gli stai riempiendo la testa con lo spazio e le stelle?» Voltammo di colpo la testa verso mio padre. Nessuno dei due l'aveva sentito rientrare nella stanza. «Ho appena controllato la tavola. Nessuno dei due ha toccato il vino.»

Digrignai i denti e fui il più possibile gentile con mio padre, ma trovai in fretta una scusa fasulla (e uno sbadiglio vero) per andarmene. Era stata un'altra lunga giornata emotiva e avevo ancora del lavoro da finire.

Ma papà insistette a mettermi in un contenitore il resto delle lasagne, chiamandomi in cucina per farlo. «Immagino che tu non voglia quel vino.»

«È in una bottiglia aperta, papà. Non posso. Rimettilo in frigo.»

Mise il tutto in una borsa usata, una di quelle di plastica sottile, poi la ficcò in un'altra quando vide che riusciva a malapena a sopportare il peso del contenuto. Mi diede un'occhiata. «Ci vediamo tra una settimana o due? Per allora sarai tornata nel tuo appartamento, vero?»

Lo guardai irritata. Come diavolo faceva a sapere che me ne stavo andando da casa di Ryan? Glielo aveva detto Tolan? Ma quando?

Poi mi venne in mente, qualcosa che Tolan aveva detto a pranzo quella settimana. «Papà, hai avuto una riunione all'XVenture la settimana scorsa?»

Papà si accigliò. «Cosa? No, non ci sono stato da quel bel tour per gli investitori.»

«Ma hai visto Tolan, giusto? Da Happy?»

Sul viso gli apparve una strana espressione e mi fissò per un attimo. C'era la paura nei suoi occhi. Paura vera. *Per che cosa?*

Voltò in fretta la testa e armeggiò con la borsa. «Sì, ho pranzato con Tolan la settimana scorsa. Niente di importante.»

Mi chinai in avanti per fargli un'altra domanda quando lui afferrò la borsa e uscì dalla cucina.

«Ti aiuterà Aaron con le tue cose.»

Non avevo bisogno d'aiuto, ma accettai senza fare commenti, cercando di non sbuffare. Lo strano comportamento di papà era sicuramente sconcertante. Si era incontrato con Tolan per dirgli che avrebbe ritirato il finanziamento per il programma dell'XPAC? No, Tolan me l'avrebbe sicuramente detto.

Che altro poteva essere? C'era ovviamente qualcosa su quell'incontro che papà non voleva che scoprissi. Era così agitato che si dimenticò di darmi il solito bacio sulla guancia per augurarmi la buonanotte.

Aaron accettò di buon grado di scortarmi alla mia auto, anche se non era necessario. Chiudendo la porta disse. «Mi dispiace, Gray, ma non c'è la benché minima possibilità che disobbedisca all'ordine diretto di Conrad di aiutarti a caricare le cose in auto.»

Sbuffai. «Per favore, non dirmi che ti ha ordinato di chiedermi di uscire con te o roba simile.»

«No. Non ha bisogno di ordinarmelo» mi rispose ridendo. «Vuoi uscire con me una volta o l'altra?»

Deglutii e mi raddrizzai, guardandolo in faccia. Era veramente una brava persona e mi era piaciuto parlare con lui. Ma ero veramente pronta? A passare a un altro così presto?

Feci un respiro profondo e mi voltai verso di lui quando alzò una mano. «Non dire niente adesso. Ma posso chiamarti? Potremmo vederci per un caffè o qualcosa. Niente di serio.»

Piegai la testa e gli sorrisi. «Questo sì.»

Aaron sorrise. «Mi hai dato l'ispirazione a voler sapere di più del programma spaziale. Guarderò *Interstellar* prima di parlare di nuovo con te. Qualche altro film che dovrei vedere?»

Annuii. «Di sicuro *Uomini veri*. Da non perdere.»

«Okay.»

«E fammi sapere se vuoi altre informazioni. Tolan farà fare un tour degli impianti dell'XVenture ad alcuni amici una delle prossime settimane. Posso fare in modo che partecipi anche tu.»

Il suo viso si illuminò. «Mi piacerebbe. Fammi sapere.»

Aaron appoggiò la borsa con il cibo sul sedile del passeggero ed io mi misi al volante. Grazie al cielo era buio perché meno vedeva l'interno della mia auto, con tutto il suo casino, meglio era.

Partii e guidai per i settanta minuti che ci volevano per arrivare a casa di Ryan, senza problemi fino agli ultimi cinque minuti. Come succedeva sempre quando si guidava in mezzo alle colline di notte, gli animali selvatici uscivano a frotte. Normalmente guidavo lentamente tra le colline e le curve, ma ero distratta mentre pensavo allo strano comportamento di mio padre. Era tutto così bizzarro, dall'appuntamento mascherato, al fatto che sapesse che sarei tornata a casa mia, al modo in cui aveva reagito quando gli avevo chiesto dell'appuntamento con Tolan da Happy la settimana prima.

Mentre riflettevo su tutti gli avvenimenti, quasi non vidi il piccolo opossum che si precipitò sulla strada e poi si bloccò fingendosi morto quando fu inquadrato dai fari. Pestai sul freno, con gli pneumatici che stridevano.

Il cibo che Aaron aveva messo sul sedile volò via e il contenuto della scatola che mi aveva preparato mio padre finì sul pavimento, inondando l'auto del ricco aroma della salsa di pomodoro, basilico e aglio.

Con un sospiro, manovrai intorno al piccoletto, sperando che ce la facesse ad arrivare dall'altra parte della strada in tempo per evitare l'auto successiva. Parcheggiai nel viale di Ryan, entrai, lasciai la mia roba in soggiorno e mi precipitai in cucina a prendere un sacco per i rifiuti e un rotolo di carta.

Riuscivo benissimo a vedere ciò che stavo facendo grazie alle luci che Ryan teneva accese tutto intorno alla casa fino a mezzanotte o giù di lì, immagino nel caso in cui avesse bisogno di uscire. In ogni caso la sua fobia per il buio questa volta mi stava aiutando. E, sorprendentemente, lui uscì qualche minuto dopo e mi vide in ginocchio mentre cercavo di ripulire il pavimento dell'auto.

«Hai lasciato la porta aperta.»

Io ficcai un mucchio di carta impregnata di lasagne nel sacco dei rifiuti e strappai qualche altro foglio. «Mi dispiace. Avevo fretta di pulire.»

Lui guardò dentro l'auto e poi borbottò. «Posso aiutarti io. Vado a prendere un paio di cose.»

Andò in garage e tornò un minuto dopo con un aspirapolvere-aspiraliquidi a batteria e un secchio.

Dopo aver risucchiato tutto il disastro con l'aspiraliquidi, riempì il secchio con l'acqua saponata e passò una spugna sul profumato casino.

«La mia auto puzzerà come un bistrò italiano per mesi» dissi finendo di pulire il pavimento bagnato. Mi tirai indietro e lo guardai, evitando i suoi occhi. «Grazie per l'aiuto.»

«Allora, qualche vagabondo ha vomitato nella tua auto o cosa?»

«Erano avanzi.» Lo guardai strizzando gli occhi. Era difficile vederlo in faccia perché aveva le luci brillanti della casa alle spalle. «Della cena con mio padre.»

Ryan fece una smorfia, si chinò rigidamente a raccogliere il secchio e l'aspirapolvere e sparì nuovamente in garage. Lo guardai andare, perplessa. Perché quella smorfia? Era arrabbiato con me?

E se era così, perché?

E se così era, perché diavolo m'importava?

Strinsi le labbra e chiusi l'auto, andando a gettare il sacco della spazzatura piena dei resti della cena nel bidone dei rifiuti.

Ryan uscì dal garage proprio in quel momento. «Il tuo vecchio deve fare più attenzione su dove mette gli avanzi nella tua auto.»

«Oh, non è stato lui. L'ha fatto Aaron, ma è stato attento. È solo che ho dovuto frenare bruscamente per via di un opossum.»

Ryan voltò di scatto la testa verso di me e chiese, con la voce secca: «Aaron? Chi è?»

Mi voltai per chiederglieli se fosse geloso sul serio, ma non dovetti nemmeno chiederglielo. La sua faccia diceva tutto. *No, non è che la cosa mi confonda, Ryan. Continua pure a comportarti da possessivo uomo delle caverne una settimana dopo avermi scaricato. Sarà tutto molto più facile da capire così.*

Incrociai le braccia sul petto e alzai le spalle. «Uno dei pupilli di mio padre, di qualche tempo fa. Era ospite anche lui a cena.»

Anche con la luce serale, vidi che arrossiva. La cosa lo infastidiva veramente. *Non ho detto di non provare dei sentimenti,* aveva detto. Ma cos'*erano,* esattamente, quei sentimenti?

«Non l'ho menzionato per ingelosirti, Ryan. Ti stavo solo spiegando cos'era successo agli avanzi nella mia auto.»

Teso, Ryan mi chiese: «Che cosa ti fa pensare che sia geloso?»

Mi uscì un verso, per metà sbuffata e per metà risata, prima di riuscire a controllare la mia reazione. «Il modo in cui ti stai comportando.»

Lui lo ignorò e continuò imperterrito con altre domande. «Tuo padre lo fa spesso? Fissarti gli appuntamenti con i suoi pupilli?»

Io mi leccai le labbra. «Non l'aveva mai fatto prima, quindi no.»

«*Prima...* ma l'ha fatto stasera? Quel bastardo deve restare fuori dalla tua vita.» La sua voce era di parecchi decibel più alta del normale e rabbiosa, piena d'ostilità. Le mani strette a pugno lungo i fianchi.

Che diavolo stava succedendo? Prima Tolan e la sua piccola strana rivelazione, poi papà e il suo comportamento super anormale. Ora Ryan con la sua palese e rinnovata animosità nei confronti di mio padre.

Era tutto collegato?

«Stai uscendo con quell'uomo? Aaron?»

Sbattei le palpebre, tirandomi indietro incredula e tendendo le mani. «Frena, aspetta un minuto. Ferma i cavalli. Mi stai facendo una domanda su una cosa che chiaramente non ti riguarda?»

Ryan s'immobilizzò, con le mani sui fianchi e poi, dopo avermi sfidato con lo sguardo per parecchi nervosi secondi, si concentrò sul terreno in mezzo a noi.

Restammo lì per un momento mentre i suoni notturni continuavano indifferenti intorno a noi: una lieve brezza che faceva frusciare i rami e le foglie, i grilli e le rane nel canyon, il sibilo costante e lontano della superstrada. Ryan fece un respiro profondo e poi un breve cenno con la testa. «Mi dispiace. Hai ragione. Non sono affari miei.» Ma il modo in cui lo disse faceva sembrare che le parole gli fossero state tirate fuori a forza.

C'era qualcosa che mi assillava in un angolo della mente, probabilmente come risultato delle strane informazioni che avevo raccolto quella settimana. «La settimana scorsa hai, uhm, hai per caso detto a Tolan che me ne sarei andata?»

Ryan scosse la testa. «Come avrei potuto dirgli una cosa che non sapevo nemmeno io in quel momento?»

Vero, ma non avevo idea se avesse programmato la rottura in anticipo. Avrei voluto pensare che non fosse così. Mi sarebbe piaciuto potermi fidare di aver creduto alla parte migliore di lui. Che non avrebbe portato avanti la nostra storia mentre programmava di mandarmi via. Mi sarebbe piaciuto pensare che l'idea gli fosse venuta solo domenica.

Ma era stato tutto così brusco. *Così* improvviso. *Innescato da qualcosa.*

Decisi di credere al mio istinto per vedere come avrebbe reagito in quello stato di vulnerabilità. «Tolan e mio padre si sono incontrati da Happy la settimana scorsa. C'eri anche tu?»

Ryan sembrò smettere di respirare a quel punto, e la sua faccia perse ogni colore. Non mosse un muscolo, né disse una parola.

Ma avevo avuto la mia risposta. Mio padre si era incontrato con Tolan e c'era anche Ryan.

Non bisognava essere dei geni per capire qual era stato l'oggetto della conversazione. Risucchiai il fiato e poi espirai lentamente. Aveva senso: la repentinità delle azioni di Ryan, lo strano primo appuntamento che mio padre aveva cercato di organizzare quella sera. Il fatto che mio padre sapesse che me ne sarei andata dalla casa di Ryan e quella paura nei suoi occhi quando avevo accennato al suo incontro con Tolan.

«Ti ha detto mio padre di rompere con me?».

CAPITOLO OTTO
RYAN

RIMASI PIETRIFICATO, A FISSARLA COME UN IDIOTA, CON una morsa che mi chiudeva la gola. Che cosa potevo dire in risposta a quella domanda sincera e diretta? Una domanda così da Gray. Così tipica.

Ma non potevo. Non potevo.

Invece sbottai: «Stai cambiando argomento, ma va bene. Non ne parleremo più.»

Poi feci ciò che ogni eroe americano di sangue caldo avrebbe fatto. Voltai sui tacchi e me la diedi a gambe. Beh, non letteralmente. Entrai velocemente in casa come se avessi veramente un posto per nascondermi da lei e dalla sua domanda.

No, non mi sarei nascosto. Quello non ero *io*.

Ma in effetti sì. Stavo nascondendo così tanto. Nascondendolo a tutti quelli intorno a me. I miei colleghi, i miei amici più intimi. E tutto ciò che stavo nascondendo a lei. *Lei*. La persona a cui avrei voluto non nascondere niente.

Mi passai la mano nei capelli una volta dentro casa, riflettendo su come comportarmi. Forse avrei potuto raccogliere le idee e tornare a quella conversazione più tardi, meglio ancora, il giorno dopo.

Gray mi afferrò il braccio con entrambe le mani e tirò, forte.

Non mi fece male ma fu sufficiente a farmela notare. Mi voltai e l'affrontai.

Aveva la faccia bianca, gli occhi sgranati, la bocca aperta per l'incredulità. Lei era sempre così sicura. Una roccia, davvero. Vederla rivelare così tanto era scioccante.

Perfino il giorno in cui avevo rotto con lei, la calma con cui aveva richiuso quella valigia e mi aveva detto senza mezzi termini che non se ne sarebbe andata mi aveva quasi steso.

Quella voce tranquilla che non tremava quasi mai. Niente lacrime. Niente accuse, niente urla.

Niente di ciò che c'era di solito.

Era solo un altro modo in cui questa particolare donna era così fuori dal comune.

Deglutii. Non c'era bisogno che mi torturassi pensando a ciò che avevo buttato via. Avere lei avrebbe significato voltare le spalle a tutto il resto che mi importava. E avevo già fatto quella scelta, no?

Non avrei cambiato idea.

«Parla» disse a denti stretti.

Tolsi il braccio dalla sua stretta. «Non c'è niente da dire.»

Lei scosse la testa. «Non mentire per proteggerlo, Ryan.»

Le diedi un'occhiata e sbattei le palpebre. Tenere sotto controllo le mie violente emozioni era una sfida, ma potevo farcela.

«Non sto mentendo. Hai la falsa impressione che tuo padre possa dirmi che cosa fare. Farla finita è stata una mia decisione. Non sua, non di Tolan. *Mia.*»

Lei lo accettò con una smorfia, ma sapevo che non era finita. Incrociai le braccia e aspettai il suo assalto.

«Prendere una decisione sotto coercizione non è come prenderla volontariamente» disse a voce bassa. Perfino in quel momento, riuscivo a percepire solo un minimo di emozione. Cazzo, era brava. Una volta mi ero detto scherzando che doveva essere in segreto una vulcaniana per via di quell'inquietante capacità di percezione che faceva sembrare che leggesse nella mente.

Con la sua capacità di controllare le reazioni emotive negative, forse era una vulcaniana in più di un senso.

«Ha minacciato il programma?» mi chiese quando non risposi. «Falla finita o ritiro i fondi?»

La fissai negli occhi. «Avevo una scelta e l'ho fatta. Voglio volare, Gray. *Ho bisogno* di volare di nuovo.»

Lei spalancò gli occhi e riuscii a vedere, chiaramente, il dolore, il senso di tradimento. Insieme a un tocco di disgusto. O forse era solo ciò che provavo io per me stesso per via di ciò che non avevo detto.

Ma che lei aveva sentito lo stesso. *Ho scelto di volare invece di scegliere di avere te nella mia vita.*

«Tu non sai che cosa vuoi. O di che cosa hai bisogno» disse con la sua voce tranquilla. Una voce che non lasciava dubbi sul fatto che era sicura della sua opinione.

«So che cos'ho promesso. E mi dispiace, ma a te non ho mai fatto promesse.»

Gray si morse il labbro. «Allora perché non me l'hai detto sabato? O, se è per quello, perché non me l'hai detto prima di fare sesso con me sul ripiano della tua cucina?»

Risucchiai il fiato. Nel suo solito modo, proprio come il primo giorno in cui si era presentata a casa mia ed io stavo dandomi da fare con l'allenatrice, Gray non risparmiava colpi.

Perché sapevo ciò che dovevo fare ma non volevo rinunciare a te, avrei voluto dire. Ma scelsi invece di essere uno stronzo crudele. «Non ne vedevo la ragione. Detesto intensamente quell'uomo, ma non ho il diritto di intromettermi nel suo rapporto con sua figlia.»

Gray alzò la mano, puntandomi il dito addosso, con gli occhi in fiamme e le guance arrossate. Forse la cosa più simile alla rabbia che le avessi mai visto. «E *tu* non avevi il diritto di prendere una decisione con lui sulla *mia* vita, senza il *mio* parere.»

«Non si trattava solo della tua vita. O della mia» le risposi a voce bassa, con il cuore che batteva come se avessi appena corso avanti e indietro cento volte nel canyon. E mi faceva anche un po' male. Come se una mano invisibile me lo stesse strizzando, impedendomi di respirare. «E gli altri astronauti? E tutti gli altri coinvolti nel programma? Il tuo capo, i tuoi colleghi. E Tolan?»

Lei strinse le labbra finché divennero praticamente bianche. Ora che avevo avuto un minuto per calmarmi, per trovare le parole per spiegarle che cosa stavo pensando quando avevo preso la decisione, potevo prendermi un po' di tempo per studiare lei.

Gray assorbì il turbamento e la delusione con una grazia e una forza senza pari, ma vidi comunque il dolore nei suoi occhi. Dolore che le avevo inflitto *io* e che non volevo che continuasse. Potei anche vedere dalla sua espressione il momento in cui si rese conto di quanto fosse incasinata la situazione.

Conrad Barrett aveva imposto le sue regole. Regole che nessuno di noi poteva permettersi di infrangere.

Gray si massaggiò la fronte sopra gli occhiali, respirando forte, rumorosamente. «Sono così incazzata con lui in questo momento.»

«Non puoi dirglielo.»

Lasciò cadere la mano lungo il fianco e mi guardò, o meglio, guardò attraverso me. I suoi occhi erano come laser che trapassassero il mio corpo, lasciando ferite profonde e cauterizzandole al contempo.

«Deciderò io come gestire la situazione. Proprio come voi avete preso le vostre decisioni, quelle da cui mi avete escluso.»

Cazzo.

Gray fece un passo indietro, alzando le mani, come in segno di resa. «Nessuna decisione è mai scolpita nella pietra, Ryan. Ricordalo.» Poi si schiarì la gola, lasciò cadere le braccia e disse con una voce talmente priva di emozioni da essere quasi morta: «Ho chiuso.»

Si voltò e raccolse con calma le sue cose dal divano mentre la guardavo, cercando di pensare a qualcosa da dire. Ero ancora lì come uno stupido cinque minuti dopo che lei aveva lasciato la stanza. Strofinandomi il volto con la mano, decisi in quel momento che non avrei fatto la cosa che volevo di più in quel momento. Seguirla nella sua stanza, abbracciarla, affondare la testa tra i suoi capelli. Baciarla. Tenerla stretta.

Dirle che tutto sarebbe andato bene.

Perché non era vero. Né per lei e nemmeno per me.

Passai metà di quella notte a camminare avanti e indietro in camera mia, ma non per la solita paura di chiudere gli occhi e vedere il buio. No. Questa volta era per la rabbia.

Stavo cercando di fermare l'istinto omicida che mi bruciava nel sangue. Avrei voluto scatenare una strage. Il primo obiettivo sarebbe stato il Caro Vecchio Papà. Avrei potuto facilmente spezzargli il collo mentre dormiva. Il secondo sarebbe stato quel viscido Aaron che poteva augurarsi di *non* averla toccata. Forse con lui mi sarei preso un po' di tempo.

Cazzo. Lasciai uscire il fiato e, nonostante tutto, mi misi anche a ridere. Era ridicolo, ma accidenti se non mi sentivo maledettamente possessivo. Possessivo nei confronti di qualcosa che non avevo.

Splendido, Tyler. Come se non fossi già abbastanza incasinato. Ora questa donna mi aveva scompaginato e mi faceva girare a vuoto.

E sapere perfettamente di non meritarla non mi impediva di volerla.

Il giorno successivo, domenica, uscii presto da casa, volendo disperatamente evitare lei e i miei pensieri. Non solo avrei trovato troppo difficile guardarla di nuovo negli occhi dopo ciò che era venuto alla luce la sera prima, ma il pensiero di vederla fare le valigie e lasciare per sempre casa mia mi stava facendo impazzire.

Quindi, per distogliere la mente e praticare un bel po' di visualizzazione durante il tiro al bersaglio, andai al poligono con i ragazzi. Era un viaggio lungo. Non era facile trovare un poligono nel sud della California com'era invece in Texas. Ma dovevamo mantenere la nostra abilitazione, tutti quanti. Anche se in quel momento non eravamo assegnati alla NASA, appartenevamo comunque alle forze armate dei nostri rispettivi paesi.

Fortunatamente avevo un gioiellino raro da sfoggiare, una Sig Sauer P210 da tiro al bersaglio.

«Dove diavolo l'hai trovata?» Hammer mi guardò con tanto d'occhi appena la tolsi dalla sua custodia. «Quella roba è impossibile da trovare negli USA.» Gliela diedi e lui la controllò centimetro per centimetro. Gli altri due si sporsero sopra le sue spalle per dare un'occhiata.

«Penso che essere un eroe americano continui ad avere i suoi vantaggi» disse Noah, con la voce atona.

Senza degnare di risposta il commento di merda di Noah, risposi a Hammer. «Non sbavarci sopra, si arrugginirebbe.» Ridacchiai davanti alla sua espressione di desiderio puro per la mia nuova arma. «L'aviazione ha almeno insegnato ai suoi ragazzi a sparare?»

Lui rispose alzando un solo dito, diritto in aria, ed io risi come un pazzo.

Kirill si vendicò per conto di Hammer non molto dopo, perché, distratto com'ero, stavo sparando da schifo.

«Guarda» disse Kirill, alzando il mio bersaglio per esaminare quanto ero lontano dal centro. «Ty sta sparando come una vecchietta semicieca.»

«Fanculo» dissi, togliendogli di mano la sagoma. Era imbarazzante, davvero. Ero stato un tiratore scelto nella mia squadra mentre lavoravo nelle forze speciali della marina. E di solito vincevo la gara tra i miei colleghi astronauti, o ci andavo molto vicino. Non quel giorno. Era un bene che non avessimo scommesso dei soldi.

«Mmm» continuò il cosmonauta. «Forse è questo pezzo di merda tedesco con cui stai sparando.»

«Niente da fare, Kirya. Quello è un gioiello» disse Hammer. «Io ho sparato benissimo con quella.»

Dissi una parolaccia al mio bersaglio prima di accartocciarlo tra le mani. Nemmeno visualizzare la viscida testa di Conrad Barrett in mezzo al cerchio mi aveva aiutato.

Disgustato, mi tolsi gli occhiali protettivi e le cuffie, mi sedetti e pulii le mie pistole in silenzio mentre i ragazzi continuavano a prendermi in giro.

«Il perdente paga le birre» disse Noah dandomi una pacca sulla spalla. E fu quello che feci.

Quando tornai a casa, vidi che Gray era appena tornata dall'aver portato un carico delle sue cose a casa sua. Aveva aspettato apposta che fossi uscito per fare le valigie, probabilmente per evitare che mi offrissi di aiutarla.

Aveva deciso di non parlarmi, a quanto pareva, perché quando le feci una domanda in cucina, lei si voltò e uscì come se non avessi nemmeno aperto bocca.

Quella sarebbe stata l'ultima notte che avrebbe passato da me. Il pensiero mi faceva star male, per la perdita e l'incertezza. Anche quando non era accanto a me nel letto, nell'ultima settimana, averla in casa mi aveva dato un minimo di conforto, anche se non l'avrei ammesso con nessuno, nemmeno in un milione di anni.

E lei mi sarebbe mancata, maledizione. In effetti, mi mancava già. Mi sarebbe piaciuto aver programmato una cena speciale, o averla portata fuori. Ma la finta ragazza stava girando le scene di un film dall'altra parte del paese. Se mi avessero visto con Gray, anche per un addio, ci sarebbe stato uno scandalo.

Non sopportavo più quei pensieri che mi giravano per la testa. Anche se c'erano i segni sulla bottiglia, la sera di domenica afferrai quella bottiglia di vodka e bevvi tre bicchierini di fila. E non mi fecero sentire meglio, nemmeno un po'.

Ma mi avevano annebbiato a sufficienza da darmi il coraggio di spegnere la luce. Avevo preso quella decisione il giorno in cui avevo rotto con lei, il giorno in cui avevo fatto il sogno. Da allora l'avevo risentito mille volte nella testa, la voce di Xander che mi chiedeva. *Perché hai tanta paura... continuamente?*

Avevo deciso che avrei lottato per superarla. Andare oltre. Essere in grado di funzionare di nuovo come un adulto. E, cosa ancora più importante, avrei mantenuto tutte le promesse che gli avevo fatto. Se non potevo fare la cosa giusta per Gray, potevo farla almeno per Xander.

E dovevo dimostrare a me stesso che non avevo bisogno di lei come stampella per superare la notte.

Quindi mi sedetti accanto alla lampada in camera e abbassai lentamente la luminosità in un periodo di venti minuti finché fui virtualmente al buio, con la mano sull'interruttore. Ricordai le cose che mi aveva insegnato e le provai tutte, respirazione profonda, concentrarmi sulle sensazioni fisiche del mio corpo che occupava lo spazio intorno a me. Perfino visualizzare qualcosa di piacevole, il suo sorriso mi riempì la mente e poi svanì, sostituito dai lineamenti tormentati di Xander. Mi mancò il fiato, mi sentii di colpo gelato e riaccesi la luce.

Afferrai il suo cuscino, quello che aveva usato quando dormiva nel mio letto, fino alla settimana prima. Lo infilavo nel mio armadio ogni giorno in modo che la governante non cambiasse la federa. Lo tenni davanti al viso e inspirai profondamente, confortandomi con il suo profumo.

Mi ci volle un po' per calmarmi, ma mi ripromisi che lo avrei rifatto ogni sera finché fossi riuscito ad addormentarmi al buio.

***

Fortuna volle che Gray stesse prendendo le sue ultime cose il lunedì pomeriggio dopo il lavoro quando arrivarono i miei ospiti per il resto dell'estate.

Ero uscito presto dall'ufficio per salutare Karen che aveva insistito a venire da sola dall'aeroporto, dato che aveva noleggiato un'auto. Io stavo lavorando in garage, cercando di recuperare la mia povera moto distrutta, quando arrivò Karen.

Andai verso l'assolato slargo pianeggiante in cima al mio viale, pulendomi le mani dal grasso e sbattendo le palpebre alla luce brillante. Mi salutò un'anonima berlina bianca, chiaramente un'auto a noleggio con le targhe di un altro stato.

Appena il motore si spense, la portiera posteriore si spalancò e un ragazzino di circa sei anni dai capelli castani volò fuori dal sedile, correndo diritto verso di me. Sembrava fosse raddoppiato di dimensioni dall'ultima volta che l'avevo visto e mi si strinse il cuore sapendo che mi ero perso tanto della sua vita.

«Zio Ty!»

Il mio sguardo tornò all'auto, in cui una bruna minuta e molto attraente si stava slacciando la cintura di sicurezza.

Deglutii il groppo che mi si era formato all'improvviso in gola rivedendoli. La famiglia di Xander adesso era qui con me. Avrebbe sorriso se avesse potuto vedere dall'alto la scena? O lo avrebbe solo fatto arrabbiare?

Mi chinai e sollevai il ragazzino, abbracciandolo forte, sopraffatto dalla pura gioia di rivederlo. «Chi è questo ragazzino così alto? Io non conosco ragazzini così alti» dissi burberamente.

Lui mi strinse le braccia intorno al collo. «Sono io, AJ!»

Lo rimisi a terra, scuotendo tristemente la testa. «No. Niente da fare. AJ è alto la metà di te. Lui è un bambino. Tu sei un ragazzo grande.»

«Ty!» esclamò, con un sorriso che metteva in mostra il buco dov'erano caduti gli incisivi.

«Sono io. Sono cresciuto.»

Strinsi le labbra e mi misi una mano sotto il mento mentre Karen si avvicinava, anche lei con un sorriso enorme sul volto. «Mmm, è una bugia. Non è possibile. Niente da fare.» Scossi nuovamente la testa. «Non ci casco.»

«Mamma. Digli che sono io.»

Lei appoggiò una mano sui capelli lucenti di AJ. «Temo che sia vero, Ty. I ragazzi crescono, e in fretta.»

«KareBear» dissi con un sorriso, chinandomi per baciarla sulla guancia. Lei mi restituì il bacio, abbracciandomi stretto. Quando mi tirai indietro, notai Gray che ci osservava dalla porta. Le feci segno di avvicinarsi con un gesto un po' rigido.

«Karen, hai conosciuto Gray a Houston.»

Gray si avvicinò, con le mani unite davanti a sé. Io evitai di guardarla in faccia o di guardarla più di quanto fossi obbligato a fare. Erano gli ultimi momenti che passava a casa mia e quel pensiero mi lasciava una gelida sensazione, come un cattivo presagio.

«Salve Karen» disse Gray, tendendo una mano per una stretta. «È bello rivederti di persona. Mi sembra di conoscerti già, con tutti i messaggi che ci siamo scambiati.»

Io feci una smorfia. Quelle due si erano scambiate messaggi? Riguardo a cosa?

Il sorriso di Karen divenne radioso. «Sono così felice di vederti. Non te ne stai andando per colpa nostra, vero?»

Gray rise e indicò me. «No, in verità è colpa sua.» Io rimasi di sasso, ma entrambe le donne sembravano considerarla una battuta. Un'occhiata veloce all'adorabile volto di Gray e notai che l'allegria non era arrivata fino agli occhi. No, quegli occhi verdi mostravano tristezza, dolore e, sì, anche rabbia persistente.

«Sono lieta di darvi un po' di spazio. Sono sicura che avrete tanto di cui parlare» disse Gray, rassicurando Karen senza più guardarmi. Poi si chinò. «Tu devi essere AJ. Ho sentito molto parlare di te.»

AJ spalancò gli occhi. «Che cos'hai sentito dire?»

«Beh, ho sentito che di recente ti è venuta a trovare la fatina dei denti.»

AJ annuì entusiasta. «Mi ha portata tre monete d'oro da un dollaro.»

«Wow» mi intromisi. «La fatina dei denti sta pagando dei buoni prezzi di questi tempi. Mi sa che le sta andando veramente bene.»

«Che cosa volete fare mentre siete in California? Quando tu non starai lavorando, ovviamente» disse Gray, raddrizzandosi e sistemandosi a disagio gli occhiali. Aveva rivolto la domanda a entrambi i nuovi arrivati. Non sapevo perché fossi così sorpreso di vedere come le fosse facile rapportarsi con gente che conosceva appena. Era uno dei suoi punti di forza, un fattore importante del motivo per cui era così brava nel suo lavoro.

«La spiaggia» rispose Karen.

«No! Disneyland» disse AJ, dando un'occhiata significativa a sua madre.

«Sì» disse Karen, con un sospiro stanco, come se avesse già sentito quella richiesta qualche centinaio di volte. Mise una mano sulla spalla del figlio. «Sicuramente Disneyland, come promesso.»

Gray sorrise. «Beh, ho buone notizie, AJ. Penso che avrai tempo in abbondanza per entrambe le cose. E anche per altro.»

Il sorriso di AJ si accentuò e mi guardò. «Verrai a Disneyland con noi, Ty?»

Aprii la bocca per rispondere, quando Karen mi interruppe. «Ty ha un mucchio di lavoro da fare, AJ. Lui ha, uhm, un volo di prova tra breve.»

AJ si scurì in volto e rimase in silenzio. Karen divenne tesa.

Gray agì in fretta. Sembrava avesse colto immediatamente il suo umore. Gli tese la mano. «Ehi, AJ, sai una cosa? Ty ha quattro stanze da letto in questa casa tra cui puoi scegliere. Vuoi che te le mostri in modo che decida quale vuoi che sia la tua?»

AJ spalancò gli occhi, sparita la sua scontrosità e Karen sembrò immediatamente più tranquilla. Il ragazzino prese la mano di Gray e lei lo condusse in casa.

Karen sorrise vedendoli andare. «Gray è così dolce. È stata una buona amica per te?»

Io deglutii. *Amica, già.*

E da come sentivo il petto stretto, sapevo che lei era molto di più. Talmente tanto di più che non volevo nemmeno cominciare a esaminarlo per conto mio, tanto meno discuterne con Karen. Meno si diceva meglio sarebbe stato, quindi mi limitai ad annuire.

Karen si voltò a guardarmi. «Sei innamorato, Ty?»

Sbattei le palpebre, spaventato, pensando che Karen mi avesse letto nei pensieri. Le rivolsi un'occhiata confusa, sperando che l'avrebbe portata a spiegarsi.

«Keely Dawson. Voi due siete su tutti i notiziari a casa.»

Feci un respiro profondo, lieto che i miei sentimenti segreti per Gray, quali che fossero, restassero un mio prezioso segreto. «Oh, quello.»

Karen mi fissò, sorpresa.

«È tutto finto, Karen. È una cosa che la XVenture mi ha chiesto di fare per aiutarmi a... per migliorare la mia immagine, Keely mi rende rispettabile.»

Karen restò a bocca aperta, con una strana espressione sul viso. «Oh, wow. Lo fanno davvero? Intendo dire, ho sentito dire che cose simili le fanno a Hollywood, ma ho sempre pensato che fossero strani pettegolezzi hollywoodiani. È...» Scosse la testa, meravigliata. «Non riesco a credere che tu abbia accettato. Non è proprio da te.»

Io alzai le spalle. «Hai ragione. Non è da me. Ma, ehi, era l'unico modo per poter volare. Quindi eccoci qui. Avevo l'incentivo giusto.»

Karen annuì, con il sorriso che diventava meno sicuro. «Ho seguito la tua conferenza stampa la settimana scorsa. Congratulazioni per il volo.»

Ma visto il tono della sua voce e il sorriso che si era stampata sul volto, era facile capire che non era così entusiasta del fatto che andassi su di nuovo. E a buon diritto, considerando che, l'ultima volta, la sua famiglia era stata praticamente distrutta.

Stringendo i denti, scelsi di cambiare argomento.

Diedi un'occhiata alla porta nella quale AJ era sparito qualche minuto prima e le chiesi. «Come se la sta cavando?»

Lei seguì il mio sguardo ma ci mise parecchio a rispondere. Le studiai il viso e sembrava preoccupata, sinceramente preoccupata. Uh oh. Non prometteva bene.

«Ha dei problemi. È stato un anno molto difficile, specialmente per lui.»

Io ero in California da oltre sei mesi oramai. E non c'ero stato per loro. «Mi dispiace» dissi sommessamente.

Lei mi guardò e sorrise. «Dai, non dispiacerti. Ci divertiremo, giusto? Non vedo l'ora di fare la turista. Sei sicuro che vada bene per te se restiamo così a lungo? Non rischiamo di rovinarti la piazza?»

Io mi misi a ridere. «Non c'è molto da rovinare di questi tempi. Ho smesso con le feste e tutto il resto.»

Conoscevo Karen da molto tempo, da quando eravamo adolescenti. Al college stavamo sempre insieme. E capivo che, pur volendo credere alle mie parole, aspettava di vedere con i suoi occhi se erano sincere.

Proprio in quel momento AJ si precipitò fuori dalla porta d'ingresso. «Mamma! Devi vedere questa casa. C'è una piscina. Ho già scelto la mia stanza. Dovresti scegliere anche tu la tua.»

Io alzai le sopracciglia. «Già, giusto, meglio correre a scegliere intanto che puoi. Non si sa mai quando può arrivare qualcuno e soffiartela.» Lasciai andare di colpo il fiato, come se avessi ricevuto un pugno nello stomaco, quando Gray apparve subito dietro ad AJ. Karen mi lasciò per seguire il figlio dentro casa. Gray si fece da parte, sorridendo.

«Oh, a proposito» disse a Karen, «Tolan Reeves, il nostro capo all'XVenture, mi ha specificatamente chiesto di invitare te e AJ a visitare gli edifici della società e la fabbrica dove vengono costruiti i razzi. Ha detto che vi riserverà il trattamento da VIP.»

La guardai sorpreso, dato che non ne sapevo niente. Poi mi resi conto che doveva essere la conversazione durante la quale aveva scoperto che Tolan ed io ci eravamo incontrati con Conrad Barrett la settimana prima.

Gray salutò AJ battendogli il pugno e poi scomparve, tornando un minuto dopo con una scatola e uno zaino sulla spalla sottile. Mi affrettai a prendere la scatola, che mi passò senza resistere o commentare, e senza nemmeno guardarmi, se era per quello. Invitai AJ a mostrare la casa a sua madre mentre aiutavo Gray con le sue cose.

Uscimmo in strada, dove aveva spostato la sua auto, e misi la scatola nel bagagliaio. Vidi il nécessaire bianco e blu che aveva portato con sé il prima giorno in cui era apparsa a casa mia. Era il giorno in cui si era tagliata la mano, spaventandomi a morte, per timore che si dissanguasse proprio nella mia cucina.

Sembrava fossero passati anni perché mi sembrava di conoscerla da sempre. Ma erano solamente passati quasi due brevi mesi. Mi sentii il cuore sprofondare quando il bagagliaio si chiuse con un tonfo. E la gola che si stringeva...

Lei restò lì, accanto a me, a fissare la casa. Poi il suo sguardo si spostò per un attimo su di me. «Grazie» disse con la voce bassa, tranquilla.

«Dovrei essere io a ringraziare te» disse. «Per tutto questo, per avermi dato una raddrizzata. Perché hai fatto in modo che riuscissi a stare di nuovo con loro.» Feci un cenno verso la casa, per farle capire che cosa intendevo dire.

Gray scosse la testa. «Non sono stata io. Sei stato *tu*. Sono fiera di te.»

La fissai negli occhi, e mi sforzai di umettarmi la gola, per schiarire la voce.

Mi tolse il fiato quando sorrise tristemente. «Addio Ryan Tyler. Sii buono con te stesso.»

Lei arretrò, ma io allungai la mano e le presi il polso, tenendola lì. Non feci altri movimenti. Avevo solo bisogno di un momento, molti momenti, in verità. Avevo bisogno di prepararmi per ciò che mi avrebbe fatto guardarla allontanarsi. Cazzo, era difficile.

«Non so...» cominciai a dire con la voce tremante, finché morì a poco a poco.

«Sì, lo sai. Ce la farai. E quando diventerà troppo difficile stare con loro, promettimi, promettimelo... che parlerai con qualcuno.»

Con qualcuno, ma non con lei. È ciò che non disse. Non potevo più appoggiarmi a lei.

Annuii solennemente. «Lo prometto.»

Annuì anche lei, poi fece un passo avanti. «Posso abbracciarti?»

Senza parlare, la tirai verso di me. Lei si alzò sulla punta dei piedi e mi mise le braccia intorno al collo. Piegai la testa e, anche se lottai ferocemente contro il bisogno di farlo, persi. Affondai il naso tra i suoi capelli, respirandola. Il suo profumo di fragole e menta. Un prato in estate. Fresco e corroborante come lei.

Se tutta la merda che mi era capitata l'anno precedente non ci fosse riuscita, questo poteva riuscire a distruggermi.

Non riuscivo a respirare quando si voltò, andò all'auto e si mise al volante. Restai lì, a guardare anche quando era oramai sparita dalla mia vista.

Sparita dalla mia vita.

E non sapevo assolutamente se vederla di nuovo praticamente ogni giorno al lavoro mi avrebbe fatto sentire meglio o peggio.

CAPITOLO NOVE
RYAN

GIOVEDÌ SERA, APPENA FUORI DA UN LUCCICANTE locale a Hollywood, la mia finta ragazza mi stava lanciando occhiate di fuoco. Avevamo aspettato il nostro turno accanto al marciapiede prima di scendere dalla limousine per la prima di un film che non mi interessava vedere e di cui non ricordavo nemmeno il titolo. Era una notte caldissima di fine luglio e non avevo voglia di uscire al caldo con il mio vestito da pinguino. Le notti d'estate nel sud della California, diversamente da quelle di Houston, diventavano fresche in fretta. Ma non abbastanza da far diventare più comodo quello stramaledetto smoking.

Keely era appena arrivata in volo dal set del suo nuovo film sulla costa orientale ed era perfetta, con i capelli rossi raccolti in un nodo elegante. Insieme alla sua pelle perfetta, una struttura ossea da sogno e un sorriso fantastico, era esattamente il tipo di donna che avrei scelto... *prima*.

Lampi di flash e fan urlanti ci avrebbero sicuramente accolti appena fossimo scesi dalla limousine. Avevano cominciato a chiamarci "Tyley" che per me aveva un suono orribile ma che aveva fatto gioire Victoria, la nostra specialista di pubbliche relazioni. Apparentemente, il nomignolo denotava il successo strepitoso del suo piano.

Keely distolse gli occhi dal finestrino e mi guardò negli occhi. «Non pensarci nemmeno, Tyler» disse con la voce brusca.

Sbattei gli occhi. «Cosa?»

«Tu ed io. Niente da fare.»

Aggrottai le sopracciglia. «Che cosa ti fa credere che lo stessi pensando?»

Lei restò immobile, sostenendo il mio sguardo per lunghi, nervosi momenti, con la bocca leggermente aperta. Poi distolse lo sguardo, giocherellando con l'abito firmato. «Beh, nel caso in cui *lo stessi* pensando, non succederà mai. Ho troppo rispetto per Gray.»

Lei e Gray si erano parlate? Sapevo che erano diventate amiche. Non era difficile credere che andassero d'accordo. Keely era una donna affabile, per niente piena di sé.

Ma Gray si era confidata con Keely? Sembrava così poco da lei.

«Hai parlato di me con lei?»

Un sopracciglio color cannella si arcuò e Keely aprì la bocca per parlare quando un usciere aprì la portiera e si chinò per parlare con noi. «Siete pronti?»

Scesi dall'auto appena l'usciere aprì la portiera a sufficienza per permettermelo. Poi mi chinai per aiutare Keely che aveva sostituito l'espressione dubbiosa con un sorriso brillante che illuminò quel posto quanto i flash dei fotografi. Mi prese il braccio e si incollò al mio fianco. Cercai di fare del mio meglio per guardarla adorante per i fotografi.

«L'hai sentita negli ultimi due giorni? Come sta?» Non ero riuscito a vederla nemmeno di sfuggita al lavoro da quando aveva lasciato casa mia all'inizio della settimana.

«T'interessa?» Keely alzò una mano, per salutare un gruppetto di fan ammucchiati sul marciapiede, che tentavano furiosamente di attirare la sua attenzione.

Fui sul punto di alzare gli occhi al cielo. *Gesù.* La condussi lungo il tappeto rosso un po' più rudemente di quanto avessi inteso. «Non te lo chiederei se non m'importasse.»

Keely mi diede un'occhiata di sottecchi. «Perché l'hai fatto allora? Se ti interessa?»

Feci un respiro profondo, cercando di allentare la tensione che stava crescendo. Quella donna mi stava facendo infuriare. Le avevo fatto una domanda molto semplice e mi aspettavo una risposta altrettanto semplice. «È complicato.»

Già. *Complicato.* Era un modo di descrivere quella situazione incasinata.

«Ci siamo scambiate qualche messaggio. Non mi ha detto molto. Quando gliel'ho chiesto mi ha solo informato che non vi vedevate più.»

«Che ne dite di un bacio per le telecamere?» chiese un paparazzo quando arrivammo in fondo al tappeto. Keely aveva finito di posare da sola per mostrare il suo abito tra gli oh! E gli ah! dei presenti che la fotografavano. Cercai con tutte le mie forze di non apparire annoiato. Ma non riuscii a fingere un'espressione adorante.

Poi Keely si voltò verso di me, alzando immediatamente il viso verso di me ed io, obbediente, le diedi un bacetto.

I fotografi si lamentarono, continuando a scattare. «Baciala come se volessi veramente farlo, comandante Ty.»

Alzai le sopracciglia rivolto a Keely che annuì. Chiusi gli occhi e mi avvicinai per un bacio un po' più vivace, più appassionato. Tutto finto.

Avevo baciato Keely parecchie dozzine di volte a beneficio dei fotografi e questa volta non era diverso. Ma invece di una favolosa e curatissima testa rossa, immaginai una bionda snella con i capelli in disordine e labbra da morirci dietro.

O, almeno, labbra che desideravo da morire di assaggiare di nuovo.

Ricordai il suo profumo, la sensazione del suo corpo contro il mio e il suono della sua voce. Approfondii il bacio, aprendo la bocca sulla sua, infilandoci la lingua. Non fece sparire il dolore. Non fece niente per farmi sentire meglio.

E quando mi staccai e notai la confusione e il rossore sul volto di Keely, mi resi conto che non ero nemmeno riuscito a farle passare il rancore nei miei confronti.

«Wow, quello era un bacio!» commentò uno dei fotografi continuando a scattare ed io risi, a disagio.

Keely sorrise. «Giustissimo! È il motivo per cui me lo tengo stretto.»

Appena fummo fuori dalla portata d'orecchi, solo qualche momento dopo, aggiunse. «Chiaramente non era *me* che stavi baciando.»

Mi voltai, turbato. Keely mi strinse il braccio. E dopo un lungo momento di silenzio, proprio prima di entrare nell'auditorium, aggiunse: «Scoprirò come sta.»

Mi schiarii la voce e mormorai roco: «Ha bisogno di un'amica.»

Keely mi guardò perplessa mentre studiava il mio volto e annuì prima che entrassimo nell'edificio.

Fortunatamente, la casa in cui rientrai non era vuota come mi sentivo dentro. Con AJ e Karen che occupavano il mio tempo libero, riuscivo a evitare di perdere la testa.

La sera portavamo AJ al parco, cenavamo insieme e qualche volta guardavamo un film. Karen metteva a letto AJ e gli leggeva una storia mentre io pulivo. Diventò in fretta una routine confortante.

Quel fine settimana, andammo a fare una passeggiata nel canyon, esplorando la campagna. Accesi la griglia e preparai il cibo preferito di AJ: hot dog e pannocchie per cena.

«Quando possiamo andare a Disneyland?» chiese AJ a sua madre.

«Ci andremo, te lo prometto. Devo scoprire in quali giorni lo studio vuole che sia là la prossima settimana. E Gray mi ha mandato un messaggio. Dice che la visita all'XVenture è martedì.» Cercavo di non trasalire ogni volta che sentivo il suo nome. Ci riuscivo quasi sempre, ma dovevo stare attento tutte le volte.

AJ spostò l'attenzione su di me. «Significa che potrò vederti al lavoro?»

Sorrisi e gli arruffai i capelli. «Me, Noah e Hammer. E abbiamo un amico cosmonauta che non hai ancora incontrato, Kirill. Anche lui è un tipo tosto.»

«Forse potranno venire anche loro a Disneyland con noi.»

«Non puoi visitare tutto Disneyland in un giorno, lo sai, vero?» gli dissi. «In effetti, ci sono due parchi: il Magic Kingdom e il California Adventure.»

AJ si ficcò in bocca l'ultimo boccone di hot dog poi continuò a parlare con la bocca piena. Non potei fare a meno di ridere. «Voglio andare sulle montagne russe, ma la mamma le odia.»

Gli sorrisi. «Ti ci porterò io. Però non ce ne sono molte lì. California Screamin' è piuttosto divertente. Si arriva a 4,3 G durante la sequenza di lancio.»

«Uffa. Tu e Xander e le vostre montagne russe» sospirò Karen. «Chiaramente AJ ha preso da voi due e non da me.»

«È un maschio e ai maschi piacciono le emozioni forti. Magari quando sarai grande piloterai gli aerei come il tuo papà.»

AJ impallidì visibilmente ma non disse niente, limitandosi a scuotere la testa. Karen gli diede un'occhiata preoccupata, con la fronte aggrottata. I nostri sguardi si incrociarono, ma non dissi niente.

Ogni notte da quando era a casa mia, AJ si era svegliato un'ora o due dopo essersi addormentato, urlando, inconsolabile per i brutti sogni. Sua madre passava un'oretta a calmarlo, finché lui cedeva al sonno, esausto.

Succedeva ogni notte... da mesi, così mi aveva detto Karen. La stava distruggendo. Non ne avevamo ancora discusso, ma la stanchezza infinita che vedevo nei suoi occhi e il suo viso pallido erano sufficienti a rivelarmi la verità.

Un po' più tardi, AJ andò a letto, seguendo la solita routine: bagno, pigiama, lavarsi i denti e storia. Dato che la pulizia della cucina quella sera era stata veloce, mi offrii volontario per leggergli la storia, in modo che Karen potesse finire in pace il suo bicchiere di vino.

Esitai quando entrai nella stanza, in effetti, la vecchia stanza di Gray. AJ era a letto con Orbit, il suo peluche verde (la mascotte degli Houston Astros), infilato sotto le coperte accanto a lui.

«Ehi, campione, ho sentito che sei arrivato a metà di *Harry Potter e la pietra filosofale*.»

Lui annuì, già con le palpebre semichiuse. La passeggiata doveva averlo stancato.

Mi passò fiaccamente il libro. Lo aprii dove c'era il segnalibro e lessi una sola pagina prima che il bambino si addormentasse profondamente.

Karen stava finendo il suo vino quando tornai in soggiorno.

«Grazie. Scommetto che era felicissimo che fossi tu a rimboccargli le coperte.»

Io alzai le spalle. «Era piuttosto stanco. Si è addormentato dopo una sola pagina.»

Karen sembrò sorpresa. «Bene. Forse avremo finalmente una notte tranquilla.»

Mi sedetti accanto a lei sul divano. «Ce ne sono molte?»

Karen fece una smorfia, poi indicò la bottiglia mezza vuota. «Vuoi un po' di vino? La bottiglia non si svuoterà da sola, sai.»

Scossi la testa e lei non insistette. Se ne versò però un altro bicchiere e lo sorseggiò soprappensiero.

«Com'è andata la prima del film? Ho visto le fotografie su Twitter. Tu e Keely siete veramente una bella coppia.»

Sbuffai e appoggiai la testa contro lo schienale. «Per favore, non cominciare anche tu.»

La stanza di soggiorno sul retro dava sul canyon. Il sole era tramontato ma il cielo era ancora chiaro. Karen fece un commento sulla bellezza del tramonto. «Mmm, potrei abituarmi alla California. Non avrei mai pensato di dirlo.»

Le sorrisi. «Sei qui da una sola settimana. Aspetta finché dovrai guidare nel traffico o affrontare le folle nei centri commerciali.»

«Mi sembra che a *te* piaccia stare qui.» Sorrise e si portò il bicchiere alla bocca.

Sbattei gli occhi e mi spostai nell'angolo del divano, voltandomi verso di lei. «Mi piace la California. Da nessuna parte c'è un clima così.»

Karen annuì. «Già. Non ti manca mai Houston?»

Deglutii. «Mi mancano gli amici che avevo là, gli ex-colleghi. Ma me ne dovevo andare.»

I suoi occhi scuri mi guardarono per un attimo e fu facile vedere il dolore. «Non si può negare che la tua vita stesse prendendo una brutta piega. Sono fiera di come sei cambiato. Ti sei impegnato molto.»

Sono fiera di te. Mi venne immediatamente in mente il sorriso triste di Gray. Le ciocche leggere dei suoi capelli che svolazzavano nella brezza. Nonostante la sua rabbia nei miei confronti, nonostante il dolore che le avevo causato, nonostante tutto, mi aveva chiesto un abbraccio e mi aveva detto addio con dolcezza.

Mi sforzai di scacciare la sua immagine e tornai a guardare Karen. «Non è niente a paragone di ciò che hai dovuto affrontare tu. Stai facendo un lavoro magnifico. Sei sempre stata la migliore delle mamme.»

Lei chinò la testa di lato e sorrise. «Questa faccenda di essere un genitore single fa veramente schifo. Penso che ognuno di noi meriti una medaglia.» Poi sospirò, appoggiando il bicchiere mezzo vuoto. «D'altro canto ringrazio il cielo di avere lui. Sarei uscita di testa se non avessi dovuto farmi forza per lui.»

Distolsi gli occhi, sapendo che avrei dovuto essere lì per lei, per aiutarla con AJ. Invece ero riuscito a lasciarmi andare e a sfiorare da vicino la distruzione. Lei non aveva mai nemmeno avuto la possibilità di scegliere.

«Dovrei riuscire a venire più spesso a Houston, una volta riuscito il volo di prova. Ci sono degli addestramenti congiunti programmati in alcuni impianti della NASA. E... voglio vedere più spesso te e AJ.»

Karen si chinò in avanti e mise la mano sopra la mia. «Vogliamo vederti anche noi. Sono così lieta di non aver lasciato le cose nel modo in cui erano l'ultima volta che ci siamo visti a Houston.»

Sospirai. «Sì, anch'io.»

Karen aprì la bocca per dire qualcosa ma fu interrotta da un urlo straziante, assordante, che veniva dalla stanza di AJ. Karen balzò in piedi e andò verso il corridoio.

Io la seguii in fretta, senza sapere che cosa avrei potuto fare per aiutarla, non volendo però lasciare tutto nelle sue mani.

Karen accese le luci nella stanza e si sedette sul letto accanto a lui.

«Papà» mormorò AJ. «Era proprio qui, nella mia stanza.»

Mi si congelò il fiato e mi sembrò di poter soffocare. O merda. Avevo avuto anch'io dei sogni come quello. Sogni che erano così reali che mi spaventavano a morte. Dentro di me rabbrividii per la paura e il dolore.

Quel povero bambino.

Karen stava abbracciando AJ, tirandolo contro di sé e gli sussurrava nelle orecchie mentre lui piagnucolava. «L'ho visto lì in piedi. Diceva che non potevo andare con lui. Poi è sparito.»

«Lo so, tesoro. Mi dispiace.»

«Perché? Perché è dovuto succedere?»

Feci in fretta un passo indietro. *Merda.* Non potevo ascoltarlo. Il mio movimento, però, colse l'attenzione di AJ, che mi guardò.

«Ty!» disse, staccandosi da sua madre e tendendo entrambe le braccia verso di me.

Io andai avanti, esitando. «Sì, campione. Di che cosa hai bisogno?»

«Ho bisogno di te» piagnucolò. Quando mi avvicinai, lui si alzò dal letto e poi mi saltò in braccio, appoggiando la testa sulla mia spalla. Tenni il suo corpicino contro il petto, con il cuore che si scioglieva e la gola che si chiudeva. Karen si alzò e i nostri sguardi si incrociarono sopra la spalla di AJ.

Gli accarezzò i capelli. «Andrà tutto bene, tesoro.»

«C'era Ty. Ty era con lui... quando è morto» borbottò contro la mia maglietta il bambino sconvolto. Rimasi immobile come una statua. Deciso a sopportare quei momenti come parte del mio purgatorio. Forse, alla fine, sarei stato purificato, e quell'onnipresente senso di colpa sarebbe svanito. Quella *vergogna*. Bruciava.

«AJ» disse sua madre.

Ma io chinai la testa verso Karen. «Ci penso io. Vai a rilassarti.»

Con un sorriso grato, Karen annuì, poi si alzò sulla punta dei piedi per baciare AJ che sembrò quasi non notarlo. Poi uscì in silenzio dalla stanza.

Lo tenni stretto a lungo, senza muovermi né dire niente, sperando che si addormentasse così. Ma dopo un po', e dopo aver tirato su col naso, chiese sonnacchioso: «Resterai con me? Finché mi riaddormento?»

Lo deposi dolcemente sul suo letto. «Resterò seduto proprio qui. Ma non possiamo parlare, okay. Altrimenti non ti addormenterai.»

AJ fece un grande sbadiglio e si strofinò gli occhi con le nocche. «Okay, ma non mi serve la luce accesa. Puoi spegnerla? Sono un ragazzo grande.» Sentii un'altra fitta di vergogna. Il ragazzino di sei anni accettava il buio mentre l'uomo di trentacinque ne era terrorizzato.

Non avevo bevuto vodka per fortificarmi, ma ero deciso a fare ciò che mi chiedeva, anche se significava stringere i denti e resistere.

Andai tremando verso la porta e l'aprii di una fessura per permettere a un minimo di luce di entrare dal corridoio. Poi spensi la luce e mi spostai di fianco al letto del bambino. AJ mi afferrò subito la mano con la sua piccolina ed io mi aggrappai, concentrandomi sull'essere lì, ed essere forte per lui. Facendo le cose che avrei dovuto fare da sempre.

Fortunatamente si addormentò in pochi minuti mentre io sudavo nella semioscurità.

Ma non era possibile attutire quel dolore, il fatto di rendermi conto che quel bambino stava soffrendo senza suo padre, mentre *io* esistevo quando non avrei dovuto. Come potevo guardare in faccia lui e sua madre, sapendo ciò che sapevo?

Io avevo avuto dieci anni di più quando avevo perso mio padre ed era un dolore che non avrei mai dimenticato. Non riuscivo nemmeno a immaginare come stesse soffrendo quel piccolo campione, ma lo capivo bene. Ricordavo il giorno in cui avevo ricevuto la notizia. Mamma e papà erano divorziati da qualche anno, quindi io ero il suo parente più prossimo, l'unico erede superstite.

Avevamo ricevuto la notizia di persona dai membri della sua squadra SEAL. Uno aveva risposto alle domande di mia madre mentre io cercavo di respirare, senza capire fino in fondo che mio padre non sarebbe mai più tornato. Che non mi avrebbe più chiamato al telefono per farmi gli auguri per la mia prossima partita di pallanuoto. Un cappellano che li aveva accompagnati si era avvicinato a me e mi aveva messo la mano sulla schiena. «Stai bene, figliolo? Non ti devi vergognare se hai bisogno di piangere.»

Ma io avevo scosso la testa e mi ero tenuto tutto dentro.

E mi era mancato ogni notte. Non eravamo mai andati a passare tutta l'estate nei parchi nazionali, in tenda, il viaggio che mi aveva promesso che avremmo fatto una volta finita la sua ultima missione. Avevo nascosto quel dolore in fondo, e mi resi conto che erano passati quasi vent'anni da quando l'avevo visto, gli avevo parlato, avevo sentito la sua voce.

Fissai il volto innocente di AJ. Non sapevo a quali ricordi si stesse aggrappando, il colore della cravatta dell'uomo che gli aveva detto che suo padre non sarebbe tornato? Il suono dei singhiozzi di sua madre? Il primo mazzo di fiori che era arrivato o il sapore di una delle tante teglie di cibo che senza dubbio avevano cominciato ad arrivare prima che fossero passate ventiquattr'ore?

Osservai la forma delle sue guance giovani, ancora rotonde per il grasso infantile. Era ancora così innocente, troppo innocente per essere scagliato nelle acque burrascose di questo mondo così crudele.

Stava già cominciando a dimenticare Xander? Ricordava ancora il suono della sua voce? La sensazione della barba di suo padre quando strofinava la guancia contro la sua infantile?

Il respiro del bambino divenne regolare, ma aspettai ancora un quarto d'ora, passando lo sguardo dall'orologio alla lama di luce sul pavimento, cercando di ignorare il mio stesso cuore che batteva come un tamburo, finché uscii di nuovo nel corridoio.

Lasciai la porta aperta, nel caso mi avesse chiamato di nuovo per un altro brutto sogno. Ma, Dio mio, come speravo che non ce ne fosse un altro. Quello mi aveva fatto a pezzi e quel povero bambino aveva bisogno di una tregua.

Dando un'ultima occhiata alla sua figura dormiente, mi resi conto di quanto avevamo in comune. Povero AJ. Avrei dovuto essere là per lui in questi mesi, come avevo promesso a Xander. Ero un amico orribile per aver trascurato il suo ragazzino e sua moglie.

Tornai da Karen, ingoiando il groppo che avevo in gola. Passammo un'altra oretta sul divano, parlando e tacendo, finché lei fu talmente esausta da dover andare a letto.

Bevvi di nuovo tre bicchierini, in fretta, uno dopo l'altro. L'alcol e il cuscino che profumava ancora di Gray mi aiutarono a scivolare nel sonno con la luce spenta. Quando mi svegliai qualche ora dopo dovetti accenderla, ma era già qualcosa. Un piccolo passo, ma comunque un passo in avanti.

Martedì, nella tarda mattinata, Karen arrivò all'XVenture con AJ e lo portò direttamente nell'ufficio degli astronauti per incontrare i vecchi amici e colleghi di suo padre.

AJ fu felicissimo quando vide Noah, che salutò Karen con un bacio sulla guancia. Per quell'ultima missione, era Noah che avrebbe dovuto partecipare, non io. All'ultimo minuto, un problema di salute lo aveva tenuto a terra, ma aveva passato anni e mesi ad addestrarsi con Xander e me e il sostituto di Xander per quella missione.

Noah ed io eravamo cordiali, ma ci parlavamo appena, comunicavamo a sufficienza da mantenere un'atmosfera di civiltà quando dovevamo socializzare e perfettamente professionale quando eravamo al lavoro. Ma niente più di quello. C'era sempre quella vecchia tensione, quella strana dinamica che ci divideva, come una spessa parete tra di noi da quando era morto Xander.

Credevo sinceramente che pensasse che se fosse salito lui sulla stazione al mio posto, Xander sarebbe sopravvissuto. E che in qualche modo l'incidente fosse colpa mia.

Probabilmente perché *era* così. E sentivo il peso del suo giudizio ogni volta che eravamo insieme. E adesso, con la famiglia di Xander, quella tensione era diventata ancora più pesante. Sollevai il ragazzino sulle spalle. Karen, dopo aver abbracciato Noah e Hammer, strinse la mano a Kirill quando li presentarono. Karen restò vicina a me e gli occhi scuri di Noah passarono parecchie volte da lei a me, fissandoci senza espressione.

Ricordai di avergli sentito dire che aveva passato parecchio tempo con la famiglia subito dopo l'incidente. Era stato lui a darle la notizia quando era stata chiamata al controllo missione per quell'ultima conversazione con il marito condannato. Sembrava che si fosse affezionato parecchio a loro nei giorni che erano seguiti.

Tutti gli astronauti dell'XVenture accantonarono il normale programma di lavoro per le ore seguenti per poter accompagnare AJ e Karen nella loro visita da VIP. Tornammo all'entrata dell'intero complesso, dove Tolan ci aspettava in un'ampia stanza con le vetrate che lasciavano entrare la luce dall'esterno. Il logo a mosaico brillava sul lucido pavimento di pietra e c'erano modelli in scala, lunghi sette metri, appesi al soffitto. Era una vista impressionante e il punto giusto per cominciare la visita.

Tolan ci aspettava insieme ad altre due persone. Rallentai appena quando vidi che una delle due persone era Gray, accanto a un uomo che non avevo mai incontrato prima. Stavano parlando. Lei sorrideva e rideva.

Mi concentrai su di lei, notando immediatamente come appariva diversa. Indossava pantaloni grigi eleganti, una blusa di seta rosa e grigia, e decolté basse ai piedi. Ed era truccata. E aveva dei gioielli. E i capelli… aveva tagliato i capelli. *Corti.* Erano scalati intorno alle orecchie e non le stavano male. In effetti, era un taglio carino e adatto a lei.

Ma un tale cambiamento, tutto in una volta. Sbattei gli occhi. Che cosa l'aveva trasformata così radicalmente in una sola settimana? Mi sentii stringere lo stomaco quando mi resi conto che la risposta poteva essere l'uomo accanto a lei.

Il suo sorriso non venne meno quando ci avvicinammo. Mi guardò per un attimo, poi distolse in fretta lo sguardo per sorridere al bambino che avevo sulle spalle. Indossava perfino occhiali nuovi con la montatura scura che accentuavano il suo aspetto da bibliotecaria sexy.

Il mio cuore batteva a mille e di colpo mi arrabbiai per la scomparsa della *mia* Gray, per far posto a questo falso rifatto.

Guardai di sfuggita l'uomo quando me lo presentarono. Capii chi era prima che Tolan parlasse. Doveva essere il misterioso Aaron.

Aaron Thiessen, come me lo presentarono, sembrava un tipo abbastanza piacevole mentre ci stringevamo le mani. Ricordai la breve fantasia che avevo avuto sull'inventare un modo per infliggergli dolore o perfino la morte. Tutte le volte che pensavo a lui con Gray non rimpiangevo assolutamente quel sentimento.

Tolan stava spiegando i diversi modelli di razzo, ciascuno dei quali rappresentava una fase diversa dello sviluppo aerospaziale dell'XVenture, incluso il coronamento di tutto il lavoro, il Rubicon III che mi avrebbe portato nello spazio tra sei settimane insieme alla capsula Phoenix, progettata per portare fino a cinque astronauti nella bassa e media orbita terrestre.

Una volta completati i collaudi, l'XVenture sarebbe stata in grado di negoziare contratti con la NASA, l'agenzia spaziale russa Roscomos, l'Agenzia Spaziale Europea e JAXA, quella giapponese, oltre ad altri, per portare gli astronauti sulla Stazione Spaziale Internazionale nel prossimo futuro.

Io non sarei stato uno di loro. Non sarei più tornato sulla stazione. Anche se, per il momento, ero l'unico a saperlo. Avrei volato di nuovo per mantenere la mia promessa, ma non potevo tornare là.

Thiessen sembrava interessato alla società, anche se era penosamente incompetente riguardo al programma spaziale. Faceva spesso domande a Gray, piegando la testa verso di lei e indicando ciò che era in mostra quando passavamo davanti. Il ragazzino sulle mie spalle era silenzioso e osservava mentre sua madre sembrava più interessata a chiacchierare con Hammer e specialmente con Noah.

E dovevo ammettere che stavo pedinando Gray e la sua scorta, forse talmente da vicino da diventare scomodo. Lei mi diede un'occhiata significativa una volta o due, ma fu tutto, e mi rifiutai di tirarmi indietro.

Il che mi rendeva un completo stronzo.

E mi stava bene. Io e il mio stronzo interiore andavamo perfettamente d'accordo.

E a me e al mio stronzo interiore non piaceva l'idea di Gray pappa e ciccia con questo tipo, Aaron, o con chiunque altro, se era per quello.

E questo rendeva le cose... complicate.

CAPITOLO DIECI
GRAY

NEI NOVE GIORNI DA QUANDO ERO TORNATA A CASA MIA, ero riuscita a trovare qualcosa da fare per riempire ogni minuto libero delle mie giornate. Avevo rivoluzionato il mio appartamento, rimuovendo ogni cosa inutile. Finii per portare nel cassonetto tre sacchi della spazzatura e preparare cinque sacchi da portare a un ente di beneficenza: vecchi vestiti, souvenir senza valore, fin troppi bloc-notes nuovi e prodotti di cancelleria che avevo collezionato ma mai usato.

Avevo deciso che anch'io avevo bisogno di un nuovo look. Mi feci fare il taglio corto cui pensavo da un po' e comprai qualche completo carino per l'ufficio. Normalmente detestavo fare compere ma guardare le vetrine era comunque meglio che non restare seduta nel mio appartamento vuoto. Comprai perfino dei cosmetici.

Dopo tutto quel tempo forse lo dovevo a me stessa, di passare più tempo a occuparmi del mio aspetto. Forse se non fossi stata così invisibile, così dimenticabile…

Mi fermai, fissandomi nello specchio mentre studiavo sul telefono un tutorial di trucco su YouTube, mettendolo regolarmente in pausa per poter seguire meglio i consigli dell'istruttore.

Era quello che stavo facendo? Rendermi meno dimenticabile? Meno invisibile, sperando che, sistemando quel lato di me, avrei potuto riavere ciò che avevo perso.

Rendendomene conto, mi sedetti pesantemente sul coperchio del wc.

Era così? Il prossimo passo nell'elaborazione del lutto?

Terza fase: contrattazione

Ogni giorno al lavoro diventava un po' più facile. Avevo passato quasi un'intera settimana senza vederlo. Ma quando avevamo fatto la visita insieme, era stato allo stesso tempo emozionante e imbarazzante.

Capivo che era fin troppo interessato ad Aaron, al punto di sembrare geloso. Anche se, ogni volta che nasceva la speranza, mi dicevo che non era assolutamente possibile.

D'altra parte, guardarlo così intimo e felice con Karen e AJ mi scaldava il cuore e contemporaneamente mi rattristava un po' perché non facevo parte della loro felice riunione. Dovevo guardarla da lontano, come se fossi un'estranea.

Perché, per com'erano le cose, ero stata relegata ancora una volta al ruolo di estranea. Man mano che passavano i giorni, quelli passati con Ryan, da intimi, sembravano sempre più un sogno che esisteva solo nella mia testa.

Aprivo l'app dei messaggi almeno una volta al giorno per cominciare a scrivergli un lungo messaggio, per poi cancellarlo in tutta fretta. Non avrei mai premuto "invia" a un messaggio come quello. Ma sembrava stranamente catartico scriverlo comunque. La mia versione privata di scrittura terapeutica.

Forse ci voleva qualche urlo selvaggio come terapia espressiva.

Doveva migliorare presto, vero?

Anche se solo un pochino per volta. Immaginavo che ogni nuovo giorno sarebbe stato un po' più facile di quello precedente. O almeno era quello che speravo.

***

La risposta a quella domanda arrivò proprio il giorno successivo, quando mi resi conto che no, le cose non sarebbero migliorate tanto presto.

Marjorie, il mio futuro capo nell'équipe sanitaria, mi chiese di distribuire i questionari mensili sulla salute mentale agli astronauti e alle squadre degli ingegneri. Quel mese il trattamento completo, con tanto di colloquio, toccava agli astronauti, mentre agli ingegneri sarebbe toccato il mese successivo.

Ma tutti dovevano rispondere alle domande del questionario e sospettavo che gli astronauti si sarebbero irritati esattamente come si erano irritati gli ingegneri.

Le chiesi perché non li inviava loro per email e lei mi rispose con un sogghigno. «Semplice psicologia, Gray. Se questi formulari personalizzati non venissero consegnati da un umano a cui devono rendere conto, quei tizi se ne fregherebbero e li lascerebbero semplicemente sepolti nella posta.»

Quindi il compito era toccato a me. Che gioia!

Feci un respiro profondo prima di entrare nell'ufficio degli astronauti con i miei documenti in mano. L'ufficio assomigliava più a un'officina di media grandezza, in realtà. C'erano tavoli quadrati con dei tablet e laptop, un tavolo da disegno per gli schizzi e disegni stampati. Ogni astronauta aveva il suo angolo per la scrivania nascosto discretamente dietro dei divisori.

C'erano modelli di veicoli e pannelli di comando, campioni e rotoli di disegni contenuti in cilindri e checklist grandi come poster appuntate su ogni parete non ancora coperta da lavagne. Quel posto era l'immagine perfetta del caos organizzato.

Ed io ero appena entrata nel bel mezzo di una zona di guerra.

Okay, forse *zona di guerra* era un po' un'esagerazione. Ma per una donna di media statura, piuttosto snella, in mezzo a uomini muscolosi e atletici che si urlavano contro, poteva sembrare una zona di guerra.

Noah era chino e batteva insistentemente su un blocco con il dito indice. «Cazzo, dev'essere fatto *prima* di andare in Florida. È così difficile da capire? Sono stufo di discutere con te su questo argomento.»

Io aprii la bocca per dire qualcosa poi la richiusi immediatamente, reagendo al dramma in cui ero appena precipitata.

Ryan era dall'altra parte del tavolo, con i pugni stretti e fissava Noah come un bulldog sul punto di attaccare un carlino.

«Lo faremo. Togliti la scopa dal culo» fu la risposta pungente di Ryan. Rimasi realmente scioccata nel sentirlo rivolgersi a un collega in quel modo.

Noah adesso aveva una mano sul fianco. «Se essere precisi e metodici nel percorso per arrivare al volo di prova è avere una scopa nel culo, allora mi sta bene. Sul serio.»

«Se vuoi tanto fare quel test, perché non lo fai *tu*, allora?» ribatté Ryan a denti stretti.

Noah alzò le mani, come per arrendersi, guardando gli altri per avere il loro sostegno. Come se avessero già discusso di quell'argomento in precedenza, quando non c'era Ryan. «Per l'amor del cielo, Ty. È un test senza luci a bordo. Ci vuole meno di mezza giornata per fare la simulazione con tutte le sue varianti.»

Merda. Pensai immediatamente di scappare nella direzione opposta, anche se sembrava che i miei piedi avessero messo radici. La vecchia Gray sarebbe scappata. Sarebbe scomparsa nel pavimento finché i ragazzoni non avessero smesso di urlare.

Ma ero una nuova Gray. Una nuovissima Gray. E la nuova Gray non aveva paura di farsi vedere e notare.

Mi schiarii forte la gola per far loro sapere che ero lì. Quattro teste si voltarono verso di me e quattro paia di occhi mi fissarono.

«Mi dispiace interrompervi. Ho appena ricevuto i questionari mensili per l'équipe sanitaria.» Brandii la manciata di carte davanti a me come per dimostrare che era tutto vero.

Silenzio assoluto. Sarei tranquillamente potuta entrare lì e chiedere loro di ballare il tip-tap sui tavoli da lavoro.

Ryan guardò Noah e disse, con la voce molto più bassa: «Lo metterò in agenda.» Noah annuì, con il rossore della rabbia che svaniva a poco a poco dal suo volto. Sembrava che per quanto litigassero tra di loro, facessero sempre fronte comune verso l'esterno, specialmente verso i membri dell'équipe sanitaria che aveva il potere di tenerli a terra.

Mi feci avanti e distribuii i questionari personalizzati a ciascuno di loro e, per caso, Ryan fu l'ultimo a cui lo consegnai. Mi strappò praticamente i documenti dalla mano e, senza guardarmi, fece un brusco dietro fronte e si ritirò dietro il divisorio della sua postazione.

Io rimasi lì, per un attimo, sorpresa per la sua palese scortesia. Presi comunque nota della rigidità della sua postura e del rossore sulla nuca, appena sopra il colletto della polo, che denotava la sua rabbia o forse il suo imbarazzo.

Mi chiesi quale fosse il significato del loro litigio. Che cos'era il test senza luci a bordo e perché era così importante? Presi mentalmente nota di scoprirlo appena possibile.

Per il momento, ero imbarazzata e conscia che gli altri tre astronauti mi stavano guardando con attenzione mentre Ryan si allontanava dandomi le spalle. Quando lo guardai, sul volto di Hammer c'era palese preoccupazione. Quel sentimento sembrava riflesso con sfumature diverse nelle espressioni degli altri due. Quanto sapevano di Ryan e me, se sapevano qualcosa?

La palese pietà sulle loro facce diceva parecchio. Ne sapevano abbastanza.

Ingoiai il groppo che avevo in gola e raddrizzai le spalle. Era troppo tardi per andarmene con la mia dignità intatta?

«Okay» dissi a bassa voce. «Marjorie vorrebbe vedervi tutti all'inizio della settimana prossima. Io... uhm... lascio a voi decidere chi andrà per primo e quando.» Avevo la voce bassa, roca e feci quello strano tipo di manovra per voltarmi sul pavimento di cemento lucidato con le scarpe decolté scivolose e quasi caddi. Mi afferrai al bordo del tavolo, e mi ripresi in tempo per non cadere a faccia in giù.

«Tutto bene?»

«Tutto okay?» dissero insieme Kirill e Hammer.

Senza rispondere, mi raddrizzai e uscii dalla stanza, grazie a Dio di nuovo sola.

Passai il resto della giornata meccanicamente, scacciando dalla mente quello strano incontro nell'ufficio degli astronauti.

Nonostante la mia goffaggine, ero fiera di come mi ero comportata, di come avevo lottato per mantenere la parvenza di indifferenza quando ero vicino a lui, sia durante il tour VIP della fabbrica o il nostro breve incontro di oggi. Non volevo lasciargli vedere quanto stessi soffrendo, quindi lottavo per restare calma e serena, per mantenere la facciata di essere placida, nonostante dentro di me fossi sconvolta.

Ryan era già schiacciato da una montagna di senso di colpa. Non poteva permettersi di aggiungere il mio crepacuore a quel fardello già pesante. Per quanto odiassi ciò che aveva fatto e mi chiedessi costantemente *perché* lo avesse fatto, non potevo permettere che si punisse da solo. Andava contro tutto ciò che ero.

Quella sera però decisi di cedere alla tristezza e mi tuffai in una vaschetta di gelato stracciatella e menta Häagen-Dazs con pezzetti di cioccolato extra-large. Avevo appena mangiato cinque cucchiaiate quando suonò il campanello.

Sapevo chi poteva essere. Mi aveva mandato messaggi praticamente ogni giorno dopo la nostra conversazione in corridoio, per chiedermi se stavo bene.

Indossavo i pantaloni di un pigiama rosa con delle scimmie e una canottiera rosa chiaro quando aprii la porta a Pari.

«Bene, è una sorpresa» dissi.

Il suo sguardo si fece duro. «Non credo proprio che lo sia. Era piuttosto ovvio che mi sarei imbucata nella tua festa solitaria stasera.»

Alzai le spalle. «Sì, ne avevo il sospetto.» Mi feci da parte, lasciandola entrare.

Lei puntò immediatamente lo sguardo sulla vaschetta di gelato sul tavolino. «Ah, Gray, davvero? Che cliché.» Pari alzò la mano con il sacchetto di plastica di un supermercato. «In effetti, ne ho qui altre due.»

Presi un cucchiaio per lei, le lasciai scegliere il gusto che voleva e riposi il resto mentre ci sistemavamo sul divano. Mi ricordò stranamente una sera come quella di due mesi prima, la sera in cui avevo guardato i documentari su Ryan e le sue interviste, prendendo appunti.

Ci buttammo sul gelato, anche se a quel punto ne avevo quasi avuto abbastanza. Pari mi raccontò una storia buffa successa al lavoro ed io ascoltai attentamente, la cosa che sapevo fare meglio.

Dopo aver riposto il resto della mia vaschetta di gelato in freezer, chiesi a Pari se voleva che facessi lo stesso con il suo. «Diavolo no, amica. Lo farò sparire tutto.»

«Va tutto bene?»

Lei inghiottì un'altra cucchiaiata con un sorriso malizioso sul volto. «Più che bene.»

Le sorrisi. «Presumo che tu e Victoria...?»

Pari mangiò un'altra cucchiaiata di gelato mentre rifletteva su come rispondermi. «È complicato. Stiamo andando adagio. Victoria si è sentita ferita per come mi sono comportata la notte che abbiamo passato insieme. Mi sono scusata e le ho spiegato, ma rispetto le sue ragioni per voler andar cauta.»

Io appoggiai i gomiti sui braccioli della poltrona, con un pugno sulla guancia, sorridendo.

«Che cos'è quel sorriso da scema?» chiese Pari, dandomi un'occhiata sospettosa. «Non dovevi essere depressa?»

Alzai le spalle. «Sono solo felice per te. E, sai, sembravi veramente cresciuta un momento fa. Quasi come...»

Lei agitò minacciosamente il cucchiaio per aria. «Non dirlo!»

«Un'adulta!» finii io ridendo.

Lei trasalì esageratamente, come se avesse sentito un rumore troppo forte. «Dannazione, l'hai detto. Non sono pronta per essere un'adulta, Gray. Lo sai.»

«Oh, se lo so» dissi con un lungo sospiro.

Lei mi guardò minacciosa. «Sarai lieta di sapere che non ho più gelato da poterti tirare addosso.»

Sorrisi e alzai le spalle. «Stavo solo cercando di simpatizzare con te.»

Pari andò a buttare la vaschetta vuota e a lavarsi le mani appiccicose. Quando tornò, mi arruffò i capelli prima di sedersi. «Tra parentesi, mi piace il tuo nuovo taglio. Fa parte del tuo cambio di look post-rottura?»

Mi misi una mano sui capelli, ricordando Ryan che vi passava le dita. *Non tagliarti mai i capelli.*

Le sorrisi. «Era da parecchio che avevo bisogno di tagliarli. Non c'è bisogno di chiamarlo un cambio di look post-rottura.» Le diedi un'occhiata pensierosa. Forse era così. Anche se non sapevo che esistesse una cosa simile.

Pari mi fissò, piegando la testa e stringendo gli occhi. «Sei veramente così equilibrata? Oppure lo nascondi talmente bene che è difficile capirlo?»

Alzai di nuovo le spalle. «Forse un po' dell'uno e un po' dell'altro?»

«Voglio dire, come fai a non aver voglia di tirargli il collo o almeno tendere un piede per farlo inciampare in corridoio, al lavoro?»

Scelsi di non rispondere. Non era necessario che sapesse che avevo fantasticato di dargli un calcio negli stinchi con degli stivali da cowboy appuntiti, piuttosto recentemente, diciamo quel pomeriggio.

«Oh, credimi, sospetto che questa rottura mi faccia male come a chiunque altro. Se sembra che la stia prendendo bene è solo perché ho fatto un mucchio di pratica.»

«Di rotture?» chiese Pari sorpresa.

«No, assolutamente. Ho fatto pratica nel nascondere quello che ho dentro. I miei genitori hanno entrambi quasi avuto un tracollo nervoso quando la mia prima sostituzione valvolare è andata male. Avevo sedici anni ed ero in condizioni critiche e all'inizio i medici non capivano perché.»

«È difficile immaginare tuo padre che perda il controllo, per qualunque cosa.» Pari si chinò in avanti, prese un libro fotografico sui pianeti extrasolari dal tavolino e cominciò a sfogliarlo.

Io rimasi seduta, pensando, riflettendo su ciò che avevo saputo la settimana precedente sulla conversazione di mio padre con Ryan. Papà aveva minacciato di ritirare i finanziamenti se Ryan avesse continuato la relazione con me. Più avevo cercato di ottenere dei particolari da Ryan, più lui si era chiuso a riccio.

E chiaramente non ero nelle condizioni di affrontare direttamente mio padre. Almeno non fin dopo il volo di prova. Il piano che avevo elaborato in tutta fretta era di prendere tempo fin dopo il volo, minimizzare i contatti con mio padre fino a quel momento, e poi sganciare la bomba. Speravo che, tolta di mezzo la minaccia sui finanziamenti, ci sarebbe perfino potuta essere la possibilità di una riconciliazione con Ryan.

Ovviamente supponendo che l'unico motivo per cui aveva rotto con me fosse mio padre e il suo sconsiderato ricatto. Era difficile dire se tornare insieme era una cosa che Ryan avrebbe voluto, visto il modo in cui aveva congelato i nostri rapporti. Mi si annodò lo stomaco.

«Papà può perdere milioni in un giorno quando il mercato azionario fa un capitombolo e non te ne accorgeresti nemmeno dal suo umore alla fine della giornata. Lascia sempre il lavoro in ufficio. Ma...» Alzai le spalle. «Con la famiglia è diverso. I figli sono un'estensione dei genitori, in molti modi. È sempre stato super protettivo.»

Ed io ero stata una stupida a pensare che avrebbe cambiato atteggiamento una volta che fossi stata adulta.

Aveva in qualche modo scoperto i sentimenti che stavano nascendo tra Ryan e me e aveva fatto ciò che poteva per reprimerli. E ogni volta che pensavo a ciò che aveva fatto, mi infuriavo talmente da non riuscire più a ragionare.

Finché non fossi riuscita a controllarmi, avrei lasciato che tutte le chiamate di mio padre finissero in segreteria.

Quando i medici mi avevano detto che avrei avuto bisogno di un'altra sostituzione della valvola, appena tre anni dopo la prima, avrei voluto raggomitolarmi e piangere. La chirurgia a cuore aperto è una delle cose più dolorose che il corpo umano può subire da cui si può riprendere, ed io ricordavo ogni minuto di quel dolore dal precedente intervento.

Non volevo passarci un'altra volta. Nella mia angoscia adolescenziale, avrei preferito arrendermi e scegliere l'alternativa, niente intervento e morte certa.

«Quando i tuoi genitori sono seduti accanto al tuo letto giorno e notte, senza quasi dormire o mangiare, quasi impazziti per la preoccupazione, non è il momento migliore per lasciarsi andare e cominciare a piangere. Ho imparato a stringere i denti.»

Avevo nascosto il dolore e la rabbia e i *perché io*. E avevo imparato a diventare un muro di mattoni, a trovare il mio lato stoico. Sapevo anche allora che il loro matrimonio era appeso a un filo e che solo il loro amore e la preoccupazione per me tenevano insieme la nostra famiglia.

«Non rivelare mai niente, come direbbe mio padre» aggiunse Pari, annuendo. «È difficile, specialmente quando si tratta di sentimenti. Voglio dire, il tuo lavoro è ascoltare tutti gli altri parlare dei loro problemi e dei loro sentimenti, ma tu non puoi avere i tuoi.»

«Li ho, solo che li tengo rinchiusi.»

Pari aggrottò la fronte. «Sei tu l'esperta, ma è una cosa salutare?»

«Vedremo.» Alzai le spalle. «E forse, forse mi sbagliavo sui miei sentimenti per lui. Sto ancora cercando di fare chiarezza.»

Sarebbe stato il momento giusto per cambiare argomento. Fortunatamente, Pari era molto ricettiva, specialmente se accennavo ad abbastanza pettegolezzi da aguzzarle l'appetito.

Sbatté gli occhi. «Okay. Ma...»

«Ehi, ho una domanda veloce. Che cos'è il test senza luci a bordo?»

Lei sembrò irritata solo per un attimo perché l'avevo interrotta e poi mi guardò. «Qual è il contesto?»

Le riferii la feroce discussione cui avevo assistito nell'ufficio degli astronauti senza indicare chi stava discutendo, tanto per stare sul sicuro.

Pari si arrotolò una ciocca dei suoi lunghi capelli scuri e lucidi intorno al dito indice, pensando. «Non lo so con certezza. Penso che si tratti di uno di quegli scenari critici che devono superare per poter essere in grado di agire in caso di emergenza. Io però non lavoro sulle capsule. Ma so a chi posso chiedere e ti farò sapere.»

Guardammo un po' di televisione e chiacchierammo ancora, poi Pari andò a casa ed io mi infilai sotto le coperte, con uno strano tipo di malinconia che mi pesava addosso.

Non mi ero resa conto della tristezza finché proprio non ci ero arrivata. E mi chiesi se fossi passata alla fase successiva dell'elaborazione del lutto.

Quarta fase: depressione.

La tristezza, il pianto e dormire troppo durarono per tutto il fine settimana. Chiaramente stavo lottando contro una botta di depressione. E quando arrivò il lunedì, per la prima volta feci l'impensabile.

Chiamai dicendo che ero malata. Io, che non avevo mancato un solo giorno durante tutti gli anni di scuola, di università e durante il dottorato. Io, che non mi ammalavo quasi più, presumibilmente perché ne avevo già avuto, se possibile, più della mia parte.

Non che non fossi grata per la salute ritrovata.

Ma ora, nonostante dentro di me sapessi che era normale, fu una decisione difficile da prendere. Avevo bisogno di qualche giorno per riprendermi e non riuscivo a evitare di vergognarmi un po'.

Non sei al lavoro oggi, va tutto bene? Il messaggio di Pari arrivò lunedì pomeriggio quando mi ero svegliata dal mio secondo sonnellino della giornata. Quando si è depressi, si bramano i pisolini come un hobbit gli snack e i pasti.

Avevo solo bisogno di una pausa. Sto bene, le risposi, decidendo di essere il più sintetica possibile, per evitare che arrivasse quella sera con altre vaschette di gelato. Ah, Pari, la mia spacciatrice di cibo spazzatura.

Ho ricevuto la risposta riguardo il test senza luci a bordo di cui mi avevi chiesto. A quanto pare, è un test al buio per vedere se il quadro di comando della capsula può essere avviato ex novo nel buio totale per simulare una perdita di energia sul lato scuro del pianeta.

Mi accigliai, ripensando alla discussione. Luci spente. Oscurità.

Ryan che si rifiutava di farlo.

Sentii un peso sullo stomaco pensando alle conseguenze. E mentre quei pensieri mi giravano per la testa, scoprii che avevo qualcos'altro di cui preoccuparmi e non solo la fine di una relazione in boccio.

Ma cercai di essere disciplinata. Mi permisi solo il fine settimana e quei due giorni in più per crogiolarmi nella mia tristezza. Dormii tutto il tempo che volevo, e fu tanto. Mangiai cibo spazzatura. Andai al cinema.

E quando tornai al lavoro mercoledì mattina non mi sentivo molto meglio, ma mi ero obbligata a indossare qualcosa di nuovo, truccarmi e fingere.

Stava andando bene finché, un'ora dopo essere entrata, ricevetti un messaggio da Marjorie.

Oggi sono dovuta uscire per completare un allenamento con un nuovo gruppo di tecnici e ci vuole più tempo di quanto mi aspettassi. Ho bisogno che siano completati i colloqui con gli astronauti. Puoi occupartene tu?

Sbattei le palpebre, con il cuore che accelerava. Un colloquio vero e proprio. Una vera sessione di terapia, anche se si trattava solo di routine. Una pausa dallo scrivere rapporti, registrare indagini, e sviluppare protocolli di addestramento. Sembrava effettivamente una bella cosa.

Scrissi la mia risposta. *Certamente. A che ora e con chi?*

La sua risposta arrivò immediatamente. *È già tutto pronto. Kirill appena prima di pranzo e Ty subito dopo. Ho già finito gli altri due.*

Ricaddi sulla sedia, abbattuta. Ovviamente uno di loro doveva essere Ryan. Perché, ultimamente, la mia vita andava così.

Beh… merda.

CAPITOLO UNDICI
RYAN

DOPO PRANZO, MERCOLEDÌ, DOVEVO PRESENTARMI AL controllo della salute mentale, regolarmente programmato (e regolarmente irritante) con Marjorie. Avevo compilato il maledetto questionario e l'avevo spedito, sperando che questa volta avrebbe fatto un'eccezione, visto quanto eravamo vicini al lancio effettivo del volo di prova del veicolo. Non avevo tempo da perdere rispondendo alle domande degli strizzacervelli quando avrei potuto passare più tempo nel simulatore.

Quasi saltai il colloquio, quasi. Avevo programmato di offrirle di farlo via Skype finché Kirill buttò lì a pranzo che era Gray che aveva fatto il colloquio con lui invece di Marjorie.

Tutti e tre gli uomini mi fissarono mentre mi bloccavo, smettendo di masticare. Nessuno aveva detto niente quando l'avevo trattata maleducatamente davanti a loro la settimana prima, ma avevano ricevuto il messaggio che avevo voluto mandare. Non solo ero incazzato perché Gray aveva sentito il nostro litigio, avevo anche voluto chiarire ai ragazzi che lei ed io non eravamo più una coppia.

E che avrebbero fatto bene a smetterla di impicciarsi della mia vita personale.

Noah, grazie al cielo, si riprese per primo, rendendosi conto di quanto fosse imbarazzante quel momento. Come sempre, eravamo tornati a una fredda cordialità, ben lontana dalla nostra precedente amicizia. Si schiarì la voce e si chinò in avanti. «Allora, è piaciuta Disneyland ad AJ? Ho sentito che l'avete portato lo scorso fine settimana.»

Inghiottii il boccone, annuendo. «Gli è piaciuta. Ha voluto fare tutte le giostre due volte. A un certo punto ho mandato Karen a far compere e ho semplicemente fatto tutto quello che voleva lui.»

Sul volto di Noah apparve per un attimo una strana espressione. «Come se la sta cavando Karen?» chiese, con la voce leggermente più bassa. Aggrottai la fronte. C'era qualcosa di strano in ballo tra lui e Karen. Un certo imbarazzo. Ma non avevo intenzione di impicciarmi.

Noah e Karen erano due adulti. Potevano decidere per conto loro. Inoltre avevo anch'io i miei problemi con Karen, anche se la situazione era migliorata parecchio da quando lei e AJ erano arrivati.

«Ti stai divertendo un sacco a viziare quel ragazzino» disse Hammer con un sorriso.

Annuii. «Devo ammettere che è vero. È un sacco divertente. Sarà uno schifo quando torneranno in Texas.»

Il pranzo finì in fretta. I ragazzi tornarono in ufficio ed io mi diressi all'ufficio di Marjorie. La porta era chiusa, appoggiai la mano sulla maniglia, fermandomi a respirare a fondo un paio di volte prima di aprire la porta.

Poi ricordai che avrei probabilmente dovuto bussare, quindi misi le nocche sulla porta.

«Non c'è nessuno lì dentro» disse una voce dolce alle mie spalle.

Voltai di colpo la testa. Gray era proprio dietro di me, con una blusa di pizzo avorio dalla scollatura a barchetta e una gonna azzurro pallido, orecchini semplici e una catena d'oro al collo. Sulla bocca adorabile aveva un rossetto rosa pallido. Senza pensare, abbassai gli occhi sulla sua scollatura. Si vedeva la parte finale della cicatrice, che non si era presa la briga di nascondere.

Fui simultaneamente irritato e fiero di lei. Irritato perché lei appariva ancora così composta, così tranquilla.

Sembrava ovvio che non le mancassi come lei era mancata a me.

E dovevo ammettere che un bel po' della mia recente ostilità nei suoi confronti derivava proprio da quello.

Ma ero fiero che non si stesse più nascondendo, cercando di confondersi con l'ambiente.

Gray, il grigio, avevo rimuginato una volta, era il colore più blando che esistesse e lei aveva scelto quel nome per sé per confondersi nell'ombra. Per non essere vista.

Ma il grigio non era il nulla, la blanda assenza di colore come pensavo una volta. No. Il grigio era il colore che presagiva le tempeste, il cielo al crepuscolo dopo una giornata eccezionalmente chiara, una spiaggia nebbiosa. Il grigio era il colore di un diamante grezzo, non tagliato, il colore della luce delle stelle, distante ed eterna, nata migliaia di anni prima che nascessimo noi.

Il grigio era la forza delle nuvole temporalesche e la tranquillità di una brillante falce di luna.

Deglutii, fissandola negli occhi. La sensazione fu quella di una forza che mi trapassasse. Mi sforzai di respirare, ricordando a me stesso che non potevo permettermi di continuare a pensare in quel modo.

Eppure non riuscivo a smettere.

«Entriamo e faremo il più in fretta possibile in modo che tu possa tornare a lavorare» disse Gray interrompendo i miei pensieri tumultuosi.

Annuii, aprendo la porta e lasciando che mi precedesse nella piccola stanza dominata da un'enorme scrivania che sembrava uscita direttamente da un ufficio dattilografe del 1950.

Invece di sedersi al solito posto di Marjorie dietro la scrivania, Gray si sedette su una delle due sedie di fronte, indicandomi di sedermi in quella accanto. Prese un foglio di carta da una cartella blu scuro e fece uscire la punta della biro, pronta a scrivere con la mano sinistra.

«Marjorie ha un impegno fuori oggi. Ma se per te è troppo imbarazzante, posso chiederle di fare lei il colloquio quando ritorna. Però... mmm... probabilmente dovrei spiegargliene il motivo.»

Lasciai andare il fiato che stavo trattenendo e scossi la testa. Avevo avuto intenzione di saltare l'appuntamento con Marjorie, ma non mi sarei lasciato scappare l'occasione di parlare per qualche momento con Gray. Forse, in fondo in fondo, ero un masochista.

«Non è imbarazzante.» La mia voce sembrava un po' soffocata e afferrai i braccioli della sedia, rimpiangendo di colpo di essere seduto così vicino a lei. Era difficile atteggiarsi e nascondere molto da quest'angolazione. Scelsi di incrociare le braccia sul petto.

Datti una regolata, Tyler, mi dissi. Ero io quello che aveva rotto con lei. Potevo prendere il controllo della situazione.

Perché mi sembrava che fosse esattamente il contrario?

E poi, perché all'improvviso Gray si vestiva in modo elegante? Era per quel viscido Aaron? Li avevo osservati come un'aquila la settimana prima durante la visita. Avevano chiacchierato parecchio, riso un po', scherzato un po'. Lui non l'aveva mai toccata in modo inappropriato e lei era stata amichevole, senza flirtare.

Volevo comunque staccargli la testa. Come avrebbe fatto qualunque altro umano razionale.

«Come stai?» le chiesi finalmente.

La sua espressione non cambiò quando abbassò gli occhi sulle carte. «In effetti, questa è la domanda che devo fare io.» Alzò gli occhi e mi fissò. «Ho sentito che ti sei dimesso dalla marina la settimana scorsa.»

Annuii, era una domanda che mi ero aspettato. Almeno una parte di quel colloquio era prevedibile. «Vero.»

«Come ti senti in proposito?»

Distolsi per un attimo gli occhi, rammentandomi che non avrei dovuto trovarla così adorabile quando era nei panni del dottor Gray. Non importava. Il mio cervello mi stava mandando il memorandum ma il resto di me non lo stava leggendo. Le mie reazioni nei suoi confronti erano automatiche come sempre.

«Non è stata una sorpresa, né per loro né per me. Era nell'aria da tempo. Ma sono andato a Coronado e l'ho fatto di persona. È stata un'esperienza positiva. Ho perfino visto alcuni dei miei vecchi compagni delle squadre.»

Gray annuì. «Bene.» Piegò leggermente la testa e mi diede un'occhiata strana, come se qualcosa non le quadrasse. Ed era così, ovviamente. Avevo preparato in anticipo e imparato a memoria l'intero discorso, preparandomi per quella domanda. «È... voglio dire, grande. Ne sono felice.»

Era tutto vero, ma l'avevo confezionato attentamente e presentato infiocchettato per evitare di esprimere i sentimenti dolceamari che provavo nel recidere quell'ultimo legame con la marina. Con mio padre, la NASA, Xander...

Gray fece un respiro profondo facendo uscire e rientrare la punta della biro un paio di volte mentre controllava il mio questionario.

«Prima di cominciare a rispondere alle domande, è importante che tu sappia che le risposte non saranno usate in nessun modo contro di te da parte della società. Sono assolutamente confidenziali e protette dal rapporto privilegiato terapista-paziente e saranno usate solo per monitorare il tuo benessere generale e la tua salute mentale. Capisci queste condizioni?»

L'ascoltai mentre ripeteva velocemente il preambolo classico, senza esitazioni, nemmeno il minimo tentennamento, specialmente quando parlò del rapporto privilegiato tra terapista e paziente.

«Sì.»

«Com'è il tuo stato di salute generale?»

Piegai di lato la testa. Se non fossi stato più che deciso a mantenere la mia impassibilità, a quel punto avrei ceduto e le avrei detto che era tutto troppo strano. Ma gli astronauti non lo facevano. Gli astronauti non agitavano mai le acque né mostravano debolezze. Non facevamo mai nulla che potesse mettere in pericolo la possibilità di volare.

Sicuramente non durante i controlli sulla nostra salute mentale.

Anche quando la professionista coinvolta *era* la mia debolezza.

Specialmente in quel caso.

«È buono. Vengo controllato regolarmente e mi sto allenando praticamente ogni giorno.»

Lei prendeva appunti mentre parlavo e notai che aveva la lingua che sporgeva dall'angolo della bocca mentre si concentrava su ciò che stava scrivendo e su ciò che stavo dicendo. Non l'avevo mai notato prima, come facesse sporgere solo la punta della lingua rosa quando si concentrava. E mi assalì il desiderio improvviso di allungare le braccia, tirarla contro di me e baciarla furiosamente.

Gray fece uscire e rientrare la punta della penna tenendola vicino alla faccia e leggendo il formulario. «E il sonno?»

«Il sonno va bene.» Era una menzogna.

Lei non si mosse. E ovviamente non scrisse niente. Alzò gli occhi e ci fissammo. Sapeva dannatamente bene che stavo mentendo. Ma in circostanze normali una terapista che facesse quella domanda non sarebbe stata una che era venuta a letto con me, che aveva passato ore sudata e nuda sotto di me o tra le mie braccia, usando il mio torace come cuscino.

Sentivo la gola stretta.

Lei deglutì e poi scosse leggermente la testa.

«Ti sto dando esattamente la stessa risposta che darei a Marjorie» le dissi alzando un sopracciglio.

Lei sbatté più volte le palpebre. Sembrava stesse riflettendo su quale fosse il modo migliore per reagire a quella dichiarazione. Poi riportò lo sguardo sui suoi appunti. «Qualche cambiamento nell'appetito?»

«No.»

«Quanto alcol stai consumando e con che frequenza?»

«Qualche drink, un po' di volte la settimana.» Okay, avevo falsificato i numeri per quella risposta. Strinsi le labbra e aspettai che continuasse.

Lei restò in silenzio a lungo, poi alzò gli occhi su di me. «Stai usando l'alcol per aiutarti a dormire?»

«Non credo che quella domanda fosse nel questionario.»

Il suo volto si fece scuro. «Sto approfondendo.»

Non avevo nessuna intenzione di rispondere a quella domanda e non mi piaceva che stesse usando di nuovo le sue misteriose tattiche per leggermi nella mente, o qualunque fosse il suo trucco. Forse mi conosceva semplicemente troppo bene. Troppo per un questionario di routine sul mio stato di salute mentale.

Sapeva troppo di un mucchio di cose e cominciavo a capire che la mia curiosità nei suoi confronti era potenzialmente pericolosa. Ma, come un idiota, fino a quel momento non me l'ero aspettato.

«Confermo la mia risposta originale: qualche drink, qualche volta durante la settimana.»

Gray si leccò le labbra e segnò qualcosa sul questionario.

«Che cos'è quello? Che cos'hai scritto?»

Lei aggrottò le sopracciglia. «Stavo solo spuntando la domanda.»

Indicai il segno che aveva fatto sul foglio. «A me quello non sembra un segno di spunta. Mi sembra più una F per falso.»

«È una spunta.»

«È al contrario.»

«Perché sono mancina. È così che le faccio.»

Incrociai le braccia, sentendomi stranamente sollevato perché l'atmosfera si era alleggerita un po'. «A me continua a non sembrare solo una spunta.»

Gray arricciò la bocca. «Se avessi voluto indicare che sei un bugiardo, avrei semplicemente disegnato un omino stilizzato con un naso lungo, come Pinocchio.»

Strinsi gli occhi. Era seria o mi stava prendendo in giro? Visto il modo impassibile in cui l'aveva detto, era difficile capirlo.

Gray si fermò di nuovo, appoggiando la penna sul tavolo. «Devo chiedermi, però, perché sei così preoccupato che stessi segnando la tua risposta come una bugia.»

Oh oh. È una trappola Tyler. Non cascarci.

Forse esagerai l'alzata di spalle *indifferente*. «Continua a sembrarmi una F.»

«Potrebbe essere una F per esasperante.»

Feci una smorfia. «Esasperante non comincia con la F.»

«O forse una F per disorientante.»

Aprii la bocca e poi la chiusi. Adesso avevo capito che cosa stava facendo, «Quindi è un segno di spunta.»

Lei piegò la testa di lato, mordendosi il labbro. «O forse è un codice segreto da terapista, inventato per far andare in paranoia gli astronauti.»

Strinsi gli occhi. Avrei voluto ridere, ma non le avrei dato quella soddisfazione. «Molto divertente.»

Finalmente Gray sorrise. «Grazie. Lo pensavo anch'io.»

Le diedi un'occhiata ma distolsi in fretta gli occhi. Non sarei riuscito a sopportare la situazione ancora per molto. Il suo atteggiamento sorridente, tranquillo. Il suo comportarsi come se fossimo dei semplici estranei o solo conoscenti.

Era da stronzi desiderarlo, ma avrei voluto vedere un po' di dolore, un po' di desolazione. Volevo sapere che avevo avuto qualche effetto su di lei.

Vidi con la coda dell'occhio che aveva raccolto la penna, controllato il resto del questionario e poi lo aveva rimesso nella cartella blu scuro.

Mi voltai verso di lei, con le mani sulle ginocchia, pronto ad alzarmi. «Bene. Abbiamo finito?»

Il suo volto era sereno, gli occhi verdi duri come il marmo. Marmo verde. Come si chiamava quel minerale? Malachite, ecco. «Ancora una cosa, per favore.»

Mi appoggiai di nuovo allo schienale, un po' diffidente. «Certo.»

«Quando sono entrata nel vostro ufficio l'altro giorno, stavi discutendo con Noah riguardo al test senza luci a bordo.»

Il mio cuore accelerò e mi allarmai di colpo. «Era solo una differenza di opinioni che è stata risolta. Il test è in agenda.»

Lei mi fissò, senza battere le palpebre. «E sarai tu a farlo?»

Strinsi le labbra e annuii.

Lei continuò, voltando le pagine di un blocco che contenevano alcuni appunti. «Il test comporta dei periodi nel buio assoluto in modo che possiate esercitarvi ad attivare i comandi al tatto e a memoria.»

Il mio ginocchio rimbalzò su e giù in fretta. «Mmm» grugnii evasivamente.

Lei fissò lo sguardo su di me, restando perfettamente immobile mentre mi guardava, attendendo, come se volesse una spiegazione. Io mi tirai indietro, con il ginocchio che rimbalzava ancora più in fretta.

«Farai quel test, Ryan. Al buio?»

«È ciò che significa annuire. Sì.» Intrecciai le dita e fissai il ginocchio che saltava su e giù.

«Tu non sopporti il buio. Non riesci nemmeno a stare in una stanza in penombra. Il buio per te è un fattore scatenante. Come pensi di affrontare quel test?»

Mi voltai verso di lei. «Adesso dormo al buio.»

Gray spalancò gli occhi. «Davvero?»

Annuii di nuovo. Era vero, più o meno. Il più delle volte dovevo riaccendere le luci quando mi svegliavo, dopo qualche ora di sonno al buio, ma era un buon inizio. E alcune volte riuscivo effettivamente ad arrivare al mattino.

«È stato... i tuoi progressi sono stati veloci.»

Alzai un sopracciglio, fissandola. «Non mi credi.»

Lei si morse il labbro. «Mentirei se ti dicessi che non ho i miei dubbi.»

Mi alzai e mi voltai verso la finestra, afferrando la maniglia per chiudere le veneziane. L'avevo fatto altre volte, dopo un po' di vodka per aiutarmi, ma avevo fatto pratica anche senza. Andava bene, per brevi periodi di tempo. Avevo dovuto lavorare parecchio per arrivarci, ma ci riuscivo.

Gliel'avrei fatta vedere.

Mi sedetti di nuovo. «Vai accanto all'interruttore. Conta in silenzio fino a venti, poi spegni la luce.»

Lei si alzò e fece ciò che le avevo chiesto. E con quel conteggio alla rovescia, mi preparai. Rammentandomi che la luce sarebbe rimasta spenta solo per un breve tempo, che potevo rilassarmi, respirare e aspettare che tornasse. Applicai tutto ciò che mi aveva insegnato lei, concentrandomi su dov'ero in quel momento, sulla sensazione fisica dei vestiti che toccavano la mia pelle e la sedia dietro la schiena.

Gray spense la luce. Non era proprio buio pesto, ma era abbastanza scuro in quella stanza che sentii la pressione sanguigna aumentare. La sua figura era una vaga forma accanto alla porta.

Inspirai lentamente, sentendo il cuore che aumentava i battiti. Strinsi i pugni e poi aprii le mani.

Dopo un momento, sentii la sua voce che arrivava dall'altra parte del buio. «Va tutto bene?»

Annuii, e poi mi fermai. Ovviamente non poteva vedermi, quindi inspirai ed espirai. Poi dissi con la voce secca. «Sì. Sto bene.»

Dopo un'altra lunga e spiacevole fila di secondi, Gray riaccese la luce.

Rilassai le mani, le gambe, i piedi, come mi ero esercitato a fare e la guardai, l'immagine della tranquillità.

Gray non si mosse ed io mi alzai, sistemando le gambe dei pantaloni mentre giravo intorno alla sua sedia per andare alla porta. Lei era ancora accanto alla porta, accanto all'interruttore e non si mosse, chiaramente sbalordita.

Ecco Ryan Tyler, che cercava sempre di far colpo.

Avevo la mano sulla maniglia quando Gray si infilò tra me e lo stipite e invase il mio spazio. Il mio cuore accelerò quando sentii una traccia del suo profumo di fragole. Rigido, mi tirai leggermente indietro.

«Non sei pronto per farlo, Ryan. Lo sai tu e lo so io.»

Irritato, distolsi gli occhi. «A fare cosa?»

Gray sbuffò, esasperata. «Il volo di prova.»

Indicai la sedia da cui mi ero appena alzato. «Ti ho appena dimostrato che sto perfettamente bene al buio.»

Gray restò a bocca aperta. «*Con* un lungo preavviso, in un ufficio calmo e silenzioso con solo me e quando sai che le luci si riaccenderanno tra pochi minuti o perfino secondi. È un ambiente perfettamente controllato, eppure hai dovuto comunque prepararti.»

Strinsi la mandibola e poi la rilassai, guardandola prima in un occhio e poi nell'altro. «Sto bene. Completerò il volo di prova esattamente come...»

«Che cosa succederà se sarai in orbita e le luci si spegneranno? Il quadro di comando si spegne e devi riavviare tutto nel lato buio del pianeta?»

«Nel caso improbabile in cui succedesse, sarò pronto.» Abbassai la maniglia per mettere fine alla conversazione.

Lei reagì sbattendo di piatto la mano sulla porta, e il suono rieccheggiò nella stanza. «*No.*» la sua voce tremava, ovviamente emozionata. «Non è la stessa cosa e lo sai. Avrei dovuto dire qualcosa settimane fa, ma ho continuato a essere ottimista, a pensare che avremmo trovato un modo per superarlo insieme. Ma non è questo il modo. Non sei pronto.»

Avevo gli occhi a pochi centimetri dai suoi. Lei deglutì e abbassò gli occhi sulla mia bocca. «Sono pronto, Gray e andrò su.»

«Ryan...»

Ma fui io a sbattere il palmo della mano sulla porta, a pochi centimetri dalla sua. «Per favore spostati.» L'altra mano andò nuovamente alla maniglia.

Lei non si spostò. «Devi essere sincero con te stesso...»

Mi voltai di scatto verso di lei. «Tu per prima. Mi sembra di ricordare che eri veramente entusiasta di questo volo.»

Scosse la testa. «Non voglio che succeda qualcosa di brutto lassù. Non voglio che tu muoia.» La sua voce tremava forte adesso, e mi si strinse lo stomaco sentendola. Ma quel gelido muro di determinazione si alzò di nuovo per darmi forza.

Strinsi i denti, con l'irritazione che montava. «Starò bene.»

Lei fece una smorfia. «Ma tu *non* stai bene. Non sei idoneo al volo.»

Sentii il calore che mi bruciava nella spina dorsale. Mi allontanai dalla porta e mi passai una mano tra i capelli, girando in cerchio intorno alle nostre sedie e poi guardandola in faccia. «Hai intenzione di tenermi a terra? Non puoi, lo sai. Non tocca a te decidere.»

Lei scosse la testa. «Preferirei che prendessi da solo quella decisione.»

«Ho già preso la mia decisione.»

All'improvviso sembrò che Gray stesse per scoppiare a piangere. Ma non pianse.

«Ryan» disse sommessamente.

«Abbiamo finito, giusto?» Quando non rispose, feci un passo avanti e afferrai nuovamente la maniglia. «*Giusto?*» Avevo praticamente urlato e lei era trasalita.

Si spostò quando spalancai la porta e uscii senza guardami indietro.

***

«Non ti dà fastidio, qualche volta? Questa faccenda della celebrità? Cioè, devi sempre andare in pubblico conciato in questo modo?»

Karen indicò il mio berretto da baseball, la felpa con il cappuccio e gli occhiali da sole. Era pomeriggio tardi sulla spiaggia. Stavamo camminando lungo la riva mentre AJ correva avanti a raccogliere piccoli sassi per gettarli nell'oceano. Una brezza leggera portava il profumo salato dell'oceano, l'odore forte delle alghe. Mancava ancora almeno un'ora al tramonto ma le ombre si stavano già allungando sulla sabbia.

Alzai le spalle. Gray una volta l'aveva definito "il mio kit da supereroe Marvel". Io lo definivo io mio kit "avere un po' di pace quando sono in pubblico". Dato che ero su una spiaggia tranquilla a Newport, invece che nell'appariscente Santa Monica o Malibu, era meno probabile che mi riconoscessero. Ma succedeva comunque, ogni tanto.

«E perché porti *quel* berretto?» AJ indicò il mio berretto da baseball rosso degli Angels. «Sei un traditore. Una volta ti piacevano gli Astros.»

Alzai le spalle. «Mi piacciono ancora gli Astros, ma mi piacciono anche gli Angels. Sono cresciuto facendo il tifo per gli Angels.»

AJ sbuffò, indignato e si spostò verso la riva per gettare i suoi sassi mentre io sorridevo, osservandolo. Karen alzò il volto verso il sole mentre la brezza soffiava tra i suoi capelli facendo svolazzare dietro di lei le ciocche scure.

Stavo ancora cercando di superare la mia irritazione per quella riunione esasperante con Gray nel pomeriggio. Avevo tutto sotto controllo finché mi aveva chiesto di quel maledetto test senza luci a bordo.

E mi aveva guardato con quell'espressione negli occhi.

E mi aveva pregato di cambiare idea sul volo.

Ero stato fin troppo vicino a volerla ascoltare, tanto la sua paura era palpabile.

Scossi la testa e Karen mi guardò incuriosita. «Va tutto bene? Mi sembri un po' giù da quando sei tornato dal lavoro.»

Mi strofinai la nuca e diedi un'occhiata a Karen. L'ultima cosa di cui avevo bisogno in quel momento era che *lei* ne avesse sentore. Aveva già espresso la sua trepidazione sul fatto che volassi di nuovo.

«*Tu* come stai?» ribattei per distoglierla da cose che non volevo discutere.

Karen sorrise. «Io sto bene. Mi sto godendo questo periodo. So che sono in vacanza, ma la California è stata un bene per la mia anima.»

Le mise un braccio sulle spalle quando ci fu una raffica particolarmente forte di vento e lei rabbrividì.

«Faccio una corsa alla macchina e ti prendo il maglione.»

Lei mi afferrò il braccio, sorridendo. «No, non serve. Mi sento *viva*.»

Ero contento che almeno uno dei due si sentisse vivo. Strinsi il braccio intorno alle sue spalle e sorrisi. «Mi fa piacere.»

Karen appoggiò la testa sulla mia spalla finché AJ arrivò di corsa con una conchiglia particolarmente carina da mostrare a sua madre. Quando lei gli fece un complimento, lui gliel'offrì con un adorabile inchino da cortigiano che ci fece ridere entrambi.

Poi si voltò e corse via alla ricerca di un bastoncino con cui scrivere sulla sabbia.

Mentre lo guardavamo, Karen disse: «Questi mesi sono stati una tortura, sai. Non volevo contattarti perché sapevo che stavi soffrendo anche tu. Penso sia stato un errore. Penso che abbia incrinato la nostra amicizia.»

Io afferrai una ciocca di capelli che svolazzava e glieli misi dietro l'orecchio. «Mi dispiace, KareBear. Sarei dovuto starvi accanto.»

Lei scosse la testa. «No. Non voglio parlare di essere dispiaciuti o di rimpianti. Non avrei nemmeno dovuto dirlo in quel modo. Ciò che volevo dire è che qui è bello. È piacevole. Sarà difficile partire quando sarà ora.»

Le accarezzai il braccio, cercando di non mostrare la mia preoccupazione. Da quando erano venuti a stare da me, avevo scoperto altri particolari sulla sua vita dopo la morte di Xander. Stava prendendo gli ansiolitici, una scoperta che mi aveva sconvolto perché Karen non aveva mai preso nemmeno un'aspirina quando aveva il mal di testa.

Di colpo mi sentii travolgere da una nuova ondata di senso di colpa. Non solo ero stato responsabile per la morte di Xander, ma avevo lasciato la sua famiglia a cavarsela da sola. Deglutii, sentendo la tristezza che mi pungeva, come l'acqua fredda che turbinava intorno ai nostri piedi.

Karen mi strinse il braccio a cui si era appesa, «Tutto bene? Eri a un milione di chilometri di distanza.»

Quattrocento chilometri, pensai. Diritto verso l'alto. Emotivamente, non avevo lasciato la bassa orbita terrestre da quando Xander era morto al posto mio.

«Non preoccuparti per me, KareBear. Sto bene.»

Karen arricciò le labbra. «Almeno è quello che vorresti far credere al resto del mondo.»

Feci una smorfia. Aveva ragione anche su quello.

«La dedica dell'albero a Xander al Memorial Grove è a fine settembre. Mi chiedevo se...»

Lo sapevo già e avevo già in programma di partecipare. Astronauti, direttori e altri dipendenti chiave del Johnson Space Center di Houston erano tutti commemorati in un boschetto nel centro. Veniva piantato un albero, un olmo, con una targa davanti con il nome della persona da onorare.

La cerimonia per Xander stava arrivando e mi avevano chiesto di parlare. «Lo sapevo già e avevo intenzione di venire.»

Karen soffiò fuori il fiato, come se fosse sollevata. «Starai con noi? AJ ne sarebbe entusiasta.»

«Lieto di compiacere, specialmente se si tratta di quel ragazzino.»

Karen si morse il labbro, sbattendo le palpebre. «Sei così meraviglioso con lui, Ty. Grazie.»

Scossi la testa. «Non c'è bisogno di ringraziarmi. Sai che gli voglio bene. Sai che voglio bene a entrambi.»

Karen mi abbracciò e disse: «Accidenti, sarà difficile andarcene. Questo clima. La spiaggia. Tutte le cose divertenti. Non ho proprio voglia di pensare a partire.»

«Ah.» Agitai una mano, condiscendente. «Hai altre tre settimane. Per allora ti sarai stancata di questo posto.» Karen rise e la guardai, felice di sentire quel suono. Sinceramente sembrava che stesse meglio. «Hai in programma qualcosa per il fine settimana? Mi dispiace, ma devo andare fuori città con la *ragazza*.»

Karen scosse la testa. «È ancora così strano quando parli di quella faccenda. Non riesco ancora a credere che sia tutto finto.»

Mi misi a ridere. «Credici.»

«Dove andrai?»

Mi sistemai gli occhiali e la visiera del berretto. Alcune donne si raddrizzarono sulle loro sedie quando passammo accanto a loro e una prese il telefono, come se volesse fare una fotografia. Voltai loro le spalle, guardando Karen in faccia, giusto nel caso fosse così.

«Tahoe. È su, nella California del nord. È un volo breve. C'è un festival cinematografico o roba simile, non lo so. Dovrò guardare un mucchio di roba artistica. Cercherò di tornare a casa domenica, il più presto possibile.»

Karen rise e voltò la testa per individuare AJ, che stava facendoci freneticamente cenno e indicando la sabbia. Ci voltammo lentamente per avvicinarci a lui.

«Hammer e Noah vogliono passare un po' di tempo con noi. Ci divertiremo moltissimo.»

Ricordai di colpo la strana espressione sul volto di Noah durante il pranzo, quando avevamo parlato di Karen. «Come si comporta Noah con voi? Va tutto bene?»

Karen mi diede un'occhiata incuriosita, quasi stesse cercando di capire perché glielo stessi chiedendo. Poi alzò le spalle. «Va tutto bene. Sempre lo stesso vecchio Noah.»

Affrettò il passo mentre cercava di raggiungere AJ.

«Guardate!» ci disse AJ indicando orgogliosamente il capolavoro che aveva disegnato nella sabbia. «Ho scritto tutti i nostri nomi.» Come se non potessimo leggerli da soli, li indicò uno per volta, pronunciandoli a voce alta. «Ty. Mamma. AJ.» Poi si chinò e disegnò un cuore appena riconoscibile intorno ai tre nomi. «Così staremo sempre insieme.»

Io rimasi immobile e Karen si complimentò con lui per la sua bravura. AJ corse per qualche metro davanti a noi e cominciò a scrivere un "messaggio segreto" perché lo trovassimo una volta raggiunto.

Lo osservai, con il cuore che quasi scoppiava d'orgoglio. Quel bel bambino. Quel povero bambino ferito.

«Sai...» disse Karen quando ci fermammo per dargli più tempo per scrivere il suo messaggio, continuando a controllarlo da lontano, «anche se lo studio non ci avesse chiesto di venire, probabilmente avrei trovato una scusa per venire a controllarti. Ti ho tenuto d'occhio da lontano, ma non è com'era prima. E adesso i miei genitori...» Le tremò la voce.

Mi preoccupai. «Che cosa sta succedendo? I tuoi stanno bene?» Dio, non anche loro. Volevo bene ai genitori di Karen. Facevano anche loro parte della mia famiglia. *Famiglia.* E li avevo trascurati esattamente come avevo fatto con Karen e AJ.

«Papà andrà presto in pensione. Dice ancora che tu gli devi parecchie partite di golf una volta che si sarà ritirato.» Si voltò a guardarmi. «Lui, uhm, chiede spesso di te. Colleziona ancora tutti gli articoli delle riviste e registra i documentari e le interviste.» Sorrisi tristemente. Xander aveva spesso scherzato, dicendo che Paul Diaz preferiva me a lui, suo genero. Io ne avevo riso, spiegandogli la semplice logica che ovviamente Paul preferiva me, perché non ero l'uomo che andava a letto con la sua piccola principessa.

Adesso, dopo aver sperimentato l'odio paterno del padre di Gray, capivo molto meglio il suo punto di vista.

Parlando di suo padre, Karen mi ricordò quanto fossero profondi i nostri legami, fino a che punto fossi stato coinvolto nella vita famigliare di Xander e Karen e quanto fossero stretti i nostri rapporti finché io non avevo imposto la separazione. Nessuna meraviglia che mi fossi sentito così solo, così isolato qui.

All'improvviso, Karen cominciò a sbattere gli occhi per nascondere le lacrime. «Papà ha in programma di trasferirsi al nord la prossima primavera. La salute della mamma non è granché e per lui sarà più facile.»

La guardai preoccupato. «Il suo lupus sta peggiorando?»

Karen annuì. «So che il trasferimento sarà un bene per loro, ma io ne sono terrorizzata. Sarà orribile non averlo lì per noi. Per AJ è stato come un secondo padre.» Si asciugò in fretta le lacrime dalle guance con il dorso della mano quando AJ venne di corsa verso di noi.

A qualche metro di distanza, lasciò cadere il bastoncino e si lanciò verso di me, alzando le mani sopra la testa. Obbediente, mi abbassai e lo presi in braccio, facendolo ruotare mentre rideva. «Ho scritto un messaggio segreto sulla sabbia.»

Karen ridacchiò asciugandosi le ultime lacrime che, per fortuna, suo figlio non aveva notato. «Non è un segreto se ce lo dici, sciocchino.»

Alla fine arrivammo lì, dopo una corsa con lui in groppa e qualche scherzo, quando finsi di gettarlo nell'oceano.

Il messaggio diceva: *Ty + Mamma + AJ*, e, sotto c'erano tre figure stilizzate tutte dentro la stessa casa. «Dovremmo sempre vivere insieme» dichiarò AJ.

CAPITOLO DODICI
RYAN

QUANDO FU ORA DI ANDARE A DORMIRE, EBBI L'ONORE DI rimboccare le coperte ad AJ, com'era successo parecchie sere da quando era venuti in California. Era diventato il momento migliore della mia giornata. AJ era stato silenzioso a cena e l'avevo imputato alla stanchezza per tutto il correre e divertirsi sulla spiaggia.

Presi la copia di *Harry Potter e la pietra filosofale* dal suo comodino. «Sei pronto, campione?»

AJ sorrise e tese la mano, ed io pensai che volesse battere il cinque, quindi appoggiai piano la mia alla sua. Invece, lui mi afferrò la mano, mi guardò francamente negli occhi, con quello sguardo nocciola e sincero. «Verrai a trovarci a Houston, Ty? Tante volte?»

«Sì. In effetti, verrò a trovarvi alla fine di settembre.»

«E poi ottobre? E poi novembre?»

Mi misi a ridere. «Beh, devo lavorare e non ho più il mio jet personale con cui volare, quindi non posso saltare semplicemente di qui e di lì. Ma ti prometto che verrò.»

«Tu e papà di solito volavate insieme sul tuo T38.»

Sorrisi e gli diedi un buffetto sulla guancia, cercando di ignorare la fitta di dolore che provavo tutte le volte in cui AJ menzionava suo padre. «Tuo padre pilotava. Io ero il suo RIO.»

«Radar Intercept Officer, l'addetto al controllo dei radar» disse AJ con un sorriso pieno d'orgoglio perché conosceva il significato dell'acronimo.

Sorrisi. «Giusto.»

«Ma sai pilotarlo da solo adesso, giusto?»

Annuii, poi mi schiarii la gola. Al pensiero di volare senza Xander, ero contento di non avere più quel jet. Quando lavoravo per la NASA, lo usavamo regolarmente. A volte volavo ancora, con Noah o Hammer, io nel sedile posteriore.

Ma era inevitabile che mi chiedessi se il volo di prova sarebbe stato più facile dei voli sul jet, senza Xander? E dovevo continuare a ricordarmi che era lui il motivo per cui lo stavo facendo. E per cui l'avrei fatto.

Alzai il libro per cambiare argomento. «Pronto?»

AJ annuì, facilmente sviato.

Sfortunatamente era il capitolo in cui Harry, indossando il mantello dell'invisibilità, gira per il castello di Hogwarts e trova per caso lo Specchio delle Brame. Quando si specchia, invece di vedere il proprio riflesso, è sorpreso di vedere i suoi genitori defunti e altri parenti. Perché lo specchio magico, invece di solito riflesso, mostra a chi guarda ciò che il suo cuore desidera vedere.

Mi sedetti sul letto di AJ, cercando di leggere in fretta la parte in cui Harry guarda negli occhi di sua madre che piange e suo padre, triste ma fiero.

Ma AJ mi fece rileggere quel passo tre volte prima che potessi continuare, ogni volta rivivendo le lacrime di Harry quando li vede per la prima volta da quanto possa ricordare. Non riuscii a evitare di pensare al giorno in cui quegli ufficiali della marina erano venuti a casa di mia madre per informarmi della morte di mio padre.

Non potei evitare di chiedermi come avessero detto ad AJ che Xander non era sopravvissuto alla nostra passeggiata spaziale. Dopo il fatto, avevo saputo che il controllo missione aveva interrotto la cronaca in diretta dalla NASA su Internet e gli altri mezzi di comunicazione pubblici nel momento in cui si erano resi conto che qualcosa era andato storto. Quando avevano informato Karen? Com'erano riusciti a farla arrivare al centro spaziale abbastanza in fretta da poter parlare con lui nei suoi ultimi momenti di vita?

E quando aveva detto ad AJ il motivo per cui stavano andando al controllo missione così presto la mattina? Qual era il suo ricordo indelebile di quel momento? Il momento in cui aveva saputo con certezza che non avrebbe più rivisto suo padre? Che Xander non gli avrebbe mai insegnato a giocare a baseball o ad annodarsi la cravatta, o andare in bicicletta senza le rotelle?

Che non lo avrebbe visto laurearsi.

Che non gli avrebbe mai dato consigli il giorno del suo matrimonio.

Che non avrebbe orgogliosamente tenuto in braccio il suo bambino appena nato.

Inghiottii il groppo che avevo in gola, cercando di non notare la lacrima che stava scivolando lentamente dall'angolo dell'occhio destro di AJ giù lungo la tempia.

«Vorrei che esistesse veramente lo Specchio delle Brame» sussurrò con la voce tremante.

Coprii la sua manina con la mia. «Anch'io, amico. Anch'io.»

«Non voglio più che tu legga stasera» disse AJ dopo una lunga pausa.

«Okay. Vuoi un po' d'acqua?»

«No, voglio solo restare da solo. Devo pensare un po'. Puoi lasciare la luce accesa?»

Era una richiesta che capivo meglio di qualunque altra cosa desiderasse. Alzai il pugno per batterlo contro il suo. «Tu per me sei un vero campione, amico.»

AJ sorrise appena. «Grazie.»

Rimisi il libro sul comodino, spostando il segnalibro al capitolo seguente, sperando che non notasse che ne avevo saltato un pezzo. Non volevo leggere altro sullo Specchio delle Brame.

Rimasi sulla porta per qualche minuto mentre AJ restava sdraiato, quieto, a fissare il soffitto. Le sue labbra si muovevano come se stesse sussurrando qualcosa tra sé e sé. Fui travolto da un desiderio fortissimo di proteggerlo. In quel momento capii che avrei attraversato le fiamme per quel ragazzino. Avrei attraversato un oceano. Avrei fatto qualunque cosa per tenerlo al sicuro.

E volevo potergli leggere le storie. Altre storie. Ogni sera.

Ed essere lì per vedere tutte le sue prime volte.

Andai in fretta nella mia stanza, mi spruzzai un po' d'acqua fredda sulla faccia e feci un respiro profondo. Un po' d'alcol sarebbe andato proprio bene in quel momento, ma non avrei bevuto subito. Mi sarei tenuto il drink per il momento di andare a letto.

Se Karen poteva superare quella merda ogni singola notte, allora io potevo farlo per una, per lei. Senza vodka per darmi forza.

Ripensai alla giornata mentre tornavo sul portico dove Karen stava guardando la luna che si levava a est. Era quasi piena e inoltre lì fuori c'era luce in abbondanza.

Le arrivai alle spalle e l'abbracciai da dietro. Lei sospirò, si voltò e mi abbracciò a sua volta.

«Grazie» disse. «È stata una bella giornata. Una giornata *veramente* bella. Abbiamo bisogno di tante belle giornate. Tutti noi.»

Guardai il suo volto sorridente e sorrisi anch'io. «Specialmente AJ.»

Lei annuì solennemente. «Sì, è vero.»

«Voglio aiutarti» le dissi, continuando a tenerla abbracciata.

«Mi sei d'aiuto, Ty, e tanto. Solo essere qui con te ha fatto meraviglie per AJ. E anche per me, se è per quello.»

Feci un respiro profondo e raccolsi il coraggio per dire ciò che dovevo dire. «Voglio prendermi cura di voi due.»

Karen sorrise tristemente, guardandomi con gli occhi stanchi. «Vivi a migliaia di chilometri da noi.»

Mi chinai in avanti. «Allora trasferisciti qui. A casa mia.»

Lei aggrottò la fronte. «Che cosa stai dicendo, vivere insieme?»

La lasciai andare per mettere un po' di spazio tra di noi e dare a me l'attimo di respiro di cui avevo bisogno per tirare fuori tutto prima di perdere il coraggio. «Potremmo sposarci. Sarei il patrigno di AJ. La tua famiglia mi è già affezionata. AJ è la cosa più vicina che ho a un figlio.»

Karen si tirò indietro e si voltò a prendere il suo bicchiere di vino, portandoselo alle labbra.

La guardai attentamente. Una voce in fondo alla mia mente stava gridando forte dicendomi quanto era stupida quell'idea. Ma perché non avrei potuto farla funzionare? Perché non potevo sistemare le cose in quel modo?

Non amavo Karen, non in quel modo. E lei non amava me. Ma molti matrimoni erano felici anche se non c'era un amore appassionato. Probabilmente non avrei comunque mai conosciuto quel tipo di cosa. Avevo quasi pensato che fosse un mito… finché non avevo cambiato idea. Fino a Gray.

Ma erano passate diverse settimane da quando avevo allontanato Gray. Le sentivo, una a una, ogni volta che pensavo a lei e al buco che aveva lasciato, che aveva *strappato*, nel tessuto nel mio continuum spazio-temporale. E sapevo che se non potevo avere Gray, non avrei voluto nessun'altra. Non in quel modo.

Ma potevo amare Karen e AJ in modo diverso. Karen e AJ avevano bisogno di me *adesso*. Ed io volevo far parte di una famiglia. Essere presente per loro. In tutti i modi. Avrei sostituito Xander, l'uomo che aveva sacrificato la sua vita per *me*.

La soluzione, così ridicolmente semplice, mi riempì di sollievo, e anche di gioia. Con Karen e AJ e il resto della sua famiglia, non sarei più stato solo, per il resto della mia vita.

«Ha senso. Possiamo prenderci cura l'uno dell'altro. Voglio bene ad AJ. Lo sai» insistetti quando Karen appoggiò il suo bicchiere.

«Sì, lo so.» Mi guardò con la coda dell'occhio. «Ma se mai dovessi sposarmi di nuovo, ed è un grande se, perché non penso realmente che lo farò, ma se lo facessi, vorrei che fosse un vero matrimonio. Non qualcosa di finto come questa cosa tra te e Keely. Non una cosa per fare buona impressione agli altri. Nemmeno per la sicurezza.» Fece un respiro profondo e lo lasciò andare tremante. «Ho già incontrato e sposato l'amore della mia vita e probabilmente non succederà più.»

Le presi la mano. «Non è necessario che succeda. Lo capisco. Io ti voglio bene e voglio prendermi cura di te. E non sarebbe un matrimonio finto.»

Lei mi guardò accigliata. «E tutte quelle donne? Le feste? Smetteranno come per magia?»

Sospirai e la guardai serio. «Ho già smesso. Non partecipo a una festa né vado in cerca di donne da mesi. Io...» Non ne avevo avuto bisogno. I giorni erano stati pieni di duro lavoro e Gray. E le notti...

Ingoiai. Era meglio non pensare assolutamente a Gray. Specialmente mentre discutevo di questa soluzione con Karen.

Karen si strofinò la fronte e sospirò. «Ammetto che ha un senso. È vero, ma...»

«Vorrebbe dire accontentarsi.»

Lei annuì. «Sì.»

Alzai le sopracciglia. «E perché è una cosa così brutta? Saremmo sereni. Ci conosciamo da quando eravamo adolescenti. Io voglio stare accanto a tuo figlio. Gli voglio bene.»

Karen restò immobile, fissandomi come se avesse bisogno di tempo per elaborare ciò che stavo dicendo. Le tolsi il bicchiere dalla mano e lo appoggiai. Poi le presi la mano che lo aveva tenuto. «Facciamolo, Karen.»

Lei sospirò e distolse lo sguardo, ma mi strinse le dita. «C'è un grosso ostacolo, anche se ne fossi convinta.»

Piegai la testa, osservandola attentamente. «Quale?»

Lei mi fissò. «Salirai lassù di nuovo il mese prossimo. E ovviamente, devi capire che provo una forte avversione al pensiero di sposare qualcuno con una professione pericolosa. Perfino qualcuno che conosco fino in fondo.»

Annuii. «Questo volo è per Xander. Non posso cambiare idea. Gliel'ho promesso.»

Lei strinse le labbra. «Gli hai anche promesso che saresti stato accanto a me e ad AJ.»

Mi sentii sprofondare. «Sì. Non so come mantenere entrambe le promesse. Ma ho già deciso che voglio avere un ruolo più amministrativo dopo il volo di prova. Lavorerò ancora all'XPAC, ma con mansioni diverse.»

«Lo capisco.» Mi diede un'occhiata. «Ma non sono comunque d'accordo. Ti stai caricando un enorme fardello sulle spalle.»

Scossi la testa. «Non più di ciò che avrei dovuto fare fin dal principio. Posso almeno fare questo, per te, per AJ e per me stesso.» Feci un respiro profondo. «Per Xander» aggiunsi sottovoce.

Ci guardammo negli occhi e lei annuì lentamente. «Non devi essere solo tu che ti prendi cura di noi, sai» disse dolcemente. «Prometto di prendermi anch'io cura di te.» Mi prese l'altra mano chiudendo strette le dita. Poi, con un sospiro, si chinò in avanti e appoggiò la fronte sulla mia.

Mi tirai indietro per stringerla in un abbraccio, baciandole la testa. Mi ricordò immediatamente che non aveva il profumo di Gray. Niente fragole. Niente freschezza. Niente sole.

Mi trovai anche ad ascoltare il battito del suo cuore, rendendomi conto che stavo cercando di sentire il suono ticchettante del cuore di Gray. Mi chiesi quanto ci sarebbe voluto per smettere di paragonare ogni donna a Gray. Poco, speravo.

Restammo a lungo così, con Karen tra le mie braccia. Non si trattava di scegliere se stare con Gray o con Karen. Non c'era un'alternativa che mi permettesse di stare con Gray. Non senza distruggere il suo futuro e ciò per cui aveva lavorato tanto.

No. Qui si trattava di scegliere tra restare da solo o fare ciò che avrei dovuto fare già da tempo. Era ora che mi comportassi da uomo.

Ecco, questo ero io che accettavo le mie responsabilità.

«Ha senso, davvero» disse Karen dopo un lungo periodo di silenzio. «Continuo a ripensare a ciò che direbbe Xander se fosse qui e non posso fare a meno di pensare che ne sarebbe contento. Sapere che suo figlio non dovrà crescere senza un padre.»

No, AJ non avrebbe dovuto crescere senza un padre. Non come avevo dovuto fare io.

Karen si schiarì la voce e continuò. «Propongo di andare piano. Manteniamo le cose come stanno per ora e poi, dopo il tuo volo di prova, usciremo insieme qualche volta e vedremo come va.»

Premetti la guancia sulla sua testa. «Ti posso dare tempo. Solo non dimenticarlo. Farò qualunque cosa per prendermi cura di voi due. Puoi starne sicura.»

Karen sospirò. «Lo so.» Poi si mise a ridere, una piccola risata ironica. «È così buffo. Quando siamo arrivati qui ero sicura al cento percento che eri innamorato di un'altra. E adesso eccoci qui.»

«Già» mormorai. «Buffo.» Chiusi stretti gli occhi e mi sforzai di non pensare all'amore. O alle occasioni mancate. O a Gray.

Un po' dopo, Karen cominciò a sbadigliare e decise di andare a letto. Io ritirai gli ultimi piatti e pulii i ripiani della cucina.

Poi andai al bar nel mio soggiorno, ingollai la mia dose serale di vodka e andai in camera mia.

Ero pronto per andare a letto e cominciare la mia solita routine psicologica quando il mio telefono suonò. Lo presi e controllai le notifiche.

Gray: Per favore, possiamo trovare un momento per parlare domani?

Ci pensai un momento. Se avessi aperto l'app per rispondere, avrebbe visto che avevo letto il suo messaggio. Ma se avessi messo da parte il telefono, Gray avrebbe pensato che non l'avevo visto prima di andare a dormire.

Continuai a pensarci, ricordando le sue preghiere quel pomeriggio, l'angoscia sincera sul suo volto, più di quanto avessi visto da quando avevamo rotto. *Non voglio che tu muoia.*

Avevo ancora due giorni di lavoro. Avrei potuto evitarla facilmente. Poi Tahoe quel fine settimana, poi in Florida per addestrarci sulla rampa di lancio e la capsula.

Impostai il *non disturbare* sul mio telefono, lo misi a faccia in giù sul comodino e cominciai la respirazione profonda e la visualizzazione. Ogni volta che mi vedevo davanti quegli occhi imploranti, quella faccia dolce, sincera, alzata verso di me, respingevo in fretta l'immagine.

La cosa ironica fu che, una volta spenta la luce, tirai il suo cuscino vicino a me, vi affondai il volto e dormii per ore al buio.

CAPITOLO TREDICI
GRAY

C AMMINAI AVANTI E INDIETRO PER ORE IN SOGGIORNO quella sera, senza sapere che cosa fare. Avevo il cervello in fiamme da quando avevo visto Ryan quel pomeriggio. Quanto ero stata stupida a lasciare che le cose andassero così avanti, lasciando che la data del lancio si avvicinasse tanto? Davvero non avevo pensato al fatto che Ryan non era idoneo a volare di nuovo?

Sapevo che soffriva della sindrome da stress post-traumatico. Sapevo meglio di chiunque altro che il buio la scatenava. Avevo pensato che l'avremmo superata. Avevo pensato che fosse un piccolo problema da superare.

Ero un'idiota e una psicologa veramente scadente.

E non contava che fosse riuscito a far credere a Marjorie di essere perfettamente sano di mente, io sapevo che non era così.

Ma lo sapevo perché ero andata a letto con lui per mesi. Quindi era etico da parte mia intervenire per conto dell'équipe psicologica?

Non ero la sua terapista. Avevo pensato e ripensato a questo dilemma etico e avevo fatto ricerche su internet e nei vari libri di testo cercando risposte dopo il nostro incontro quel pomeriggio. Avevo anche intenzione di chiedere consiglio ai miei consulenti universitari.

Ma in quel momento non riuscivo a pensare razionalmente. Avevo il mal di testa e i capelli che sparavano da tutte le parti dopo averci passato le dita mille volte. Pensare a tutte le possibilità mi faceva venire la nausea.

Quel pomeriggio ricevetti un messaggio da Karen in risposta a quello che le avevo mandato chiedendo se andava tutto bene. Anche se ero stata vaga, stavo veramente cercando informazioni su come se la stesse cavando Ryan.

Karen: Stiamo bene, grazie per averlo chiesto. AJ si è tranquillizzato e siamo fortunati a passare un po' del nostro tempo libero con Ty. Non riesco a non meravigliarmi su quanto stia bene. Grazie per tutto l'aiuto che gli hai dato. È un uomo nuovo.

Un uomo nuovo. Già. Peccato che non fosse vero. Era solo diventato più bravo a nascondere i problemi.

Dopo cena, presi il telefono per mandargli un messaggio. Prima di riuscire a decidere che cosa dirgli però il telefono suonò. Vidi il nome di Keely sullo schermo.

Premetti l'icona per accettare la chiamata.

«Pronto?» risposi, accoccolandomi sul divano.

«Gray? Ciao. Spero di non aver chiamato troppo tardi.» Sembrava di fretta e po' senza fiato.

«Sono solo le otto. Va tutto bene?»

«Sto bene ma ti devo chiedere un enorme favore. E spero che dirai di sì.»

Uh oh. «C'è qualche problema con uno dei tuoi eventi?»

Lei sospirò a lungo. «Sharon sta malissimo e ho bisogno di un'assistente per questo fine settimana, potresti venire tu?»

«Oh, mi dispiace per Sharon. C'è qualcosa che posso fare?»

«Si riprenderà, ma è veramente contagiosa e non posso averla intorno. Sei libera questo fine settimana?»

Annuii, anche se non poteva vedermi. «Posso aiutarti con qualunque cosa.»

«Bene. Ho bisogno che tu venga con noi a Tahoe venerdì.»

Noi. Tahoe. Esitai, chiedendomi, eppure sapendolo già, chi era il *noi* in quella frase. Sapevo vagamente che sarebbero stati fuori città per un evento insieme quel fine settimana.

C'era un modo per defilarmi? Keely sembrava disperata. «Qual è l'evento?»

«È un festival cinematografico con una cerimonia di premiazione. C'è un cocktail party, proiezioni cinematografiche facoltative e l'evento principale è venerdì sera. Il posto che ho ottenuto per noi è *favoloso*. È il piccolo e accogliente rifugio di un artista. È su una scogliera che dà sul lago, tra gli alberi. Privatissimo. È di Jeremy Fisher e me l'ha prestato personalmente.»

Sbattei le palpebre. «Jeremy Fisher, il regista che ha visto tutti quei premi Oscar?»

Keely scoppiò a ridere. «Sì, lui. Forte vero? Di' che verrai e mi aiuterai. Non dovrai nemmeno parlare con tu-sai-chi se non vuoi. Sono ancora arrabbiata con lui perché è stato un porco.»

Schiarendomi la voce, dissi: «Sono un'adulta. Non avrò bisogno di ignorarlo. Verrò.»

Parlammo dei particolari di dove dovevo essere e quando.

Una volta inserito l'evento nel mio calendario elettronico, finalmente mandai il messaggio a Ryan, con il cuore che mi batteva in gola mentre lo facevo.

La verità era che avevamo una conversazione rimasta in sospeso da finire. E dovevamo chiarire alcune cose prima di essere obbligati a lavorare insieme quel fine settimana.

Per favore, possiamo trovare un momento per parlare domani?

Lui non rispose.

Nemmeno il giorno seguente. E quando andai a cercarlo, non era da nessuna parte.

O mi stava studiatamente evitando oppure era solo la mia immaginazione. Non riuscivo a decidere.

Chiamami. Sono seria. Dobbiamo parlare. Scrissi il messaggio e premetti invio il giorno seguente mentre andavo a prendere quel caffè su cui Aaron aveva insistito. Lui non veniva mai meno alle sue promesse, mi aveva assicurato. E, secondo lui, mi aveva promesso un caffè qualche settimana prima. Era perfino venuto da Seal Beach solo per offrirmelo.

E anche per ascoltarmi parlare per ore del programma spaziale, passato e presente.

Era paziente. Mi piaceva Aaron, ed era chiaro che lui era interessato, sia a me sia a saperne di più dello spazio.

In circostanze diverse, avrei potuto pensare di uscire con lui. Forse lo avrei fatto, in futuro. Non appena il solo pensiero di uscire con qualcuno avesse smesso di far male come una ferita aperta immersa in acqua salata.

Ciò nonostante, venerdì uscii presto dall'ufficio con la mia valigetta, diretta all'aeroporto di Long Beach dove incontrai Ryan e Keely per il volo di novanta minuti fino a Reno, nel Nevada. Keely doveva aver informato Ryan che ero lì per sostituire all'ultimo momento la sua assistente, perché il suo bel volto non mostrò segni di sorpresa.

Dato che Keely e Ryan erano VIP, ci fecero accomodare in prima classe quando tutti erano già a bordo. Loro due erano seduti uno accanto all'altro in prima fila e vedevo gli altri intorno a noi che cercavano di dare un'occhiata o anche di fare una foto nemmeno tanto di nascosto.

A Reno ci aspettava una macchina per portarci al Lago Tahoe, a un'ora di distanza, e al bel rifugio che si era fatta prestare Keely.

Il clima di montagna sul lato californiano del lago era fresco e favoloso, un gradito cambio dal caldo opprimente della conca di Los Angeles in quel periodo dell'anno. Ma dato che eravamo all'inizio di agosto, l'area era affollata di vacanzieri.

Arrivati ai cancelli dell'area residenziale recintata, la nostra autista mostrò il suo documento di identità alla guardia e poi risalì il lungo viale largo appena a sufficienza per due corsie di traffico. Fin dal volo, noi tre eravamo immersi nei nostri piccoli mondi, ciascuno con il suo telefono o il suo tablet, o, nel mio caso, il mio e-reader.

Non potei evitare di dare qualche occhiata a Ryan, che sembrava completamente immune alla mia presenza. Era riuscito a evitare di guardarmi negli occhi perfino per un millisecondo.

Ma non mi sarei arresa con tanta facilità. Avevamo un intero fine settimana. Doveva esserci un momento in cui coglierlo da solo e continuare la conversazione sulla sua idoneità a effettuare il volo di prova. Scoprii che un Navy SEAL/astronauta poteva essere una delle creature più sfuggenti del pianeta. Chi l'avrebbe mai immaginato?

Il cottage in cui avremmo vissuto per il fine settimana era letteralmente appeso alla scogliera a poca distanza dalla riva del lago. Sopra la porta c'era un'insegna che diceva *Cottage di vetro sul lago.*

Dentro, il posto era mozzafiato. Piccolo, confortevole ma ultramoderno. Tutto bianco, cromature e vetro. E c'erano tre piani. Al primo piano c'erano la vasca idromassaggio e la palestra. Al secondo una stanza da letto con un lussuoso bagno annesso, la lavanderia e un piccolo studio pieno di luce dall'altra parte del corridoio. L'ultimo piano comprendeva la cucina aperta sul soggiorno e la sala da pranzo con finestre a tutta altezza sui tre lati che si affacciavano sugli alberi e il lago azzurrissimo.

Confusa chiesi: «Una sola stanza? Per tutti e tre?»

Keely sembrò sorpresa e alzò le spalle, guardando Ryan e poi me. «Ho accettato il favore senza aver visto la casa. Ha detto che c'era un letto extra da qualche parte, forse un letto a scomparsa o un divano-letto. Gray ed io possiamo dividere il lettone in camera.»

Ryan sembrò lottare per evitare di sbuffare. «Se necessario dormirò sul pavimento.»

Dopo una breve ricerca, notammo che il divano poteva trasformarsi in un letto per Ryan.

«Ma c'è solo un bagno» feci notare, sapendo quando tempo ci metteva Keely a prepararsi.

Keely non sembrò preoccupata. «Oh, tutti gli eventi sono in quel grande albergo sulla riva nord. Ci andrò in anticipo e mi farò fare lì il trucco e i capelli. Il mio guardaroba è già lì.»

«Quindi dovremmo incontrarti lì una volta pronti?»

Keely ci rivolse un altro dei suoi misteriosi sorrisi e disse. «Mmm mhmm.» guardò brevemente Ryan e poi me. «Io vado. Rimanderò indietro l'auto per voi.»

In circostanze diverse, avrei potuto arrabbiarmi e darle un'occhiataccia per come ci stava palesemente manipolando. Ma, senza saperlo, Keely mi stava dando esattamente ciò che volevo. Tempo per parlare da sola con Ryan.

Controllai l'orologio. Non molto tempo. Dovevamo prepararci per la cena della premiazione. Presi il telefono e diedi a Keely il programma della serata, mentre lei si affrettava verso la porta. Mi ringraziò poi fece un gesto brusco verso la casa. «Assicurati di usare bene il tuo tempo qui, Gray.»

La guardai sospettosa. «L'hai fatto apposta? Sharon è *veramente* malata?»

Keely esitò. «È malata, ma potrei aver esagerato un po'. Sei arrabbiata?»

Mi strofinai la fronte. «Che cosa stai facendo?»

Lei fece spallucce. «Volevo che venissi con noi. Dai, Gray. Sarà uno spasso.»

Scossi la testa. «Se volevi che Ty fosse di buon umore non avresti dovuto portarmi qui.»

Lei sbuffò. «Non mi interessa di che umore è Ty, purché riesca a sorridere per le telecamere. Questi astronauti e la loro indisponibilità emotiva. È un bene che la scappatella con Kirill sia rimasta solo quello.»

Annuii. Avevo sentito che non si vedevano da un po'. Quella fiamma, come aveva detto Keely, "si era ridotta in cenere ma, accidenti che bell'incendio era stato!"

«Ascolta, Gray. Devo andare, ma volevo solo dirti una cosa. Sharon mi rimprovera sempre perché mi intrometto. Ho cercato di migliorare, ma tutte le volte in cui parlavo con te o con lui, capivo che volevate sapere tutto l'uno dell'altro. Tu chiedevi di lui. Lui chiedeva di te. Ho pensato, perché non dar loro un po' di tempo, sai, per stare nella stessa stanza?»

Ammiccò e salì sulla limousine.

«Ma ci vediamo al lavoro» le dissi mentre chiudeva la portiera. Keely alzò delicatamente una spalla e disse all'autista di partire.

Lei non sapeva che erano due giorni che mandavo messaggi a Ryan, senza ricevere risposta. Ora che non poteva più evitarmi, tanto valeva fare chiarezza, giusto?

Quando tornai in casa, l'unica stanza da bagno era occupata. Dato che il trolley di Ryan e la sua sacca porta abiti erano aperti sul letto, pensai che si stesse preparando.

O che mi stesse evitando.

O entrambe le cose.

Non sapendo che altro fare, presi il mio vestito dalla valigia e lo appesi, poi tirai fuori lo smoking di Ryan dal porta abiti e feci lo stesso.

Mi tremavano le mani mentre lo facevo. Ryan era sempre talmente bello con lo smoking. Avrei dovuto continuare a ricordarmi che ero arrabbiata con lui, quella sera. Forse mi sarei costretta a distogliere costantemente gli occhi.

Ci demmo il cambio in bagno e per vestirci nella stanza e salimmo sulla limousine appena pronti. Sul sedile posteriore dell'auto finalmente riuscii a guardarlo negli occhi. Sorprendentemente, Ryan sorrise e mi disse: «Sei molto carina stasera.»

Aggrottai la fronte, confusa sia dal complimento sia dal tentativo di ammettere che ero lì. L'abito da cocktail che indossavo, blu scuro, era semplice, per permettermi di mimetizzarmi in quell'occasione elegante. Non ci sarebbe stato pericolo che mi scambiassero per uno dei partecipanti.

Ma con il trucco e un po' di volume nel mio grazioso taglio corto, mi sentivo carina. Misi la mano sui capelli corti, di colpo consapevole dello stile e del fatto che li avevo allegramente tagliati tutti perché una volta lui mi aveva chiesto di non farlo mai.

«Grazie, stai benissimo anche tu» mormorai. «Ma tu stai sempre bene con quello» dissi indicando lo smoking.

Lui si guardò e tolse un pelucco dal risvolto. Poi si spostò, sembrando a disagio.

Un'altra pausa.

Mi voltai verso di lui. «Hai intenzione di parlarmi prima o poi? Del volo di prova?»

Ryan s'irrigidì e si voltò a guardare fuori dal finestrino.

«Ryan» lo chiamai.

«Ho parlato con Marjorie ieri» disse lui in tono neutro, come se non avesse appena cambiato improvvisamente argomento. «Ho avuto un incontro di un'ora con lei, su mia richiesta. Ho anche fatto una visita medica completa. Dice che è tutto a posto perché possa fare il volo di prova.»

Sbattei gli occhi. «Ma... lei sa... le hai detto *tutto* di quello che ti succede?»

Lui si voltò a darmi un'occhiata che avrebbe potuto incenerirmi in due secondi netti. «Ciò che succede tra un terapista e il suo paziente è confidenziale, no?»

Restai a bocca aperta. «Sì, ma la riservatezza di solito è da parte del terapista...»

Lui si chinò verso di me. Riuscii a sentire il suo profumo. Il suo braccio mi toccò la spalla e sentii una scossa percorrermi tutto il corpo. Sia la sua rabbia sia la sua presenza stavano avendo la meglio su di me.

«Mi ha dato l'ok per volare. È ciò che conta» disse con un tono di definitività nella voce.

Scossi la testa ma la nostra auto svoltò nel vialetto dell'albergo prima che potessi insistere e continuare la conversazione.

Una volta finito l'evento e dopo aver passato un'accettabile quantità di tempo nel party che era seguito, ce ne andammo. Keely sbadigliò vistosamente. «Sono così stanca. Spero di non essere stata contagiata dal virus di Sharon.»

Istintivamente, sia io sia Ryan ci allontanammo di un passo da lei mentre aspettavamo sul marciapiede che l'auto venisse a prenderci.

«Meno male che non ho dovuto baciarti questa sera» borbottò Ryan. Mio malgrado scoppiai a ridere.

Ma, ovviamente, mentre tornavamo al cottage l'atmosfera era imbarazzata e tesa. Non ero ancora riuscita a digerire la scortesia di Ryan e lui era probabilmente furioso con me per aver insistito a parlare del volo di prova.

Keely era seduta sul sedile davanti a noi ma continuava a lanciarci occhiatacce, con le braccia incrociate sul petto. «Voi due non avete intenzione di parlarvi?»

Alzai le sopracciglia, sorpresa, poi guardai Ryan che si voltò verso di me nello stesso momento. I nostri sguardi si incrociarono e sembrò che si scontrassero e poi rimbalzassero fisicamente, allontanandosi.

Ma con grande delusione di Keely, non fu sufficiente per rompere il ghiaccio.

Un ghiaccio che era piuttosto spesso e freddo tra di noi, in effetti. E avrei voluto poter dare la colpa completamente a lui. Ma non potevo.

Andammo a letto secondo i piani di Keely, noi due nell'unica camera e Ryan sul divano letto, con i prevedibili borbottamenti da parte sua per quella soluzione.

Comunque, quando mi svegliai la mattina dopo, Keely era sparita. Almeno non era nella stanza da letto. Guardando l'orologio, fui sorpresa di vedere che erano quasi le dieci. Mi misi seduta e poi obbligai le mie stanche ossa a scendere dal letto. Non andavo a letto molto spesso dopo mezzanotte. Già, non per niente mi chiamavano festaiola.

In effetti, nessuno mi aveva mai definito festaiola.

Mentre mi lavavo i denti, pensai che fosse strano che non ci fossero gli articoli da toilette di Keely in bagno. Dopo una veloce doccia mi misi dei leggings e una t-shirt e salii le scale per andare a cercarla.

L'unica cosa che trovai al piano di sopra fu Ryan che dormiva.

A pensarci bene, non avevo nemmeno visto da nessuna parte le valigie di Keely. *Che strano.*

Scesi le scale per vedere se per caso mi fossero sfuggite le sue valigie nella camera. Niente e la cabina armadio era vuota, eccetto le mie poche cose.

In effetti, sembrava che Keely non avesse nemmeno disfatto le valigie e il suo lato del letto era intatto. Mi aveva mandato a letto la notte prima, dicendo che non era stanca. E mi ero addormentata pensando che sarebbe scesa anche lei poco dopo.

A quanto pareva, non era così. E se n'era andata.

Presi il telefono per mandarle un messaggio, ma non c'erano tacche e nell'angolo in alto brillavano le parole SEGNALE ASSENTE. Non l'avevo notato la sera prima.

Merda.

Salii di nuovo di corsa le scale e andai al divano letto.

Allungai una mano verso Ryan e poi mi fermai quando ricordai che di solito non era una buona idea svegliare un ex-militare, specialmente uno dei servizi speciali, da un sonno profondo, toccandolo o afferrandolo. A volte poteva innescare un flashback.

Non avevo mai avuto quel problema con Ryan, ma non ricordavo nemmeno di averlo mai svegliato scuotendogli il braccio. Quindi decisi di chiamarlo con un tono di voce normale: «Ryan.»

Non si mosse per un minuto e lo studiai mentre dormiva. Avevo l'abitudine di guardarlo dormire (in un modo assolutamente non da pervertita, *ovviamente*) quando eravamo a letto insieme. Non sembrava mai completamente in pace mentre dormiva. Sembrava sempre che si stesse trattenendo, come se stesse silenziosamente combattendo contro una forza ignota.

Allora mi preoccupava. Ora mi mandò una fitta di terrore diritta al centro del cuore. Ogni volta che pensavo a lui in quella capsula e che qualcosa andasse storto, innescando una crisi, mi sentivo gelare dalla paura.

«Ryan» lo chiamai un po' più forte e lui si sedette, con gli occhi aperti, perfettamente sveglio.

Sbatté un paio di volte le palpebre e poi si concentrò su di me. «Sì?»

«Keely se n'è andata.»

Ryan si strofinò gli occhi con le nocche. «Andata? Cioè è andata a fare una passeggiata?»

Tesi le mani a palmo in su, in un gesto che indicava impotenza. «No. Proprio *andata*. Nel senso che non ha dormito qui questa notte.»

Ryan si grattò la guancia, facendo quel rumore raspante quando le unghie passarono sulla barba che era ricresciuta. Mio malgrado mi venne la pelle d'oca quando ricordai la sensazione di quella barba sul mio corpo durante le nostre appassionate sessioni di sesso mattutino. In alcuni posti, mi lasciava una sensazione di lieve bruciore per tutto il giorno, ricordandomi come mi aveva toccato, com'era stato.

Maledizione. Ricordi a caso come quello mi arrivavano nei momenti meno opportuni e finivano dritti nelle mie parti intime, minacciando di farmi sciogliere. Non era giusto. La maggior parte delle donne non doveva vedere i suoi ex-qualunque-cosa-fossero, dopo essere state poco cerimoniosamente scaricate.

«Non se ne sarebbe andata così, senza farcelo sapere» disse, schiarendosi la gola per liberarla dalla raucedine mattutina. «Non è da lei. Ti ha mandato qualche messaggio? Cerchiamo il mio telefono e vediamo se mi ha mandato qualcosa.»

Scossi la testa. «Qui i cellulari non prendono. E non c'è il Wi-Fi, da quanto posso vedere.»

Ryan si alzò dal letto ed io distolsi immediatamente gli occhi. Indossava solo i boxer, niente maglietta.

Accidenti. Non avevo bisogno di vederlo mezzo, no, cancellate, tre quarti nudo in quel particolare momento del mio percorso di recupero dopo la rottura.

Mi voltai e andai in cucina. Dato che l'intero piano era tutto uno spazio aperto, sarei riuscita ancora a vederlo se mi fossi voltata. Invece mi nascosi dietro la porta del frigorifero e presi una bottiglia d'acqua. Quando mi voltai, vidi un foglio di bloc-notes sul ripiano della penisola. Era tutto scritto.

Guardai in fondo al foglio. Keely lo aveva firmato, contornando la firma con tanti cuoricini.

«Ha lasciato un biglietto. È qui in cucina.»

Ryan si avvicinò, mettendosi dall'altra parte della penisola. Con la coda dell'occhio vidi che si stava infilando una t-shirt. Quando finì gli tesi il biglietto, come per confermare la mia affermazione.

«Che cosa dice?» chiese Ryan, burbero.

Lessi a voce alta:

Carissimi Gray e Ty,

Tanto perché lo sappiate, non mentivo sul fatto di non stare molto bene ieri sera, quindi ho chiesto alla mia addetta stampa di fare le mie scuse.

Visto che essere costretti a lavorare con me qui questo fine settimana non è bastato a fare in modo che vi parlaste, ho dovuto ricorrere a misure drastiche. In effetti, la verità è che avevo comunque intenzione di trasferirmi in albergo e partecipare da sola al festival cinematografico.

La Keely del mondo reale andrà a casa e si farà passare il virus con mega dosi di vitamina C e dormendo tanto. Ma la Keely immaginaria, la ragazza di Ty, sarà nascosta in un "cottage di vetro romantico e isolato" mentre aspetta che il suo ragazzo le faccia la fatidica domanda questa settimana. Almeno è ciò che, con un po' d'aiuto, crederà la stampa.

Forse vi chiederete perché lo sto facendo. Beh, speravo di aiutarvi. Mi piace il lieto fine. Mi piacciono i romanzi rosa e i film sul canale Hallmark. Mi piace credere che sia possibile anche nel mondo reale. Adoro veramente vedere la gente che ci arriva. E specialmente aiutarli un po' a raggiungere quell'obiettivo. È come essere una fata madrina. Tutti dobbiamo avere un hobby, no?

Se voi due vi metteste nelle vostre belle testoline l'idea di sfuggire dalla magia di quel favoloso cottage di vetro, pensateci bene. Sono sicura che quando leggerete questo messaggio ci saranno sia mezzi d'informazione sia fan che cercheranno di cogliere un'occhiata del nuovo anello luccicante al mio dito. Diciamo che sussurrare voci di un fidanzamento alla stampa è come gettare esca in una vasca di squali, solo che sarebbe perfino più facile perdere un braccio o una gamba.

I media potranno arrivare solo alla portineria, quindi la vostra privacy è al sicuro purché restiate all'interno e lontani dagli occhi del pubblico. E per favore cercate di non farvi vedere insieme all'esterno perché a quel punto la recita salterebbe e Ty finirebbe sulla graticola del social media perché mi sta "tradendo".

Quindi siete entrambi in trappola, proprio come piace a me. 

Non c'è Wi-Fi, niente campo. Nessun modo di comunicare con il mondo esterno eccetto la linea fissa.

Manderò un'auto a prendervi domenica alle cinque del pomeriggio per il volo verso casa.

Spero che usiate questo tempo per comunicare tra di voi. Il cottage è rifornito di tutto e molto privato. Ci sono dei bei sentieri che portano alla spiaggia.

Godetevi il vostro romantico fine settimana insieme.

Baci

K

PS: Genitori in trappola è il mio film preferito di sempre.

Sbattei gli occhi un paio di volte, rileggendo il biglietto, sbalordita. Ryan era rimasto immobile e rigido mentre lo leggevo, e da quanto riuscivo a vedere con la coda dell'occhio, stava diventando man mano più nervoso. Braccia conserte. Spalle indietro e rigide. Quando provai a dargli un'occhiata, aveva le mascelle così serrate che se gli aveste infilato un pezzo di carbone in bocca... no, aspettate, sapevo che il detto non era quello, ma probabilmente si poteva applicare anche all'altra apertura...

Ryan chiuse gli occhi e si strinse la radice del naso. «Che diavolo è preso a quella ragazza? Che cosa le hai detto?»

Lo guardai furente, appoggiando il biglietto sul ripiano. «Niente. Solo che avevi deciso che non era una buona idea che continuassimo a vederci. Niente sul fatto che avevi ceduto al ricatto o che avevi paura di un uomo di sessantatré anni.»

Il suo volto si scurì. «Non direi che sia niente. Niente è "Non sono affari tuoi".»

Sospirai. «Non le ho chiesto io di intrappolarti per farti trascorrere un fine settimana con me, se è ciò che mi stai chiedendo. Sarebbe l'ultima cosa che farei.»

Ryan lasciò cadere la mano con la quale si stava strofinando la fronte e mi fissò torvo. «Perché? Volevi passare il fine settimana con Aaron?»

Lo guardai fisso da sopra gli occhiali. «Non cominciare nemmeno con queste stronzate.»

Ryan soffiò il fiato e poi andò alla sua valigia aperta sul pavimento accanto al divano letto. Prese dei vestiti e sparì, scendendo le scale per andare in bagno.

Cercai inutilmente di controllare se c'era campo a quel piano. Ancora niente. Avrei voluto sapere la sera prima che sarei rimasta incastrata in un buco nero per le comunicazioni per tutto il fine settimana. Meno male che non avevo avuto in programma di lavorare.

Ryan salì dal piano di sotto completamente vestito e pettinato e si era anche procurato un binocolo da qualche parte, probabilmente dallo studio o da un ripostiglio.

Prima che potessi chiedergli qualcosa, mi guardò. «Vado in ricognizione.»

Lo guardai ironica. «Siamo in guerra?»

«Voglio verificare che ciò se ha detto è vero. Che siamo incastrati qui.»

«Dubito che stesse mentendo. Perché avrebbe dovuto? Se esci rischi di essere visto.»

Mi diede un'occhiataccia. «Ero un Navy SEAL. So come farlo senza essere visto. *Essere un vincente paga.*»

Scossi la testa. «Hai intenzione di cominciare a cantare *Anchors aweigh* adesso o adesso tocca a me?»

Ryan sorrise. «Guarda e impara.»

«Se non potrò vederti, come farò a osservarti?» Ryan uscì dalla porta sul retro che passava dal garage, come ricordavo quando avevo fatto il tour della casa. Mentre usciva, gridai: «*L'unico giorno facile era ieri!*»

«*Hooyah!*» fu la sua immediata risposta mentre la porta si chiudeva alle sue spalle.

Non riuscii a resistere, dovetti ammetterlo, quindi mi spostai alla finestra sul fronte della casa e guardai il viale fuori. Come aveva predetto, non riuscii a vederlo. Non sapevo che strada avesse preso, ma dopo aver cercato per qualche minuto, decisi di chiudere le veneziane nel caso in cui qualche fotografo fosse riuscito a risalire la collina e stesse scattando fotografie di me che guardavo fuori dalla finestra.

Tornai in camera, stringendomi nelle braccia e cercando di fare ordine nel guazzabuglio dei miei pensieri. Che diavolo stava pensando Keely quando aveva deciso di obbligarlo a passare tutto il fine settimana con me? Voglio dire, sarei potuta riuscire a ucciderlo prima che lui uccidesse me.

Sarebbe stato un fine settimana molto freddo e compassato, con due persone rinchiuse in un posto senza niente da dirsi?

O forse avrei potuto scoprire che cosa gli stava passando per la testa. Forse, se l'avesse tollerato, avrei potuto aiutarlo. E non era tragicamente proprio da me? Gray, dal cuore spezzato, che si offriva generosamente di aiutare proprio colui che l'aveva spezzato?

O forse, finalmente, avrei semplicemente potuto permettermi di arrabbiarmi. Sfogarmi e buttar fuori tutto quello che avevo represso per settimane. Buttar fuori tutto e lasciare che lui lo vedesse...

Ma sarebbe servito?

CAPITOLO QUATTORDICI
RYAN

BENE, ERA DECISO. AVREI UCCISO KEELY. CHIUSI LA MANO intorno al binocolo, talmente teso che avrei probabilmente potuto polverizzare le lenti se mi fossi concentrato ancora un po' di più. Avevo individuato almeno un camioncino, un fotografo e un veicolo con un ricevitore satellitare sul tettuccio. Ero riuscito ad avvicinarmi abbastanza da cogliere parti della loro conversazione e adesso stavano complottando per trovare il modo di oltrepassare i cancelli una volta che fosse arrivato il buio.

Fortunatamente non sapevano ancora in quale dei cottage all'interno dell'area residenziale fossero "Tyley", ma diversi paparazzi stavano studiando dei tablet con le foto satellitari dell'intera zona. Il tempo e un processo di eliminazione li avrebbero portati abbastanza in fretta a sbirciare nelle nostre finestre.

La mia ricognizione incluse il controllo del cottage dai lati anteriori e notai che Gray aveva abbassato tutte le veneziane per evitare il sole brillante. *Sveglia la mia ragazza.*

Mi permisi quel pensiero automatico per mezzo secondo, prima di rimproverarmi perché stavo pensando a lei ancora in quel modo. *Ancora.* Dopo tutte quelle settimane...

Non avevo il diritto di pensare a lei in quel modo e speravo che la mia tendenza a lasciarmi andare a quei pensieri sarebbe diminuita presto. Ma per il momento non volevo preoccuparmene. Dovevo solo trovare un fottuto modo per arrivare alla fine di quel fine settimana.

Lei. Ed io. Sotto lo stesso tetto. In un ambiente favoloso, romantico, senza Internet né TV né altro per distrarci.

Come diavolo avrei fatto a tenere le mani a posto?

La sera prima era così bella che era stato un dolore quasi fisico non guardarla. Ma dovevo farlo. Ero stato bravo a resistere alla tentazione in pubblico.

In privato? Non mi fidavo di me stesso. Avrei dovuto decidere di non parlare con lei e nemmeno restare nella stessa stanza, se possibile.

E quel mini bar ben fornito che avevo notato in soggiorno mi stava chiamando. Ma non potevo ubriacarmi. Avrebbe peggiorato le cose. Perché quel buco vuoto dentro il mio petto, quello che stavo curando da quattro settimane, avrebbe chiesto di essere riempito. E, in certi casi, avrebbe chiesto di essere riempito da qualunque corpo caldo e labbra morbide che potessi trovare.

Il pericolo vero era che dentro quel cottage non c'erano un corpo caldo e un paio di labbra qualunque. Quel corpo e quelle labbra appartenevano all'unica donna che desideravo attualmente. L'unica che volevo tra le mie braccia. E a mano a mano che passavano le settimane, quel desiderio si era solo intensificato, non indebolito.

Questo era uno scenario da scudi alzati, guardia alta, cuore sotto chiave. L'avevo già ferita abbastanza. Più di quanto avessi mai voluto. Non c'era bisogno di affondare il coltello, per lei *o* per me.

Avrei mantenuto le distanze, sarei rimasto professionale, come al lavoro, in pubblico e con i miei amici. Potevo farcela.

Tornai di nascosto in garage, assicurandomi di chiudere la porta dall'interno, poi entrai in casa, facendo la stessa cosa.

Gray era seduta al tavolo da pranzo davanti alle grandi finestre che davano sul lago. Teneva una tazza gigante davanti alla faccia con entrambi le mani, e mi ricordò in quel momento che avevo bisogno di caffè e di fare colazione. Proteine, e poi un bell'allenamento. Avrebbero dovuto aiutarmi a schiarirmi per bene la testa.

Quindi mi misi al lavoro, chiedendole se voleva delle uova strapazzate. Lei rifiutò, più con un suono che con una vera e propria parola. Probabilmente era arrivata anche lei a una decisione simile alla mia. Meno parole ci fossimo scambiati quel fine settimana meglio sarebbe stato.

Versai il caffè e poi mi voltai a controllarla, vedendola voltare di colpo la testa. Era evidente che mi stava guardando. Nascosi un sorrisino soddisfatto nella tazza, alzandola per bere. Era un bel po' gratificante beccarla mentre mi guardava il sedere.

Sembrava che non fossi l'unico a sentirne la mancanza.

Attenta ragazzina. Stai mostrando le tue emozioni.

Cristo. Keely non ne aveva idea. O forse sì, ma era una tortura. E lo stavo pensando io, un uomo che era sopravvissuto alle selezioni, all'addestramento BUD/S dei SEAL, all'SQT e a tutto il resto che mi avevano scagliato addosso durante le prove di qualificazione.

Per non parlare degli anni nelle squadre speciali. Almeno durante quegli anni avevo potuto fare tutto il sesso che volevo quando ero in licenza o in libertà. Lo stile di vita di un astronauta era stato più complicato. Era abbondanza quando eravamo a terra e carestia quando eravamo sulla stazione.

Nelle ultime quattro settimane avevo vissuto come un monaco. E tutto per via di quella cosina giovane dall'altra parte della stanza. Sentii il risentimento che mi bruciava in petto. Non era colpa sua e non avrei dovuto indirizzare contro di lei le mie frustrazioni, ma, maledizione, era dura.

Svuotai la tazza di caffè e poi mi voltai per riempirla di nuovo, dandole un po' di tempo per riprendersi.

Dopo colazione e senza molto altro da fare, mi cambiai e scesi i due piani fino alla palestra. Un po' di attività cardio sul tapis roulant, un po' di pesi, sit-up e pull-up mi avrebbero fatto bene.

Ero deciso a stancarmi per non pensare al sesso. O a Gray. O al sesso con Gray.

Cazzo, lo stavo facendo di nuovo.

Quarantacinque minuti dopo, lei scese le scale ed entrò nella palestra avvolta in un asciugamano. Dopo avermi dato una breve occhiata, si spostò verso la vasca idromassaggio e lesse le istruzioni sul pannello di comando. Distolsi in fretta gli occhi da lei quando lasciò cadere l'asciugamano.

Ma non abbastanza in fretta da non vedere il suo bikini. Il modo in cui le mutandine aderivano al suo sedere rotondo. E quelle gambe lunghe, quella distesa di pelle splendente che sapevo per esperienza personale essere perfino più morbida di quanto apparisse.

Lasciai cadere i pesi e mi spostai alla *salmon ladder* per le trazioni. Era ora di autopunirmi con un po' di esercizi per gli addominali profondi. Mi sarei stancato e indolenzito tanto che il sesso non mi sarebbe nemmeno venuto in mente. No. Non avrei pensato a baciarla. O a toccarla. O ad appoggiare la mia bocca dappertutto…

Maledizione. Stavo soffrendo di un classico caso di astinenza da sesso che, a quanto pareva, a questo punto stava minacciando di causarmi danni cerebrali.

Mentre risalivo e poi discendevo la scala, con ogni slancio che mi dava la spinta per portare la barra al livello superiore di ganci, cominciai a concentrarmi. Quasi non mi permettevo di respirare e mi obbligai ad accelerare il ritmo a ogni round, finché il dolore divenne troppo intenso. Mi lasciai cadere sul materassino sotto la scala, coperto di sudore e respirando così forte da non riuscire quasi a riprendere fiato.

Mi piegai, appoggiando le mani sulle ginocchia e diedi un'occhiata di nascosto alla vasca. Gray mi stava osservando apertamente, con il viso bloccato in un'espressione che assomigliava alla meraviglia. Quando notò che la stavo guardando però, voltò la testa e si stese appoggiando i piedi in alto per poter fissare il soffitto mentre i getti la massaggiavano.

Mi voltai, deciso ad allenarmi per un'altra ora voltandole la schiena. Dopo un po' la sentii che usciva dalla vasca idromassaggio, la spegneva e saliva le scale.

Finalmente mi sedetti sulla panca e ingurgitai un litro d'acqua, cercando di decidere se ce l'avrei fatta a continuare ancora per un po'. Optai per un po' di stretching defatigante e una lenta reidratazione.

Mezz'ora dopo, salii le scale per usare il bagno. La porta era aperta e il locale era pieno di vapore a causa di una doccia recente, ma era vuoto. Senza nemmeno sapere il perché, mi voltai per guardare nella stanza dall'altra parte del corridoio.

Gray non aveva chiuso completamente la porta e aveva appena lasciato cadere l'asciugamano sul pavimento. Ed era lì, nuda come il giorno in cui era nata. Gray era una bella donna, snella, fianchi rotondi, petto un po' più piccolo del normale ma una figura femminile, flessuosa, deturpata solo dalla cicatrice frastagliata dei diversi interventi a cuore aperto che le avevano bisecato il torace.

Alzai gli occhi dalle gambe dal dolce sapore (e lo sapevo per esperienza personale), fino alla pancia piatta.

Divenni duro immediatamente. E Dio solo sa per quale motivo, lasciai il corridoio ed entrai nella stanza.

Era maledettamente difficile non pensare a com'era quel sottile corpo femminile premuto contro il mio. Nudo. Ricordare i suoni che emetteva quando la facevo venire.

Cazzo. La volevo. L'avevo voluta tutte le notti dal giorno in cui avevo rotto con lei.

Volevo assaporarla di nuovo. Dappertutto.

Se non fossi uscito alla svelta, l'avrei spinta sul letto e avrei coperto quel bel corpo nudo con il mio. E adesso non ero solo duro, stavo pulsando per il desiderio.

E non era esattamente un segreto che potessi nasconderle, dato che indossavo solo pantaloncini da ginnastica.

Gray restò immobile, fissandomi con gli occhi sgranati. Ma invece di sobbalzare o gridare o cercare di riprendere l'asciugamano che aveva lasciato cadere, restò a bocca aperta e sembrò effettivamente incazzata. «Ti dispiace voltarti o qualcosa di simile?»

Alzai un sopracciglio. «A che scopo?» Cioè, avevo già visto tutto, giusto? Parecchie volte, parecchie bollenti, sudate e molto, *molto*, piacevoli volte. Ripiegai le braccia sul petto. «Continui a riuscire a restare nuda davanti a me. Come mai?»

Lei sbuffò, prese la maglietta dal letto e se la infilò. Abbassai di nuovo gli occhi sulla sua pancia e mi fermai proprio in cima alle cosce. Avevo voglia di assaggiarla *lì*.

Dio, mi mancava il sesso.

E mi mancava specialmente il sesso con *lei*.

Gray abbassò lo sguardo e lo notò. Ed eccomi lì, colto in flagrante come un quattordicenne davanti a un'insegnante sexy.

Senza dire una parola, si piegò e si mise le mutandine, tirandole lentamente sulle gambe... molto lentamente. Deglutii.

«Bel tentativo. Non penserai veramente che stessi aspettando di sorprenderti con il mio corpo nudo.»

«Lo stavo solo dicendo come incoraggiamento. Sentiti libera di farlo tutte le volte che vuoi.»

Finito di vestirsi, allacciò il bottone dei jeans, mi rivolse un sorriso sarcastico e disse: «Ti piacerebbe.» Poi uscì dalla stanza e salì le scale, lasciandomi lì, con la mia dolorosa erezione, a riflettere su che cazzo era appena successo.

Ti piacerebbe, aveva detto. E aveva ragione. Mi sarebbe veramente piaciuto.

Con un sospiro e le mani nei capelli, scossi la testa e andai a lavarmi via il sudore dell'allenamento.

Dopo aver pranzato tardi, ci furono solo un mucchio di silenzio e altre manovre strane per evitarci a vicenda. Lei lesse sul suo e-reader ed io giocai su una vecchia versione di Mario Kart sulla PlayStation collegata alla TV.

Appena prima del tramonto, Gray uscì dal piano di sotto con le scarpe ai piedi.

La guardai preoccupato. «Vai da qualche parte? Probabilmente non è una buona idea.»

Lei non reagì. Prese una felpa con cappuccio e se la infilò. «Ho bisogno di prendere un po' d'aria. Scenderò fino al lago per guardare il tramonto.»

Beh, allora eravamo in due. Deposi il controller sul tavolino. «Vengo con te.»

«Preferirei restare da sola.»

«Ed io preferirei assicurarmi che stai bene a quest'altitudine. Siamo a 2000 metri sul livello del mare. Lo sforzo potrebbe avere effetti negativi sul tuo cuore.»

Gray mi diede un'occhiataccia. «Sono perfettamente sana. Sai, nonostante lo disprezzi tanto, a volte sembri proprio mio padre.»

Se quello era un modo di farmi passare la voglia di essere troppo protettivo, beh, era efficace. Ma non abbastanza. Fintanto che Gray fosse stata a portata di mano, sotto lo stesso tetto e avessi potuto farlo, l'avrei tenuta d'occhio. Nessun dubbio al proposito.

CAPITOLO QUINDICI
RYAN

IL SENTIERO CHE SCENDEVA VERSO IL LAGO PARTENDO DA una porta laterale e lungo una rampa di gradini di cemento, era agevole, anche se ripido. Tra gli alberi alti e il cielo dorato del tardo pomeriggio, scendemmo altre rampe di scale e percorremmo il sentiero ben battuto verso la riva.

La tenni attentamente d'occhio, nel caso avesse qualche difficoltà. Arrivare a quell'altitudine dall'area di Los Angeles non era facile. E che protestasse o no, Gray aveva dei problemi potenziali che era il caso di tenere in considerazione.

Mi ero allenato molte volte a grandi altitudini, sia come Navy SEAL sia come astronauta quindi di solito riuscivo facilmente ad acclimatarmi dopo un giorno o giù di lì. Notai che Gray stava respirando un po' affannosamente però e dovetti rammentarmi che era normale.

Quando arrivammo alla riva, il sole era già tramontato ma il lago e il cielo erano ancora abbastanza chiari da dare un po' di visibilità. Ma saremmo tornati con il buio, quindi avevo preso nota del percorso migliore per tornare al cottage dal lago anche mentre la seguivo.

Gray si fermò accanto alla riva, dove le acque azzurre e fredde si frangevano piano contro il suolo scuro tra gli alberi.

Era tutto tranquillo. Gli uccellini cantavano. La brezza faceva frusciare le foglie degli alberi. Lì vicino, le barche nei loro attracchi scricchiolavano contro gli ormeggi. Avrei quasi potuto essere felice lì, in una sera come quella, con *quella* ragazza.

Lei stava parlando, narrando della richiesta di sovvenzione che stava scrivendo per poter condurre uno studio su un analogo. «Voglio coinvolgere nello studio dei veri astronauti addestrati, insieme a dei civili.»

«Da mandare nell'Antartico in inverno? Non credo che troverai molti volontari.»

Lei alzò la testa guardandomi. «Nemmeno nell'interesse della scienza?»

Scoppiai a ridere. «Perfino gli astronauti evitano di rinchiudersi in un buco in un continente solitario senza la prospettiva di un corpo caldo per tenergli compagnia, solo per gelarsi le palle a una temperatura di settanta gradi sotto zero.»

Gray lo trovò divertente. Quando si abbassò a raccogliere qualche ciottolo, fece veramente un versaccio. «Già, non proprio come andare sulla stazione spaziale.»

Alzai le spalle, studiando il cielo. «Giusto. Ma lassù si vola nello spazio invece di gelarsi il culo a terra.»

Lei mi guardava attentamente e i suoi occhi si alzarono verso il cielo. Sapevo che cosa stava pensando. Che avrebbe fatto buio presto. Doveva sapere che era quello che avevo in mente anch'io e quindi forse era *lei* che stava tenendo d'occhio *me*.

Ma mi ero allenato anche per quello. Essere fuori di notte in Orange County non era troppo difficile, perché non faceva mai veramente buio. Qui però sapevo che sarebbe stato *molto* buio. E se ricordavo bene, c'era la luna nuova ancora per un'altra notte, quindi ci sarebbe stata solo la luce delle stelle.

«Non capisco queste missioni analoghe» dissi, stuzzicandola. Forse se l'avessi fatta parlare della sua passione, sarei riuscito a distrarla e non avrebbe notato i segni del mio disagio.

Stava facendo cadere i sassolini nel lago e guardando le increspature concentriche finché svanivano nel nulla. Le fissava con attenzione, come se la sua vita dipendesse dal seguire gli anelli finché sparivano. Poi cercava un altro sasso e ripeteva il gesto.

«Gli studi sugli analoghi sono essenziali per gli psicologi sperimentali, per raccogliere dati e poter capire come meglio aiutare i veri viaggiatori spaziali. E con quelle condizioni di vita così dure, l'Antartico è un analogo perfetto per Marte.»

«Uh, uh» dissi, piegando la testa per guardarla. Ero affascinato dall'arco del suo lungo collo, dal modo in cui i suoi capelli corti tremolavano nella brezza. Tese il braccio e *plop*. Le increspature danzarono partendo dal centro e lei guardò, con la bocca parzialmente aperta.

Non staccò gli occhi dalla superficie liscia come il vetro del lago ed *io* non riuscivo a staccare gli occhi da *lei*. Avrei potuto ascoltarla parlare per ore di analoghi o perfino del fottuto tempo se fosse stata una cosa che l'appassionava.

Ma non era solo appassionata. Gray era anche compassionevole e intelligente e la sua *joie de vivre* poteva perfino essere contagiosa se avessi accettato di lasciarmi contagiare. Per il breve periodo in cui aveva illuminato la mia vita, era stata come un vero raggio di sole che lottava per cancellare l'oscurità.

Senza mai riuscirci.

Perché ero morto dentro. Quindi potevo guardare la sua luminosità da lontano, come un buco nero morto al centro dello spazio che risucchiava tutta la luce delle stelle vicine, lasciandole senza più energia fino a quando anche loro diventavano dei gusci esauriti, senza vita.

«Quindi, praticamente usate dei topi di laboratorio nella loro forma più intelligente.»

Gray rise. «È così che abbiamo imparato quale tipo di sistema di supporto ci serve per aiutare voi ragazzi. E i "topi di laboratorio" sono volontari entusiasti, che lo fanno per la scienza.»

Plop. Plop. Plop. Altri tre sassolini, uno dopo l'altro. Il lago era bello, ma era lei ad avere tutta la mia attenzione.

«Oltre a tutto i partecipanti si divertono tantissimo. Voglio dire, a te piace il tuo lavoro, ma devi fare un mucchio di cose spiacevoli e correre tanti rischi» aggiunse a bassa voce, smettendo di cercare i sassolini per darmi un'occhiata significativa.

Plop. C'era silenzio dappertutto. Il vento riprese a soffiare e il cielo diventò viola pallido e grigio. Gray sembrava persa nei suoi pensieri, quindi mi limitai a guardarla, la giovane e vivace stella che aveva osato avvicinarsi troppo al buco nero morto ed era stata catturata dalla sua gravità. E che era riuscita a sfuggire solo grazie al fatto che l'avevo spinta via, e non si rendeva conto della sua fortuna.

Sbatté le palpebre e si voltò verso di me. «Non riesco a smettere di pensare alla metafora delle increspature in uno stagno e a come parole e azioni semplici si diffondano dal centro e influenzino tanto di più. Come gli eventi della nostra vita siano così... cose che succedono che hanno un effetto a cascata nel nostro futuro.»

Appoggiai una spalla all'albero più vicino, misi le braccia conserte e la guardai, alzando scetticamente un sopracciglio. «Non sei un po' troppo giovane per fare dichiarazioni filosofiche come quella?»

Gray strinse gli occhi. «Ne ho passate tante che ritengo possano darmi una prospettiva unica sulla vita. Come di solito riesco a capire quando una persona sta mentendo, a se stessa e a tutti quelli intorno a lei. E a come anche quello crei delle increspature che partono dal centro.»

Bene, bene, bene. Finalmente aveva tirato fuori gli artigli. Mi ero chiesto se li avrebbe mai mostrati. Dio sapeva che ci era voluto parecchio. Aveva un controllo ferreo delle proprie emozioni. Non potei fare a meno di pensare che sarebbe stata un'eccellente astronauta, se la sua salute glielo avesse permesso.

Non mi mossi, mantenni lo stesso atteggiamento, appoggiato rigido all'albero. Nonostante l'oscurità incombente, riuscivo a vedere l'espressione critica sul suo volto. Mi aveva lanciato una sfida. E nonostante tutto non avevo intenzione di privarla della reazione che stava cercando.

«Ah sì? E come starei mentendo a me stesso?»

«Credo che tu conosca già la risposta.» Si guardò attorno, come notando di colpo la luce calante. Ripercorse con gli occhi la strada che avevamo percorso.

Alzai le spalle. «Penso che se vuoi fare un'accusa simile, sarebbe meglio che fossi in grado di sostenerla»

«Non sono la tua terapista.»

«Ma...»

«Pensi che funzionerà?» Qualcuno parlò lì vicino, dalla parte del lago. Non era troppo vicino, ma lì, nel silenzio tra gli alberi, i suoni si sentivano bene. Ci immobilizzammo entrambi e ci voltammo. C'era un gruppetto di tre persone vicino al molo, a circa tre case di distanza dalla nostra.

«Non sappiamo nemmeno in quale casa sono! Ma abbiamo ristretto il campo a una delle cinque su questo lato.»

Afferrai il braccio di Gray e la tirai dietro l'albero, dov'ero io. Mi portai un dito alle labbra quando lei si voltò a guardarmi con gli occhi sgranati.

«Sono reporter?» sussurrò. Ero piuttosto sicuro che fossero esattamente quello quindi annuii e le misi una mano sulla bocca. Con le labbra mimai *Non parlare.*

Le voci aumentarono di volume mentre il gruppo camminava lungo la riva e noi ci spostavamo intorno all'albero per restare nascosti mentre si avvicinavano. Si fermarono a un metro da dove eravamo noi prima e ripresero a parlare. «Qualcuno di voi ha portato una torcia? Sta diventando buio in fretta e io non so nemmeno che cosa stiamo cercando. Potrebbero essere lassù in quella casa di vetro sulla scogliera a fare sesso selvaggio e non lo sapremmo nemmeno.»

«Di sicuro non è quella. Non è abbastanza grande. Sono sicuro che Keely si è portata la sua squadra.»

Con mia costernazione, Gray cominciò a ridere dietro la mia mano. Sentivo sbuffi di fiato caldo contro il palmo e scossi la testa guardandola severo. Alzai l'altra mano, con le nocche in fuori e un dito alzato, ruotandolo in piccoli cerchi. Le sue sopracciglia scure si unirono in un'espressione confusa, chiaramente disorientata dal mio segnale manuale che significava *punto di raccolta.* Voleva dire che dovevamo andarcene di corsa e tornare in casa prima che ci vedessero.

Si sentivano i rametti che si spezzavano mentre il gruppetto continuava a camminare lungo la riva. «Accidenti, Joyce, fai ancora un po' più rumore. Non è come se questa fosse un'operazione segreta.»

«Penso che stiamo veramente esagerando» rispose qualcuno. Le voci cominciarono ad affievolirsi mentre si allontanavano. Rischiai di dare un'occhiata intorno all'albero, e ne ebbi la conferma, vedendo tre schiene. Sollevato, fui sul punto di uscire da dietro l'albero quando intravidi una quarta persona sulla spiaggia che fissava nella nostra direzione.

Mi nascosi di nuovo dietro l'albero e tirai Gray contro di me, stringendola. Quando fece per parlare le misi nuovamente la mano sulla bocca premendo la mia contro il suo orecchio. «Ce n'è un altro sulla spiaggia. Appena volterà la schiena, ce ne andremo per la strada da cui siamo venuti.»

Con lei così vicina, sentivo ogni centimetro del suo corpo snello contro il mio, il suo profumo di fragole e menta. Chiusi gli occhi, assaporandolo, quasi delirante. Sentii i passi allontanarsi lentamente dalla nostra posizione. Ma ci volle uno sforzo monumentale per convincermi che non avevo più bisogno di affondare il naso nei suoi capelli. Lei era aggrappata alla mia maglia, e la stringeva con i pugni. Stava riportandomi alla mente ricordi stupendi dei nostri corpi premuti insieme, mentre ci toccavamo e ci tenevamo stretti. Di me che affondavo nel suo calore, che mi muovevo dentro di lei facendola gemere.

Con non poca fatica, mi staccai e diedi un'occhiata intorno all'albero per avere la conferma che non ci fosse altra gente sulla spiaggia e che si fossero allontanati da noi. Mi voltai verso Gray e indicai la casa nella luce tenue.

La seguii mentre lei si faceva strada nel sottobosco per tornare al sentiero pulito che portava alle tante rampe di scale di cemento. E anche se eravamo al sicuro, accelerò il passo, forse conscia che io ero proprio dietro di lei. Ma sembrava non stesse prestando abbastanza attenzione a dove metteva i piedi e quasi scivolò un paio di volte.

«Attenta» sussurrai bruscamente, ma non mi stava ascoltando. Invece si mosse più in fretta. Era quasi abbastanza buio da dover usare una torcia, o almeno la luce di uno dei nostri telefoni per vedere dove andare. Ma ci avrebbero visto di sicuro anche da lontano.

Voltò la testa per rispondermi. «Voglio arrivare alle scale prima che faccia troppo buio.»

E fu in quel momento che fece un passo falso. In un attimo scivolò e cadde a meno di un metro dal sentiero pulito. Allungai le mani ma non ero abbastanza vicino per arrivare ad afferrarla.

Gray risucchiò forte il fiato, fortunatamente era caduta sul sedere invece di picchiare la testa.

Quando mi inginocchiai accanto a lei per controllare se stesse bene, stava ridendo piano. «Beh, ho sempre detto che mio padre era un idiota perché mi aveva chiamato Grace, visto quanto sono aggraziata, a meno che volesse essere ironico.»

«Stai bene?» sussurrai mentre lei si toccava la caviglia. «Ti sei storta la caviglia?»

«Ho messo il piede sul bordo di quel grosso sasso. Ho graffiato la caviglia e... *oh!*»

Alzò la mano che aveva appena toccato la caviglia. Era bagnata e luccicava. *Sangue.*

«Stai sanguinando?» le chiesi, con il cuore che accelerava.

«Va tutto bene, è solo un graffio.»

«Andrebbe tutto bene per la maggior parte della gente. La maggior parte della gente non assume anticoagulanti. Arrotola la gamba dei pantaloni.»

Lei invece stava cercando di alzarsi in piedi. «Va tutto bene.»

Misi fine a quell'idiozia. «Fermati. Non muoverti, maledizione.» Mi spostai dove potevo raggiungere la sua gamba e le arrotolai i jeans, afferrandole la caviglia. Era troppo buio per vedere molto, specialmente perché la maggior parte della luce era bloccata dagli alberi e lì a Tahoe, non c'era molta luce ambientale come invece in città. Era una notte chiara e stellata. Una notte meravigliosa.

Ma la mia ragazza stava sanguinando ed io non notai molto altro mentre pensavo in fretta quale fosse il modo migliore per gestire la situazione. Lei non stava cooperando.

«Ryan, smettila di trattarmi come se fossi un'invalida. Sto bene.»

«Stai sanguinando, cazzo. Non osare tentare di appoggiare quella gamba adesso. Hai bisogno di un bendaggio compressivo.»

«Ti sei per caso messo in tasca qualcosa di simile?»

In risposta, agganciai un dito al colletto della mia t-shirt e me la tolsi. Cominciai ad arrotolare il tessuto intorno alle mani. Mentre lavoravo, la fissavo in volto, che adesso riuscivo a malapena a vedere. «Dimmi che ti sei portata la polvere emostatica.»

Gray esitò. Controllai la ferita. Stava sanguinando piuttosto forte, perfino per un graffio. Le persone che assumevano anticoagulanti erano a rischio perfino con ferite superficiali come quella. Le alzai la caviglia, appoggiandola sul mio ginocchio piegato e cominciai ad avvolgervi attorno la mia t-shirt arrotolata. «Gray?» dissi bruscamente quando non mi rispose.

«Ho dimenticato di metterla in valigia. È successo all'ultimo minuto e non mi aspettavo...»

«*Cazzo*» sbottai mentre tiravo forte la t-shirt per fare più pressione. «Maledizione! Che cazzo avevi in testa, metterti in viaggio senza? Nessuno si aspetta di ferirsi.»

Gray sospirò. «Non urlare. Non ho la sfera di cristallo. Stavo pensando ad altro mentre preparavo la valigia.»

Pensava ad altro? A cosa? Al fatto di dover passare il fine settimana con me? O forse stava pensando al tizio nuovo... qualunque fosse il suo cazzo di nome.

Mi alzai in piedi, dopo aver sistemato il bendaggio. «In piedi, forza.»

Lei tese un braccio ed io la tirai gentilmente in piedi. «Posso camminare.»

«Col cazzo che camminerai. Ti porterò su io.»

«Fino in cima, con tutte quelle scale? No. Posso farcela. Potrei solo aver bisogno di appoggiarmi a te.»

Avevo le mani intorno a entrambe le sue braccia. «Non ho intenzione di discutere. Monterai sulla mia schiena e ti porterò su. Stai ancora sanguinando e conosci i rischi.»

Lei sospirò ma cedette. «Okay.»

«Pesi poco più del mio zaino e del resto dell'equipaggiamento e non crederai a quanti chilometri ho dovuto fare con tutta quella roba sulla schiena. Sarà come tornare ai vecchi tempi. Va tutto bene.»

Mi accucciai e lei si appoggiò obbediente alla mia schiena, agganciandomi le braccia intorno al collo. Io le afferrai le gambe dietro le ginocchia e la sollevai a cavalluccio. «Tieniti forte. Salirò le scale a tutta velocità, okay?»

«Uh. Okay.»

«Non mollare la presa, Gray.» Le diedi l'ultimo ordine prima di voltarmi e risalire il sentiero fino ad arrivare alla base delle lunghe rampe di scale. Gray mi strinse le braccia intorno alle spalle ed io cercai di non pensare alla sensazione di averla contro di me o alla visione di lei nuda nella stanza come una dea del mare, in piedi su un asciugamano bagnato invece che su una conchiglia. Con un respiro profondo, mi preparai per il compito fisicamente impegnativo che avevo davanti. Esclamai: «*Hooyah!*» affrontando il primo gradino.

CAPITOLO SEDICI
GRAY

S E QUALCUNO MI AVESSE DETTO QUARANTOTTO ORE prima che sarei montata a cavalluccio sulla schiena di Ryan Tyler e che avremmo risalito una collina; che sarei rimasta aggrappata alla sua schiena nuda mentre i suoi poderosi muscoli si contraevano sotto le mie mani, gli avrei riso in faccia. Quel tipo di risata tormentata che viene solo dal petto vuoto di una donna dal cuore spezzato.

Ma ecco, stava succedendo. E mentre lottavo contro il delirio che mi provocava il meraviglioso profumo della sua pelle accaldata, non potei fare a meno di pensare che a volte la vita era così maledettamente bizzarra.

Ryan salì praticamente di corsa i gradini di cemento, con la testa china per controllare il terreno alla luce scarsissima, per non mettere i piedi in fallo. Se solo *io* fossi stata così attenta. Appoggiai la guancia contro la pelle calda della sua nuca e i muscoli delle sue spalle si contrassero e si gonfiarono sotto le mie mani. Non sbagliò un passo, e fece solo una pausa di qualche secondo a ognuno dei pianerottoli per riprendere fiato prima di ricominciare a salire. Io feci tutto quello che potevo per non fargli perdere l'equilibrio e arrivammo in cima in pochissimo tempo.

Scivolai lentamente a terra, bilanciandomi sulla gamba sana e notando che il sangue aveva quasi completamente inzuppato la sua maglietta. Respirando affannosamente, Ryan aprì la porta laterale del cottage e mi guardò con gli occhi socchiusi. «Sta ancora sanguinando vero?»

Alzai le spalle. «Non è così male.»

Lui scosse la testa. «Ho il tuo sangue che mi scorre lungo la gamba dei pantaloni, quindi, cazzo, non mentirmi.»

Mi schiarii la gola. La durezza del suo rimprovero mi aveva quasi fatto venire le lacrime agli occhi. *Da dove diavolo veniva tutta quella rabbia?*

Tirai su col naso. «Mi dispiace, non volevo sporcarti di sangue.»

Ryan fece una smorfia e mi mise un braccio intorno alla vita, tirandomi vicino. «Non è quello che volevo dire, okay? Sono solo preoccupato. Vediamo di fermare il sangue.»

Poi, senza dire altro, mi prese in braccio e mi portò dentro. Io cercai di non pensare all'ironia di Ryan che mi portava in braccio oltre la soglia come uno sposo con la sua novella sposa, ma la mia mente, testardamente speranzosa, ci arrivò lo stesso.

Mi appoggiai al suo petto ampio e solido e cercai di non ricordare che una volta avevo sognato un nostro futuro insieme. Sentii il calore e il risentimento che mi bruciavano in petto come acido a quel pensiero. Se solo fosse stato altrettanto risoluto nel preservare il nostro rapporto nonostante le minacce di mio padre come lo era stato quando mi aveva impedito di appoggiare il piede.

Con che facilità aveva rinunciato a noi. La vergogna e il dolore bruciavano ancora.

Ryan mi portò direttamente nel bagno al piano di sotto e mi fece stendere nella vasca incassata per evitare di sanguinare dappertutto, poi mi tolse in tutta fretta le scarpe, le calze, il bendaggio e poi i pantaloni, quasi togliendomi anche le mutandine allo stesso tempo.

«Datti una calmata» sbottai, tirandomi su le mutande. Vedermi nuda una volta era sufficiente per quel giorno.

Lui non reagì, invece mi prese la gamba, ora senza il bendaggio improvvisato e ispezionò la caviglia, sollevandola perpendicolare al pavimento. Sangue caldo continuava a fuoriuscire dalla ferita, gocciolando lungo la gamba.

«La ferita deve restare sopra il livello del cuore. Tieni in alto quella dannata gamba, capito?» disse con la voce roca e po' affannata, che non era causata dalla corsa impegnativa su per la collina con me sulla schiena. «Devo andare a prendere il ghiaccio.»

Intrecciai le dita intorno alla coscia per continuare a tenere in alto la gamba. La caviglia, il polpaccio e la coscia erano appiccicosi per il sangue rappreso e anche se non dissi niente a Ryan, dovevo ammettere che cominciava a girarmi un po' la testa.

Ryan tornò quasi subito con dei cubetti di ghiaccio avvolti in un tovagliolo. «Il rimedio casalingo per fermare il sangue è abbassare la temperatura locale per restringere i capillari. Non sarà gradevole, ti avverto.»

Feci un respiro profondo, chiusi gli occhi e poi li riaprii. «Vai pure.»

Con quello, Ryan premette il ghiaccio sulla mia ferita e lo tenne lì, appoggiandosi la mia gamba contro la coscia. Nessuno dei due disse niente ed evitammo di guardarci negli occhi per tutto il tempo in cui aspettammo che il freddo facesse effetto. Dopo un po' non riuscii più a sopportare il dolore e spostai la gamba.

Con la faccia scura ed evidente riluttanza, Ryan tolse l'impacco dalla caviglia e si chinò per controllarla da vicino. Voltò la caviglia da una parte e poi dall'altra, strofinando con attenzione la pelle con le sue dita lunghe, apparentemente ignaro dei brividi che mi stava mandando lungo la gamba. Dolore o no, quell'uomo incredibilmente sexy e a torso nudo, piegato sopra di me mentre mi stava aiutando, mi stava eccitando alla grande.

«Vediamo di ripulirti, per essere sicuri che abbia smesso di sanguinare.»

Mi tirai sul bordo della vasca e lui fece scorrere l'acqua. Con una lavetta mi pulì lentamente, cautamente, la gamba. E, sinceramente, perfino quello mi stava eccitando.

Ero così maledettamente furiosa con me stessa anche per quello. Avevo passato venticinque anni senza fare sesso prima di Ryan. E adesso ero come una gatta in calore ogni volta che mi guardava o mi toccava perché ne facevo a meno da quattro settimane.

Ovviamente non mi aiutò molto il fatto che Ryan si fosse tolto i pantaloni quando finì di pulire me dal sangue. Usò un'altra lavetta per togliere il sangue che era filtrato su tutte le sue forti, muscolose gambe pelose. Deglutii e il mio cuore accelerò.

Avrei dovuto distogliere gli occhi. Indossava solo i boxer aderenti che lasciavano ben poco all'immaginazione. Sì, l'avevo visto molte volte nudo in tutta la sua gloria. Avevo sentito quel corpo incredibile premuto contro il mio durante l'unico sesso bollente che avessi mai sperimentato in vita mia, ed era stato meraviglioso.

Ma, accidenti, non avevo bisogno di un promemoria proprio adesso nello stato vulnerabile in cui mi trovavo.

Dopo aver pulito il graffio e averci schiaffato sopra garza e cerotto, Ryan mi prese in braccio per portarmi in camera. Ignorò le mie proteste ed io cercai con tutta me stessa di ignorare il fatto che era nudo, eccetto i boxer.

Io avevo solo le mutandine e una t-shirt senza il reggiseno sotto. Avremmo tranquillamente potuto essere nudi *e* lui mi stava portando a letto.

Già, non una gran bella idea. Proprio non una bell'idea.

Mi depose dolcemente contro i cuscini e poi sospirò. Gli studiai il volto e notai per la prima volta quanto sembrasse stressato. Era stato veramente preoccupato per me. Gli toccai il braccio. «Va tutto bene?»

Gli si gonfiarono le guance quando strinse i denti. Sembrava visibilmente scosso. Come se, uscendo dalla modalità di risoluzione problemi, ora stesse crollando dopo la scarica di adrenalina che gli aveva permesso di reagire al "pericolo" in cui mi ero trovata.

Deglutì e si voltò a guardarmi. «Smettila di farti male, per l'amor del cielo.»

Poi saltò giù dal letto e uscì dalla stanza.

Qualche minuto dopo riapparve con una bottiglia di vodka in una mano e un bicchierino nell'altra.

Il bicchierino, notai, era vuoto.

«Ti sei appena fatto un bicchierino di vodka?» gli chiesi.

«Già, e me ne farò anche un altro.» E come per dimostrarlo, tolse il tappo alla bottiglia versò la vodka e si portò il bicchiere alle labbra.

«Smettila!» Lui esitò e si voltò a guardarmi. «Non è giusto. Dov'è il mio?»

Lui alzò le sopracciglia, scettico. «Vuoi uno shot di vodka?»

Ripiegai le braccia, accavallai le gambe e agitai un piede. «Sì. È esattamente quello che voglio.»

«Hai mai bevuto vodka liscia?»

Lottai per non sbuffare. «Sì, ho già provato a bere vodka, *grazie tante.*»

«Non è quello che ti ho chiesto.» Si avvicinò lentamente al letto con il bicchierino pieno.

Tesi la mano, agitando le dita. «Dammelo e basta, non sono una bambina.»

Obbediente, lui mi tese il bicchiere ed io lo presi, e lo tracannai come una vera dura.

Sfortunatamente, dopo aver deglutito ci fu qualche sputacchiata e qualche colpo di tosse. Ma Ryan non rise. Riprese solennemente il bicchiere e si versò un altro bicchierino, questa volta con un brindisi in russo.

Tesi di nuovo la mano. «Dai qua. Devi condividere, altrimenti comincerò a protestare.»

Ryan si sedette sul bordo del letto e versò un altro bicchierino, passandomelo. Tracannai anche quello, lieta che questa volta andasse giù più liscio. E continuammo così con altri bicchierini finché, al quinto, Ryan si rifiutò di passarmi il bicchiere, tenendolo appena fuori della portata della mia mano.

«A questo punto dovresti già sentire l'effetto.»

Alzai le sopracciglia, guardandolo. Stavo certamente risentendone l'effetto, o meglio, avevo superato quello stadio. Avevo superato anche lo stadio "alticcia" ed ero ben avviata verso una vera e propria sbornia. Ma dato che tutto ciò che dovevo fare era restare seduta a letto e non tentare di alzarmi in piedi senza barcollare o camminare senza cadere, riuscivo a nasconderlo meglio di quanto avrei potuto fare in circostanze diverse.

«Sto bene» dissi, guardandolo fisso negli occhi, anche se il resto del mondo intorno a lui era un tantino sfocato.

Lui mi guardò, scettico, ed io alzai le sopracciglia senza dire altro. Meno dicevo, meno probabile era che biascicassi.

Lentamente mi passò il bicchiere. «Questo è l'ultimo, quindi goditelo.»

Riuscii ad arrivare a metà prima di mettermi a tossire e Ryan me lo tolse di mano. Poi si portò il bicchiere alle labbra e bevve il resto, facendolo seguire da un altro pieno. «Sei sicura di non essere in parte russa?» mi chiese.

«Sicurissima. Mia madre è gallese. Papà è del Midwest, con origini inglesi e irlandesi.»

«Ed io che pensavo che la sua origine fosse la malvagità pura» borbottò. Lo fissai, sperando che continuasse. Sperando che dicesse: *Fanculo Conrad Barrett, ti voglio comunque, Gray.*

Ma non lo disse e il mio cuore si strinse un po'. Ancora un po' più ferito dalla tristezza, dal fatto che mi mancava.

L'unica cosa che riuscii a fare in risposta fu un singulto. Lui sorrise, come se stesse cercando di non ridere. «Non abbiamo cenato. Hai bevuto tutta quella roba a stomaco vuoto.»

Alzai le spalle e gli rivolsi un sorriso sdolcinato. «Mi scento beniscimo.»

Lui rise, rimise il tappo alla bottiglia appoggiandola sul comodino. Poi mi diede un buffetto sulla guancia. «Sì, si sente.»

Mi immobilizzati sotto il suo tocco. Lui si immobilizzò. I nostri occhi si trovarono e smettemmo di respirare. Almeno io smisi. Deglutii. Lui deglutì.

Poi, lentamente, allungò la mano verso l'altra mia guancia, accarezzandola. «Mi hai fatto preoccupare, ragazzina.»

Qualcosa in quel tocco e in quelle parole mi fece sciogliere dentro. Non un pochino, no. Dei posti dentro di me si scaldarono, si spostarono e si deformarono come se fossero effettivamente fatti di cera. Riposizionando il tessuto cicatriziale indurito intorno al mio cuore. Quelle ferite che aveva inflitto così abilmente giusto un mese prima.

Mi accarezzò ancora una volta la guancia con il pollice ed io rabbrividii prima di voltare la testa per sottrarmi a quel contatto. A che cosa sarebbe servito lasciare che mi parlasse in quel modo, tutto dolce e gentile, come se gli importasse veramente? *Fottiti Ryan.*

«Vai a farti fottere» dissi, echeggiando i miei pensieri.

«Mi piacerebbe.»

Senza rendermi esattamente conto di ciò che stavo facendo, alzai la mano e lo schiaffeggiai. Lui spalancò gli occhi e mi afferrò il polso destro prima che potessi rifarlo. Strinse la mano intorno a quel polso e quando tirai, strinse ancora più forte. Emisi un piccolo grido e i nostri occhi si diedero battaglia, senza riuscire a staccarsi.

Dopo un po', Ryan deglutì e, senza cambiare espressione, si leccò le labbra. Io guardai il segno che gli avevo lasciato sulla sua guancia diventare rosso. «Probabilmente me lo sono meritato» ammise alla fine.

Io stavo respirando affannosamente, tesa come una corda di violino, quasi aspettando che calasse l'accetta, che facesse qualcosa di violento in reazione alla mia violenza.

O forse lui stava aspettando delle scuse.

«La mia caviglia può aver smesso di sanguinare, ma il mio cuore no» sussurrai mentre continuavamo a fissarci.

Lui sbatté lentamente le palpebre, come se stesse cercando di capire il significato delle mie parole nella nebbia causata dall'alcol.

Emisi un lungo, tremante sospiro che, con mia somma vergogna, sembrò quasi un piagnucolio.

«Shh» disse Ryan, allungando la mano libera. La sua testa si avvicinò come se intendesse baciarmi. Mi tirai indietro.

«No. Non hai il diritto di farlo. Non hai il diritto di zittirmi. Non hai il diritto di cancellarlo come se non avessi fatto niente di male. Sono *arrabbiata* con te, Ryan.»

Lui sostenne il mio sguardo, con la mano che si stringeva intorno al mio polso e la mascella dura. Qualcosa passò in quegli occhi azzurri, quei *meravigliosi* occhi azzurri, come l'azzurro più profondo del cielo prima del nero e violento freddo dello spazio. Qualcosa che assomigliava molto al dolore. «Lo so.»

Io mi leccai le labbra. «Posso anche non farlo vedere, ma fa male. Io sto soffrendo.»

«Mi dispiace che tu stia soffrendo. Non ho mai voluto ferirti.»

Sbuffai disgustata e alzai l'altra mano come per schiaffeggiarlo di nuovo. «Ne vuoi un altro? Ho una mano libera.»

Da qualche parte in fondo, la Gray sobria era inorridita dalle mie stesse azioni. Non è che non riuscissi a controllarmi, piuttosto che erano cadute le difese che avevo tenuto saldamente a posto intorno a me, per pura forza di volontà. Avevo dato loro un po' di vacanza. Detto loro di fare le valigie e farsi un viaggetto alle Bermuda finché non fossi tornata sobria.

Inoltre dovevo ammettere che era stata una bella sensazione dargli quello schiaffo.

Se l'*era* meritato. Gli avevo dato il mio cuore. Un regalo puro, incontaminato. E lui l'aveva gettato via perché, come mi aveva detto, "non mi aveva fatto promesse".

Niente promesse. E ciò che non aveva detto era che ero stata una stupida ad aspettarmele.

Ryan mi afferrò il polso sinistro prima che mettessi in atto la mia minaccia. Mi fissò nuovamente negli occhi e vidi che non era arrabbiato. No, era… guardingo.

Si schiarì la voce e parlò a voce bassa. «C'è qualcos'altro che vuoi dirmi?»

Strinsi i pugni mentre lui continuava a tenermi i polsi. Mi appoggiai comunque contro i cuscini.

«Sei uno stronzo.»

Lui annuì. «Sì.»

«*Perché?* Perché ti sei arreso così facilmente?» La voce uscì tutta sbagliata, gutturale ed emotiva come se mi avessero strappato le parole di bocca.

I suoi occhi riflettevano ancora lo stesso dolore. «Perché non ti merito.»

Scossi la testa. «Una risposta facile e trita.»

«È la verità. Non ti ho mai meritato.»

«Ma per favore!» Tirai la mano per liberarmi. «Risparmiami le tue stronzate tipo *ho toccato un angelo* e dimmi la verità per una volta, Ryan.»

Lui continuò a fissarmi, incrollabile. «Non ti ho mai mentito.»

Scossi la testa, rifiutandomi di essere la prima a distogliere gli occhi. Non potevo accettarlo. Non era possibile che si odiasse tanto.

O forse sì?

Ma perché punire anche me, se era così?

Ryan fece un respiro profondo. «Tu meriti tanto di più.»

«Oh, *per favore*! Piantala.»

Qualcosa cambiò nel suo sguardo e l'aria si fece pesante tra di noi. Ryan abbassò gli occhi sulle mie labbra e si avvicinò piano, quasi stesse lottando con se stesso e la parte di lui che mi voleva stesse vincendo.

«Decido io che cosa merito. Non tu. Non mio padre.» Basta con questi uomini che volevano decidere della mia vita. «*Io.*»

E qualcosa in lui scattò. Mi fu addosso senza preavviso. Mi tirò le mani sopra la testa, bloccandole lì con una mano mentre mi prendeva il volto con l'altra. Appoggiò la bocca sulla mia e il suo bacio fu feroce. Si sdraiò parzialmente su di me, inchiodandomi al letto.

M'invase la bocca con la lingua. Sapeva di vodka e desiderio. Desiderio.

La sua erezione era dura contro la mia gamba. Respirava in fretta, come me e fummo in un attimo accaldati e sudati, ci stavamo strofinando uno contro l'altro. Bisogni primitivi ci reclamarono come animali in calore.

Agganciai la gamba che avevo libera intorno ai suoi fianchi e lui si strofinò contro di me. C'erano due strati leggeri, le mie mutande e le sue, tra di noi e ciò che desideravamo di più. Unirci.

La mia gola emetteva suoni che non avevo mai sentito. Qualcosa tra il ferito e il delirante di desiderio.

Ryan staccò la bocca dalla mia per lasciare una scia di baci sul collo e lungo il petto finché cominciò a succhiare e mordere i miei capezzoli attraverso il tessuto sottile della t-shirt con il sesso che si gonfiava contro il mio corpo. Chiusi stretti gli occhi e non riuscii più a pensare. A respirare. *Decisamente* non riuscivo a immaginare quali potessero essere le conseguenze di queste azioni.

Potevo solo volere, e desiderare, e bramare.

«Ryan, ti voglio dentro di me» riuscii finalmente a dire quando sembrò che lui non volesse andare oltre. Non mise le mani sotto la mia maglietta. Non mi tolse le mutandine come volevo che facesse.

Continuò a torturarmi, succhiandomi i capezzoli finché cominciai ad ansimare e a dimenarmi. A spingersi contro di me come se mi avesse già penetrato. Ma non andava oltre e non mi lasciava andare i polsi che teneva in una stretta mortale.

Mi teneva ferma la testa con la mano libera tra i miei capelli. Non avevo nessun controllo su come sarebbe andata. L'unica cosa che avevo erano le mie parole. «Per favore. Ho bisogno di sentirti dentro di me.» Ryan continuò a succhiare attraverso quella maledetta t-shirt. Ero così eccitata da essere quasi doloroso. «Ryan!» esclamai.

Lui smise lentamente di fare quello che stava facendo, staccò la bocca e si fermò contro di me. Ero speranzosa, quindi alzai i fianchi verso di lui e lui gemette in risposta. Ma qualcosa era cambiato.

Qualcosa lo stava raffreddando prima che le cose potessero degenerare.

Respirava affannosamente come se avesse nuovamente fatto le scale di corsa con me sulle spalle. Aveva la bocca premuta contro il mio collo adesso e stava lottando per riprendere il controllo. Di colpo mi lasciò andare le mani e si tirò indietro, guardandomi in faccia.

La sua era arrossata per il desiderio. E quegli occhi azzurri bruciavano di passione. Avevo visto parecchie volte quell'espressione. L'espressione che di solito precedeva ore di noi due che ci strofinavamo, nudi, nel tragitto verso orgasmi multipli.

Ma…

A quanto pareva non quella sera.

Voltando la testa sbattei gli occhi quando la stanza mi girò intorno. Ero più ubriaca di quanto avessi pensato inizialmente. Cercando di ridare ordine alla mia percezione, mi sforzai di trovare il lato giusto di tutte le cose.

Ryan mi stava guardando in faccia. Sembrava più sobrio di quanto mi sentissi io.

«Non possiamo farlo. Siamo entrambi incasinati. È la vodka…»

«Sbagliato» sbottai. «Questo è ciò che vogliamo *veramente*. La vodka ci ha solo fatto perdere le inibizioni.»

«Continua a non essere giusto e lo sai. So che cosa voglio. Anche quando sono sobrio tutto ciò che voglio sei tu. Penso a te costantemente e una parte del mio cervello sta continuamente cercando di farlo succedere. E mi chiederei sempre se non ti stessi manipolando.»

Lo guardai strizzando gli occhi. «Non hai bisogno di prendere quella decisione per me.»

«Nemmeno la vodka prende le decisioni al posto tuo. Eppure mi hai schiaffeggiato. Una cosa che, scommetto, avevi voglia di fare ma che non avresti mai fatto da sobria.»

Sospirai e distolsi lo sguardo. Ovviamente aveva ragione. Ma accidenti se lo avrei ammesso. Avevo contato su un bell'orgasmo quella sera. *Stronzo.*

Ryan si rilassò contro di me, come se avesse visto che la razionalità era penetrata attraverso la nebbia della vodka. Capivo perché ai russi piacesse quella roba.

«Gray, mi dispiace.»

Scossi la testa. «No, per favore non compatirmi.»

«Non è quello. Sto solo dicendo che mi dispiace. Mi-mi dispiace di averti ferito e mi dispiace per il modo in cui l'ho fatto.»

Si tirò indietro, rotolando via da me, ma non scese dal letto. Si strofinò gli occhi. I suoi boxer erano deformati intorno al grosso rigonfio della sua erezione. Le mie stesse parti intime gonfie per l'eccitazione mi stavano causando non poco disagio dentro le mutandine.

Accidenti a lui per aver tenuto la testa a posto. Un bell'orgasmo non mi avrebbe fatto male. Un meraviglioso orgasmo. Regalatomi da *lui.*

Ma aveva ragione. Eravamo ubriachi e stavamo soffrendo e non era una buona idea, da qualunque parte la si guardasse.

Con mia sorpresa, Ryan cominciò a ridere. Era una risata quieta, sbuffante. Una risata ironica. «Devo ammetterlo... mi stavo chiedendo perché fossi sempre così gentile con me, tutto il tempo. Perché non stessi mostrando le tue emozioni. Fossi stato al tuo posto, avrei tirato qualche schiaffo, più di una volta.»

Non me la sentivo di ridere. Fissai il soffitto, sbattendo le palpebre, cercando di non piangere. Cercando di non mostrare ancora *più* emozioni. Invece mi schiarii la voce. «Stai già portando un fardello di inutile senso di colpa piuttosto pesante. Non c'era bisogno che ne aggiungessi un altro io.»

Ryan rimase in silenzio per un momento ed io voltai la testa per fissarlo in volto. Sembrava... colpito. Come se non gli fosse mai venuto in mente. Aggrottò la fronte. «Stavi cercando di proteggermi?» La sua voce tremava quando lo chiese.

Io non risposi. Lo fissai semplicemente, vedendo le emozioni che gli passavano sul volto. Mi aveva appena dimostrato che avevo ragione. Il suo senso di colpa lo stava facendo affondare, uccidendo tutto ciò che aveva dentro, ogni parte ancora viva di lui. E il solo fatto che credesse di non essere alla mia altezza ne era la prova.

Sbalordito, mi accarezzò lievemente la guancia con una nocca. «Gray…»

Io scossi la testa, per una volta senza parole, con l'emozione che mi legava la lingua. Un'emozione che avrei voluto si vedesse sul mio viso. Ma le lacrime non volevano arrivare. Lacrime che avrei voluto parlassero per me, che gli dicessero quant'erano profondi i miei sentimenti per lui, quanto contasse per me nonostante la mia rabbia di poco prima.

Le lacrime non volevano venire.

La mia voce fu un sussurro roco. «Per favore, Ryan… no.»

Lui tolse lentamente la mano, come se fosse riluttante a smettere di toccarmi. «Okay.»

Restammo lì, così, a lungo, lui che mi fissava, io che fissavo il soffitto, desiderando le lacrime.

«La vodka non è stata una gran bell'idea, vero?» disse Ryan dopo un po'.

Io risi. «Questa è la prima cosa che dici stasera su cui posso essere d'accordo.»

«Uh. Okay. Torno subito. Devo provvedere perché il dopo sbornia non sia troppo doloroso domani.» Uscì e tornò con una grossa caraffa di acqua fredda, due bicchieri e un flacone d'aspirina dall'armadietto dei medicinali.

Versò a entrambi un bicchiere d'acqua e facemmo un brindisi. «Giù nel gargarozzo. Dobbiamo berne tre nella prossima ora. E dovremmo anche prendere l'aspirina appena possiamo. Siamo in alto, quindi il dopo sbronza picchierà ancora più forte del normale.»

Sputacchiai il sorso che stavo deglutendo in quel momento. «Non ho intenzione di alzarmi tutte quelle volte su questa gamba malconcia per fare pipì.»

«Ti porterò io.»

«Wow, viaggi gratis in bagno e non devo nemmeno uscire con te.»

Ryan mi fissò per un momento prima di finire il suo primo bicchiere d'acqua e poi versarne un altro a entrambi.

«Hai intenzione di farlo?» chiese con la voce roca e spessa e poi si schiarì la gola e spiegò. «Uscire con quel tizio… Aaron?»

Io mi tirai indietro e lo fissai, ancora a disagio per essere stata fin troppo franca con lui, annebbiata dalla sbornia. «Dipende.»

Lui alzò gli occhi. «Da che cosa?»

«Da che cosa succederà dopo il volo di prova.»

Ryan aggrottò la fronte e all'inizio la sua confusione fu chiara mentre sorseggiava l'acqua e mi fissava. Fece un respiro profondo, espirando lentamente. «Tuo padre voleva solo ciò che era meglio per te.»

Scossi la testa. «No, vuole controllarmi. Ma sono un'adulta. E tu sei un adulto. E possiamo scegliere, anche se tu ti rifiuti di vederla in questo modo. Se decidessimo di continuare dopo il volo di prova, avrà poco su cui far leva. Non avrà niente da usare contro di te.»

«Ma resta sempre tuo padre.»

Annuii. «Sì e il mio rapporto con lui è una cosa tra *me e lui*.»

Il volto di Ryan era impassibile. Riuscivo quasi a vedere le rotelline che gli giravano in testa, ma i suoi occhi erano inespressivi. Non riuscivo a capire se l'idea gli piacesse o se la odiasse. Il mio cuore cominciò a battere al doppio della velocità e, ovviamente, il ticchettare della mia valvola protesica mi tradì.

Ryan abbassò gli occhi sul mio sterno, ma non sorrise. Non fece né disse niente.

Sibilò lasciando uscire il fiato e si passò la mano tra i capelli. «La minaccia di tuo padre non è l'unico motivo per cui ho rotto con te.»

Lo fissai, allo stesso tempo sbalordita che me lo stesse dicendo eppure nemmeno troppo sorpresa.

«Non m'importa che cosa ti ha detto. Le cose orribili e offensive che ti ha detto. Non puoi crederci. Non puoi credere a quelle cose di te stesso.»

Mi guardò brevemente. «Non ha detto un accidente di cosa che non fosse vera, Gray. È questo il problema.»

Sentii qualcosa di oscuro e pericoloso che mi stringeva la gola. Un'improvvisa rabbia feroce nei confronti di mio padre. Arrossii, ma prima che potessi mettermi a blaterare inutilmente nei suoi confronti, Ryan tirò il fiato e continuò: «Ho fatto una scelta perché ero obbligato. E quella scelta mi ha rivelato parecchio. Ho scelto di volare ancora piuttosto di stare con te e questo significa, semplicemente, che aveva ragione lui. Chiunque faccia una scelta simile non ti merita.»

Strinsi il pugno sul copriletto e mi sforzai di trovare qualcosa da dire. Senza parole e desiderando disperatamente quelle salutari lacrime, come i primi giorni, quando potevo singhiozzare da sola nel mio cuscino. Desideravo quello sfogo catartico, ma anche quello mi era negato, proprio come mi era stato negato l'orgasmo che avevo disperatamente desiderato.

Ryan sembrava guardarmi con attenzione.

«Non hai più bisogno di proteggermi a spese tue, Gray. Puoi dirmi che ti ho ferito. Puoi essere furiosa con me. In effetti, rende le cose più facili. Io capisco la rabbia. Non capisco...» Scosse la testa.

Guardai da un'altra parte. La mia voce, quando finalmente parlai, fu sorprendentemente tranquilla e pacata. «Sì, mi hai ferito. Ma hai fatto ancora più male a te stesso e penso che sia questo il problema. Non hai rotto con me perché pensavi di non meritarmi. Lo hai fatto perché credi di non avere il diritto di essere felice. Di dover continuare ad autopunirti.»

Ryan sorseggiò un po' d'acqua e indicò il mio bicchiere, invitandomi in silenzio a imitarlo. Per parecchi, lunghi, minuti rimanemmo in silenzio, a bere acqua e a scambiarci occhiate furtive.

Avrei voluto ficcargli in testa a martellate un po' di buon senso. Forse era per *quello* che lo avevo schiaffeggiato. Ma le mie azioni frustrate e disperate, da sbronza, sarebbero state solo una cosa da rimpiangere il mattino dopo.

E speravo di non dover aggiungere un feroce dopo sbornia a quel rimpianto.

Misi da parte il mio ultimo bicchiere d'acqua. «Devo fare pipì» dissi.

Ryan si alzò, obbediente e mise il suo bicchiere sul comodino. Poi si chinò e mi prese in braccio. E anche se non serviva essere ubriachi per essere attratti da un uomo così favoloso, dovetti ammettere, almeno a me stessa, che i miei ormoni stavano impazzendo dopo quell'appassionata pomiciata. Ryan mi strinse contro il suo torace muscoloso. Con me tra le braccia, uscì dalla camera ed entrò in bagno. Servì solo a farmi ribollire di nuovo i sensi. Mi depose gentilmente accanto al wc e poi si voltò e uscì, chiudendosi la porta alle spalle.

E aspettò appena fuori per riprendermi in braccio e riportarmi indietro. Una volta deposta sul letto, controllò la ferita sotto il bendaggio per assicurarsi che non avesse ripreso a sanguinare.

All'improvviso sbadigliò. «Probabilmente dovrei andare e buttarmi sul mio divano» disse.

«Oppure potresti buttarti qui. Questo letto è enorme e non è che possa succedere qualcosa. E immagino che quel divano letto faccia schifo.»

Ryan rise. «Sì, in effetti, fa piuttosto schifo.»

Indicai il lato del letto di Keely, intatto. «Dormi lì allora.»

Con mia somma sorpresa, Ryan non oppose resistenza. Prima che si sistemasse accanto a me, comunque, mi infilai sotto le coperte e, lentamente, lo fece anche lui.

«Ho il cervello in salamoia» dissi.

«È quello lo scopo... bello stordito. È una sensazione meravigliosa no? Viva la vodka.»

«Mmm. I russi la bevono veramente per restare caldi d'inverno?» gli chiesi mentre si sistemava accanto a me e la mia testa ricadeva contro la sua spalla. Lui esitò. Avevo addosso ancora solo un minimo di indumenti, lui solo i boxer ed io le mutandine e una t-shirt. Ed eravamo sotto le coperte insieme. Tutto davanti a me e nella mia mente brillava chiaro come il sole e bruciava a mille gradi per la sbornia, ma ero fin troppo conscia della mia stessa stanchezza.

«No, la vodka non riuscirebbe mai a tenerti calda in un inverno russo. Non hai mai provato un freddo come quello.»

«Hai passato molto tempo là?» Alzai la testa per guardarlo.

Ryan sorrise. «Sì, a Star City. Dove ci addestrano per andare su nella Soyuz.»

«Mmm.» Chiusi gli occhi. Mi piaceva la sensazione della sua spalla sotto la mia testa. «Vorrei aver potuto essere un'astronauta.»

«Saresti stata un'eccellente astronauta.»

Cominciai a ridere. Nello stato in cui ero, quella era la cosa più divertente al mondo. Ricaddi sul mio cuscino. «Sei così buffo» biascicai.

Ryan alzò una mano e poi esitò prima di toccarmi. «Mi schiaffeggerai di nuovo se ti tocco i capelli?»

Ingoiai il groppo che avevo in gola. «Mi dispiace di averti colpito. Non avrei dovuto farlo.»

La mano di Ryan finì sul suo bersaglio, e cominciò a passarmela tra i capelli. La sua voce era bassa quando rispose. «Non mi ha fatto male, almeno non nel modo che pensi tu.»

Sbadigliò di nuovo, coprendosi la bocca con il dorso di una mano mentre continuava ad accarezzarmi i capelli con l'altra. Il suo sbadiglio fece sbadigliare anche me, e questo lo portò a sbadigliare di nuovo.

«Allora, va bene se spengo la luce?» gli chiesi dandogli un'occhiata.

Ryan rimase in silenzio a lungo, poi disse piano. «Sì, puoi spegnerla.»

Notai che aveva regolato il respiro e che stava fissando un punto sul soffitto.

Contando velocemente fino a tre, spensi la luce e la stanza piombò nell'oscurità. Ascoltai attentamente per percepire l'eventuale cambio nella sua respirazione. Sembrava che non si stesse muovendo.

«Può anche essere buio, ma ho qualcosa su cui concentrarmi. Non mi stanco mai di ascoltare il ticchettio del tuo cuore.»

Alzai la mano e gli passai le dita tra i capelli corti, chiudendo gli occhi. «Vorrei...» dissi a voce bassa e riuscivo perfino io a sentire il tono sonnolento della mia voce. «Vorrei che tu ti vedessi come ti vedo io. Che capissi che meriti molto più di questa vergogna, del tormento e del dolore.»

Ryan non rispose ed io mi sentii sprofondare verso il mondo dei sogni. Dopo molti minuti di silenzio, la mia mano ricadde e le palpebre si chiusero.

Ryan si girò e poi mi baciò dolcemente i capelli. Poi sussurrò qualcosa che non capii. Stava biascicando? No, era russo. Per qualche strano motivo mi aveva detto qualcosa in russo.

Già, perché avrei dovuto capire qualcosa che diceva in russo?

Mi addormentai proprio mentre mi veniva in mente la risposta. Aveva detto qualcosa che non voleva che capissi, ma che aveva bisogno di dire a voce alta.

Poi, misericordiosamente, il sonno ebbe la meglio, altrimenti sarei rimasta sveglia tutta la notte a cercare di immaginare tutte le possibilità.

CAPITOLO DICIASSETTE
GRAY

MOLTE ORE DOPO, LA LUCE DEL SOLE CHE ENTRAVA brillante dalle finestre mi ferì gli occhi. Solo allora mi resi conto che eravamo stati così ubriachi da non avere l'accortezza di abbassare le veneziane. Con un gemito, chiusi di nuovo gli occhi. Fui piacevolmente sorpresa dalla mancanza del mal di testa pulsante nelle tempie che mi ero aspettata. Non che avessi molta esperienza con i dopo sbornia, ma c'era solo un vago, sordo dolore dietro gli occhi e avevo un saporaccio nella bocca asciutta.

Ero sicura che la punizione vera sarebbe arrivata appena avessi messo i piedi giù dal letto.

Sembrava che durante la notte avessi avuto caldo e invece di pensare razionalmente e dare un calcio alle coperte, mi ero tolta la maglietta. E avevo le gambe e le braccia inestricabilmente intrecciate con il corpo più grande e più pesante accanto a me.

La prima cosa che notai fu il suo profumo e la sensazione che mi dava essere avviluppata da lui. Poi le sensazioni mi riportarono in mente le poche settimane in cui avevamo fatto sesso ogni notte solo per addormentarci esausti, e nudi, abbracciati, per svegliarci in quel modo per fare nuovamente sesso la mattina.

Quel ricordo, insieme alla situazione attuale, furono sufficienti a procurarmi una botta d'eccitazione man mano che mi rendevo conto della nostra posizione. Ryan aveva un braccio intorno alla mia vita, il torace nudo premuto contro la mia schiena nuda e la mano a coppa intorno al mio seno scoperto. Il suo respiro, lento e regolare tra i miei capelli. La sua erezione che premeva contro il mio sedere.

Accidenti. *Non andava bene.* O meglio… *andava benissimo.* Il capezzolo sotto la sua mano ruvida si era già contratto da un po' per il contatto. Ma non potevo restare lì e sopportare quella tortura, quindi mi spostai perché, nonostante il mal di testa, ero eccitata da morire e la sua vicinanza non rendeva le cose più facili.

Quando tolsi il braccio da sotto il suo, la sua mano strinse più forte il mio seno.

Maledizione. Che cosa stava sognando? Spostai il sedere dal suo corpo ma avevo ancora le gambe inchiodate sotto le sue.

Mi dimenai per districarmi e lui si spostò appena, con un piccolo gemito.

«Ryan» lo chiamai.

Lui si svegliò immediatamente, come faceva di solito. «Sì?» rispose con la voce roca.

«Devo andare in bagno e non riesco ad alzarmi.»

La sua mano si mosse appena. Sembrava non rendersi conto di dove fosse ed io deglutii, sentendo la fitta del suo tocco sul capezzolo che mi arrivava fino in basso. Lui accarezzò il capezzolo con le dita ed io trasalii.

Poi gli presi saldamente il polso e spostai la mano, mettendomi seduta mentre lui rotolava sulla schiena e mi liberava le gambe. I suoi occhi si fissarono immediatamente sul mio petto. Dato che l'aria nella stanza era piuttosto fredda, entrambi i miei capezzoli erano pimpanti e lo stavano salutando. Afferrai il lenzuolo e lo usai per coprirmi, dando un'occhiata intorno a letto per cercare la maglietta.

«Perché non hai la maglietta?» borbottò con la voce chiaramente delusa. «Mi sono perso qualcosa di bello?»

Alzai un sopracciglio. «Pensi di aver perso i sensi e di non ricordare il sesso? Aspetta, ricordi qualcosa di ieri sera?» Mi chinai e afferrai la mia t-shirt dai piedi del letto e me la infilai. Finì a rovescio, ma non mi preoccupai di sistemarla.

Ryan si stava strofinando gli occhi chiusi. «Sì, ricordo ieri sera, ho bevuto solo sei bicchierini.»

Mmm. L'avevo visto veramente ubriaco una sola volta, quella sera a Houston. Allora era stato parecchio sbronzo, ma non avevo idea di quanto dovesse bere per ridursi in quello stato.

«Ugh, mi sento orribile» dissi, schioccando le labbra.

Ryan si mise seduto. «Non andare da nessuna parte. Ho io il rimedio.»

«Va tutto bene. Non ho troppo mal di testa.»

Lui mi ignorò, alzandosi dal letto. La prima cosa che notai, ovviamente, fu il grosso rigonfio della sua erezione mattutina. Beh, lui aveva toccato e guardato le mie tette prima che le coprissi. Occhio per occhio, o meglio, tetta per... mi morsi il labbro.

«Non muoverti» disse uscendo dalla stanza e salendo lentamente le scale. Rimase via per una decina di minuti buoni ed io dovevo fare pipì. Inoltre stavo diventando sempre più apprensiva riguardo al suo "rimedio".

Proprio quando stavo per andare a nascondermi in bagno, lo sentii che scendeva le scale. Entrò nella stanza con due piccoli bicchieri parzialmente pieni di un liquido grigio-giallastro. Quella roba *non* sembrava allettante.

«Che diavolo è?» Mi tirai indietro quando mi offrì un bicchiere.

«Salamoia, uovo crudo. È un rimedio ucraino contro il dopo sbornia.»

Continuai ad arretrare, scuotendo violentemente la testa quando me lo spinse in faccia. «Niente da fare.»

«Funziona sempre. Guarda.» Si portò il bicchiere alla faccia e ingollò tutto il contenuto senza nemmeno rabbrividire.

«Tu mangi anche lo schifoso cibo ricostituito degli astronauti mentre galleggi in giro a zero-g. Non ci casco.»

Ryan appoggiò il bicchiere vuoto sul comodino e si sedette. «Hai un saporaccio in bocca e il mal di testa. Se ti alzi finirai per vomitare. Il sale della salamoia e le proteine dell'uovo riporteranno in equilibrio la salinità e i livelli di enzimi nel tuo corpo.»

Strinsi gli occhi fissandolo. «Mi stai prendendo per il culo.»

Mi ripresentò il bicchiere. «Mandalo giù tutto in una volta. Non sentirai nemmeno il sapore.»

Strinsi i denti e presi il bicchiere, guardandoci dentro dall'alto.

«Non guardarlo» disse. «Forza, fallo, Gray. Fallo. *Fallo*» cantilenò.

Seguii il suo consiglio e non lo guardai. Stringendo il naso con due dita per non sentire il sapore, lo mandai giù tutto. Era salato e vischioso, un po' viscido e denso. E anche se il sapore non era del tutto schifoso, la consistenza dell'uovo crudo era veramente orribile. Bleah. Peggio di un'ostrica cruda, che avevo mangiato una sola volta come gesto di ribellione nei confronti di mio padre, che mi aveva proibito di mangiare cibi crudi per paura che mi causassero problemi di salute.

Diversamente da Ryan, io rabbrividii. Diverse volte. Ryan mi prese il bicchiere, osservandomi attentamente. Gli rivolsi una smorfia. «Era così incredibilmente disgustoso! Che diavolo hai che non va? Dio mio, portami un bicchiere d'acqua.»

«No, non puoi bere acqua per almeno trenta minuti. Diluirebbe gli effetti benefici.»

Lo guardai inorridita mentre strisciavo verso il bordo del letto per sfuggirgli. «Sai, per essere un uomo di scienza che ha vissuto per mesi nella bassa orbita terrestre per condurre importanti ricerche scientifiche, credi proprio alle vecchie panzane.»

«Funziona. Lo so per esperienza personale.»

«Prova aneddotica». Scesi dal letto sbuffando cercando di reprimere l'urto di vomito mentre andavo verso il bagno saltellando sulla caviglia ferita. Era molto più indolenzita della sera prima e c'era un livido grosso e scuro intorno all'area che avevo graffiato. «E, come ben sai, sono prove fallaci e non dimostrano niente.»

«Niente acqua, Gray» mi gridò attraverso la porta del bagno mentre la chiudevo. L'aprii di nuovo e gli feci una pernacchia, poi la sbattei.

Prima ancora di fare pipì (e mi scappava davvero), riuscii a lavarmi i denti per togliermi quell'orribile sapore dalla bocca.

Mentre usavo il wc e poi mi lavavo le mani, non potei fare a meno di notare il disastro che avevamo lasciato nel bagno la sera prima quando Ryan mi aveva medicato la caviglia. Il pavimento era coperto di asciugamani e indumenti insanguinati, inclusi i pantaloni di Ryan. La pila includeva la maglietta che aveva usato per bendarmi la caviglia che adesso era satura di una quantità da far paura del mio sangue essiccato. Non mi meravigliava che Ryan avesse sclerato.

La lavanderia era dietro la porta di uno sgabuzzino accanto al bagno, quindi, per distogliere la mente dal fatto di non poter bere acqua, raccolsi tutto e lo ficcai nella lavatrice per un bell'ammollo.

Svuotai sistematicamente le tasche. Non c'era niente nei miei jeans, ma i suoi pantaloni erano appesantiti da qualcosa di voluminoso. Tolsi il telefono dalla sua tasca e si illuminò. Voltandomi per metterlo sul ripiano prima di buttare i suoi pantaloni nella lavatrice, esitai, notando che aveva cinque chiamate perse e alcuni messaggi da un contatto chiamato KareBear.

Automaticamente, i miei occhi andarono al primo degli aggiornamenti, mentre mi chiedevo come diavolo facesse a ricevere messaggi e chiamate in questo posto. Non c'era campo, com'era chiaramente indicato sul telefono. Il messaggio in cima era del giorno prima e diceva:

KareBear: Com'è Tahoe? Abbiamo passato una magnifica giornata ma sono preoccupata perché non ti ho sentito. Devo ammettere che non riesco a smettere di pensare all'altra sera.

Sentii lo stomaco che faceva un tuffo e spostai in fretta il telefono prima di soccombere alla tentazione di leggere il resto dei messaggi. Mettendo il telefono a faccia in giù sul ripiano gettai i suoi pantaloni nell'acqua fredda con gli altri indumenti e gli asciugamani. Non c'erano speranze di salvare la maglietta, era troppo piena di sangue, ma la inserii comunque, nel caso funzionasse.

Mi venne in mente che doveva aver ricevuto tutti quei messaggi e chiamate quando eravamo in riva al lago la sera prima. Forse c'era un punto in cui c'era ricezione. Io non avevo avuto il telefono con me, né avevo veramente sentito il bisogno di controllare. Ovviamente Ryan non aveva controllato, altrimenti avrebbe visto *tutte* quelle telefonate e quei messaggi da KareBear.

Sentii un groppo in gola mentre cercavo di non pensare a che cosa potesse significare quel messaggio. Probabilmente KareBear era Karen, che viveva con lui da tre settimane.

E non poteva "smettere di pensare all'altra sera". Era successo qualcosa tra di loro? Il mio petto si strinse come compresso da una morsa, rendendomi difficile respirare.

Ryan e Karen avevano una relazione romantica?

Una parte di me stava morendo dalla voglia di guardare il resto dei messaggi, ma la parte più razionale sapeva che Ryan meritava la sua privacy e che non ero in una posizione tale da poter fare la ficcanaso.

Presi il suo telefono e uscii dal bagno.

Lui era in piedi nella stanza con un paio di jeans ma ancora splendidamente senza maglietta, a mostrare la sua impeccabile bellezza maschile senza farsi problemi.

Cercai di non guardare mentre mi schiarivo la voce. «Ho messo tutti i nostri vestiti insanguinati in lavatrice, in ammollo, e ho trovato questo nei tuoi pantaloni.»

Lui prese il telefono, ma lo appoggiò immediatamente sul comodino senza guardarlo. Poi si scusò e andò in bagno.

Io? Non riuscivo a staccare gli occhi da quel maledetto telefono. Rimasi lì a fissarlo per tutto il tempo in cui Ryan rimase fuori dalla stanza, chiedendomi che cosa fare. *Maledizione.*

Sentii una strana sorta di dolore e di pesantezza avvolgersi intorno al mio cuore. Detestavo non sapere nulla su qualcosa di importante che stava succedendo nella sua vita. Detestavo essere lasciata fuori da ciò che gli stava succedendo.

Ma... ma...

Non erano affari miei. *Doppia maledizione.*

Poi presi una decisione con un cenno deciso della testa, circa tre secondi prima che tornasse nella stanza. Lui stava borbottando qualcosa sul cercare di mettersi in contatto con Keely sulla linea fissa in modo da poter fuggire a casa.

Lo guardai in faccia, con i pugni chiusi lungo le gambe. «Quando ho tolto il tuo telefono dalla tasca, non ho potuto fare a meno di notare una sfilza di notifiche. Messaggi e chiamate perse. Qualcuno di nome KareBear sta facendo di tutto per mettersi in contatto con te.»

Sul volto gli passò una strana espressione. Era preoccupazione? Mi feci forza mentre si chinava a prendere il telefono. «Com'è possibile? Qui non c'è campo.»

«Probabilmente quando eravamo giù al lago ieri sera.»

Ryan sbloccò il telefono e diede un'occhiata ai messaggi. Il suo volto era impassibile quando rimise il telefono sul comodino.

Lo fissai, in attesa, anche se non avevo il diritto di aspettarmi niente. Quando non parlò, chiesi: «Va tutto bene?»

Mi diede un'occhiata e poi si passò una mano tra i capelli, andando verso le grandi finestre per guardare il lago più sotto. «Va tutto bene» rispose seccamente.

Sbattei le palpebre, notando l'atteggiamento nervoso, il modo in cui si rinchiudeva in se stesso senza fatica. Passati sia la preoccupazione scherzosa per il mio dopo sbornia e la preparazione attenta del rimedio, sia gli allegri tentativi di farmelo bere.

Era come se nella stanza ci fosse un uomo diverso.

Era come stare nella stanza con l'uomo che mi aveva spietatamente scaricato un mese prima.

Quel pensiero mi fece arrabbiare, quindi decisi di provocarlo. «Allora, questa KareBear è la nuova tromballenatrice?»

I muscoli della sua schiena si contrassero quando infilò le mani nelle tasche dei jeans. Voltò il busto verso di me, dandomi un'occhiata estremamente irritata. «È Karen Freed» disse, confermando ciò che avevo supposto.

«Oh.» Deglutii. «Mi dispiace.» Che altro potevo dire. C'era un mucchio di storia tra Ryan e Karen di cui non sapevo niente. E lui non era obbligato a parlarne con me.

Mi voltai, aprii uno dei cassetti e presi un paio di leggings, rendendomi conto che avevo le gambe fredde e la pelle d'oca. Anche se *quella* poteva non essere dovuta completamente al freddo ma alla strana premonizione che stavo avendo, visto il suo comportamento e il suo commento brevissimo riguardo al nuovo sviluppo.

Mi piegai e infilai i leggings, poi mi avvolsi le braccia intorno alla vita. «Beh, sono passati quasi trenta minuti, quindi vado a bere un bicchiere d'acqua.»

E prima che potesse rispondere o voltarsi o dire qualcosa, uscii dalla stanza e salii lentamente le scale. Ryan mi raggiunse quando ero a metà strada, insistendo per afferrarmi in vita e sostenermi.

Una volta arrivati in cima alle scale, mi indirizzò verso uno sgabello davanti alla penisola della cucina e si chinò a controllarmi la caviglia. Cercai di ignorare il suo incredibile profumo, che saliva verso il mio naso quando era piegato sopra di me. O il ricordo della sensazione di quel corpo premuto sopra il mio. Chiusi gli occhi. *Maledizione...*

«Mi preoccupa l'entità dell'ematoma intorno a questa ferita. C'è una notevole emorragia interna nei tessuti.»

«Beh, è un effetto collaterale naturale degli anticoagulanti. Mi vengono facilmente i lividi. Purtroppo. Passerà da solo. Ho smesso da un bel po' di sanguinare.»

Ryan premette contro il livido con il pollice per controllare lo stato di gonfiore e grugnì senza dire niente. Strinsi le labbra e lottai per spegnere quelle scintille di eccitazione che si accendevano al minimo tocco delle sue dita.

Tolsi il piede dalle sue mani e mi tirai indietro. Nei suoi occhi passò un lampo di irritazione, ma la ignorai. Scesi dallo sgabello e saltellai verso il frigorifero per prendere una bottiglia d'acqua. Non avevo assolutamente voglia di fare colazione, nonostante avessi saltato la cena la sera prima, ma mi pareva di poter bere un intero fiume.

Ryan si sedette sullo sgabello che avevo appena lasciato e mi osservò, chinandosi sui gomiti mentre svuotavo metà della bottiglia. Quando riemersi per respirare, mi chiese di passargli una bottiglia, cosa che feci. Tolse il tappo, bevve un piccolo sorso e la tappò di nuovo.

«Allora, perché questo improvviso cambio di atteggiamento?» mi chiese a voce bassa.

Alzai un sopracciglio, ma non gli feci apertamente la domanda.

«Ti sei rinchiusa in te stessa quando sei tornata dal bagno.»

Finii l'acqua e gettai la bottiglia vuota nel contenitore del riciclo. Poi feci un respiro profondo. «Autoconservazione, Ryan. Sto cercando di proteggermi.»

Lui annuì. «A causa di ciò che hai visto sul mio telefono?»

Alzai una mano. «Ho letto solo il primo messaggio, lo giuro. Ho cercato con tutte le mie forze di non violare la tua privacy.» La mia voce tremò mentre pronunciavo le ultime parole e mi sarei potuta maledire per la mia debolezza.

«Non c'è niente tra me e Karen» disse a voce bassa. Poi sospirò. «*Per ora.*»

Sbattei le palpebre e quando le sue parole mi penetrarono in testa, potei letteralmente sentire il sangue che defluiva dalla mia faccia. Appoggiai una mano sul frigorifero per sostenermi, ma mi sembrò che ogni organo nel mio corpo fosse precipitato verso il basso di almeno trenta centimetri.

Che cosa diavolo voleva dire? *Per ora.*

Lo guardai con gli occhi sgranati, quasi ordinandogli di continuare, ma lui distolse gli occhi da me, con l'aria colpevole.

Quindi aspettai.

CAPITOLO DICIOTTO
RYAN

NON ERA POSSIBILE NON NOTARE IL MODO IN CUI ERA impallidita mentre mi fissava ansiosa. Avevo sganciato la bomba, no? Era ora di andare fino in fondo.

Era chiaro che Gray provava ancora quei sentimenti. Poteva essere brava nel nasconderli, ma non *così* brava. Se l'era lasciato sfuggire per qualche frazione di minuto qui e là. Una parte di me si sentiva gratificata nel vederlo, e l'altra parte ne era inorridita.

Sapevo anche che se Karen avesse accettato la mia proposta, ed era un grosso *se*, Gray aveva il diritto di sapere che sarebbe potuto succedere. Aveva senso. Allora perché era così difficile tirar fuori le parole?

Deglutii. «Karen ed io abbiamo passato parecchio tempo insieme. E abbiamo parlato tanto.»

Gray non si mosse, pericolosamente pallida, si afferrò solo più strette le braccia.

Io respirai a fondo e intrecciai le dita. Era più facile guardare quelle che non notare l'espressione affranta nei suoi occhi.

«Lei, uh…» la mia voce tremò appena un po' e mi schiarii la voce. «Si è confidata con me. Inoltre AJ non se la sta cavando molto bene. È traumatizzato e sta avendo degli incubi. Il padre gli manca moltissimo.»

Alzai una mano per strofinarmi la fronte, più che altro per nasconderle la faccia ancora per un momento. Non sarebbe stato giusto che vedesse quant'ero combattuto. Gray si avvicinò lentamente finché fu dall'altra parte della penisola rispetto a me, ma non disse niente.

Io però continuavo a non riuscire a guardarla negli occhi. «Anche Karen sta avendo dei problemi di cui probabilmente non dovrei parlare. Ma è stata veramente dura per loro ed io non sono stato loro accanto come avrei dovuto. Avevo promesso, ma non l'ho fatto. Ero troppo preso…» Smisi mi parlare.

«Dal tuo senso di colpa» continuò lei con una vocina sottile.

Strinsi le labbra e guardai fuori dalla finestra invece di guardare lei. «Ho visto solo la punta dell'iceberg di ciò che sta soffrendo AJ, ma sono preoccupato. Io *voglio bene* a quel bambino. Io…»

Scossi la testa, desiderando che quei ricordi sparissero. Ero stato lì quando aveva fatto il primo passo. Quando era un neonato, con i pugnetti che mi stringevano il dito. Gli avevo dato il biberon. Avevo giocato a palla con lui…

Continuai con la voce che raspava. «Sono rimasto seduto nella sala d'attesa dell'ospedale per un giorno e mezzo quando è nato. Dopo sua madre e suo padre, sono stato la prima persona a tenerlo in braccio. Perfino prima dei suoi nonni. È come se fosse mio nipote, sangue del mio sangue.»

Rischiai un'occhiata, quasi aspettandomi che fosse arrabbiata oppure che mostrasse ancora quella strana impassibilità che aveva ostentato per tutto il mese. Invece, le sue sopracciglia erano unite e non c'era altro che pura preoccupazione e simpatia sul suo viso. Per qualche ragione, mi rese ancora più emotivo. Dovetti ingoiare la sensazione di bruciore nella gola.

«Posso essere un padre per AJ. Posso prendermi cura di loro.»

«E questo significa...»

Portai le mani unite alla bocca e la guardai. «Significa che ho detto a Karen che voglio sposarla ed essere il patrigno di AJ.»

Lei annuì solennemente, con gli occhi fissi sul freddo marmo, come se stesse elaborando quell'informazione. Appoggiò le mani sul ripiano davanti a sé.

«Sei...» La voce le morì in gola e lei se la schiarì decisa. «Allora, significa che sei innamorato di lei?»

Amore. Non avremmo parlato di quella favola o di qualunque altra. Non quel giorno. Mi strofinai le labbra con il dorso della mano. I due giorni di ricrescita della barba cominciavano a prudere eppure non avevo nessuna voglia di radermi. Mi sentivo protetto in quel modo. Nascosto. Come dietro uno scudo.

Ridicolo pensare che una cosa così banale potesse proteggermi dal potere inconsapevole che Gray aveva su di me.

«Voglio che AJ abbia un padre. Io ho perso il mio quando ero un adolescente. So come ci si sente. È orribile. AJ è così giovane e fa affidamento su di me. Io sono la cosa che più si avvicina a un padre per lui. E posso prendermi cura anche di lei.»

Gray trasalì leggermente quando dissi *lei*. Mi feriva vederlo, ma, maledizione, dovevo ferire qualcuno, no? Dovevo ferire *lei*. Di nuovo.

Non potevo averla, quindi significava che avrei dovuto vivere il resto della mia vita da solo? Non volevo più restare da solo. Volevo una famiglia. Che cos'era cambiato, mi chiedevo?

Il silenzio nella stanza era assordante ed io vedevo le barriere che stavano salendo tra di noi. Ma non era una sorpresa. Che altro avrei potuto aspettarmi da lei?

Gray mi stava fissando con quello sguardo risoluto che mi metteva a disagio e che aveva usato così spesso in passato. «Ami Karen Freed?» ripeté.

Inspirai profondamente, le mani strette davanti a me. Espirai e risposi: «Sì. La conosco da quando eravamo adolescenti. È una cara amica. Le voglio bene.»

Gray adesso non mi stava guardando, stava solo studiando molto attentamente la superficie di marmo davanti alle sue mani. Poi si schiarì la voce e, quando parlò, fu in un tono basso, sommesso, come se fosse più difficile del solito tenere sotto controllo le sue emozioni.

«Se scegli di stare con loro, dovrebbe essere per i motivi giusti. Dovresti prendere quella decisione come un modo per garantire la tua stessa felicità insieme alla loro. Se lo fai, tu sarai felice?»

«C'è più di un motivo giusto per scegliere di stare con qualcuno, Gray. Questo è un motivo giusto come qualunque altro.»

Non le diedi la risposta che avevo sulla punta della lingua perché le parole avrebbero dimostrato che aveva ragione. *Io non merito di essere felice.*

Avevo preso *io* la decisione di rompere con lei. Ero stato pesantemente influenzato dal suo merdoso padre che aveva forzato le cose, certo, ma, alla fin fine, era stata una mia decisione.

Nascosi il volto tra le mani. Ciò che volevo e ciò che avrei dovuto fare erano due cose completamente diverse. Due donne completamente diverse. Due futuri completamente diversi.

Maledizione!

«Ryan» disse Gray, attirando la mia attenzione. Si spinse gli occhiali sul naso. «Tu meriti di essere felice. Devi lottare per quello, per te stesso e il tuo futuro.»

«Se lei accetterà, penso che potremmo essere felici.»

Finalmente Gray tornò a guardarmi. «Quindi non ti ha ancora risposto?»

«Terremo le cose in sospeso fino al volo di prova. Vuole andare adagio.»

Qualcosa di ciò che avevo detto, probabilmente il volo di prova, sembrò colpirla duramente. Trasalì e si spostò dalla penisola, si voltò e andò al frigorifero, lo aprì e poi restò lì a fissare per un lungo momento prima di richiuderlo.

S'infilò le dita tra i capelli e li tirò. «Stai facendo un errore.»

Io sibilai espirando, poi bevvi un lungo sorso d'acqua. «Dipende da come la guardi.»

Gray scosse la testa, stupita e incredula.

«Lei lo sa? Del cavo di Xander? Le hai detto che suo marito ha disobbedito agli ordini e ha staccato il cavo in modo da poter arrivare da te e aiutarti?»

La fissai, ammutolito. Qualcosa dentro di me si avvolse intorno ai miei organi interni e strinse. Non riuscivo a credere che stesse usando contro di me ciò che le avevo rivelato.

Perché glielo avevo detto, poi?

La rabbia mi fece raddrizzare la schiena e arrossare il viso. «È la mia vita. La decisione spetta a me.»

Mi voltai per andarmene ma la sua voce, improvvisamente decisa e seria, mi fermò. «La decisione spetta a te, ma non si tratta solo della tua vita. C'è anche quella di Karen e di AJ.» Si fermò e tirò forte il fiato, aggiungendo con una voce tremante che annegava nelle lacrime: «E anche la *mia* vita.»

Mi lacerò sentirlo e ringraziai il cielo di essere di spalle. Chiusi gli occhi e lottai per riprendere il controllo dove non mi poteva vedere.

«Non ti vedo correre da tuo padre per affrontarlo riguardo alla sua intromissione nella tua vita» ribattei con la voce altrettanto dura. E quando lei non rispose, uscii dalla stanza e scesi a fare una doccia.

Avevo appena superato la soglia della stanza da letto quando il forte rumore di vetro che si rompeva mi fermò. Si fermò anche il mio cuore. Si era tagliata di nuovo? Sentii la paura, gelida, che mi attraversava e risalii di corsa le scale tornando in un attimo in cucina. Gray si era spostata dall'altra parte della stanza e si stava abbassando per guardare qualcosa.

Quando allungò la mano, notai quello che sembrava un bicchiere spezzato proprio davanti a lei sul pavimento. *Oh diavolo, no!*

«Cazzo, allontanati da lì» urlai e lei sobbalzò per lo shock. Rimettendosi diritta, voltò la testa per guardarmi. C'erano lacrime sulle sue guance. Tentai di non notarle, ma era quasi impossibile. L'avevo mai vista piangere prima?

Una volta, a Houston. Aveva pianto perché provava compassione per me.

Ma non l'avevo mai vista piangere per se stessa. Nemmeno il giorno in cui avevo rotto con lei.

Si voltò e si chinò di nuovo sopra i vetri rotti. La mia vista si sfuocò quando la pressione salì di colpo. Incapace di pensare razionalmente, mi chinai, l'afferrai sollevandola dal pavimento senza pensarci due volte.

«L'hai lasciato cadere?»

«L'ho scaraventato a terra.»

Gray si dimenò tra le mie braccia, chiaramente scioccata. La portai nel soggiorno. «Non toccherai quei vetri» dissi a denti stretti. L'ultima cosa di cui avevo bisogno era che si tagliasse di nuovo. «Non fare la stupida.»

«Oh, per *quello* è troppo tardi» sbottò Gray, spingendosi lontana da me appena la rimisi a terra. «Io *sono* stupida. Sono così *fottutamente* stupida.»

Feci un profondo respiro e distolsi lo sguardo. «Ci penserò io a pulire. E tu puoi trovare qualcosa che non si rompa da lanciare. E puoi lanciarlo contro di me questa volta.»

Lei mi voltò le spalle, asciugandosi in fretta il volto con il dorso della mano, chiaramente mortificata che avessi visto le sue lacrime. Io afferrai la scopa e la paletta e raccolsi in fretta tutti i pezzi di vetro, scaricandoli nella pattumiera.

Tornando in soggiorno, mi avvicinai lentamente a lei. Gray stava fissando fuori dalla finestra, con gli occhi fissi sul lago. Aveva gli occhi rossi ma le guance erano asciutte.

«Va tutto bene?» le chiesi.

Lei si schiarì la voce. «No.»

La barriera si era alzata di nuovo. Mi strofinai la nuca cercando di pensare a che cosa dire. Come potevo riuscire a farle capire? Come fare per addolcire il suo dolore?

La risposta fu che non era possibile. Lei avrebbe continuato a nascondere tutto sotto la sua maschera di calma e avrebbe sofferto in silenzio per i mesi a venire.

«Sapevo che ci doveva essere qualcosa di più» disse Gray con la voce bassa che tremava. «Lo sapevo. Altrimenti avremmo potuto lasciare in sospeso la nostra relazione. Saresti potuto venire da me a parlarmi delle minacce di mio padre. Avremmo aspettato che arrivasse e finisse il volo di prova. Poi avrei affrontato mio padre e gli avrei detto che non aveva il diritto di farlo.»

Feci una smorfia. Avevo avuto anch'io quell'idea. Ma alla fine non mi era sembrata giusta. Non volevo essere io l'uomo che si metteva tra lei e suo padre, che sfasciasse quel poco di famiglia che le era rimasta. Non volevo essere l'uomo che l'obbligava a scegliere.

E non la meritavo.

«Ho preso la decisione di mettere fine alla nostra storia prima che tornasse Karen. Che stia con Karen non ha niente a che vedere con te e me.»

«Ti sei arreso con tanta facilità» disse Gray con la voce malinconica, come se in realtà non stesse parlando con me. «Non ci hai nemmeno dato la possibilità di trovare una soluzione.»

La fissai, con i pugni che si chiudevano e si aprivano mentre cercavo una risposta. Che non avevo.

Lei voltò di colpo la testa verso di me. «Pensi che sarà facile con Karen? Hai già intenzione di mantenere dei segreti con lei. Giusto? Tu credi che suo marito abbia svenduto la sua vita per te e che quindi tu adesso debba fare lo stesso per lui.»

Le sue parole penetrarono come lame di un coltello e arrossii di colpo. Tesi una mano per avvertirla di fermarsi. «*Basta*, Gray. Prendi qualcos'altro da lanciare. Rompi quello che vuoi. Lascia andare tutto e mostra finalmente le tue emozioni, per una volta. Potrebbe farti bene.»

«Mostrare *finalmente* le mie emozioni?» Si voltò verso di me, con il volto che si scuriva.

Io mi massaggiai il collo, chiedendomi se avrei dovuto preoccuparmi per il modo in cui quegli occhi verdi scintillavano quando mi guardava. «Devi ammettere che sei stata piuttosto... imperturbabile... in tutta questa faccenda.»

Lei sbatté le palpebre. «Quindi mi stai criticando per essere rimasta impassibile? Che bello. Proprio quella stabilità emotiva su cui hai fatto affidamento in passato, per il tuo bene.» Il suo viso si arrossò e lei agitò drammaticamente una mano per aria. «Solo perché non mi getto a terra strappandomi i capelli e non piango come una disperata non significa che non mi importi. O ti aspettavi che ti pregassi, come aveva fatto la tua tromballenatrice?»

Wow. Bene, se si era trattenuta finora, adesso certamente non stava esitando a farmi vedere tutta la sua rabbia.

«Io volevo...» E mi interruppi quando lei andò verso un grosso vaso di ceramica sul tavolino e lo sollevò come se volesse lanciarmelo.

Tesi le mani, pronto ad afferrarlo per difendermi, ma lei stava tremando dalla testa ai piedi. Tremando come se fosse stata presa in un uragano o un razzo la stesse portando via. Lasciò cadere le mani e singhiozzò.

Andai da lei e presi il vaso, togliendoglielo dalle mani. Era pesante. Se l'avesse veramente lanciato avrebbe fatto male. Lo rimisi sul tavolino e tornai da lei. Era immobile e tremava così forte che non resistetti e l'abbracciai.

Con un ringhio, Gray si staccò e poi mi colpì sul petto più forte che poteva. Sembrava stesse cercando di spingermi via, ma non avesse abbastanza forza da farlo. Io comunque restai fermo. Era molto più piccola di me, ma sorprendentemente forte. *In tutti i sensi...*

«Tu sei *incredibile*» sbuffò. «Sei così bravo a fare il martire. Gettar via la tua vita e sacrificarti per Karen e AJ perché è quello che ha fatto Xander. Non è perfetto?» Stava praticamente sputando le parole. «Sarai l'eroe per la vita di tutti, eccetto che per la tua.»

Io strinsi i denti.

Lei non sembrò notare la mia mancata reazione perché era tutta presa dalla sua sfuriata e stava gesticolando.

«Tu sei uno stronzo, Ryan Tyler!» urlò. «E fanculo a te per aver preso una cosa delicata e preziosa come i miei sentimenti per te e averla calpestata. Fai *schifo*.»

Nuove lacrime le scesero dagli occhi ed io restai lì e accettai tutto, proprio come avevo imparato a fare durante i miei anni da militare.

Ma in qualche modo era ancora peggio perché si trattava di emozioni, una cosa a cui non avevo mai imparato a far fronte. Guardare la mia dolce, bella ragazza soffrire per me non era facile. E pensare che aveva continuato a nascondere tutto quel dolore. Che forza ci voleva per riuscirci?

Aggiunse solo un altro mattone alla sensazione di inutilità che provavo. Un'altra cosa che avevo toccato e che era finita in cenere.

«Hai ragione. Mi dispiace.» La mia risposta fu debole, roca.

«No, non ti dispiace affatto. Hai intenzione di volare di nuovo quando chiaramente non sei pronto per farlo. Neghi l'evidenza in ogni singolo maledetto aspetto della tua vita. Perché sei incosciente e non ti importa di niente.» Gray tirò una grossa boccata d'aria. «Perché vuoi morire.»

Potevo accettare la sua rabbia, e lo avrei fatto. Se aveva bisogno di un punching ball, potevo diventarlo. Ma quelle parole facevano male. Sapeva esattamente dove colpire, come dardi che colpissero nei punti più vulnerabili. I punti in cui dubitavo di me stesso.

«La tua vita è un casino. Pensi di aver imbrogliato tutti riabilitando la tua immagine perché nessuno sa della sua PTSD o dei veri motivi per cui stai facendo tutto quello che fai, il volo, la proposta di matrimonio a Karen. Potresti star loro vicino e occuparti di loro senza rinunciare alla tua vita.»

«Gray...» Ringhiai il mio avvertimento tra i denti, ma lei continuò senza nemmeno far caso a me.

«C'è una sola cosa che hai rimpianto nell'anno trascorso ed è di essere sopravvissuto all'incidente. Ti sei messo in testa che riceverai esattamente ciò che *meriti*.» Sottolineò la parola facendo le virgolette con le dita e gli occhi che lampeggiavano furiosi. «Non hai bisogno di fare il martire, perché sei *già* morto dentro. Sei morto lo stesso giorno in cui è morto Xander Freed.»

Deglutii, con ogni muscolo che si tendeva per la rabbia. Non si stava facendo scrupoli adesso.

Si asciugò indignata gli angoli degli occhi, come se le lacrime fossero un ostacolo alla sua rabbia. Poi venne verso di me, fermandosi molto vicina. Il suo profumo... sentivo quelle deliziose fragole alla menta. Ricordi del suo corpo e del mio avvolti da quel meraviglioso profumo stavano risvegliando altre bollenti sensazioni dentro di me, oltre la rabbia.

«Ti ho detto che ti amavo, e tu non potevi ricambiarmi perché sei morto dentro, quindi mi hai allontanato. Mio padre è stato solo una comoda scusa.» Strinse gli occhi guardandomi. «Ti ha reso le cose così facili...»

Espulsi il fiato come se mi avesse tirato un pugno sullo sterno. «Che cosa cazzo ti fa pensare che sia stato facile per me, Gray?»

Lei sostenne il mio sguardo, fissandomi come un cane pazzo sul punto di affrontare un match mortale. Aveva detto che ero morto dentro. Forse, in parte, aveva ragione. Ma una parte del mio cuore certamente non mi sembrava morta. La parte che la desiderava da morire e al contempo voleva spingerla ancora più lontano perché faceva un male del diavolo.

La notte prima, quando l'avevo tenuta tra le braccia mentre dormiva. Gliel'avevo sussurrato. Mi ero permesso quel momento di debolezza, quella piccola perdita di controllo. E, tanto per stare sul sicuro, gliel'avevo detto in russo. *Ya tebya lyublyu. Navsegda.* Ti amo. Per sempre.

Un uomo che non fosse stato irreparabilmente danneggiato l'avrebbe urlato dai tetti, l'avrebbe condiviso con i suoi amici e le persone care, avrebbe gioito di ciò che aveva trovato. Quel brillante raggio di luce, quella sfrontata speranza, il punto perfetto per finire tutte le mie frasi, lo specchio dei miei pensieri, un amore che capita una volta sola nella vita. Un motivo per festeggiare...

... per un uomo che non fosse irreparabilmente danneggiato. Un uomo che non ero io.

Gray scosse la testa, con gli occhi tristi e le labbra che si stringevano contro i denti. «Ti sei arreso. Hai scelto la via d'uscita più facile. Se ti fosse importato...»

«Mi importa. E molto. Più di...» Scossi la testa e distolsi lo sguardo, passandomi una mano tra i capelli. A che cosa sarebbe servito dirglielo adesso? Non sarebbe stato più facile lasciare che mi odiasse e voltasse pagina?

Quel pensiero mi colpì più forte di tutto il resto.

No. Perché non volevo che voltasse pagina. Il pensiero mi faceva venire voglia di scatenare un massacro e allo stesso tempo di vomitare. Ero un bastardo egoista.

Ci fissammo negli occhi, calore e tensione che ribollivano tra di noi. E, incazzato com'ero, avevo solo voglia di afferrarla e stringerla a me e farle capire quanto significasse veramente per me. Quanto la desiderassi e avessi bisogno di lei, anche se non potevo averla.

Dopo un lungo momento di tensione, Gray scosse la testa, mettendo le braccia conserte. Gli occhi brillavano lucidi di lacrime. «Beh, non posso dire che non sia stata un'esperienza istruttiva» disse con la voce roca. «Apparentemente ti ho dato il mio cuore con troppa facilità. Non rifarò lo stesso errore la prossima volta, con chiunque verrà dopo di te.»

La prossima volta. Con un altro uomo.

Chiusi gli occhi, di colpo disgustato dall'idea delle mani di un altro su di lei. «Gray» gemetti.

«La vita potrà anche essersi fermata per te perché ritieni di non meritare di più. Ma non finirà qui per me.» Indicò il centro del suo petto, alzando fieramente la testa. «Io voglio vivere e voglio essere felice. Quindi volterò pagina. Proprio come stai facendo tu. Sposerai Karen. Io uscirò con altri uomini e andrò a letto con loro se lo vorrò. Aaron...»

Tesi di colpo la mano e le afferrai il braccio, stringendolo. «Basta.»

Lei tirò per liberarsi, ma non la lasciai andare. Quindi continuò a parlare mentre stringevo la mano. «Forse ho bisogno di una nuova relazione. Sai, chiodo scaccia chiodo. Aaron è una brava persona. Non troppo vecchio per me...»

Allungai anche l'altra mano e le afferrai i capelli, tirandola verso di me. Non volevo ascoltare un'altra parola e conoscevo un solo modo per farla stare zitta. Appoggiai con forza la bocca sulla sua, coprendola e soffocando la sua arringa. *Grazie al cielo.* La mia bocca si fuse con la sua, labbra sigillate sulle labbra.

Lei aveva rifiutato le mie parole. Rifiutava le pretese che avevo nei suoi confronti. Ma *questo*... poteva rifiutarlo?

Gray ondeggiò verso di me e poi si staccò, anche se non con abbastanza forza da convincermi che stesse tentando di districarsi da me. Le infilai la lingua in bocca e lei emise un gemito che mi accese il sangue in cinque secondi netti. Oh Dio, come mi era mancato. Poteva essere un errore colossale, ma era così bello che non me ne fregava niente.

La mia erezione fu istantanea e lottai contro l'istinto di tirarla giù sul divano e possederla immediatamente.

Quando lasciai libera la sua bocca, stavamo entrambi respirando pesantemente ed io esitai, aspettando che Gray obiettasse o mi dicesse di lasciarla andare.

«Sono così maledettamente incazzata con te, Ryan» disse ansimando, con il viso contro il mio.

«Lo so» risposi.

Gray tremò contro di me ed io mi chinai per baciarle il collo, succhiando la pelle morbida. Lei rabbrividì di nuovo, ricadendo contro di me. Mi afferrò le spalle e la sua testa ricadde in avanti. Appoggiò la bocca sul mio collo e sentii una fitta di piacere che mi attraversava. La sensazione delle sue mani e della sua bocca mi stavano ubriacando di desiderio.

Sentii il dolore esplodere sul collo dove c'era la sua bocca. Il suo bacio si era trasformato in fretta in un morso, con i denti che affondavano nella pelle. Non era un pizzico. No, voleva proprio farmi male, forse farmi sanguinare. Ansimai e lei morsicò più forte.

«Oh, cazzo» esalai. Il mio cazzo s'inturgidì. Lei era furiosa e stava cercando di infliggermi un po' di dolore. Serviva solo a eccitarmi ancora di più. Gray fece scivolare la mano dalla mia spalla giù sul petto, e sulla pancia, continuando a tenere la mia pelle tra i denti. La mano s'insinuò nella cintura dei jeans e dentro le mutande e afferrò senza esitare la mia erezione.

«Se cominci a usare le unghie, dovremo fare un discorsetto» l'avvertii con un mezzo sorriso nella voce roca. Il dolore causato dei denti si attenuò. Usai la presa che avevo sui suoi capelli per tirarle indietro la testa e guardarla in faccia. Aveva gli occhi nuovamente pieni di lacrime, la pelle arrossata e la bocca chiusa stretta.

«Voglio scoparti adesso, Gray. Qui.»

Mi studiò il viso. «Fallo, allora.» Strinse più forte il mio cazzo, accarezzandolo sfrontatamente ed io riuscii a malapena a rimanere concentrato. Era così bello che per un attimo mi chiesi se non stessi per venire nei pantaloni.

«Non ho un preservativo.»

«Prendo la pillola.»

Sbattei gli occhi, infastidito. Sentivo la pelle bruciare per la rabbia improvvisa. Non prendeva anticoncezionali quando scopavamo come conigli, e adesso improvvisamente sì? Era seria quando parlava di uscire e cominciare ad andare a letto con altri uomini? Il pensiero mi faceva infuriare e le mie dita si impigliarono nei suoi capelli, tirandoli. Lei emise un gemito e un'altra lacrima le scivolò dall'angolo dell'occhio.

«Non voglio che tu vada a letto con un altro» ringhiai, sorprendendomi da solo.

Lei s'infuriò. «Chi cazzo credi di essere? Mi hai appena detto che vuoi sposare un'altra donna e, quasi nello stesso momento, dici che non vuoi che *io* vada a letto con nessun altro? Quindi dovrei prendere i voti e vivere in un convento? Non sono affari tuoi chi scopo.»

Oh, sapeva quali tasti toccare. Voleva giocare sporco? Potevo farlo anch'io. Pensava di comandare lei, ma stava solo riuscendo a farmi desiderare di scoparla più forte.

«Sono affari miei chi ti scopa oggi.» Afferrai la sua t-shirt per l'orlo e gliela tirai sopra la testa, imprigionandole le braccia. Poi la spinsi contro la parete accanto alle finestre a tutt'altezza, le sollevai le braccia sopra la testa, usando la t-shirt per tenerle insieme con una mano.

Due secondi dopo avevo il suo capezzolo in bocca, che si contraeva obbediente per me. Sì. Lo sapevo… sapevo quanto le piacesse. A volte passavo un'ora senza far altro che toccare e succhiare le sue dolci tettine mentre lei mugolava e mi pregava di scoparla. Mi piaceva farla aspettare.

Ma non ora. Non sarei riuscito ad aspettare di possederla. Spostai la bocca sull'altro capezzolo e diedi una beccatina prima di risucchiarlo completamente in bocca. Lei guaì e ondeggiò contro di me. Feci rotolare la lingua sopra il capezzolo e Gray mi ricompensò con i gemiti. Infilati la mano nelle sue mutandine, tra le sue gambe, accarezzandole il sesso.

Era *molto* bagnata. Ricorsi all'ultimo straccio di controllo, non so da dove, per impedirmi di strapparle le mutandine di dosso e seppellirmi nel suo calore. Trovai in fretta il suo clitoride e la strofinai lentamente lì, strappandole dei suoni come un'arpista che pizzicasse le corde del suo strumento.

Conoscevo il suo corpo, meglio di quanto conoscessi il corpo di qualunque altra donna. Lei non lo sapeva, ma non avevo mai fatto l'amore con un'altra tante volte quanto l'avevo fatto con lei. Qualcuno potrebbe pensare che diventi noioso farlo continuamente con la stessa donna. Ma non con lei. Non così. Il sesso era bollente tutte le volte e non ne avevo mai abbastanza.

Lo sapevo dalle sveltine che ci facevano passare da zero all'orgasmo in meno di dieci minuti, nella mia auto parcheggiata in un posto isolato sulla spiaggia. E lo sapevo dalle lunghe, lente sessioni in cui passavo ore concentrato sulle parti più sensibili del suo corpo, facendola venire tutte le volte che potevo.

Conoscevo il suo bel corpo come le mappe stellari che avevo dovuto studiare a memoria durante l'addestramento da astronauta. Sapevo quali suoni avrei ottenuto dal profondo della sua anima toccandola in determinati punti. Come musica. E, come uno strumento, il suo corpo obbediva alle mie mani, alla mia bocca.

Ora, con la schiena premuta contro la parete, Gray era bagnata e mi pregava di farla venire.

«Ryan, per favore» ansimò quando la mia mano rallentò, ritardando l'estasi. «Voglio venire.»

«Avresti dovuto pensarci prima di schiaffeggiarmi, tigre.»

Gray spinse avanti i fianchi per premerli contro la mano con la quale le stavo strofinando il clitoride ed io la tirai via. «No, niente da fare ragazzina. Non ancora.»

Slacciai i jeans e me li tolsi, insieme ai boxer, poi scartai i suoi leggings e la biancheria. Gray abbassò le braccia e le liberò dalla t-shirt. Quando si avvicinò a me la fermai, infilando nuovamente la mano tra i suoi capelli corti, tirandoli forte.

La sua testa scattò all'indietro ed io le divorai il collo. «Non ho dimenticato quanto sei stata cattivella.» Poi tirai più forte, finché le sue ginocchia cedettero e lei si abbassò lentamente sul pavimento davanti a me.

«Penso che sia ora che cominci a chiedere perdono... in ginocchio.»

«Oppure potrei usare di nuovo i denti.»

Mi tirai indietro e ci fissammo negli occhi. Lei alzò le sopracciglia. Non sembrava meno furiosa di prima. In effetti, lo sembrava ancora di più da quando le avevo negato l'orgasmo. Allungò la mano e mi afferrò il sesso, tenendolo alla base ed io m'immobilizzai. Poi vi premette sopra la bocca e cominciò a leccarmi e a succhiare. Piacere puro m'invase e lei cominciò a muovere la testa avanti e indietro, in fretta. Troppo in fretta.

Le premetti la mano sulla testa per rallentare il passo. «Sì» dissi tra un respiro e l'altro mentre la sua lingua scivolava per tutta la mia lunghezza ed io perdevo il senso di ciò che mi circondava, affondando nel calore della sua bocca meravigliosa. «Proprio così, ragazzina.»

Oddio. Gratificazione e calore si spandevano da dove la sua bocca mi stava tenendo e succhiando. Mi si chiusero le palpebre e riuscii solo a sentire la suzione della sua bocca, le sue labbra e la sua lingua. Puro piacere. Cominciai a sentire la familiare sensazione dell'orgasmo che si avvicinava e per un momento pensai a come sarebbe stato favoloso venire nella sua bocca.

Quando lei si staccò e si alzò in fretta, fui riportato di colpo alla realtà, ma non ne fui sorpreso. Era logico che cercasse di ripagarmi per la mia bravata. La sua bocca tremò e apparve un sorrisino anche se potevo leggere nei suoi occhi che il dolore di prima non era stato dimenticato. Allungò la mano e mi passò le unghie sul petto. Ansimai e le afferrai il polso per fermarla.

Lei ripeté l'azione con l'altra mano. E il dolore e il piacere si mischiarono, eccitandomi ancora di più. Se non l'avessi presa in fretta, sarei esploso per la tensione.

«Se sono una tigre, tanto vale comportarmi come tale.» Le afferrai l'altro polso e mi guardai il petto. Aveva lasciato due serie di tracce rosso scuro. Come? Le sue unghie non erano poi così lunghe.

Continuando a tenerle i polsi, la feci voltare e la premetti con il petto contro la finestra. Lei gemette e ansimò e si dimenò contro di me, lamentandosi che era fredda. Io chiusi gli occhi, godendomi ogni secondo.

Presi in bocca la cima del suo orecchio e questa volta fu il mio turno di usare i denti. Lei piegò la testa per allontanarla, trattenendo di colpo il fiato ed io agganciai la mano intorno ai suoi fianchi, tirandoli contro di me. Riportando la bocca al suo orecchio, mormorai: «Che cosa vuoi?»

«Voglio il tuo cazzo dentro di me» rispose senza esitare.

E glielo diedi, senza esitare. Con una spinta dolce, salda e soddisfacente, affondai nel suo calore senza barriere tra di noi per la primissima volta.

Porca miseria, era... favoloso. Sentire il suo calore, le sue pareti bagnate che si avvolgevano intorno a me, nude e morbide come seta. Seta stretta e calda.

C'era qualche parte di questa donna che non fosse meravigliosa?

E non era solo il suo corpo. No. Era la sua voce, la sua risata, la sua intelligenza.

Era il fatto che mi faceva ridere. Mi faceva pensare.

Mi mossi dentro di lei e Gray gemette e si contorse, con il sedere che premeva contro il mio bacino, rendendomi folle di desiderio. Mi spinsi dentro di lei più e più volte, senza risparmiare velocità o forza. Lei ansimava e grugniva, con il volto premuto contro la finestra, la mia bocca contro la sua tempia ed io chiusi gli occhi e fantasticai che le stessi parlando…

Che con il mio corpo le stessi dicendo le cose che avrei voluto dirle a parole…

Che teneva il mio cuore tra le mani.

E che poteva schiacciarlo in ogni momento.

Che non passava un giorno o nemmeno un'ora, quando non eravamo insieme, in cui non pensassi a lei, in cui non volessi parlare con lei, chiedere la sua opinione, condividere una battuta. In cui non volessi assaporare la sua pelle, il suo corpo, le sue mani su di me.

Spinsi più in fretta, sentendo l'agognata salita verso l'orgasmo. Lei si spingeva indietro contro di me, i suoi movimenti perfettamente sincronizzati con i miei. Portai la mano davanti a lei per strofinarle il clitoride mentre mi muovevo dentro di lei da dietro.

Il suono dei suoi gemiti mi disse che era vicina all'orgasmo. Rallentai il passo in modo che ci arrivasse per prima. Lo meritava, nonostante il suo comportamento da arpia. E mi piaceva sentirla stringersi e contrarsi intorno a me mentre ero ancora dentro di lei.

Solo qualche altro secondo e ci arrivò. La sua testa ricadde contro la mia spalla e la sua schiena si arcuò mentre si tendeva, con l'orgasmo che si espandeva velocemente in tutto il suo corpo. In quei minuti mi fermai, concentrandomi solamente su di lei, il suo piacere, il suo momento.

Gray ricominciò a respirare quando l'orgasmo cominciò ad affievolirsi ed io mi spinsi di nuovo dentro di lei, questa volta più forte. Lei appoggiò le mani contro il davanzale della finestra e si spinse indietro contro di me. La presi per i fianchi e mi avviai alla conclusione facendo ciò che le avevo promesso, scoparla forte e godere dei suoi gemiti mentre lo facevo.

Mi fermai, con l'orgasmo che mi travolgeva come un'onda che si schiantasse sulla spiaggia, tirandomi sotto con la forza del mare e ricadendo su di me, togliendomi il fiato. La tensione lasciò i miei muscoli mentre mi svuotavo in lei, spingendomi più in fondo possibile.

Quando finalmente tornai al mondo reale, quasi persi l'equilibrio, ma la tirai verso di me. Ci voltammo e crollammo sul divano ed io rimasi sdraiato per un momento. Gray si sistemò contro l'altro bracciolo del divano, era solo a mezzo metro di distanza, ma avrebbe tranquillamente potuto essere lontana chilometri.

Senza una parola, mi alzai di nuovo, ripresi l'orientamento, la tirai dolcemente in piedi davanti a me. Dandole un bacio sulla fronte, mi chinai per prenderla in braccio.

La sua testa ciondolò contro la mia spalla e scesi le scale per andare in bagno. Una volta ripuliti, la presi per mano e la portai a letto. Senza una parola, si sdraiò accanto a me ed io me la tirai contro.

Non ho idea di quanto tempo restammo così, finché ci addormentammo, abbracciati, ma ricordo di aver pensato che era così che mi sarebbe piaciuto andare a letto tutte le sere. Abbracciati, esausti dopo il sesso.

Ma sapevo che non sarebbe stato così.

Avevamo quel giorno ed era tutto. Una volta a casa, tutto sarebbe cambiato di nuovo.

CAPITOLO DICIANNOVE
GRAY

QUANDO MI SVEGLIAI DAL MIO PISOLINO, RYAN MI STAVA mordicchiando la nuca. Ovviamente risvegliando ogni sensazione piacevole lungo la mia spina dorsale, le gambe e in quel punto caldo tra le mie cosce.

I miei occhi si richiusero in fretta come si erano aperti. Era quasi mezzogiorno di domenica. Non ci restava molto tempo. La bocca di Ryan passò sul mio orecchio, divorandolo e ricordandomi che avevo una fame da lupi.

Mi chinai indietro contro di lui. «Hai fame? Io sì.»

La bocca scivolò lungo il collo e Ryan parlò, fermandosi per mettere la bocca in tutti i punti che sapeva mi facevano impazzire. «Potrei... mangiare... un boccone... o due. Prima...»

«Prima di che cosa? Prima di partire?» Scherzai, sapendo benissimo che cosa intendeva dire con "prima".

«Anche quello» disse sorridendo.

«Mmm. Non mangio niente da... beh, alla fine non abbiamo mangiato ieri sera, quindi non mangio niente da mezzogiorno di ieri. Poi hai deciso di farmi ubriacare di vodka.»

Ryan alzò la testa, guardandomi in faccia. «Aspetta, ferma un attimo. Cosa? Non ti ho fatto ubriacare io. Ti sei ubriacata da sola.»

Lo guardai con un'espressione severa. «Chi ha portato qui la vodka? Hai una cattiva influenza su di me.»

Ryan si staccò da me e ricadde sul suo cuscino, fissando il soffitto, pensando. Io mi girai per dargli un bacio sulla guancia, esaminando di nascosto il segno rosso e viola scuro del morso sul suo collo. Accidenti, nella mia rabbia ero diventata una selvaggia.

Beh, in verità si meritava ciascuno di quei morsi e graffi e schiaffi. Okay, forse avevo esagerato un po'.

Mi spinsi fuori dal letto, sentendomi in colpa. Non avevo mai perso la calma in quel modo. Mai. Ma sentirgli dire quelle cose, il suo piano non solo di proseguire con il volo di prova ma anche quello di sposare Karen.

Gli avevo rimproverato la sua tendenza a vivere la sua vita per tutti gli altri, diventare un SEAL per suo padre, un astronauta per via di una scommessa, volare di nuovo per Xander, e lui aveva raddoppiato la dose. Adesso aveva intenzione di sposare la vedova di Xander e prendersi cura di suo figlio. Quel pensiero mi faceva star male. Speravo, ma non ne ero certa, che sarei riuscita a farlo ragionare, fargli capire che enorme errore stava commettendo.

«Riscalderò qualcosa per pranzo, se vuoi» dissi.

Dopo aver usato il bagno, fu esattamente ciò che feci. Ci sedemmo a tavola e fissammo il lago mangiando in silenzio. Un silenzio pesante, pieno di significato. Un silenzio che voleva dire che c'erano parecchie cose di cui avremmo dovuto discutere, ma, in quel momento, non avevamo la voglia, o le risorse, per farlo.

Finalmente, una volta che i piatti furono vuoti, allungai la mano sul tavolo, coprendo la sua. «Mi dispiace, uhm, di averti morso.»

Ryan mi guardò sorpreso, poi sul volto gli apparve un sorriso impudente. «A me no.» Si mise a ridere. «È stato veramente sexy.»

Distolsi in fretta gli occhi e tirai indietro la mano di qualche centimetro prima che lui allungasse la sua e me la prendesse, stringendola tra le sue dita forti. I nostri occhi si incrociarono e restammo lì a fissarci.

Ryan deglutì e scosse la testa. «Come fa una persona dolce e calma come te ad avere uno sguardo simile?»

«Che sguardo?»

Lui tornò serio, abbassando gli occhi sul tavolo. «A volte mi sembra che tu possa bruciarmi con lo sguardo. Come una lente di ingrandimento al sole, concentrata su una foglia secca.»

Alzai un sopracciglio. «Come Ciclope, degli X-men?»

Scoppiò a ridere. «Intendevo in modo più figurativo. E penso che tu l'abbia capito perfettamente.»

Ridacchiai. «Pari lo chiama il mio *sguardo*. La sera prima che venissi a casa tua per la prima volta mi ha detto: non usare lo *sguardo*.»

Ryan fu sorpreso. «Pensava che mi avresti spaventato?»

Alzai le spalle, ricordando quella sera, ricordando com'era stata semplice e poco complicata la mia vita prima che mi innamorassi di lui. Deglutendo quella che mi sembrava una montagna dentro la gola, misi i nostri piatti nel lavandino, riempiendolo di acqua calda saponata.

Dopo qualche minuto perso nel suo mondo, a fissare il ripiano di vetro del tavolo, anche Ryan si alzò e mi seguì in cucina, dove stavo pulendo i piatti con una spugna. Si mise dietro a me, premendo il suo corpo muscoloso contro il mio e allungò le mani per prendermi i polsi. Sentii il desiderio esplodere in ogni angolo del mio corpo di cui avevo coscienza. Chiusi lentamente gli occhi assaporando il contatto. Le sue dita che mi accarezzavano lievi la pelle sensibile all'interno del polso, la sensazione delle sue labbra contro il mio orecchio mentre mi sussurrava: «Non possiamo rischiare un altro incidente. È un casino farti smettere di sanguinare.»

Il cuore mi fece un balzo alla sensazione del suo corpo contro il mio, il suono del suo sussurro aspro, il leggero tocco delle sue mani che coprivano le mie e le guidavano mentre lavavo i piatti e li sciacquavo. La sensazione della sua pelle calda contro la mia.

Quel compito così banale che svolgevo tutti i giorni adesso era diventato qualcosa di più. Qualcosa di sensuale, un legame. Spostai la schiena e le mie scapole premettero contro i suoi pettorali duri. Avrei potuto passare il resto dei miei giorni a lavare i piatti se fosse stato *così*.

Appoggiai la testa sulla sua spalla ed emisi un sospiro soddisfatto. «Voglio solo godermi questo momento, vivere questo momento con te e non pensare a ciò che è successo in passato o a ciò che succederà dopo.»

Ci fu una lunga pausa e le sue mani rallentarono. Poi chiuse il rubinetto, prese un asciugamano e lentamente, attentamente, mi asciugò le mani con il tessuto morbido mentre io mi rilassavo contro di lui e facevo affidamento sul suo corpo solido per tenermi in piedi.

Poi le sue braccia tornarono intorno a me, avvolgendosi intorno al mio torace, stringendomi forte a lui. Le sue labbra sfiorarono il mio collo. «C'è solo questo momento, Gray. Ci siamo solo tu ed io.»

Mi tenne stretta ed io tenni la mente fermamente ancorata a com'era essere abbracciata da lui.

Lo odiavo perché si stava dando a un'altra invece che a me. Lo odiavo per l'effetto che aveva su di me quando mi toccava, quando sentivo il suo odore. Lo odiavo perché era così incasinato e non sapeva che cosa meritava e respingeva ogni possibilità di essere felice.

Lo odiavo.

E lo amavo.

Arrivarono le lacrime. Scesero silenziose dai miei occhi. Arrivavano facilmente adesso, nonostante la voce in fondo alla mente che mi diceva di nasconderle. Lottai per ignorare quella voce e le lasciai scorrere. Era più difficile di quanto avrebbe dovuto essere.

Ryan mi stava baciando il collo e mi teneva abbracciata teneramente ed io scacciai quei pensieri dalla mente. Non mi preoccupai per l'ieri e non mi stressai per il domani.

C'era solo l'oggi. C'era solo *adesso*.

Ryan mi voltò lentamente, ancora tra le sue braccia e non ebbi il tempo di asciugarmi le lacrime. Due sottili rivoli salati marcavano le mie guance ed erano sospesi alla mandibola. Ryan li asciugò con le sue mani e lasciò una scia di baci lungo ogni guancia.

Rabbrividii tra le sue braccia e un piccolo singhiozzo eruppe dal fondo della mia gola.

«Shh.» Ryan mi baciò la tempia, cullandomi contro di lui. Ondeggiammo insieme, come se stessimo danzando a una musica silenziosa. Come se stessimo danzando...

Al ticchettio insistente del mio cuore.

Affondai la faccia nella sua maglia e inalai. Sapone e *lui*. Il suo odore. Il calore mi scese lungo la schiena, come lo spruzzo confortante di una doccia.

Restammo così a lungo, solo tenendoci abbracciati, ondeggiando. Come avevo sperato, i miei pensieri si concentrarono su quel momento, sulla consapevolezza solo di noi due. Ero calda e mi stavo sciogliendo contro di lui. Ogni centimetro della mia pelle bruciava per lui.

E a giudicare dalla sensazione della sua erezione premuta contro il mio stomaco, era lo stesso anche per lui. Non avevo nemmeno bisogno di chiedere.

Le sue braccia si strinsero ed io tirai indietro la testa per guardarlo in faccia. «Ti voglio» sussurrai.

Lui sorrise. «Mi vuoi? Vuoi cavalcare il mio razzo Saturn V fino alla luna?»

Risi e non solo un pochino. Forse non era la battuta più divertente, ma era arrivata proprio nel momento in cui avevo bisogno di ricordare perché ci divertivamo tanto insieme. Ryan riusciva sempre a farmi ridere. Ed io a far ridere lui.

«Un'altra battuta dozzinale da aggiungere alla collezione. Solo un uomo come te potrebbe paragonare il proprio equipaggiamento al razzo più grande mai lanciato nello spazio.»

Fu il suo turno di ridere e le sue braccia si chiusero istintivamente un po' di più, come se stesse ridendo con tutto il corpo, non solo con gli occhi, la bocca o la gola.

«Solo una donna come te poteva capire la battuta.»

E di colpo la sua bocca fu sulla mia e non ridevo più. Mi sollevò contro di sé ed io saltai, avvolgendogli le gambe intorno ai fianchi e incrociando le caviglie dietro la vita.

Ci baciammo mentre lui andava verso la stanza di soggiorno, con le lingue che si aggrovigliavano disperatamente, parlando un linguaggio che non potevamo esprimere in nessun altro modo. Un linguaggio che non aveva bisogno di parole per comunicare tutte le cose che avevamo bisogno di dire in quel momento.

Ryan si fermò quando colpimmo il divano, allentando la presa per farmi scivolare lentamente lungo il suo corpo. Gemette forte quando mi strofinai contro la sua notevole erezione e, senza esitare, mi afferrò l'orlo della t-shirt e me la tolse con un unico veloce gesto.

Quindi gli restituii il favore e gli tolsi la maglietta, con un po' d'aiuto da parte sua dato il vantaggio che aveva su di me in fatto di statura. Poi, abbassò i miei leggings con non poca foga e poi fui *io* a spingerlo sul divano prima che potesse fare altro. Ryan spalancò gli occhi quando atterrò, seduto, ed io gli saltai in grembo a cavalcioni.

Mi afferrò il sedere e mi tirò avanti finché fui direttamene sopra la sua erezione, con solo lo strato della sua tuta tra di noi. Strofinai i fianchi contro di lui e i suoi occhi diventarono vitrei.

Mi appoggiò le mani sui seni, strofinando i pollici sui capezzoli finché furono eretti e fieri. Poi li prese in bocca a turno, facendomi impazzire con l'attenzione della sua lingua bollente. Quando si raddrizzò, restammo seduti per un lungo momento pieno di tensione e attesa. Naso a naso, ci fissammo negli occhi.

«Non so come fare in modo che un momento duri di più di quanto ci vuole perché passi nella realtà» disse. «Ma so che cos'è un ricordo meraviglioso quando lo vedo. E questi momenti saranno bellissimi ricordi in futuro, per entrambi.»

Mi piegai in avanti e lo baciai, poi mi tirai indietro. «Il futuro non esiste. Esiste solo *adesso*.»

Abbassando la cintura dei pantaloni, liberai il suo sesso e poi mi abbassai lentamente su di lui, con le sue mani grandi sui miei fianchi a guidarmi.

I miei movimenti furono frenetici, urgenti, all'inizio. Non riuscivo ad averne abbastanza di lui, mi meravigliavo delle sensazioni che provavo a ogni spinta, la sensazione di lui che mi riempiva. Il modo in cui sembrava che ci incastrassimo così perfettamente. Ryan strinse le mani sui miei fianchi, facendomi rallentare. E lottammo entrambi per prendere il controllo.

Stavamo entrambi respirando in fretta e, con il passo più lento, ricademmo in un ritmo naturale, intuitivo. Agganciai le dita intorno alla struttura del divano dietro le sue spalle per tenermi e potermi muovere più in fretta.

Era una lotta continua. Io che volevo accelerare per arrivare all'orgasmo, e lui che voleva che durasse. Ma accettai il suo suggerimento e mi concentrai sul momento per renderlo un ricordo da assaporare più avanti.

Quando venni, Ryan mi tirò avanti, bocca a bocca e premette la mano sulla mia schiena per tenermi ferma. E bastò un momento perché venisse anche lui. Mi chinai in avanti e lui mi strinse forte tra le sue braccia con il sudore, il suo e il mio, che faceva aderire la nostra pelle.

Restammo a lungo abbracciati in quel modo. Fusi insieme. Forse stavamo cercando altri momenti da collezionare e preservare e archiviare per il futuro. Se solo avessimo potuto tenerli, come una di quelle sfere con la neve, da scuotere per evocare questa bolla nel nostro piccolo mondo tutte le volte che volevamo. O forse stavamo solo rimandando l'inevitabile.

Più tardi la limousine con i vetri oscurati venne a prenderci per portarci all'aeroporto. Tenni la mano di Ryan per tutto il viaggio, ma non parlammo. Lui stava mandando messaggi a qualcuno, presumibilmente rispondendo ai messaggi di Karen dell'inizio del fine settimana. Cercai di ignorare la sensazione di nausea nello stomaco e la curiosità bruciante di sapere che cosa le stava dicendo.

Avevo alcuni messaggi dall'assistente di mio padre e alcune chiamate perse da lui stesso. L'avevo ignorato con la scusa di non star bene o di dover lavorare. Sapevo che avrei dovuto rispondere presto a quei nuovi messaggi.

Qualche minuto dopo un messaggio di Keely fece illuminare lo schermo. Mi diceva che aveva chiarito con la stampa che non era assolutamente nelle vicinanze di Tahoe, facendosi vedere durante uno shopping molto pubblico a Beverly Hills quella mattina, senza anello al dito. L'avevamo fatta tutti franca.

I nostri posti erano a una fila di distanza l'uno dall'altro nel breve volo per tornare a casa, quindi non avemmo la possibilità di parlare. Durante il volo, Ryan tenne la testa voltata dall'altra parte e quasi non si mosse, facendomi capire che probabilmente stava sonnecchiando.

Tornammo a Long Beach, l'aeroporto da cui eravamo partiti solo il venerdì precedente. Ma sembrava che fossero passate settimane. Erano accadute tante cose quel fine settimana che il mio senso dello scorrere del tempo era distorto. E il momento che temevo arrivò prima che lo sapessi.

Keely aveva mandato un'auto per portarmi a casa ma Ryan aveva la sua nel parcheggio a lunga sosta, quindi da quel punto in poi non avremmo viaggiato insieme. Generalmente i paparazzi non frequentavano quel piccolo aeroporto in cerca di celebrità come facevano in quello di Los Angeles, ma, per sicurezza, Ryan mi tirò verso un angolo riparato mentre l'autista caricava la mia valigia nell'auto e aspettava.

«Gray» cominciò a dire a voce bassa. «Vorrei che non dovesse andare così.»

Sbattei le palpebre, ma grazie al cielo le lacrime restarono al sicuro dietro gli occhi, anche se bruciavano e volevano uscire. «Non è obbligatorio che vada così.»

Senza dire un'altra parola, Ryan mi abbracciò stretta. Io nascosi la faccia nella sua camicia, respirando il suo odore. Lui mi baciò i capelli e il cuore mi faceva male a ogni battito. Avevamo trovato qualcosa di prezioso. L'uno nell'altro. Avevamo un legame che univa i nostri cuori.

Com'era possibile che ci avesse portato a questo momento? A dirci addio? Di nuovo.

Ryan mi stava baciando, la tempia, la guancia, l'orecchio. «Gray.» Le sue braccia si strinsero istintivamente. «Devo dirtelo. Io ti a...»

Ma io mi staccai a forza da lui, mettendogli due dita sulla bocca. Ora le lacrime punteggiavano le mie ciglia. Lui mi guardò, confuso.

Scossi la testa. «Non dirlo. *No*. Per favore.»

Con le dita sulla bocca non poteva rispondere, ma mi guardò prima in un occhio e poi nell'altro e annuì lentamente.

Lasciai cadere la mano e mi schiarii la voce, cercando di parlare tra le lacrime. Avrei detto la mia e poi me ne sarei andata. Avevo passato tutto il tempo del volo a raccogliere il coraggio di esprimere quello che avevo dentro, cercando e trovando le parole perfette.

«Fa male. È vero. Non lo nego. Ma sai, il dolore fa parte della vita. E non correre rischi non è vivere. Prima di te non stavo veramente vivendo. Ma con te, ho voluto correre il rischio. Ti ho dato il mio cuore, e non lo rimpiango. Ne avrai sempre una parte. Sempre.»

Lui deglutì e distolse gli occhi, ma non parlò.

Gli misi la mano sul petto per attirare nuovamente la sua attenzione. «Ryan promettimelo. Prometti che cercherai di perdonare te stesso. Non sopporto di vederti soffrire per le ferite che ti infliggi da solo. Il senso di colpa, la vergogna. Deve finire. Ti stai avvelenando l'anima e non guarirai finché il veleno resterà lì.» Feci un respiro profondo e deglutii. «Devi tornare a essere integro. Devi vivere la tua vita per te stesso.»

Ryan mi afferrò la mano che avevo appoggiato sul suo petto. «Sei stata un raggio di sole nella mia vita...» La sua voce si affievolì, come se fosse sopraffatto dall'emozione. Mi morsi il labbro per impedire ad altre lacrime di scendere. Bruciavano e mi ferivano come migliaia di piccoli aghi. Innocui e invisibili da soli ma tutti insieme erano un tormento.

«Tieniti stretta quella luce» sussurrai. «Non permettere all'oscurità di prevalere.» Lo guardai negli occhi. «Avevi ragione. Devo tenere testa a mio padre. Devo lottare per ciò che voglio e non avere paura di mostrare a lui, o al mondo intero, se è per quello, ciò che provo. E lo farò. Farò meglio. E dovrai farlo anche tu.»

Ryan chiuse gli occhi, mi prese la mano e la baciò. Io sfiorai le guance ruvide di barba con il dorso della mano. E poi mi staccai.

Forse quella era la fase del lutto che portava all'accettazione. Questo arretrare verso l'auto, fissandolo negli occhi, rifiutandomi di dire veramente la parola *addio*.

Forse l'accettazione significava sapere che aveva ragione. Che non mi meritava. Almeno finché non si fosse tirato fuori da quel pozzo scuro e si fosse perdonato. Solo lui poteva liberarsi da ciò che lo tormentava. Solo lui poteva ripararsi.

Mi voltai e camminai verso l'auto, salendo senza guardarmi alle spalle.

Forse il fiume di lacrime che piansi sulla via di casa avrebbe aiutato a lavare le ferite. Non potevo dire che quel fine settimana fosse stato un successo, almeno nel modo in cui l'aveva inteso Keely con il suo discutibile piano.

Ma c'era stata una chiusura. E una rivelazione.

E una volta che le ferite fossero state meno fresche e dolorose, sarei stata pronta per voltar pagina.

CAPITOLO VENTI
RYAN

NON FU FACILE GUARDARE GRAY CHE SALIVA SU quell'auto all'aeroporto dopo il fine settimana passato insieme. Dire addio senza sapere quando e dove l'avrei rivista era ancora peggiore. Mi ci volle tutto il mio autocontrollo per non correre alla mia auto e seguirla a casa sua.

Fu come aprire una nuova ferita nella mia anima.

Ma ignorai l'istinto e la guardai andare, sentendomi vuoto, con solo le sue ultime parole come compagnia.

Passai i quarantacinque minuti del viaggio verso casa pensando solo a quella conversazione, ripetendomela continuamente nella mente, il modo in cui aveva pronunciato le parole, l'espressione del suo viso, la sensazione di averla tra le mie braccia. In continuazione, come cercando di imprimerla nella mente. Sentendone il carattere definitivo.

E arrivai a casa stanco, sporco e con un gran bisogno di farmi la barba.

Ma mi lavai in fretta e dopo aver controllato AJ che, grazie al cielo, dormiva pacificamente, andai in cucina a prendere una birra. Karen era seduta alla penisola, quindi mi sedetti sullo sgabello accanto a lei.

«Ci sei mancato.»

«AJ si è divertito con i ragazzi?»

Karen sorrise, annuendo. «Un sacco. È riuscito a sfiancarli tutti.»

Tirai indietro la testa e bevvi lungo sorso di birra. Quando mi raddrizzai e deglutii, Karen stava fissando il mio colletto.

«Che diavolo hai fatto al collo? Ti sei tagliato facendoti la barba oppure è…» Si chinò in avanti. «È il segno di un morso.»

Alzai la mano e lo strofinai, forse l'unico promemoria esistente del sesso più bollente che avessi mai avuto. Poi tornai a guardare Karen, che mi fissava cupa. Tirai il fiato ed espirai. Quel mattino avevo deciso che Gray aveva il diritto di sapere di Karen. Bene, era vero anche il contrario.

«Pensavo avessi detto che il romanzetto con Keely Dawson era una finta.»

«Questo, uhm.» Abbassai la mano. «Non è stata Keely.»

Karen aggrottò la fronte. Prese il bicchiere di vino, fissandomi, aspettando. Fino a che punto potevo essere sincero con lei? Se le avessi detto troppo, si sarebbe tirata indietro, vanificando il mio piano?

Poi un'altra voce dentro di me chiese, *e sarebbe veramente una cosa tanto brutta?* L'immagine del bambino che dormiva pacificamente, felice sotto il mio tetto era un incentivo sufficiente per portare avanti il mio piano di sposare Karen.

«Prima che tu venissi in California, ho rotto con qualcuno che vedevo, sul serio non per finta come con Keely.»

Lei aspettò che riprendessi fiato, con il volto completamente impassibile, quindi continuai. «Lei era lì questo fine settimana e abbiamo avuto una breve ricaduta.»

Karen distolse gli occhi e poi tornò a guardare il segno sul mio collo, facendo una risatina. «Maledizione, sono quasi gelosa.

Ricordo il sesso bollente che ti porta ad avere segni del genere. Ah, beh, il sesso mi manca e sono passati mesi dall'ultima volta.»

La commiserai. Ed io che ero rimasto senza fare sesso solo per qualche settimana dopo aver rotto con Gray. E, aspetta, cosa? Aveva detto mesi? Non avrebbe dovuto essere oltre un anno? Le lanciai una breve occhiata e poi distolsi gli occhi. In effetti, non erano proprio affari miei.

Inoltre, se aveva trovato conforto con qualcun altro da quando aveva perso suo marito, chi diavolo ero io per giudicarla?

Karen fece ruotare il vino nel bicchiere, fissandolo. «Sei innamorato di lei?»

Io cominciai a togliere l'etichetta bagnata dalla bottiglia di birra. Avrei potuto mentire, certo. Potevo darle la risposta sicura che l'avrebbe fatta sentire meglio.

Ma non volevo farlo. Perché ogni volta che pensavo a Gray, ogni volta che mi veniva in mente il suo nome o c'era un odore o una consistenza o un frammento di ricordo che mi faceva pensare a lei, *ogni* maledetta volta, una fitta di nostalgia mi attraversava come la lama di un rasoio. Non era possibile nasconderla, né negarla. Né sradicarla.

Le diedi la più semplice e sincera risposta che potevo. «Sì.»

«Allora, perché non state insieme? Il sentimento non era reciproco?»

«Lei non è... disponibile per me. Non può succedere, per ragioni di cui non voglio parlare adesso, specialmente perché è una storia lunga e deprimente. Ti prometto che ti spiegherò tutto presto, ma...»

L'altro motivo per cui non volevo spiegarglielo era perché conoscevo il lato romantico di Karen abbastanza bene da sapere che il romanzo da fiaba dietro la storia le avrebbe fatto brillare le stelle e i cuoricini negli occhi. Gli innamorati sventurati e così via.

Karen soffiò fuori il fiato e praticamente saltò giù dallo sgabello. «Oh, Ty! Maledizione. Mi dispiace tanto.» Mi abbracciò da dietro, stringendomi forte ed io le presi un braccio, tenendola lì in un goffo abbraccio laterale.

Mi premette la guancia sulla schiena e quando parlò fu con la voce piena della sua stessa emozione. «Mi dispiace. Perché l'amore deve fare così male?»

«Immagino sia il motivo per cui la gente scrive canzoni, poesie e libri proprio sull'amore.»

Mi appoggiai all'indietro e misi un braccio intorno alla vita di Karen, avvicinandola per un vero abbraccio. A Karen piaceva abbracciare la gente. Lo sapevo dal primo momento in cui l'avevo conosciuta e, anche se al college era diventato un gioco per me evitare i suoi abbracci, mi ero reso conto che lasciare che mi abbracciasse era un modo per lasciarla esprimere. Quindi ero diventato più tollerante quando lei lo faceva.

Ma questa volta avevo cominciato io e lei sembrò sbalordita.

«Non cambia nulla comunque, okay? Voglio comunque prendermi cura di te e AJ. E sai una cosa. Anche tu puoi prenderti cura di me.»

Lei sbatté le palpebre, preoccupata, evitando il mio sguardo. Uh oh. Non un bel segno.

«Come diavolo fai a pensare che non cambi niente? Se l'ami dovresti stare con lei.»

Sospirai e mi tirai indietro. «*Non posso*. E lei non può. Io...»

Ora sembrava ancora più confusa. «Allora l'avete deciso insieme?»

Più o meno. Se le parole che aveva pronunciato all'aeroporto significavano qualcosa. «Lei lo capisce. Le ho parlato di te. Che volevo che fossimo una famiglia...»

Karen restò a bocca aperta e mi fissò come se fossi pazzo. «Ty, che diavolo stai facendo? Io non ho bisogno che tu ti prenda cura di me. E quanto a essere presente nelle nostre vite, non è necessario che siamo sposati, e nemmeno che ci frequentiamo romanticamente. È sufficiente che tu stia accanto ad AJ come hai fatto nelle ultime tre settimane.»

«Ma AJ ha bisogno di un padre. Io *voglio* essere suo padre. Non voglio che debba soffrire come ho sofferto io. Sai che ho perso il mio quando ero un ragazzo...»

Karen alzò una mano. «AJ crescerà comunque senza suo padre, che io mi risposi o meno.»

«Sai che cosa intendo dire.»

Lei si risedette sullo sgabello, fissandomi con un'espressione preoccupata. «Quanto manca al volo di prova?»

«Poco più di un mese. Ma Karen...»

Lei alzò nuovamente una mano, «Aspetta un attimo, okay? Adesso sta diventando tutto molto più chiaro. Hai inventato questo piano come ripiego.»

Mi lasciai andare sullo sgabello di fronte a lei e mi passai una mano tra i capelli. «Sistemarci, accontentarci... eravamo rimasti d'accordo che si trattava di quello. Ma sarebbe confortevole. Siamo amici. Ci conosciamo da metà della nostra vita. Conosco quel bambino da quando è nato. Io sono pronto a stare con te e AJ.»

Karen scosse la testa. «Hai appena rotto con qualcuno di cui sei innamorato. Stai *soffrendo*. Buon Dio, Ty, smettila con questa storia. C'è tutto il tempo per esplorare qualcosa, forse, in futuro. Ma non ora. Ora restiamo solo amici. Confidati con me.»

«Sì, va bene.»

Bugie. Bugiardo.

Lei lo sa? Del fatto che Xander aveva staccato il cavo? Le hai detto che suo marito ha disobbedito agli ordini per poter arrivare da te e aiutarti?

Avrei potuto dirlo a Karen in quel momento. Avrei potuto confidarmi con lei, almeno su quello.

Avrei potuto prendere quella decisione, raccogliere il coraggio.

Ma non c'era niente da raccogliere, perché ero un codardo. Un codardo che aveva voltato le spalle a Karen e AJ per mesi, durante la parte più dura del loro lutto.

Prendendole la mano, mi chinai in avanti e la guardai negli occhi. «Xander...» La mia voce si affievolì e il mio sguardo rimase intrappolato nei suoi occhi castani.

Lei annuì, incoraggiandomi a continuare.

Ma io deglutii, con le parole conficcate in gola. Mi avrebbe odiato se avesse saputo. Avrebbe urlato e pianto. E, peggio ancora, avrebbe odiato Xander per la decisione che aveva preso. La decisione di lasciare sua moglie vedova e suo figlio senza un padre e tutto per salvare un essere umano privo di valore, amico o no che fosse.

Non potevo.

Lei scosse nuovamente la testa. «Non capisco. Che cosa volevi dirmi di Xander?»

Mi schiarii la voce. «Xander avrebbe voluto che vegliassi su di voi. E stare con voi due mi fa sentire più vicino a lui. Mi rende felice, Kare.»

Lei sorrise, triste. «Questa non è una cosa da fare per obbligo. E certamente non una cosa in cui buttarsi e non dovremmo farlo nemmeno noi. Tu hai bisogno di tempo per superare il tuo dolore. E, sinceramente, io non ho ancora superato il mio.»

Le presi la mano. «Allora possiamo farlo insieme.»

Il suo sorriso divenne meno triste quando mi guardò negli occhi. «Forse. Ma non è una decisione che dobbiamo prendere ora, okay?»

Cercai di pensare a qualcosa da dire per convincerla a cambiare idea. Al contempo non riuscivo a non chiedermi *perché* stessi cercando così disperatamente di chiudere la questione. Forse perché, se fossi stato impegnato, non avrei avuto modo di essere nuovamente attirato da Gray?

Sembrava una speranza futile.

Karen spezzò il silenzio con un lungo sospiro. «Devi essere esausto e anch'io ho avuto una lunga giornata.» Si tirò indietro. «Penso che dovremmo andare a dormire.»

Mi mise sulla punta dei piedi e mi diede un bacio sulla guancia. «Buonanotte.»

Poi si voltò e se ne andò. La guardai andar via, passandomi nuovamente la mano tra i capelli. Karen aveva fatto del suo meglio per alimentare i miei dubbi, ma chiusi gli occhi e strinsi i pugni, deciso che sarebbe stato un passo nella direzione giusta per rimettere le cose a posto.

Vi avrei dedicato tutta la mia vita, se possibile.
Almeno quello era il piano.

***

Il mercoledì successivo, i miei colleghi astronauti ed io salimmo a bordo di un piccolo aereo diretto in Florida per il test della rampa di lancio e per guardare il lancio dell'ultimo razzo senza passeggeri che portava la gemella della capsula nella quale avrei volato il mese dopo. Un collaudo completo di tutti i sistemi, senza equipaggio. Ero seduto di fronte a Noah. Lui sfogliava un manuale tecnico mentre io lavorato sul mio tablet per passare il tempo.

Eravamo gli unici passeggeri svegli su quel volo.

Diedi un'occhiata ai nostri colleghi che dormivano. «Immagino che i piloti debbano dormire se non sono loro che fanno volare l'aereo.»

Lui rise e poi ci fu una pausa imbarazzante, con due noi che guardavamo fuori dai rispettivi finestrini.

«Come sta Karen?» mi chiese Noah quando distolse gli occhi dal finestrino e mi guardò oltre il tavolino.

Appoggiai il tablet e lo spensi. Stavo studiando le nuove checklist che ci aveva inviato il reparto operativo. Cercando di non mostrare la sorpresa davanti a quella domanda, mi chiesi perché lo stesse chiedendo, visto che lui e gli altri due avevano passato il fine settimana con Karen e AJ. Conosceva già la risposta alla sua domanda.

E Noah non era un tipo da conversazioni oziose.

«Bene.» Sistemai il sedile e guardai fuori dal finestrino. Eravamo sopra il Golfo del Messico, dove normalmente gli astronauti facevano le manovre nei loro jet T38 da addestramento. Indicai a Noah alcuni dei posti che ci erano familiari.

Come me, Noah non era originariamente un pilota, anche se avevamo imparato entrambi a pilotare i nostri jet da addestramento. Anche Noah era arrivato alla NASA delle forze speciali, anche se lui aveva fatto parte dei Ranger dell'esercito e quindi c'era la solita rivalità esercito/marina. Ed eravamo stati AS CANs, (il nostro nomignolo per i candidati astronauti) insieme.

Cosa ancora più importante, una volta eravamo stati buoni amici, durante tutte le molte ore e gli infiniti giorni di addestramento estenuante che il nostro lavoro imponeva.

Fino alla spedizione ISS 53. La fatidica missione che aveva cambiato tutte le nostre vite.

«Tu e Karen sembrate… vicini» disse Noah tirandosi indietro e dandomi un'occhiata speculativa.

Annuii. «Lo eravamo, e ci stiamo avvicinando ancora.»

Lui guardò fuori dal finestrino, ma sembrava nervoso, aveva un pugno chiuso in grembo. Ero sorpreso. C'era qualcosa che lo turbava. Forse Karen gli aveva parlato della mia proposta?

Avrebbe significato che ne erano al corrente troppe persone.

«La porterai al ricevimento?» mi chiese.

Io ci pensai un attimo, poi mi grattai la mandibola. «Oh, volevi dire la cena privata che ha organizzato Adam Drake il prossimo fine settimana? Devo portare Keely. Ma, accidenti, Karen non dovrebbe andarci da sola. Perché non l'accompagni tu?»

Noah sembrò impallidire sotto l'abbronzatura e mi diede un'altra breve occhiata illeggibile. «Sì, glielo chiederò, ma solo se prima tu le chiedi se le sta bene.»

Io mi misi a ridere. «Perché non dovrebbe andarle bene? Ti conosce, è tutto…»

Noah scosse la testa. «Chiediglielo tu prima e se non ha problemi, l'accompagnerò io.»

«Okay» dissi alzando le spalle.

Ci fu un altro lungo, imbarazzato silenzio ed io ripresi il tablet. Noah mi interruppe schiarendosi la voce. Alzai gli occhi e appoggiai il tablet sulle gambe.

«Ti devo delle scuse per aver insistito tanto per il test senza luci a bordo. Grazie per averlo fatto.»

Annuii. Era andato tutto bene. Avevo passato un mucchio di tempo a prepararmi e il fatto che la durata del test fosse breve era stato utile. Avevo contato mentalmente i secondi che mancavano alla fine del test e mi aveva aiutato a tenere a bada il panico.

«Mi dispiace di aver continuato a rimandare. Non mi sembrava un problema importante come altre cose che avevamo in ballo, che abbiamo ancora in ballo. Ma non ci è voluto veramente tutto il tempo che pensavo ci volesse.»

Noah si strofinò la guancia e mi studiò, piegando la testa. «Era l'unico motivo? Voglio dire, sembrava...» Alzò le spalle, smettendo di parlare.

Io attesi un momento per permettergli di completare la frase. Quando non lo fece, fui tentato di lasciar perdere e riprendere il tablet. Invece, per qualche stupido motivo, lo invitai a continuare. «Sembrava che...?»

«Come se ci fosse qualcosa che non mi stai dicendo. Beh, non solo a me. A tutti noi.»

Sentii i muscoli delle spalle che si contraevano, ma non mi mossi. «Ascolta, so che incolpi me, fin dall'incidente...»

Noah scosse la testa. «Ti sbagli. Non incolpo te. Ma mi sembra che tu non sia sincero fino in fondo.»

«Beh» dissi, alzando la mano per attirare l'attenzione dell'assistente di volo per chiedere un drink, «l'ultima volta che ho controllato, non sai leggere nei pensieri, né hai l'abilità innata di scoprire le bugie.»

Lui sbuffò, esasperato. «So che non sei un bugiardo. Ma vorrei che fossi più aperto su quello che ti sta succedendo.» Abbassai gli occhi sulle sue mani, al modo in cui stringevano i braccioli. Era ammirevole, visto il nostro passato, che non stessimo urlandoci addosso o che non venissimo alle mani.

«Vuoi dire le mie emozioni? Vuoi che condivida con te tutti i miei dispiaceri?»

Noah scoppiò a ridere. «Okay, non è proprio quello che volevo dire.»

Ero riuscito a cambiare argomento. Tirai mentalmente un sospiro di sollievo mentre parlavamo di altre cose. E, nonostante i nostri contrasti, sapevo che, malgrado le passate incomprensioni, Noah mi avrebbe coperto le spalle. L'avrebbero fatto tutti loro.

Eravamo una fratellanza e lo saremmo sempre stati. Ci coprivamo le spalle a vicenda.

E la nostra fratellanza aveva un vuoto. Un uomo che mancava e che non avremmo dimenticato. *Mai*, se avessi potuto dire la mia.

CAPITOLO VENTUNO
GRAY

VICTORIA MI STAVA DANDO UNA LISTA DI COSE DA FARE lunga un chilometro, elencando le voci più in fretta di quanto riuscissi a scarabocchiare sul mio bloc notes, quando il mio telefonò vibrò per la terza volta. Ero seduta lì da soli dieci minuti.

La guardai e mi scusai.

Le sue sopracciglia perfettamente arcuate si alzarono. «Perché non rispondi? Io ho una cosa da fare. Torno subito.»

Prese una busta che sembrava contenere un cartoncino e uscì da dietro la scrivania, con un movimento vivace. Sul viso aveva un'espressione radiosa.

Mentre girava intorno alla scrivania per andare alla porta, doveva aver colto la mia espressione perché si fermò e si voltò a guardarmi. «Che c'è?»

Sbattei le palpebre. «Cosa?»

«Stai sorridendo come un'ebete.»

Io mi morsi il labbro e cercai di svicolare. «Uhm, sì. È solo che sembri così felice.»

Victoria spalancò gli occhi e chinò la testa verso di me. «Non facciamo finta di niente. Io so che tu sai. Ma acqua in bocca, okay?»

«Glu-glu.»

Lei voltò sui suoi tacchi perfetti e mi gridò dal corridoio. «Cerca di non annegare.»

Risi, sapendo che era uscita per andare a mettere il cartoncino sulla scrivania di Pari. Pari era fuori sede, per un qualche tipo di addestramento, quindi Victoria aveva preso l'occasione per farle una sorpresa.

Fissai a lungo la mia lista, senza vederla, crogiolandomi nella felicità di seconda mano che sentivo irradiare da Victoria. Speravo che non avrebbero dovuto mantenere ancora a lungo il loro segreto, ma Pari non voleva dire niente per scaramanzia e Victoria insisteva a procedere lentamente.

Ma da quanto mi aveva detto Pari, finora andava tutto bene.

Mi stavo comportando come una romantica fessacchiotta, tanto che quasi dimenticai di controllare i messaggi che avevo ricevuto, che erano il motivo per cui Victoria aveva deciso di darmi un attimo di tregua.

Gray, tuo padre vorrebbe che fissassi una data per la vostra cena. Sta diventando un po' irascibile.

Teresa, l'assistente di mio padre, era una donna gentile e non meritava il tipo di pressioni che lui le stava facendo perché lo ignoravo.

Ed ecco sparita tutta la felicità di seconda mano che provavo per Victoria e Pari, e la loro fiorente relazione.

Sospirando, risposi: *Di' a mio padre di non farsi salire la pressione. Lo vedrò alla cena dell'XPAC il prossimo fine settimana.*

La sua risposta fu immediata. *Ok. Glielo dirò.*

Le mandai un'emoji in risposta. Ero tornata pronta ad affrontare mio padre, solo per scoprire che era a New York per affari fino alla fine della settimana. E visto che la cena era proprio quel fine settimana, avrei dovuto aspettare che fosse finita per dire la mia. Ma mi ero preparata. Avevo fatto elenchi puntati di ciò che volevo dire e avevo addirittura fatto le prove davanti allo specchio.

Niente di strano che la ragazza nerd affrontasse da nerd anche quel problema.

Tornai alla checklist sul mio blocco. Il titolo era: "Strategia di uscita per la relazione pubblica tra Keely e Ty". Sotto c'era una lista di strategie, una serie di bocconcini da far avere alla stampa e alcune cose che dovevamo fare sui social media. Keely avrebbe smesso di postare fotografie e perfino di menzionare Ty più avanti quella settimana, forse avrebbe anche cancellato alcune delle foto più recenti che li ritraevano insieme e avrebbe smesso di seguirlo.

Ryan avrebbe smesso di seguirla dall'account Twitter fittizio che era stato gestito principalmente dall'assistente di Victoria sotto la sua attenta supervisione. Keely poi avrebbe cominciato a farsi accompagnare dalle amiche nelle apparizioni pubbliche e, alla fine sarebbe stata vista in qualche occasione con un uomo misterioso.

Poi, dopo un mese circa, lei e Ryan avrebbero rilasciato una dichiarazione congiunta, sentita e cordiale, sulla loro separazione amichevole, insieme agli auguri reciproci.

Anche se sapevo che era tutto finto, mi commuovevo comunque nel leggere la lista. La finta relazione era ciò che aveva unito Ryan e me. E con la sua dissoluzione, mi sembrava che finisse anche il mio legame con lui.

La lista mi ricordava anche la mia personale rottura e tutto il dolore che ci eravamo inflitti a Tahoe, insieme ai bei ricordi. E quell'addio all'aeroporto mi faceva male al cuore tutte le volte che ci pensavo.

Grazie a Dio, Ryan aveva passato quella settimana in Florida. Non ero sicura che sarei riuscita a sopportare di incontrarlo nei corridoi o guardarlo per caso negli occhi in sala mensa.

Ovviamente c'era il ricevimento quel fine settimana. Il pensiero mi faceva stringere lo stomaco. Avrebbero partecipato gli investitori chiave, tutti gli astronauti e l'intera squadra di supporto, con i loro partner. Non era un evento da cui potessi tirarmi indietro, per quanto lo volessi.

***

«Non avere il vestito giusto non è una scusa valida.» Pari scosse la testa, con le braccia conserte, seduta in auto accanto a me un pomeriggio, qualche giorno dopo, mentre andavamo verso il centro commerciale. Avevo appena elencato tutti i modi cui potevo pensare per evitare di partecipare alla cena.

«Un caso improvviso di avvelenamento da E. Coli?»

Pari mi diede un'occhiataccia. «Ti trascinerò in ogni singolo negozio finché non avremo trovato qualcosa di adatto. E visto quanto detesto far compere in un centro commerciale, questa è una vera prova d'amicizia.»

Annuii. «Sì, *è* una vera prova d'amicizia. Sinceramente non posso dire che farei lo stesso per te.»

Lei mi guardò storto e indicò la portiera. «Andiamo.»

La sera dopo, indossai i miei acquisti davanti al laptop per farli vedere a mia madre. Lei fu entusiasta. L'abito che Pari mi aveva incoraggiato a indossare andava ben oltre ciò che avevo mai osato portare a un evento pubblico. E avevo bisogno di tutto il supporto morale che potevo avere, anche se mia madre era a migliaia di chilometri di distanza.

«*Cariad*!» esclamò, usando il termine affettuoso gallese che usava per me. «Il tuo taglio di capelli è adorabile. E quel vestito!»

Era di satin, rosa conchiglia e anche se non esattamente scollato, aveva le spalline e una scollatura a V che lasciava scoperta l'ultima parte della mia cicatrice.

«Sarai splendida. Vai con qualcuno?»

Il mio sorriso svanì quando l'immagine di Ryan mi passò spontaneamente per la mente. Lui avrebbe di sicuro portato qualcuno. Sarebbe stata Keely, per un'ultima apparizione pubblica? O sarebbe stata Karen, con cui era deciso a stare dopo il volo di prova?

E come sarebbe stato per me vederlo là con lei?

Ero stata tentata di invitare Aaron. Mi aveva chiesto di uscire con lui, ma avevo rifiutato. Chiedergli di venire con me a quest'evento gli avrebbe mandato dei segnali confusi. Inoltre non era giusto, mi sarebbe sembrato di usarlo se fossi uscita con lui solo per ingelosire un altro. Era troppo una brava persona per un'azione simile.

«Tutto bene? Sei diventata silenziosa di colpo.» La mamma mi stava parlando su Skype dalla sua cucina. Dato che per me era molto tardi, era mattina presto per lei nel Galles. Stava tagliando la verdura per preparare un'enorme pentola di zuppa.

Mi lisciai il tessuto fresco del vestito sullo stomaco e annuii, piantandomi in viso un sorriso finto. «Sì. Sì. Va tutto bene.» Sollevai le mie scarpe nuove per impedirle di continuare a notare il mio improvviso nervosismo. «Ho comprato delle scarpe nuove da abbinare al vestito.»

Mia madre restò a bocca aperta. «Oh, sono stupende! Come le scarpe di Cenerentola.» Le guardai. Erano argentate, luccicanti, avevano i tacchi alti e il cinturino alla caviglia.

«Eh, porto sempre scarpe da tennis e Doc Martens, quindi ho immaginato che per una volta mi sarei concessa un paio di scarpe firmate. Queste sono Jimmy Choo.»

Mamma annuì senza dire niente. Nonostante fosse stata la moglie di un miliardario per decenni, non le interessavano molto le etichette. Il suo stile era troppo bohemien.

«Sono fiera di te perché non hai paura di mostrare la tua cicatrice. So che in passato è stato un problema. Ma sei bellissima.»

Io mi toccai imbarazzata la cicatrice, ma non risposi. Lei smise per un attimo di tagliare le sue cipolle per asciugarsi gli occhi e tirare su col naso. «Hai qualcuno per truccarti?»

Mi misi a ridere. «So truccarmi da sola. Ho imparato su YouTube.»

«Brillante!» esclamò lei entusiasta.

Le spiegai che la cena era per festeggiare l'ultimo lancio senza equipaggio, eseguito con successo, prima di quello vero tra tre settimane. Che erano invitati tutti i dirigenti, gli astronauti, la squadra di supporto e gli investitori chiave. Il che voleva dire anche mio padre.

E avrebbe significato che in quella sala ci sarebbe stato uno strano mix di persone. E un mucchio di tensione.

Mi si annodava lo stomaco solo a pensarci.

Il fine settimana arrivò molto più in fretta di quanto volessi. Grazie al cielo mi aiutò Pari a prepararmi. Era lì più che altro per darmi un supporto morale, ma mi serviva qualcuno che mi aiutasse con i gioielli. Erano pezzi che non portavo mai, regalo da mia madre.

«Wow, Gray, diamanti. Sei così affascinante. Tutto il tempo passato con Keely Dawson deve averti contagiato.»

Risi guardandola allo specchio mentre mi agganciava la collana di diamanti. Alle orecchie avevo già gli orecchini di diamanti abbinati.

«Erano un regalo che mio padre aveva fatto a mia madre non molto prima del loro divorzio. Lei li aveva definiti "il suo ultimo disperato tentativo". Li ha regalati a me invece di venderli quando si sono separati.»

Pari sorrise. «Sembrano gioielli che potrebbe portare Victoria. Sarebbe favolosa con i diamanti.»

La guardai agitando le sopracciglia. «Beh, fai tutti quei soldi come scienziata missilistica, no? Natale sta arrivando e hai una persona speciale per cui fare acquisti quest'anno.»

Per quanto tentasse, Pari non riuscì a nascondere uno stupido sorriso. Si stava chiaramente innamorando in fretta. E l'identica eccitazione di Victoria in ufficio qualche giorno prima mi diceva che i suoi sentimenti erano ricambiati. Forse nel loro futuro c'era l'amore?

«Non prendermi in giro, altrimenti dovrò fare qualcosa di drastico.»

Risi. «Non fare minacce a vuoto, Pari.»

Pari si mise davanti a me e mi sistemò la collana che pendeva appena sopra la mia cicatrice ma non la copriva. «Sta benissimo. Tutto ti sta benissimo.» Mi guardò negli occhi e capii che stava cercando di rassicurarmi, viste le mie insicurezze.

Gli interventi chirurgici a cuore aperto erano dolorosi, gravosi per il corpo e la ripresa era difficile. Tutte le volte che vedevo la cicatrice allo specchio, mi tornavano per un attimo in mente i mesi di dolore dopo l'intervento. Ma quella sera la fitta di dolore non era fisica; il dolore che provavo dentro di me era puramente emotivo.

Ero letteralmente nata con il cuore spezzato. Ma era quello figurativo che stava soffrendo mentre mi preparavo mentalmente per fare il mio ingresso da sola nel ristorante.

Pari guardò fuori dalla finestra, verso il cielo del tardo pomeriggio. Gli alberi e i cespugli ondeggiavano violentemente sullo sfondo. «Meno male che i tuoi capelli sono belli corti, ma portati una spazzola. C'è un vento fortissimo lì fuori e fa un caldo infernale.»

L'autunno non era ancora arrivato, ma i venti di Santa Ana erano arrivati presto nella California del sud e con loro la costante sensazione di sete e la pelle secca. Presi il tubetto di lozione e la spalmai sulle mie povere mani disidratate e sui gomiti.

Pari mi diede un'ultima controllata e sorrise, scuotendo lentamente la testa. «Darei non so cosa per vedere la faccia di Ty quando ti vedrà stasera.»

«Non voglio pensarci. Assolutamente. Già non mi sento per niente a mio agio.»

«È ora di accettare di sentirti a disagio e correre qualche rischio, Gray. Con i rischi arriva anche la ricompensa e nessuno è mai riuscito a fare grandi cose giocando sul sicuro. Saremmo mai andati sulla luna, se avessimo giocato sul sicuro? No. Concentrati su questo stasera.»

Le sorrisi. «Okay.»

Ciò che diceva era vero. I miei orizzonti non si sarebbero mai allargati se avessi continuato a stare al sicuro e protetta. Era il modo in cui ero educata, a essere cauta e ad avere paura del mondo invece di essere eccitata e ansiosa di uscire ed esplorarlo in tutto il suo splendore.

Per trovare i miei limiti naturali invece di vivere con quelli imposti da altri.

Adesso avevo una vita di lezioni di cautela da contrastare.

Impossibile scappare.

CAPITOLO VENTIDUE
GRAY

QUARANTACINQUE MINUTI DOPO, ENTRAI NEL LOCALE dove si sarebbe tenuta la cena. Era un raffinato ristorante francese, esclusivo, in alto sulle Orange Hills con un panorama sulle luci della città giù fino a Newport Coast. L'intero locale era riservato per il nostro gruppo. Ad aspettarci c'erano i nostri ospiti, Adam Drake, AD e imprenditore, e sua moglie Mia, aspirante medico. Mi salutarono sulla porta con un enorme sorriso sul volto.

Ero la figlia di mio padre, dopotutto, quindi avevo incontrato molta gente con quel genere di ricchezza e dovevo dire che erano due delle persone più gentili che avessi mai incontrato. Erano ancora giovani, non avevano ancora trent'anni ed entrambi erano estremamente attraenti. Erano quel tipo di giovane coppia attraente che faceva pensare immediatamente alla gente come sarebbero stati i loro figli, una volta che avessero cominciato ad averli.

Poi c'era il mio capo, Tolan, con la sua partner. Era assorto in conversazione con la coppia nostra ospite quando ero arrivata, ma poi mi aveva salutato con un gran sorriso, prendendomi la mano, chinandosi per darmi un bacio sulla guancia. «Tuo padre è appena arrivato e ha già chiesto di te. È andato a prendere qualche tartina.»

Guardai in fondo alla stanza e vidi che la mia unità paterna stava parlando con uno degli altri astronauti, Hammer. Mio padre appariva rigido e formale, a disagio, ma sembrava interessato a qualunque cosa gli stesse dicendo Hammer.

Anche mentre parlavano, mio padre ispezionava la stanza con gli occhi, cercando. Probabilmente me. Forse Ryan. Gli voltai le spalle e cominciai a cercare a mia volta. Ryan non si vedeva da nessuna parte e quindi supposi che non fosse ancora arrivato. Quel posto non era abbastanza grande da perdere un astronauta muscoloso alto più di un metro e ottanta.

Mentre ispezionavo la stanza però, i miei occhi si fermarono su una donna che conoscevo. Minuta, lunghi capelli scuri, molto carina, proprio come la ricordavo. Stava chiacchierando con Noah Sutton e sembrava concentrata. Probabilmente era arrivata con lui. Quindi non era la partner di Ryan quella sera.

Avevo lo stomaco stretto. La gelosia affondò immediatamente gli artigli roventi nel mio petto, stringendolo, tanto da impedirmi di respirare liberamente. Sentii ancora una volta il dolore che avevo provato nel dire addio a Ryan all'aeroporto, nel sapere che sarebbe andato a casa da Karen. La possibilità che qualcosa potesse cominciare tra di loro. La nausea raggiunse il culmine al pensiero che era proprio Ryan a volerlo, nel suo contorto modo di pensare.

Quei pensieri rendevano doloroso ogni battito del mio cuore. E se Karen avesse pensato anche lei che era una buona idea? E se avesse sentito il bisogno di qualcuno che si prendesse cura di lei? Toccava a me dirle che Ryan era spinto dalla vergogna, dal senso di colpa e di perdita?

Non potevo interferire. Non erano affari miei ciò che decidevano due adulti consenzienti, nonostante influisse anche sul mio futuro.

Era tutto talmente frustrante e confuso. Mentre ero lì, da sola con un bicchiere d'acqua minerale in mano, rimuginando su tutte le possibilità, sentii un po' di trambusto sulla porta. Era entrato Ryan con Keely al braccio.

Mi voltai immediatamente a guardare Karen che osservava la loro entrata, sperando di riuscire a carpire qualcosa di ciò che le passava nella mente. Sembrava vivamente interessata alla coppia che era appena entrata, fissava Keely nello splendido abito da cocktail verde smeraldo che metteva superbamente in risalto i suoi capelli rossi.

Lo sguardo di Karen passava da uno all'altro, come se li stesse studiando attentamente e volesse vedere come interagivano. Karen doveva sapere che la coppia era finta. E sinceramente non ci sarebbe stata una gran messinscena quella sera. Erano arrivati insieme a beneficio dei fotografi che aspettavano fuori.

Ma lì tutti sapevano che era solo una recita per le masse. In qualche mese l'immagine di Ryan era stata riabilitata con successo e la gente parlava di *Tyley* su tutto Internet e nei notiziari. Mi voltai per cogliere un'altra occhiata, notando che stavano talmente bene insieme che era difficile credere che non fossero veramente una coppia.

Lo sguardo di Keely incrociò il mio e lei spalancò gli occhi. Esclamò forte: «Oh, mio Dio, Gray! Sei fa-vo-lo-sa.» Diede di gomito a Ryan, che mi stava già fissando attentamente. «Non è fantastica, Ty?»

Lui non rispose. Keely si staccò dal suo braccio e venne direttamente verso di me. «Gray, tu...»

Io scossi la testa, ma le sorrisi. «… sono fantastica, ho sentito.» Ci guardammo negli occhi e cominciammo entrambe a ridere.

«Mi piace quel colore su di te. Io non posso portare il rosa, sai, capelli rossi. Così sono gelosa perché a te sta così bene.»

«Beh, tu sei *sempre* favolosa, quindi probabilmente non dovrei nemmeno dirlo, anche se stasera sei *davvero* favolosa.»

Keely scosse la testa e sogghignò. «Oh, non mi stanco mai di sentirmelo dire, tesoro. Ripetimelo pure. I miei capelli sono a posto? Nonostante il vento assurdo che c'è fuori?»

«Abbiamo tutti i capelli per aria oggi. Tu stai benissimo.»

Keely guardò indietro e poi mi prese il braccio e mi portò via dal centro della stanza. «Mi hai perdonato per Tahoe?»

Me l'aveva già chiesto in un messaggio. Io avevo risposto un po' seccamente, dicendole che aveva superato i limiti e lei si era scusata profusamente.

Il giorno dopo avevo trovato un mazzo di fiori sulla mia scrivania in ufficio. Mi voltai verso di lei. «Ti ho già detto che va tutto bene. Solo non lasciarmi più arenata con un fusto sexy, a meno che sia qualcuno con cui non stavo prima» le dissi sorridendo.

«Ti sento forte e chiaro. Uffa, il pensiero di tornare nel mondo degli appuntamenti mi fa quasi desiderare di avere solo relazioni finte d'ora in poi.»

Io pensai per un momento alla possibilità di uscire con qualcun altro. Non avevo nemmeno cominciato a pensare al futuro.

«Ty è ancora piuttosto arrabbiato con me. Ha detto a malapena due parole mentre venivamo qua. Ho pensato che mandargli dei fiori non sarebbe servito.»

Seguii il suo sguardo per osservare Ryan. Era in un gruppetto con Adam, sua moglie Mia e Tolan e stavano parlando di qualcosa, ma gli occhi di Ryan erano su Keely e me. «Già, probabilmente i fiori non sarebbero serviti, e nemmeno i cupcake.»

Keely sbuffò. «Gli uomini sono così buffi. Sono furiosi per due secondi e poi li distrai e loro dimenticano completamente per che cosa erano arrabbiati.»

Aprii la bocca per rispondere quando sentii qualcuno alle spalle. Keely si tirò indietro e mi voltai vedendo mio padre. Mi mise una mano sulla schiena. «Gracie, posso conoscere la tua amica?»

Tesi i muscoli dove aveva messo la mano e lui fece una smorfia. Poi mi staccai da lui, col pretesto di prendere Keely per il braccio mentre gliela presentavo. «Keely Dawson, questo è mio padre, Conrad Barrett.»

Keely sorrise radiosa a mio padre e lui le sorrise di rimando. «È un piacere. Non vado spesso al cinema, ma l'ho vista in quel film sulla seconda guerra mondiale...»

«*I confini delle tenebre.*»

«Sì. Mi è piaciuto. Lei è una giovane donna di talento.»

Keely era radiosa. «Gray non mi ha mai detto che suo padre era un tale tesoro e che avesse gusti impeccabili.»

«Mio padre è un tesoro e ha gusti impeccabili» declamai io con voce robotica. Ci guardammo negli occhi e anche se lui sorrise, io rimasi seria. Il momento diventò imbarazzante, quindi mi schiarii la voce. «Scusatemi, ho sete. Vado a prendere qualcosa da bere. Tornerò subito!»

O meglio ancora, non sarei tornata per niente, mi dissi mentre andavo al bar e ordinavo una Dr. Pepper con ghiaccio extra. Bello, Gray. Proprio di classe. Ero vestita come se dovessi avere in mano una flûte di champagne, ma non mi piaceva il suo sapore.

Forse era stata una cattiveria lasciare Keely bloccata con mio padre, ma lui era un tipo affascinante e sapeva farsi valere in una conversazione, perfino con una bella starlette. La sua holding aveva finanziato parecchi film di sicuro successo, quindi Keely avrebbe perfino potuto trarne profitto.

Comunque io volevo solo levarmelo di torno. Ero ancora arrabbiatissima con lui e frustrata perché non avrei potuto affrontarlo fin dopo la cena. Andai verso i vassoi di tartine, artisticamente sistemate su diversi piani. Studiai le varietà offerte e decisi di non prendere niente perché il mio stomaco stava facendo i salti mortali. Tra la presenza di mio padre e quella di Ryan e l'animosità incrociata tra i due, sarebbe stato un miracolo se fossi riuscita a mangiare (e tenere giù) qualcosa quella sera.

«Come stai, Gray?» disse una voce alle mie spalle. Stavo fissando i vassoi, come fossi in trance, persa nei miei pensieri e assaporando la solitudine, nell'inutile speranza che il mio isolamento sarebbe continuato. Ciononostante, l'interruzione non era spiacevole. Guardai Kirill. «*Dobriy vyecher.*»

Lui sorrise. «Buona sera anche a te. Stai imparando il russo?»

«Una parola per volta» gli dissi sorridendo.

Lui annuì, approvando. «Esattamente come l'ho imparato io. È una lingua molto utile.»

«Specialmente se avremo più cosmonauti nella squadra.»

Kirill alzò le sopracciglia bionde. «Potrebbe essere una prospettiva interessante. Però non sono in molti a volersi trasferire dalla Russia negli USA.»

Sorrisi, ricordando una discussione che avevo avuto con Ryan. «Faremo in modo di fare il reclutamento in inverno e mostrare poster delle spiagge della California in gennaio.»

Kirill sorrise e alzò le spalle. «Potrebbe funzionare.»

Proprio in quel momento, le luci tremolarono, spegnendosi e riaccendendosi più volte, un'interruzione così breve che, anche se la notarono tutti, servì solo a ricordare il vento che c'era fuori. Cose simili succedevano sempre quando soffiavano i venti di Santa Ana, onnipresenti come il caldo secco, la polvere persistente e l'aria piena del fumo degli incendi boschivi. Ci guardammo in faccia, sorpresi mentre gli altri intorno a noi emettevano gridolini sorpresi.

«Posso prenderti qualcosa da bere? A me serve un altro drink» disse Kirill.

Alzai il mio bicchiere, che era ancora mezzo pieno (sì, ero ancora ottimista nonostante tutto) e lui sorrise, andando verso il bar. Lì incontrò Ryan, che stava allontanandosi dal bar dopo aver preso da bere. I due si scambiarono qualche parola e Ryan alzò gli occhi come per controllare le luci. Probabilmente quella breve interruzione dell'energia elettrica lo aveva messo in allarme. Notai che aveva la fronte un po' lucida di sudore e le spalle rigide.

Non volevo notare quei particolari e di sicuro non volevo provare quel senso immediato di empatia e di preoccupazione per lui.

Volevo smettere di pensare a lui. Proprio come sembrava, lui avesse smesso di pensare a me.

Mi voltai, fingendo di essere interessata agli antipasti. Ero sicura che prima che finisse la serata li avrei catalogati, contati e imparati a memoria. Ma non speravo di essere così fortunata.

Quasi feci un salto quando sentii un corpo accanto a me, una manica di camicia che sfiorava il mio braccio nudo. Un odore familiare e una presenza calda.

Quando parlò, la sua voce fece vibrare delle parti in fondo a me. E mi resi conto di quanto mi era mancato, come un fulmine che mi attraversasse in pochi secondi.

Ryan parlò a bassa voce. «È un quarto d'ora che fissi quella roba. Perché non ne assaggi uno?» E come per mostrarmelo, prese un pezzo di sashimi artisticamente presentato, mettendoselo in bocca. I miei occhi si fissarono sulla sua bocca mentre masticava, di colpo inondata di desiderio per lui. Avrei voluto chinarmi e annusarlo, sentire il calore del suo corpo accanto al mio. Invece feci un passo indietro.

«Non ho molto appetito stasera.»

I suoi occhi percorsero il mio volto, il collo, il petto e giù fino in basso, e il calore dentro di me scaldò e arrossò la mia pelle. Poi il suo sguardo si fermò platealmente sul mio petto, sulla cicatrice evidente, prima di tornare ai miei occhi. «Sei assolutamente bellissima stasera.» Era poco più di un sussurro ma detto in un modo, con una tale convinzione, che non avrei potuto, nemmeno in un milione di anni, declassare le sue parole a un semplice complimento.

Aprii la bocca e le mie labbra si mossero come se stessi per dire qualcosa, eppure non sapevo che cosa dire. Mi si strinse la gola e tutto ciò che riuscii a sussurrare fu un timido «Grazie.»

Ryan era il solito stupendo se stesso. Jeans neri, blazer beige, camicia azzurro scuro che richiamava i suoi occhi, slacciata al collo. Non aveva la cravatta, ma la spilla d'oro d'astronauta della NASA appuntata sul risvolto.

Non ero proprio arrabbiata con lui, ma ero decisamente in guardia. Sulla difensiva, mantenevo le distanze per proteggere me stessa. Ma non potevo nemmeno restare indifferente. Non quando era così vicino a me. Non quando mi guardava in quel modo.

Quando lo amavo ancora.

In quel momento fummo interrotti da Karen, che apparve dall'altra parte di Ryan.

«Ho il vino; ho una babysitter con il bambino stasera e sono pronta a far festa. C'è qualcosa di buono qui? Sono affamata» chiese a Ryan.

«Ci sono quei cosi di pasta sfoglia al formaggio che ti piaceranno, visto che sei una fanatica dei formaggi.» Le rivolse un'occhiata e un sorriso che fece esplodere dentro di una fiammata irrazionale di gelosia. Feci un altro passo indietro, avevo bisogno di riprendere il contegno.

Ma Karen fece un passo avanti. «Ehi, Gray. È bello rivederti.»

Mi stampai un sorriso sulle labbra. «Sì. Ti stai divertendo in California, con il nostro clima impazzito?»

«Pensavo che sarei volata via come una foglia mentre venivo qui. Spero che il tempo sia migliore quando noi tre andremo a Legoland la settimana prossima.»

Noi tre. Guardai Ryan. Loro tre. Una nuova famigliola. Era veramente così... dolce.

E forse sarebbe stato un bene per lui avere qualcuno di cui prendersi cura. Merda, che cos'avevo che non andava? Stavo cominciando anch'io a pensare che potesse essere una buon'idea?

Riuscivo a malapena a respirare tanto avevo la gola stretta. «Sembra bello. Spero che vi divertiate, specialmente AJ. Io, ah, devo andare a controllare una cosa.»

Prima che uno dei due potesse dire qualcosa me n'ero andata, scappando in bagno e cercando di calmarmi abbastanza da affrontare la cena con tutti quei diversi protagonisti intorno allo stesso tavolo. Decisi di sedermi accanto a qualcuno più sicuro, magari Mia Drake o Tolan. O meglio ancora, in mezzo a loro due.

Sarebbe stato perfetto.

Quando tornai dal bagno, il nostro lungo tavolo era pronto e la maggior parte della gente era già seduta. Dato che i posti non erano stati assegnati, mi diressi verso la parte in fondo, quando Tolan mi agganciò per il braccio. «Ti siedi accanto a me?»

Annuii ed esitai solo quando mi resi conto che la persona dall'altra mia parte sarebbe stato Ryan.

Keely aveva menzionato di voler parlare con Mia riguardo alla facoltà di medicina per una parte che avrebbe recitato più avanti quell'anno. Quindi dall'altra parte di Ryan c'era Karen. Ora la nausea era al massimo e fui sul punto di voltarmi e tornare indietro.

Solo quando mi sedetti, mi resi completamente conto di quanto fosse incasinata la scelta dei posti. Papà era seduto di fronte a Ryan, senza dubbio intenzionalmente.

Se mai c'era stato un momento per evocare mentalmente nuove e interessanti parolacce, era proprio quello.

Gli occhi gelidi di mio padre si puntarono su Ryan. «Bene, comandante Tyler. Come va l'addestramento per il volo? Pronto a cominciare il suo breve e inutile viaggetto al centro del nulla?»

Ryan prese il tovagliolo, sbattendolo bruscamente per poi appoggiarselo in grembo. «Sono molto eccitato in effetti.»

Diedi un'occhiataccia al mio offensivo genitore e lui mi guardò con altrettanta durezza. «Aaron mi ha detto che sta tentando di mettersi in contatto con te. Hai ricevuto il suo messaggio?»

Già, quella piccola punzecchiatura era rivolta a Ryan. Lo capivo dallo sguardo gelido che mio padre gli aveva rivolto per un attimo mentre parlava. Io arrossii come un pomodorino, grata che la maggior parte della gente a tavola fosse impegnata in conversazione. «Stai facendo anche l'assistente di Aaron adesso? Che dolce! Ed io che pensavo che fossi già abbastanza impegnato.»

Mio padre strinse le labbra, ma non sembrò particolarmente arrabbiato. Sembrava più come si fosse aspettato che ribattessi ed io avessi soddisfatto le sue aspettative. Bene, alla faccia dell'autocontrollo. Feci un respiro profondo. Sarei stata l'immagine di perfetta compostezza adulta quella sera, se anche avessi dovuto ingoiare mille rospi.

Le luci sfarfallarono ancora, questa volta restando spente per mezzo secondo di più, una pausa decisamente più percettibile. Accanto a me, Ryan s'innervosì e il suo tovagliolo cadde sul pavimento. Piegai la testa e vidi che era aggrappato ai lati della sedia con le nocche sbiancate, tanto stava stringendo.

«Va tutto bene?» Mormorai la domanda in modo che mi sentisse solo lui. Poi mi abbassai, raccolsi il suo tovagliolo e glielo rimisi in grembo prima ancora che lui si muovesse.

Lui mi diede un'occhiata di sottecchi. «Sto bene» disse a denti stretti.

Ryan era incastrato, con me da un lato e Karen dall'altro e la parete alle spalle. Sarebbe stato fottuto se avesse dovuto scappare in fretta. Ovviamente non ci aveva pensato quando si era seduto a tavola.

La prima portata, insalata, andò liscia e anche la zuppa. Papà stava intrattenendo gli ospiti con le sue storie umoristiche popolaresche, la sua specialità. Io soffocai l'irritazione rifiutandomi di guardarlo e anche se lo guardava, Ryan non partecipò mai alla conversazione. Avrei pagato un mucchio di soldi per sapere che cosa stava pensando Ryan o a come riusciva a controllare la rabbia nei confronti di mio padre.

Guardai di nuovo Ryan. Aveva la testa piegata verso la commensale dall'altra parte, verso Karen. Ma non era il momento di soffermarmi sulla mia gelosia. I camerieri stavano portando la portata principale e Tolan stava cercando di coinvolgermi nella sua conversazione con Adam Drake riguardo a una possibile missione sulla luna.

Dato che ero mancina, Ryan mi urtò il braccio quando cominciò a tagliare la sua bistecca, dandomi accidentalmente una gomitata. Si voltò per mormorare delle scuse e i nostri occhi si incontrarono. Non l'avevo progettato, ma quando successe, qualcosa sfrigolò e praticamente esplose tra di noi. Emozioni represse da entrambe le parti?

Era molto più dell'imbarazzo. Era un legame. Mi mancò il fiato.

Le luci sfarfallarono ancora una volta, accendendosi e spegnendosi lentamente come se un bambino dispettoso lo stesse facendo per attirare l'attenzione della stanza. A quanto pareva era l'ultimo sospiro virtuale prima di restare spente. Al buio, la gente sospirò o esclamò sorpresa e le posate tintinnarono sui piatti. Il vento era aumentato e il suo ululato acuto, polvere e detriti sbatacchiavano contro le finestre.

Ma il mio vicino di sedia si fece prendere dal panico. Forse fui l'unica a sentire il suo gemito, il rumore della sua sedia che cadeva sul pavimento mentre l'allontanava dal tavolo, il suono delle posate e del piatto che colpivano il pavimento con un tonfo. Era in piedi e cercava di superare Karen quando mi alzai e gli afferrai il braccio.

«Ryan!» esclamai e forse si perse nella conversazione intorno al tavolo, mentre la gente rideva e scherzava e qualcuno chiedeva al cameriere di portare delle candele, mentre gli altri cercavano il cellulare.

Ryan finì contro la parete dietro di lui prima di fare dietro front e voltarsi verso di me, con tutti i muscoli contratti. Sentivo il rumore del suo respiro affrettato, il calore che emanava a ondate dal suo corpo. «Non riesco a uscire. Devo uscire. Dov'è l'apertura per arrivare al *Quest*?»

Era il nome dell'airlock sulla ISS.

Ryan stava avendo un flashback dovuto al disturbo da stress post-traumatico e il panico nella sua voce era palese. Ma come diavolo avrei fatto a convincere un uomo di novanta chili alto più di un metro e ottanta a calmarsi mentre era accerchiato da entrambi i lati?

Gli afferrai i bicipiti, stringendo forte e mi chinai verso di lui. «*Respira* Ryan» dissi sussurrando aspra.

Speravo di riuscire a farlo tornare da dov'era finito nel passato con un minimo di danni. Poi mi resi conto che la stanza era piombata nel silenzio.

CAPITOLO VENTITRÉ
RYAN

IL BUIO, LA TENSIONE E IL DOLORE TURBINANO INTORNO A me, sfuocati, e mi stordiscono. Non riesco a vedere un accidente di niente. È il mio incubo peggiore. Sono intrappolato al buio e non riesco a respirare. Cerco di inspirare lentamente dal naso. Sembra che ci sia gente che parla tutto intorno a me, ma la tuta sta perdendo pressione e non riesco a trovare quella fottuta apertura per arrivare all'airlock. È come se ci fosse un muro davanti a me e ho le gambe inchiodate in basso come se ci fosse gravità.

È un sintomo della perdita di pressione? Sto avendo le allucinazioni adesso?

Apro la bocca per rispondere alla domanda di Houston senza nemmeno ricordare qual era. «Non riesco... *non riesco a vedere. Non riesco a respirare.*»

Le voci intorno a me tacciono, oppure è il rumore della statica? Capcom non sa che cosa dire? Sono fuori di testa con la preoccupazione per Xander ma mi hanno tagliato fuori da lui, ordinandomi di tornare all'airlock, dicendomi che hanno la situazione sotto controllo.

Perché non riesco a crederci?

Il mio SAFER funziona ed è stato progettato per questo. I jetpack servono proprio a recuperare gli astronauti che in qualche modo si sono staccati dal cavo. Potrei andare a prendere Xander, riportarlo indietro. So che ci riuscirei prima di svenire per la mancanza di pressione nella tuta. *Elaborare una soluzione. È quello che sappiamo fare, giusto? A che cosa servivano tutti quegli anni e anni di addestramento?*

Ci sono stelle e buio tutt'intorno e non riesco a vedere il lucore onnipresente della terra sotto di me. Dobbiamo essere sul lato buio del pianeta.

«Houston, non ho capito il vostro ultimo messaggio. Controllo comunicazione.» La mia voce esce strozzata, appena al limite del panico. Ho il cervello in fiamme. Che cosa sta succedendo con Xander? Perché non mi lasciano parlare con lui?

Ho delle mani sulla faccia. Almeno così mi sembra. È un'allucinazione? Sto morendo?

Fragole e menta. È il profumo che sento. E mi ricorda... mi ricorda *lei*. Di colpo la confusione mi annebbia i pensieri. Suoni e voci mi raggiungono come attraverso un lungo tunnel. La sua fronte preme contro la mia.

Conoscevo già... Gray? Ovviamente sì perché stavo pensando a lei in quel preciso momento. La confusione aumentò mentre incubo e realtà si mischiavano assieme. I miei polmoni cercavano l'aria. E questo voleva dire... voleva dire che non ero nella mia tuta spaziale mentre perdevo pressione cercando di trovare la strada per tornare nella stazione.

Ero a terra ed era il motivo per cui le mie gambe non si muovevano come se fossi in condizioni di microgravità. E spiegava tante cose.

Cercando disperatamente di respirare, mi concentrai su una voce dolce. *La sua* voce. «Chiudi gli occhi, stringili forte. Pensa a qualcos'altro. Pensa a qualcosa che ti rende felice, qualcosa di bello, come il lago.»

Qualcosa che mi rende felice. Era facile. Prima ancora che finisse, mi chinai verso di lei, verso quell'inebriante profumo di fragole. La mia bocca si chiuse sulla sua ed io feci ciò che mi chiedeva, chiusi gli occhi e mi concentrai su quella sensazione. Ancorandomi, letteralmente, concentrandomi sulla sensazione della gravità che mi teneva giù.

Deboli lampi di luce illuminavano il mondo oltre le mie palpebre chiuse, ma io continuai a tenere gli occhi chiusi e a baciarla. Quel dolce sapore. Quella dolce ragazza. Non volevo emergere per respirare. Non ne avevo bisogno. *Lei* era la mia aria.

Ma quando la luce divenne più brillante e le voci intorno a noi ripresero a parlare, sentii che si tirava indietro. Io non ero ancora pronto. Alzai la mano per tenere la sua testa contro la mia e continuai a baciarla.

Dietro di lei qualcuno fischiò e batté le mani. «*Sì!*» gridò Keely. Giusto. Ero al ristorante. Una cena imbarazzante cui avrei preferito non partecipare. Il mio battito era ancora irregolare, ero ancora nel panico, ma la botta di adrenalina si stava esaurendo. Aprii appena gli occhi. La tenue luce bluastra intorno a noi veniva dalle torce degli smartphone. E i camerieri avevano messo le candele sul tavolo.

«Signore, le porteremo un altro piatto» disse qualcuno.

«Che cosa diavolo pensa di fare?» disse un'altra voce. Una voce aspra, piena di rabbia e di odio. Conoscevo quella voce. Conrad Barrett.

Lentamente tolsi la mano dalla testa di Gray e lei si tirò indietro. Il suo corpo tremava contro il mio. Ci fissammo negli occhi e per un lungo momento ignorai tutto quello che avevo intorno, eccetto lei. Gray.

Solo lei aveva notato ciò che mi stava succedendo. Solo *lei* aveva saputo.

Ma adesso *tutti* sapevano della mia paura del buio. Sentivo i loro occhi su di me.

Gray aggrottò le sopracciglia scure, preoccupata. «Andrà tutto bene» mi sussurrò e dovevo crederle. *Volevo* crederle.

CAPITOLO VENTIQUATTRO
GRAY

DATO CHE ERAVAMO IN PIEDI, VICINISSIMI, QUANDO SI mosse Ryan aumentò di parecchio la distanza tra di noi. Tolse le mani che mi tenevano la testa arretrando, allontanandosi. Finì contro la sedia di Karen, ma non distolse mai lo sguardo dal mio. Deglutì visibilmente, ma nessuno dei due sembrava voler interrompere il collegamento, fisico o chissà cos'altro, che avevamo stabilito tra di noi.

Diverse persone si schiarirono rumorosamente la gola dal fondo del tavolo dov'erano seduti i miei colleghi.

Karen stava fissando Ryan con la stessa espressione degli altri. Occhi sgranati, bocca aperta. La sua sedia raschiò rumorosamente mentre lei si spostava verso il tavolo, evitando di guardarmi. «Hai bisogno di passare?» Senza dire una parola, Ryan le passò accanto.

Gli altri astronauti lo stavano fissando e lui evitò deliberatamente i loro occhi. Io non mi azzardai nemmeno a dare un'occhiata verso Tolan e Adam, ma immaginai che fossero anche loro affascinati dall'accaduto.

Papà si era alzato dal suo posto e mi stava guardando a occhi sgranati. Sibilò tra i denti: «Che diavolo sta succedendo?»

Ryan si voltò verso di lui con gli occhi brucianti e i pugni chiusi. «Si sieda, Barrett. E non le parli in questo modo. Gray mi stava aiutando.»

Papà lo guardò torvo. Quando aprii la bocca per parlare, mi interruppe, indicando Ryan con un dito. «Il problema qui è che non è stato abbastanza uomo da andarsene. Lei è distruttivo e pericoloso. E non la voglio vicino a mia figlia.»

«Guarda…» cominciai a dire, ma questa volta fu Ryan a interrompermi, sibilando rivolto a mio padre: «E *lei* non è stato abbastanza uomo da tirarsi indietro e lasciarle vivere la sua vita, come l'adulta che è.»

Mi sentii ribollire il sangue, avevo il volto in fiamme e quella vocina dentro la mia testa che mi diceva sempre di restare calma e fare un respiro profondo, di controllarmi, quella vocina ora stava urlando.

«Lei è mia figlia, bastardo.»

«È una donna adulta.»

«Basta!» urlai a entrambi. Ogni testa nella stanza si voltò di colpo verso di me, come se stessero guardando una strana partita di tennis a tre. Avrebbe potuto essere comico se non si fosse trattato di me e della mia vita. Sarebbe potuto uscirmi il vapore dalle orecchie per tutta l'attenzione che quei due maschi alfa mi stavano prestando, anche mentre *discutevano* di *me*.

«Io sono *proprio qui!*» Colpii il tavolo con il pugno, facendo sbatacchiare piatti e posati. «Non parlate di me come se non fossi presente o come se non avessi una voce mia.»

Se fosse prevalsa la mia testa raziocinante, sarei uscita dalla sala. Ma non c'era verso che potessi andarmene dopo aver preteso che mi ascoltassero.

«E, per l'amor di Dio, smettetela di prendere decisioni sulla *mia* vita come se non dipendesse da me.»

Papà aprì la bocca per dire qualcosa, ma lo interruppi. «Mi stai spingendo ad allontanarmi da te. È questo che vuoi?» Stavo tremando come una foglia mentre le parole uscivano e le lacrime mi scendevano lungo le guance. «Mi stai allontanando come hai fatto con la mamma? E tutti gli altri? Non puoi decidere delle nostre vite. Non puoi dettarci come viverle. Non siamo marionette attaccate a un filo da far marciare per il tuo divertimento.»

«Gracie.» Mio padre alzò una mano per placarmi. «Per favore, calmati. Il tuo cuore...»

Con la faccia che bruciava, picchiai ancora una volta il pugno sul tavolo. Le posate finirono sul pavimento. «Sei *tu* che mi stai spezzando il cuore, papà!»

Percepii un movimento dal punto dove c'era Ryan. Aveva cambiato posizione. Sembrava irrequieto, come se stesse programmando di tirarmi fuori da quella stanza, in qualche modo. Come se stesse pensando di portarmi in qualche posto privato. Ma avevo delle cose da dire anche a *lui*. Cose che non sarebbero state facile da ascoltare.

Cogliendo il mio sguardo, Ryan indicò l'uscita ed io mi avventai su di lui, con i pugni chiusi e le unghie che si conficcavano nel palmo.

«E *tu*» sibilai. «Tu sei solo un *bugiardo*. Menti a me. Menti a tutti quelli intorno a te. Ma la cosa peggiore di tutte, quella più triste, è che menti a *te stesso*.»

Con una fitta al petto, mi fermai per riprendere fiato, massaggiandomi la clavicola e notando come mio padre trattenesse il fiato vedendolo. Ovviamente pensava che stessi avendo una crisi cardiaca.

Ryan venne verso di me. «Gray, usciamo e...»

«Nessuno può sistemare ciò che non va in te, Ryan Tyler. Io non posso farlo.» Indicai gli altri astronauti della sua squadra. «Loro non possono.» Resistetti alla tentazione di indicare Karen. Era semplicemente troppo doloroso. Invece lottai per riprendere fiato, con tutto il corpo che vibrava per l'emozione. «L'unico che può farlo sei *tu*. Ma tu non riesci nemmeno a riconoscere di avere un problema. Ti auguro comunque di superarlo. Nessuno lo desidera più di me. Ma io ho finito di cercare di farti entrare un po' di sale in zucca. Ti amo, ma non ce la faccio più.»

Papà venne verso di me ed io mi voltai verso di lui con un gesto brusco. «Non seguirmi.»

Stringendomi per superare la sedia di Keely, mi voltai quando vidi Ryan fare un passo verso di me. Lo fermai con un gesto altrettanto brusco. «*E nemmeno tu!*»

Fortunatamente, Noah si alzò e lo bloccò ed io ne approfittai per uscire da lì senza guardare nessuno negli occhi. Precipitandomi verso la mia auto con i tacchi alti, dovetti scansare detriti e cartacce che svolazzava nel vento. Poi spalancai la portiera, per cercare rifugio dentro.

Non sapevo dove volessi andare. Certamente non a *casa*. Essere intrappolata tra quelle quattro mura con tutti quei pensieri e quelle emozioni che mi frullavano nella mente mi avrebbe fatto impazzire. Mi sarei sentita impotente. Invece dovevo riprendere il controllo.

Prima che chiunque potesse uscire nel parcheggio e fermarmi, partii e mi diressi a nord sulla Chapman Avenue verso le colline rese brulle dal calore dell'estate, lontano dalla superstrada. Speravo che guidare senza meta e pensare mi avrebbe aiutato a fare un po' di chiarezza in me.

Era una cosa strana, in effetti, come se non essere diretta da nessuna parte potesse improvvisamente obbligare la mente a prendere una direzione mai considerata prima. Avevo le mani sul volante e la mia mente cosciente controllava gli specchietti, la strada e le luci brillanti del traffico che veniva dalla direzione opposta.

Le emozioni mi trafiggevano come migliaia di piccole stilettate di ricordi. La sensazione delle braccia di Ryan intorno a me, il sapore delle sue labbra quando, nel panico, mi aveva cercato.

Il modo in cui mi aveva ascoltato quando gli avevo detto che sarebbe andato tutto bene. *E la crisi era passata...*

Mi venne la pelle d'oca e avevo gli occhi pieni di lacrime sapendo, ora più che mai, di averlo perduto. Ciò nonostante, assaporai quelle sensazioni nuove, quello scoppio di gioia al pensiero di essere stata il suo tutto, anche se solo per pochi momenti prima che la realtà arrivasse a schiacciare entrambi. Ma le sensazioni sbiadirono e lasciarono solo il vuoto e il dolore dietro di loro.

Di nuovo.

Non potevo continuare a farmi del male in quel modo. Di continuo. Aprirgli il mio cuore solo per permettergli di staccarne un altro pezzo. Il mio cuore emotivo avrebbe cominciato ad assomigliare a quello fisico, deformato e mal funzionante, prima che medici brillanti lo riparassero. Ma da quanto ne sapevo, non esistevano valvole cardiache protesiche per il cuore emotivo.

No. Se tenevo al mio benessere emotivo, almeno quando, apparentemente, insistevo a dare tutto il mio cuore allo stesso uomo indisponibile, avrei dovuto imparare a mettere me stessa al primo posto.

Avrei dovuto rinchiudermi in me, allontanarmi. Imparare a guarire. Pensare a me stessa, una volta per tutte.

E dovevo anche sistemare il casino che avevo creato con mio padre. Sistemare il danno che lui aveva fatto alla società lasciandosi coinvolgere e poi lanciando ultimatum. Era ora di tenere testa anche a lui. Non dovevo essere io quella che reprimeva i suoi sentimenti per aiutare tutti gli altri intorno a me.

Potevo lottare per me stessa, ed era giusto così.

Dopo aver vagato per le strade serpeggianti delle colline per quasi mezz'ora, arrivai a un belvedere appena fuori dalla strada principale, un piccolo quartiere residenziale con una strada a due corsie che dava sulle luci a nord di Orange County. In lontananza individuai la gigantesca A illuminata dell'Angels Stadium di Anaheim, l'Honda Center lì vicino che si stagliava contro l'orizzonte e il brillante spettacolo di luci cangianti della nuovissima stazione dei treni ARTIC. Guardai appena quello spettacolo, impressionata dalla sua bellezza, eppure senza vederlo veramente.

Senza più esitare, presi il telefono e scrollai i contatti, cliccando sull'app dei messaggi. Guardai l'ora. Erano appena passate le otto e mezza.

Scrissi il messaggio e aspettai.

Io: *Ehi, mi stavo chiedendo se potremmo incontrarci. Ho veramente bisogno di parlare con te.*

Fissai lo schermo del telefono per qualche minuto, quasi a ordinargli di rispondere. Apparvero i tre puntini che indicavano che stava leggendo il messaggio. Deglutii. Poteva sembrava improvviso. Era decisamente tardi e inaspettato, ma forse, solo forse…

I tre puntini sparirono e sullo schermo di notifica apparve un nuovo messaggio.

Aaron Thiessen: *Certo. Un bar? Oppure puoi venire da me, se vuoi.*

Mi morsi il labbro riflettendo, poi risposi.

Io: *Preferirei venire a casa tua, se non ti dispiace. Ti prometto che non ti disturberò a lungo.*

Lui: *Non sarai mai un disturbo. Ci vediamo presto!*

Deglutii il groppo che sentivo in gola e rimisi in moto, ripassando nella mente le parole che volevo dirgli.

CAPITOLO VENTICINQUE
RYAN

GUARDARE GRAY USCIRE DA QUELLA STANZA FU COME guardare il mio cuore che si strappava dal mio petto.

E anche se aveva imposto a suo padre di non seguirla, io cercai di farlo, ma fui molto deliberatamente bloccato da Noah. Non resistetti. Gli dovevo una spiegazione, dopotutto. La dovevo a tutti. Avevo ancora la maglietta fradicia del sudore freddo causato da quell'episodio al buio. E molto probabilmente erano tutti scossi per quella rivelazione.

Nessuno di loro, però, poteva esserne tanto nauseato quanto lo ero io per averlo rivelato. Eppure ne ero anche stranamente contento.

Gray aveva avuto ragione ed io ero stato troppo cieco per vederlo. Non ero idoneo al volo.

E adesso *tutti* quanti sapevano la verità.

Alzai i tacchi e mi precipitai in bagno. Mi presi un momento per riprendere fiato, gettarmi un po' d'acqua fredda sul volto e cercare di formulare un piano.

Ma dopo aver rimandato per qualche minuto e sapendo che il resto dei ragazzi mi avrebbe sicuramente seguito lì, uscii senza un piano, solo con il bisogno divorante di trovare Gray, scusarmi. Tenerla stretta, se me l'avesse permesso.

Dovetti accantonare quel desiderio quando vidi chi mi aspettava fuori dalla porta del bagno, appoggiata alla parete, le braccia conserte, gli occhi bassi, persa nei suoi pensieri: Karen.

Dovevo una spiegazione anche a *lei*.

«Ehi» le dissi piano, per non sorprenderla mentre stava sognando a occhi aperti.

Lei alzò la testa e la cortina di capelli scuri smise di coprirle il bel volto. Fui sorpreso di vedere un sorriso sulle sue labbra. «Ehi.»

Restai immobile e ci fissammo a disagio negli occhi per un lungo momento. «Allora, dovremmo parlare» dissi.

Lei lasciò uscire il fiato con uno sbuffo esplosivo, come se l'avesse trattenuto. «Sì, dovremmo parlare. C'è una stanzetta appena fuori dal corridoio. Sembra vuota. Forse potremmo prenderla in prestito. Diventerà la nostra tradizione.»

Annuii e la seguii alla stanza in questione. Era un salottino riservato a riunioni speciali. C'erano un grande divano, poltrone e un camino ora vuoto. La luce era scarsa. Karen scelse una delle poltrone ed io mi sedetti sul divano di fronte a lei.

Karen intrecciò le dita e si mise le mani in grembo. «Allora...» Strinse gli occhi, frugandomi il volto. «Ho qualcosa che credo dovresti leggere.»

Rimasi stupito dalla stranezza delle sue parole. Mi aveva scritto una lettera? Mentre ero in bagno? Aspettai confuso mentre lei si toglieva la borsa dalla spalla. Prese una busta di plastica, slacciò il cordoncino che la teneva chiusa e ne tolse una lettera piegata. Era chiaramente una lettera per lei, che era stata aperta, maneggiata con amore, letta e riletta e poi ripiegata.

Tante volte. Una lettera non lacera, ma affettuosamente consumata lungo le pieghe della carta.

Karen la teneva con attenzione mentre l'apriva e me la passava. «Leggila adesso. E non dovremmo parlare finché non avrai finito. Okay?»

Sempre più stupito, presi il foglio e l'appoggiai sul tavolino davanti a me. Alla luce scarsa, strizzai gli occhi per riuscire a leggere le parole. Era chiaramente nella grafia di Xander. L'avrei riconosciuta ovunque.

E mi resi conto quasi immediatamente di che cosa si trattava. Gli astronauti, prima di andare su, venivano incoraggiati (anche se non era un obbligo) a scrivere una o più di quelle lettere, a seconda del numero di persone che li aspettavano a casa. Una lettera a un genitore, a un figlio, un partner, un amico. Una lettera *nel caso in cui...*

Guardai brevemente Karen e lei annuì. «Dopo aver visto ciò che è successo a cena, mi sono resa conto che Xander non ti aveva scritto una lettera perché stavate per salire insieme. Ma senza dubbio tu saresti stato quello che avrebbe beneficiato di più nel leggere i suoi pensieri sulla missione. Le sue speranze e le sue paure. Leggila, Ty. Ne hai bisogno.»

Mi tirai indietro per un momento e la fissai, con lo stomaco stretto e la vista un po' sfocata. «Non ci riesco...»

«*Per favore*. Se non vuoi farlo per me, fallo per Xander. Leggila.»

Mi sembrava di invadere la sua privacy, anche se era lei che mi aveva consegnato la lettera. Ma poi mi buttai nella lettura, sfiorando in fretta il messaggio personale che le aveva scritto, la piccola collezione dei ricordi più rilevanti nella loro relazione.

Quando si erano incontrati la prima volta, il loro fidanzamento e così via.

Trovai un messaggio nelle sue parole, quasi come un codice nascosto, come fosse indirizzato a me, quando arrivai a tre quarti della pagina.

... Sai quanto l'ho desiderato e non posso fare a meno di ammettere di essere emozionato per questa pietra miliare nella mia vita. Sono l'uomo più fortunato al mondo e tu sei il novantanove percento delle ragioni per cui lo sono.

Sono fortunato anche perché lo sto facendo con il mio miglior amico, mio fratello. E se ci credessi, direi che è la provvidenza che ha fatto sì che Ty ed io saliamo insieme. Significa tantissimo per me. So che tu fai affidamento su di lui quando io non ci sono, quindi per te sarà doppiamente difficile. Ma non ti sei mai lamentata. Nemmeno una volta.

Se non dovessi tornare, avrai tante domande da fare. E quella a cui sento il bisogno di rispondere è: che cosa vuoi che faccia?

Vivi, Karen. Vivi la tua vita. Senza paura e senza tristezza. Vivila in un modo che ti permetta di godere dei nostri ricordi, ma anche di crearne di nuovi. Riempi la tua vita d'amore e di felicità e condividili con nostro figlio. Fai tesoro di ciò che abbiamo avuto insieme, ma per favore, per amor mio, vai avanti, vivi.

Mi hai dato tanto e mi sembra che tutto ciò che ho fatto io sia stato prendere. Ti amo, con ogni mio respiro. Ti amo. Ti amo.

Tuo per sempre,

Xander

Lessi e rilessi quelle righe almeno tre volte, senza riuscire ad andare oltre. Senza riuscire a *sentirle* se non con la voce di

Xander. La voce che avevo *veramente* sentito un anno prima. La voce che invadeva ancora i miei sogni.

La sua voce balzava fuori dalla pagina e dichiarava *Sto facendo ciò che amo... sono la persona più fortunata al mondo... lo sto facendo con il mio miglior amico.*

Xander. Il mio miglior amico. Mio fratello. L'uomo che aveva rinunciato a tutto per salvarmi. Mi morsi il labbro e spinsi la lettera verso Karen cercando di frenare le lacrime. Non potevo permettere che la sua vedova mi vedessi così. Avevo promesso di prendermi cura di lei, non obbligarla a essere forte per me.

Ma quelle parole. Vi tornai sopra con gli occhi, leggendo e rileggendo le righe, sperando di incidermele nella memoria. Sperando che il messaggio mettesse radici, pur sapendo che in realtà non lo avrei permesso.

Sapevo perché Karen aveva voluto che la leggessi ma...

Ma non potevo lasciarli andare. Il senso di colpa e la vergogna erano tutto ciò che mi restava.

«Ty» sussurrò Karen, chinandosi in avanti. «Non capisci? È ciò che Xander voleva da tutta la sua vita. È morto facendo il lavoro che sognava da quando era un ragazzino. Lui...»

«È morto cercando di salvare me.» La interruppi con una voce morta, incapace di tenermelo dentro ancora. Quel segreto, quel vergognoso segreto che finora avevo rivelato a una sola persona. «Aveva tutto per cui vivere e ci ha rinunciato per me. Perché ero in pericolo.»

Karen sembrò accigliarsi e le cadde lo sguardo sul foglio davanti a me, poi mi guardò, con una domanda palese negli occhi. «Non capisco.»

«Sto dicendo che Xander ha disobbedito ai miei ordini e a quelli del controllo missione e ha staccato volontariamente il cavo. Si è messo in pericolo perché la mia tuta aveva una falla.»

Mi spostai, appoggiandomi allo schienale e guardandola negli occhi. Non meritavo il lusso di evitare il suo sguardo. La fissai negli occhi mentre le raccontavo come suo marito, il suo tutto, avesse sprecato la sua vita, si fosse messo volontariamente in pericolo per salvare la mia inutile pelle.

L'espressione sul suo volto, l'espressione dei suoi occhi che diventava dura, il suo tirarsi indietro e affondare nella poltrona mentre le raccontavo i fatti, mi spezzarono il cuore in mille pezzi. Alla fine chiusi gli occhi, strofinandoli, con la voce che tremava, odiando la mia stessa debolezza. Odiandomi come sapevo che mi stava odiando lei dopo aver saputo la verità. Dopo aver saputo che io ero lì, seduto davanti a lei, invece di come sarebbe dovuta andare. Invece di esserci Xander.

La ruga tra gli occhi scuri divenne più profonda e mi domandai se stesse per mettersi a piangere. E, se l'avesse fatto, come sarei riuscito ad affrontarlo.

«Buon Dio, Ty» disse dopo un po' quando la mia voce si affievolì e morì. Non sarei riuscito a pronunciare un'altra parola perché avevo la gola chiusa che mi impediva di parlare e perfino di respirare. «Ti stai tormentando per questo da un anno? Dicendoti che non meriti di essere vivo perché lui non lo è più?»

Non risposi, continuai solo a fissarla, senza sapere ancora come l'avrebbe presa. Karen chiuse il pugno in grembo e con l'altra mano riprese la lettera. Ah, allora sarebbe stata rabbia.

Bene. Meritavo che fosse furiosa con me. Adesso sapeva la verità.

«Tu, fottuto idiota» disse a denti stretti. «Non hai capito niente di quello che ha scritto? Come fai a essere così ottuso?» Karen prese fiato e tenne la pagina davanti a sé, scorrendo la pagina mentre leggeva le frasi chiave. *"Fai tesoro di ciò che abbiamo avuto insieme, ma per favore, per amor mio, vai avanti, vivi."* Deglutì, guardandomi con gli occhi cupi, accusatori, prima di tornare al documento. «*Vivi la tua vita. Senza paura e senza tristezza.* Queste sono le *sue parole*, Ty. Se le ignori, ignori le ultime parole di un uomo prima che morisse. Il tuo miglior amico. Tuo *fratello*. Tu avevi bisogno di queste parole quanto ne avevo bisogno io.»

«Ma non capisci...»

«No!» gridò Karen, agitando il suo piccolo pugno. «Io *non* capisco. Quando abbiamo perso Xander, il mondo ha perso un uomo meraviglioso. Tu hai perso il tuo miglior amico. Ma io... io ho perso l'amore della mia vita. Il mio *compagno*. L'uomo con il quale stavo allevando mio figlio. E non provo risentimento nei tuoi confronti. Non valuto la sua vita più della tua. In effetti, provo risentimento per il fatto che, comportandoti come hai fatto, mantenendo il segreto, tu non abbia rivelato al mondo che vero eroe fosse Xander. E se continui a pretendere che la tua vita non significa niente, allora stai dicendo che mio marito è morto, *si è sacrificato*, per niente. Quindi piantala con queste stronzate, Ty! Tu vali di più. Xander valeva di più. Smettila. Smetti di sminuire il suo sacrificio.» Fece un respiro profondo per calmare il tremolio della sua voce. «E il mio.»

La fissai, scioccato, scuotendo leggermente la testa, con ogni molecola del mio corpo che sembrava vibrare. «Io...»

«No.» Scosse anche lei la testa. «Non abbiamo più niente da dirci. Sai come la penso. Xander è stato un eroe. Xander era l'uomo migliore che abbia mai camminato sulla faccia della terra, per quanto riguarda noi due. E Xander è morto perché non poteva vivere con il pensiero di essere qui sulla terra senza di te. Hai capito? Quindi tu *gli* devi di vivere la tua vita ed essere felice. Senza rendere vano il suo sacrificio. È morto da astronauta. Ciò che aveva sempre voluto essere. È un eroe e il suo eroismo lo renderà immortale. Che altro possiamo pretendere? Che altro possiamo chieder*gli*? Chiedere di più sarebbe da egoisti.»

Ero senza parole. Le parole e la ragione mi erano state tolte a forza man mano che ognuna delle verità che Karen pronunciava mi colpiva come un maglio.

Con movimenti bruschi, Karen raccolse la lettera e la ripiegò, rimettendola con cura nella sua tasca di plastica. Io la fissavo incredulo, guardando i suoi gesti furiosi. Che cosa potevo dirle? Che avevo negato l'eroismo di Xander perché non riuscivo ad accettare il sacrificio che aveva fatto per me? E che cazzo di diritto avevo di farlo?

Se poteva accettarlo lei, allora, maledizione, dovevo accettarlo anch'io, no?

Mi strofinai la fronte. Com'era possibile che non mi fosse mai venuto in mente prima? Forse perché ero stato troppo cocciuto, troppo preso dalla mia ossessione di prendermi la colpa e trattarmi più crudelmente di quanto avrei mai trattato il mio peggior nemico.

Forse perché *io ero già* il mio peggior nemico.

Finito il suo compito e rimessa la sua preziosa lettera in borsetta, Karen rivolse di nuovo lo sguardo su di me, ancora ribollente di rabbia. «Ora, vuoi spiegarmi che cosa diavolo è successo quando si sono spente le luci? Hai il disturbo da stress post-traumatico. E Gray, parlandoti, è riuscita a farti uscire dalla crisi veramente in fretta. Ti stai facendo aiutare?»

Mi passai la mano nei capelli e fissai il soffitto. Oh, come avrei voluto non essere lì, ma come potevo piantarla lì? Non era possibile negare i miei problemi, anche se li avevo negati quando Gray era apparsa sulla mia porta quel primo giorno e me l'aveva gettato in faccia.

Potevo inventarmi tutte le regole che volevo per Gray, ma non potevo respingere Karen.

«Avevo fatto parecchi progressi, specialmente grazie a Gray. Ma ovviamente m'ingannavo pensando di essere a buon punto.»

Lei annuì. «E, ovviamente, Gray è la donna di cui parlavi l'altra sera. Quella di cui sei innamorato?»

Sporsi la lingua per leccarmi le labbra e intrecciai le dita in grembo, fissandole, perché, almeno per questa parte, non poteva guardarla in faccia. Avevo cercato di dire a Gray ciò che provavo, ma lei mi aveva fermato. Quando l'avessi trovata per parlarle di nuovo, non sapevo quali parole avrei potuto usare.

Sapevo solo che dovevo trovarla.

Annuii in risposta alla domanda di Karen.

Lei sospirò. «Sei un idiota, Ty. Non riesco a credere che avessi intenzione di farti tanto male.»

«Prima che dica qualcosa, dovevo rompere con lei, okay. E non aveva niente a che vedere con la mia proposta a te. Suo padre aveva intenzione di staccare la spina e affondare l'intero programma se non l'avessi fatto. Quindi lui...»

Il suo gesto brusco mi fermò. «Oh mio Dio. Non cercare di farmi bere queste stronzate. Il vecchio Ryan Tyler che conosco da quando avevamo diciotto anni non avrebbe mai permesso a un vecchio rincoglionito come Conrad Barrett di impedirgli di ottenere quello che voleva.»

Si fermò per riprendere fiato e mi guardò negli occhi come se potesse vedermi l'anima. «E ho visto il modo in cui la guardavi. L'ho visto. Mai, nemmeno in un milione di anni avrei mai pensato di vederti guardare una donna in quel modo. Sinceramente non pensavo che ne fossi capace. Ma, accidenti, tu l'ami. L'ami come se lei fosse il tuo ultimo respiro. Era maledettamente chiaro.»

Era come se avesse preso un travetto e me l'avesse sbattuto in faccia. Restai lì, sbalordito, esposto. Abbassai le spalle, sconfitto. Aveva ragione. Dio, aveva ragione. Che cos'avevo fatto? Perché mi ero arreso?

E tutto per soddisfare Barrett, per fare in modo che il denaro continuasse ad affluire. Disperato, aggrappato a un obiettivo che non era veramente mio, a una promessa che avevo fatto in un momento di stress estremo a Xander, che non avrebbe mai saputo che cosa mi sarebbe costato mantenerla.

Non avevo più voglia di lottare. Avevo lasciato che Gray se ne andasse… non una volta, non due volte, quella sera era la terza volta. Ero piuttosto sicuro che significasse che l'avevo persa per sempre.

Sarebbe stata una stupida a tornare da me una quarta volta dopo tutto quello che le avevo fatto passare.

«Non fare l'idiota. E per l'amor di Dio, non passare il resto della tua vita a punirti a causa del sacrificio di Xander. Se i ruoli fossero stati invertiti, non te lo saresti mai aspettato da lui.»

«Perché lui aveva tutto per cui vivere.»

Karen si chinò in avanti come se volesse aggredirmi, ma si fermò. «E *anche tu*. Sii felice. Vai a cercare Gray e dille quello che provi e non spezzarle il cuore un'altra volta. Di' a quell'uomo di andare a farsi fottere perché tu ami sua figlia e hai intenzione di prenderti cura di lei e lasciarle vivere la sua vita a modo suo. E non si parlerà più di te e me, okay? Puoi ancora essere presente nella mia vita e in quella di AJ. Sei di famiglia. E puoi anche piantarla di evitarci perché ti senti in colpa, perché non ci sarà più il senso di colpa. Xander non lo vorrebbe. Hai letto la sua lettera. Le sue parole.»

Scossi piano la testa e fissai le mie mani unite, senza assolutamente sapere che cosa dire. Ma feci ciò che avrei dovuto fare mesi prima. Rimasi seduto e ascoltai.

«Io sapevo e lo sapeva lui, proprio come lo sapete tutti voi quando vi legate sui quei razzi, che c'è in gioco la vostra vita. È quello per cui vi addestrate, per anni. Il suo lavoro era pericoloso. Proprio come l'equipaggio del Columbia. Proprio come i sette del Challenger. O i tre dell'Apollo 1. Tutti sapevano la stessa cosa. Smettila di legare la tua vita intera a quel momento.» Karen aggrottò le sopracciglia, convinta. «Finché sarà in mio potere, lotterò perché tu non lo faccia, perché sei di famiglia e ho bisogno di te, integro.»

La fissai pieno di meraviglia, con le lacrime che mi rendevano sfuocata la vista. Lasciai che scendessero sulle guance. «Sei una donna meravigliosa, Karen Freed» riuscii finalmente a dire con la voce strozzata e l'emozione che mi travolgeva.

Lei sorrise tristemente, obiettando con un'alzata di spalle. «Ovviamente lo sapevo già. Ed *io* merito di scoprire se posso essere nuovamente felice, magari con qualcun altro. È passato un po' dall'ultima volta che avevo letto la lettera di Xander e, sai, accettare il tuo piano avrebbe significato che *io* avrei continuato a vivere nel passato. Ma ho intenzione di vivere e voltar pagina. E dovresti farlo anche tu.»

Scossi la testa. «Farò tutto il possibile per esserci per AJ e te.»

Il suo sorriso divenne più vero. «La considero una promessa. Sarà meglio che non provi a defilarti di nuovo Tyler. Io so dove sono nascosti gli scheletri. E so come colpirti dove fa male.»

Sbuffai una risata, asciugandomi in fretta gli occhi con il dorso della mano, lottando per contenere l'emozione. «Dio, com'è vero!»

Karen mi guardò con le sopracciglia alzate. «Ora vai, dannazione. Non perdere un altro momento. *Vai a cercarla.*»

Ispirato dalle sue parole, fui travolto da un'ondata improvvisa di... che cos'era? Energia? Determinazione. *Gioia?* Libertà... libertà di ammettere ciò che provavo. Libertà di sapere che cosa volevo. Libertà di cercare di ottenerlo.

«Non le ho nemmeno detto...»

«Diglielo adesso. Stasera. Non perdere un altro momento. Tu, tra tutti, dovresti sapere che la vita è breve. Il nostro tempo è limitato.»

Mi alzai e girai intorno al tavolino per andare a lei. Con un enorme sorriso, lei mi imitò e balzò verso di me, con le braccia aperte e le lacrime che le bagnavano le guance. «Sono così fottutamente felice per te. Non puoi nemmeno capire quanto.»

Mi voltai e le baciai i capelli, sentendo le stesse lacrime bruciare in fondo ai miei occhi. Riuscii a reprimerle. «Ti devo così tanto.»

«Basta. Tu non mi devi niente. Ma, per l'amor del cielo, vai a cercare Gray altrimenti lo considererò un crimine contro natura e non ti perdonerò mai. *Vai.*»

Mi tirai indietro e mi voltai per uscire, ma Karen mi afferrò il braccio. «La sorella di Hammer si sta occupando di AJ stasera ed io avevo comunque intenzione di passare la notte da loro.

Quindi quando troverai Gray, riportala a casa con te. Io non sarò lì.»

Mi chinai, le baciai la fronte e uscii.

CAPITOLO VENTISEI
RYAN

NONOSTANTE L'INVITO DI KAREN AD ANDARE A CERCARE Gray, sapevo che prima c'erano delle questioni in sospeso di cui mi dovevo occupare. Cose che lei avrebbe approvato, o almeno lo speravo.

Gli altri tre astronauti mi stavano aspettando nella sala da pranzo. Mi raccontarono che cosa stava succedendo: Adam e Tolan erano usciti per parlare con Conrad Barrett, probabilmente nel tentativo di persuaderlo a non abbandonare l'intero programma.

Non mi interessava che cosa stavano dicendo. Ma mi importava dei membri della mia squadra. Era un momento critico e dovevamo procedere con cautela.

Quando mi avvicinai, si raggrupparono intorno a me. Noah con le braccia conserte e un'espressione seria sul volto. «Ty, dobbiamo parlare dell'episodio che hai appena avuto.»

Annuii. «Sì, ovviamente. Mi rendo conto che nessuno di voi è un idiota e so che sapete benissimo di che cosa si è trattato.»

Noah si rivolse agli altri due. «Ragazzi, vi dispiace se Ty ed io scambiamo due parole da soli?»

Gli altri si guardarono a disagio prima che Noah si voltasse nuovamente verso di me. Io annuii, accettando e dissi loro. «Dite a Tolan che vorrei parlare con tutti voi tra qualche minuto. Non dovrebbe volerci molto.» Se ne andarono annuendo.

Noah fissò il pavimento, agitato, per un lungo momento prima di tornare a guardarmi negli occhi. «Essere al buio è un elemento scatenante per te?»

Avevo il volto in fiamme per la vergogna, ma non sarei riuscito a dire se la vergogna derivasse dal dover ammettere che avevo paura del buio come un bambinetto oppure dal fatto di aver cercato con tutte le mie forze di nasconderlo a tutti. Che avevo mentito a tutti loro, mettendo a rischio il programma.

«Posso solo chiedervi perdono...» Cominciai a dire con la voce che tremava, ma Noah mi interruppe tendendo una mano.

«C'ero anch'io quel giorno. Anch'io ho ancora gli incubi. Posso essere stato a terra, al controllo missione, ma quel giorno ha cambiato *tutte* le nostre vite.» Strinse le labbra e scosse la testa. «E per tutto questo tempo pensavo che stessi vivendo alla grande, raccogliendo tutti i riconoscimenti e godendoti il trattamento da star.»

Feci spallucce. «Beh, ha i suoi vantaggi.»

Lui fece un mezzo sorriso. «Non buttarla sul ridere, Ty. Traumi simili sono una cosa seria. Siamo tutti militari. Tu ed io facevamo parte delle forze speciali. L'abbiamo visto succedere in tante circostanze diverse. Tu non sei né migliore né peggiore di ognuno di loro.»

«Grazie.»

«Nascondercelo non è stata una bella cosa, ma sarei un ipocrita e uno stronzo se dicessi che non capisco.»

Mi strofinai la guancia, abbassando la testa per la vergogna. «Volevo volare per tutti i motivi sbagliati. E stavo mentendo a me stesso tanto quanto stavo mentendo a tutti voi. Ma non me la sento più di fare questa missione. Quindi ti devo chiedere se sei in grado e vuoi salire al mio posto.»

Mi rispose quasi sorpreso. «Ovvio. È il mio lavoro. Come tuo sostituto, è previsto che subentri a te. Queste sono circostanze speciali, però, con la stampa e tutto il resto.»

Lo fissai negli occhi «Farò tutto il necessario per far continuare il programma. Gestirò l'ufficio astronauti e aiuterò ad addestrare le nuove reclute, farò in modo che tu ti metta in pari con l'addestramento. Ma...» Sospirai, rendendomi conto che era fisicamente doloroso tirar fuori tutto. «Lo stavo facendo per lui. Perché gli ho fatto una promessa, senza riflettere. E giuro su Dio che se quel giorno mi avesse chiesto di tagliarmi via un braccio, l'avrei fatto senza esitare.»

Noah annuì e si chinò in avanti, mettendomi una mano sulla spalla, ma senza parlare, permettendomi di continuare.

«E va contro tutto ciò che siamo, e tutto ciò per cui ci addestriamo e tutta quell'orribile rivalità che ci auto-imponiamo, ma devo ammetterlo. Devo farlo per la squadra e ammettere che non sono idoneo al volo. Non adesso.» *E forse mai più.*

Mi morsi la lingua però, e non pronunciai l'ultima parte.

Anche se ogni parola che stavo dicendo mi veniva dal cuore, quello stesso cuore non era lì in quel momento. Aveva seguito Gray fuori dalla porta mezz'ora prima e la stava freneticamente cercando in ogni posto nel quale poteva immaginare fosse andata.

Perché, maledizione, stritolare il cuore di qualcuno tre volte erano tre volte di troppo. Dovevo aggiustare le cose con lei prima che passasse un'altra ora, ma non potevo nemmeno lasciare Noah e gli altri in sospeso.

Mi passai la mano tra i capelli.

«Non ho intenzione di andarmene. Sto solo facendo la cosa giusta. Sto facendo un passo indietro e lasciando che sia un altro a volare per questa missione.»

«Però ci stai lavorando, vero? Con Gray? Non è sembrata sorpresa quand'è successo.»

Esitai, non volevo parlare di Gray con lui. «Sarò lì con voi per quanto posso per sostenere la missione. Andrà tutto come previsto. E prima che lo chieda... starò bene. Andiamo a parlare con gli altri.»

«Un'ultima cosa... ti devo delle scuse. Pensavo che stessi solo comportandoti come uno stronzo e fosse solo sesso.» Scosse la testa. «Chiaramente non è così.»

Reagii. «No, non è così. Sono innamorato di lei.»

«Allora mi dispiace di essermi comportato da bastardo con te su questa faccenda. Spero che riesca a risolvere le cose con lei.»

Scossi la testa. «Le prospettive non sono buone ma andrò a cercarla appena avrò parlato con Tolan e gli altri.»

Noah annuì. «Sì, e sai che noi ti copriremo le spalle.»

Gli afferrai anch'io una spalla. «Come farò io con voi.»

Trovai gli altri di fuori, raggruppati intorno all'ingresso. Barrett se n'era andato ma Adam e Tolan e i miei compagni astronauti mi stavano aspettando. Nei dieci minuti seguenti ripetei loro la maggior parte delle stesse cose che avevo detto a Noah. Tolan mi ascoltò con la faccia seria, chiaramente non contento della situazione. Ma tutti furono d'accordo che la soluzione era che *non* fossi io a volare.

Decidemmo di incontrarci il giorno dopo con Victoria per discutere il modo migliore di presentare la situazione al pubblico. Non avrei potuto chiedere un sostegno migliore, specialmente da parte dei miei colleghi astronauti che mi strinsero la mano e mi dissero, individualmente, che mi sarebbero stati accanto.

Finalmente, finalmente, dopo più di un'ora da quando Gray aveva lasciato il ristorante, uscii, con la precisa missione di rintracciarla. Ma non avevo idea di dove fosse andata.

Il primo posto in cui andai, il più ovvio, fu il suo appartamento. La sua auto non era nel parcheggio, ma battei sulla porta finché il suo vicino di casa non mise fuori la testa, dandomi una bell'occhiata. Di solito venivo da Gray di nascosto, con berretto e occhiali ed evitavo i vicini.

Ora, mi guardò spalancando gli occhi. «Ehi, lei è...»

«Gray, la sua vicina, è venuta a casa stasera?»

Lui scosse la testa e quando aprì la bocca per aggiungere qualcosa, feci dietro front e mi precipitai giù per le scale verso la mia auto, cercando di pensare a tutti i posti in cui poteva essere.

L'ufficio fu il posto successivo, ma dopo aver controllato il parcheggio senza vedere la sua auto, mandai un messaggio a Pari chiedendole se Gray fosse andata a casa sua.

Pari mi rispose quasi subito ma non poté aiutarmi. Chiesi a una delle guardie, che non dovette nemmeno controllare l'edificio; Gray non era tornata in ufficio quella sera.

Da quel momento in poi la ricerca divenne più frenetica. Controllai il posto sulla spiaggia dove andavamo spesso a passeggiare, ma la sua auto non era nel parcheggio. Andai al piccolo ristorante dove a volte mangiavamo insieme con discrezione quando stavamo insieme. Niente da fare nemmeno lì.

Dato che Gray ed io avevamo condotto la maggior parte della nostra relazione sotto copertura e di nascosto, per mantenere la pretesa della finta relazione con Keely, non c'erano effettivamente molti posti che avevamo frequentato insieme.

Girai più volte intorno al suo quartiere senza vedere niente.

Stavo cominciando a perdere la testa per la preoccupazione.

Dove poteva essere andata? A casa di qualcuno che non conoscevo? In albergo da qualche parte? A casa di suo padre?

Se avessi saputo dove viveva Barrett sarei già stato per strada per andarci. Ma non avevo il suo indirizzo e non avevo nessuna possibilità di scoprirlo in breve tempo.

Seduto nel suo parcheggio, feci finalmente la cosa più logica. Le mandai un messaggio.

Poi la chiamai.

Non ebbi risposta, nemmeno i puntini che indicavano che aveva letto il messaggio. La chiamata andò direttamente alla segreteria, facendomi capire che il suo telefono era spento oppure scarico.

Continuai a passarmi le mani tra i capelli, cercando di pensare, poi decisi di tornare a casa, raccogliere le idee e studiare una nuova tattica.

Ovviamente Gray non voleva essere trovata. E chi ero io per andare contro i suoi desideri? Specialmente dopo tutto ciò che le avevo fatto.

Ma, maledizione, non mi sarei arreso senza dirle ciò che provavo. I miei pensieri tornavano sempre sullo stesso punto mentre pattugliavo la parte nord di Orange County e Long Beach per cercarla.

Oltre un'ora dopo, imboccai il mio viale, morto di stanchezza. Erano passate le undici e l'ora in cui di solito andavo a dormire, e l'adrenalina dovuta all'incidente a cena si era ormai esaurita, lasciandomi esausto.

Ero svuotato e assolutamente disperato al pensiero di andare a letto e svegliarmi senza sapere dove fosse o che cosa stesse facendo. E ancora di più al pensiero di non averla accanto a me nel letto.

Aveva già permesso che passassero troppe notti così.

Ero stato un tale idiota. Pensavo di fare la cosa più giusta per lei quando l'avevo lasciata andare. *Sapevo* che stavo facendo la cosa peggiore per me stesso.

In quel momento, credevo fermamente di meritare solo il peggio, tanto era forte l'odio che provavo per me stesso.

Ma ora, l'intuito, che suonava tanto come la voce di Xander, mi stava sussurrando cose diverse. Le parole di quella lettera. Il pensiero che, come aveva detto Karen, Xander avrebbe fatto il tifo per me da lassù.

Adesso ero pronto, pronto per il passo successivo per progredire. Pronto a farlo per me stesso quanto volevo farlo per lei.

Ma non riuscivo a trovarla.

Fermandomi accanto al garage, parcheggiai e scesi dall'auto. Come sempre, le luci si erano accese al tramonto, quindi il vialetto davanti a casa era ben illuminato. Saltai sui gradini con la chiave pronta da infilare nella serratura.

Mi fermai di colpo quando vidi una figura appoggiata alla porta, seduta sull'ultimo gradino sotto le luci brillanti. Gray era accasciata, con gli occhi chiusi come se si fosse addormentata, la testa bionda china sul petto, la borsa al fianco.

Aveva aspettato che tornassi a casa e nel frattempo si era addormentata.

E per qualche motivo, non riuscivo a muovermi. Riuscivo solo a fissarla, sentendo una strana sorta di costrizione al petto e un nodo alla gola. Sbattendo le palpebre sugli occhi che bruciavano, mi mossi a scatti verso la porta e l'aprii, poi, senza dire una parola, mi chinai, sollevai la sua forma addormentata e la portai in casa.

Portai Gray nella stanza degli ospiti che usavo come ufficio e l'appoggiai dolcemente sul divano. Quando cercai di prendere una coperta piegata lì vicino, lei stava già agitandosi inquieta.

«Shh, Gray, torna a dormire» sussurrai quando aprì gli occhi di una fessura, anche se sapevo che era inutile suggerirglielo. Non volevo che tornasse a dormire. Volevo parlarle e dirle tutto quello che mi era passato per la testa mentre perlustravo la città cercandola.

Ma lei sembrava così stanca, così piccola. Così esausta.

Così travolta da tutto ciò che era successo quella sera.

Nonostante il mio incoraggiamento, lei aprì del tutto gli occhi e li sbatté, cercando di orientarsi. Sollevò le braccia sopra la testa e si stiracchiò, piegandosi a toccare la punta dei piedi.

Io guardai i suoi capelli leggermente in disordine. A un certo punto si era cambiata, togliendosi il bel vestito rosa e indossando i jeans e una maglietta, ma aveva la pelle luminosa dopo il breve sonnellino. Alzò una mano e mi toccò una guancia ed io riuscii a malapena a continuare a respirare.

Era bella. Così bella. I suoi occhi verdi erano velati dalla preoccupazione e la piccola ruga tra le sopracciglia divenne più profonda mentre si concentrava su di me.

«Stai bene?» mi chiese, passandomi dolcemente le dita snelle sulla guancia. «Sono venuta perché ero preoccupata per te e dovevo sapere se stavi bene.»

E quella pressione nel mio petto aumentò e poi svanì, lasciando il posto al calore e all'emozione, come una diga che si rompesse. Feci un verso che era per metà un sospiro e per metà una risata ironica. Solo Gray, la mia bella, dolce Gray, avrebbe potuto preoccuparsi per qualcun altro quando lei stessa aveva avuto una serata così incredibilmente stressante.

«È quasi mezzanotte ed io ho appena passato ore a rivoltare la contea cercandoti. Sono arrivato a casa e non ho nemmeno visto la tua auto. Dove hai parcheggiato?»

«Sulla strada. Avevo immaginato che tu e Karen sareste arrivati presto.» Fece una smorfia. «Sono andata a trovare una persona, poi sono venuta qua. Ho aspettato perché il mio telefono era scarico e non avevo il caricatore. E ti avevo restituito la chiave.»

Mi inginocchiai accanto al divano mentre lei si metteva seduta, strofinandosi gli occhi. Ci fissammo, con gli occhi allo stesso livello. Poi lei si schiarì la voce.

«Allora, se mi stavi cercando devi avere qualcosa da dire.»

Annuii. «Ho parecchie cose da dirti. Un mucchio di cose importanti.»

«Anch'io. Per esempio, sul fatto che tu faccia il volo di prova...»

Scossi la testa. «Risolto. Non posso farlo. Avevi ragione.»

Lei fissò il pavimento e non sembrava particolarmente soddisfatta di questa notizia. Probabilmente era ancora arrabbiata con me, nonostante la preoccupazione. Era così tipico di Gray mettere da parte i propri sentimenti, il suo dolore, per controllare che stessi bene, per quanto si sentisse male dentro.

«Sei d'accordo con quella decisione?»

Mi sedetti sul pavimento accanto al divano. «È stata una mia decisione. So che probabilmente avrebbero comunque deciso che non ero idoneo, ma non ho opposto resistenza. Avrebbe dovuto esser così fin dall'inizio.»

Mi guardò un attimo. «Ma hai aiutato tanto il programma con tutta la pubblicità che hai fatto. Non è stato uno spreco. Ti ringrazio per aver pensato ai nostri posti di lavoro.»

Restammo in silenzio per un momento, poi Gray alzò gli occhi. «Sono contenta che tu stia meglio. Ma spero che parlerai con qualcuno. Che accetti la terapia. Può aiutarti.» Poi, con mia sorpresa, si alzò dal divano e tolse le chiavi dell'auto dalla tasca, soffocando uno sbadiglio con il dorso della mano.

«Dovrei andare. Ma voglio che tu sappia che ho visto Aaron Thiessen stasera dopo la cena.»

Fui travolto da un cattivo presentimento. «Oh?»

Gray annuì e mi sembrò che stesse cercando di nascondere un sorriso. Merda, aveva deciso di voltar pagina? Così in fretta? Forse pensava che avessimo bisogno di una rottura netta. Ma correre a casa sua subito dopo il ristorante? Mi girava la testa.

«Gli ho proposto l'idea. Ci sta. E, se siamo fortunati, potrebbe subentrare a mio padre, sostituirlo. Quindi la buona notizia è che abbiamo ancora un programma anche se mio padre decidesse di fare i capricci. La cattiva notizia è che tu ed io dovremo trovare un'intesa in modo da poter lavorare insieme in futuro.»

Mentre parlava, mi pareva di aver attraversato una miriade di emozioni a Mach 4. Preoccupazione e un brutto presentimento quando aveva menzionato il nome di Aaron. Poi sollievo nel sapere che c'era andata per vendergli il progetto. Poi incredulità perché stava discutendo il futuro dei nostri lavori.

In quel momento non me ne fregava un cazzo dei nostri lavori.

Risentivo continuamente nella mente le parole di Xander: *vivi la tua vita. Vai avanti. Sii felice.* Trovare il mio futuro. Era esattamente ciò che dovevo fare.

Volevo ancora quella famiglia. Volevo ancora appartenere a qualcuno.

E sapevo che la donna in piedi davanti a me era la chiave per realizzare quel sogno.

«Ti devo delle scuse. Un mucchio di scuse. Ma specialmente stasera. Quando stavo discutendo con tuo padre, io... io non volevo parlare al tuo posto Gray. Non lo farei mai volontariamente.»

Lei rimase immobile e poi annuì educatamente. «Scuse accettate.» Poi si voltò per andare.

Ma tesi la mano e l'afferrai gentilmente per il braccio. Mi ricordò quel primo giorno, dopo la riunione con gli investitori quando l'avevo seguita nel corridoio e lei mi stava evitando. Anche allora l'avevo presa per il braccio. E lei mi aveva fatto una ramanzina.

Ma questa volta si fermò.

«Non posso ancora lasciarti andare» dissi. «Non prima di aver detto ciò che ho da dirti. Poi, diversamente da prima, lascerò a te decidere del tuo futuro.»

Gray scosse la testa. «Non credo che nessuno dei due sia in grado di discutere del nostro futuro in questo momento.»

M'innervosii; la sua risposta non mi piaceva per niente. Sembrava svuotata, esausta. Come se si fosse arresa.

Una volta mi aveva accusato di essermi arreso con troppa facilità. Forse adesso l'aveva fatto anche lei.

«Ascoltami per favore. Poi, se vorrai andartene, potrai farlo.»

Il suo volto sembrava turbato. «È sufficiente scusarsi una sola volta, Ryan. Non è necessario tornarci sopra.»

Le rivolsi un sorriso triste, con una lieve traccia di speranza. Forse più speranza di quanta avessi il diritto di avere in quel momento.

Feci un respiro profondo prima di fare il salto. «Ti amo, Gray.» Mi tornò immediatamente il nodo alla gola. Il bruciore in fondo agli occhi. L'ondata di emozione peggiorò quando vidi i suoi occhi riempirsi di lacrime. Mi schiarii la voce. «Ti amo più di quanto abbia mai pensato fosse possibile amare qualcuno. Non riesco a immaginare come sarebbe il resto della mia vita senza di te. Non solo ti amo, *ho bisogno* di te.»

La guardai mentre le parole le penetravano nella mente, con le lacrime che traboccavano e scendevano in un rivolo sottile sulla guancia. «Capirai se accetterò queste parole con una buona dose di cautela dopo ciò che è successo, dopo Tahoe. E Karen?»

Sibilai soffiando fuori il fiato e scossi la testa. «Le ho detto tutto. Non ho nascosto niente. Sul vero motivo per cui volevo arrivare in fondo con quel piano. Dell'incidente, del cavo, tutto.»

Gray sembrò sorpresa. «E qual è stata la sua reazione? L'ha presa male?»

Scossi la testa. «Mi ha chiamato stupido e idiota per non averti rincorso. Ha detto che merito di trovare l'amore e anche lei.»

Gray annuì, con la faccia seria. Nonostante gli occhi rossi e le guance macchiate di lacrime, sembrava notevolmente calma e composta.

«Il fatto è questo, Ryan. Ho deciso che farmi calpestare il cuore due volte, era inaccettabile. Non posso farlo di nuovo.» La sua voce tremò e lei si asciugò le guance con il dorso della mano. «Non posso correre il rischio per la terza volta.»

Distolsi gli occhi, cercando di mascherare la gelida delusione che mi stava soffocando. Faceva male. Faceva schifo proprio come prima. Anche se ero stato io la causa, era stato un disastro. Ma potevo darle torto?

«Come faccio a sapere che una minima cosa non ti farà ricadere e tu deciderai di respingermi un'altra volta? È stato un puro atto della provvidenza che ti ha finalmente convinto che non puoi volare. Se non si fossero spente le luci in quel ristorante, che cosa sarebbe successo? Saresti ancora deciso a compiere quella missione. Saresti ancora deciso a chiedere a Karen di sposarti. Nessuno, eccetto me, sarebbe stato al corrente della tua PTSD. Niente di ciò che è successo stasera è stato frutto di una decisione che hai preso tu. Sei stato smascherato e non hai avuto scelta.»

M'innervosii mentre parlava, come se le sue validissime ragioni fossero pugni nello stomaco. Aveva ragione. Se non fosse stato per il tempo di merda e il blackout, avrei potuto non saperlo ancora.

Mi strofinai la nuca. «Hai ragione. È stata fortuna. Pura e semplice. Ero un pazzo arrogante che non voleva ascoltare né te né nessun altro. Non dovevo nemmeno avvicinarmi a quel volo. Per fortuna l'incidente è successo qui a terra invece che lassù. Tutto ciò su cui potevo concentrarmi era me stesso e il mio dolore e farmi perdonare da Xander senza avere la saggezza di rendermi conto che non sarebbe comunque stato ciò che voleva lui.»

Gray si sistemò gli occhiali e distolse gli occhi con una smorfia. Sembrava confusa. No, non è vero, sembrava più combattuta che confusa, e questo fece rifiorire la speranza dentro di me.

«Stasera sono stato fortunato, è vero. E sono grato. So che è sperare di avere più fortuna di quanto meriti chiunque chiedendoti di darmi un'altra chance.»

Gray s'immobilizzò, fissandomi a lungo mentre io speravo di cogliere un indizio di cosa le stava passando per la mente. Poi lei scosse lentamente la testa.

«Non ho intenzione di espormi nuovamente a quel tipo di dolore» dichiarò a bassa voce, come se fosse l'ultima obiezione che le restava.

Annuii tristemente. «È un rischio. Che sia la prima o la terza o la decima volta, è sempre un rischio. Ma dove c'è il rischio c'è anche la ricompensa.»

«Questa è una situazione ad alto rischio, ed io ho paura di bruciarmi.»

Feci un passo verso di lei, esitante. «Non ti biasimo. E il nocciolo del problema era che mi sembrava di non meritarti. E sai una cosa. Continuo a pensare di non essere degno di te.»

Ora era lei a sembrare abbattuta, con gli occhi bassi. Ma le misi il pollice e l'indice sul mento e le alzai il volto verso di me. «Non ti merito adesso. Sono un uomo spezzato. Ma non sono finito. Ce la posso fare. Posso diventare l'uomo che meriti. E sono disposto a fare tutto ciò che è necessario. Sono disposto a lottare per te.»

Gray sbatté parecchie volte le palpebre. «Non ho intenzione di chiederti di lottare per me, Ryan. Ma d'altro canto, le cose che dovrai fare e il lavoro che dovrai compiere su te stesso non saranno facili. E devi farlo per *te stesso*. Perché vuoi guarire. Non per me. E non per il programma, o Karen e nemmeno AJ. Ma perché meriti di tornare integro.»

Le mie prospettive con lei sembravano peggiorare di minuto in minuto. Mi sentii cadere lo stomaco e il resto dei miei organi interni sembrarono seguirlo giù nello scarico. «Posso almeno chiederti di essere paziente e aspettare mentre io ci lavoro? Voglio... ho bisogno di avere una chance con te.» Le appoggiai le mani sulle spalle e lei esitò. Sembrava stesse cercando le parole.

Se mi avesse costretto a implorare lo avrei fatto. Facilmente. Piegai il ginocchio ma lei sembrò intuire ciò che avevo intenzione di fare. Afferrandomi la camicia, mi tirò avanti. «Ryan, smettila. Non sto cercando di tormentarti. Erano tutte questioni importanti. Tu sai già che cosa provo per te.»

Esitai mentre lei si zittiva, fissando il pavimento. Poi allungò le braccia e mi strinse in un abbraccio. Io le avvolsi le braccia intorno e la strinsi, premendo la guancia contro i suoi capelli. Era un addio? Oppure era un *non adesso*? Trattenni il fiato e aspettai.

«Io non posso *aggiustarti*. Ryan. Te l'ho detto il giorno della riunione degli investitori. E hai una strada molto lunga davanti a te. Ma non dovrai percorrerla da solo. Io non posso aggiustarti. Ma posso amarti, con tutti i tuoi difetti. Perché l'amore è così.»

Le accarezzai i capelli morbidi. Da quest'angolazione non potevo vedere il suo volto, ma sentii che si rilassava contro di me. «Ti amo, Gray. Sono un tale idiota che quando te l'ho detto, a Tahoe, stavi dormendo e avevo tanta paura che potessi comunque sentirmi che te l'ho detto in russo.»

Gray si mise a ridere nonostante le lacrime. «Ti ho sentito. Mi ero chiesta perché stessi parlando in russo con me.»

«Vorrei avertelo detto in inglese, allora. Vorrei che l'avessi sentito allora e che non avessi dovuto passare tutto questo tempo pensando che non m'importava di te. Sono stato così stupido, e in tanti modi, che chiederti di perdonarmi sembra chiederti di fare qualcosa d'impossibile.»

Gray appoggiò la guancia bagnata contro il mio petto. «Non impossibile. Carl Jung una volta ha detto che è più facile andare sulla luna che non penetrare il proprio essere.» Tirò su rumorosamente col naso. «E questo significa che ti aspetta un bel viaggio.»

Abbassai le braccia e intrecciai le dita con le sue. «Potresti farlo con me? Sarò io a fare il lavoro duro, ma il pensiero di non averti accanto a me...» Gray alzò la testa ed io le misi le mani sulle guance.

«Ho detto che ti amo. Significa che ti amo nei tuoi momenti peggiori come nei tuoi momenti migliori.» Si voltò e mi baciò il palmo della mano.

Mi chinai e la baciai. Sapeva di lacrime salate e di dolcezza. Le labbra più dolci che avessi mai assaporato. Il mio cuore martellava come se volesse schizzarmi fuori dal petto. «Ti amo. Te lo ripeterò tutti i giorni per il resto della mia vita, in una lingua che capisci.»

«Ti amo anch'io» disse Gray, con nuove lacrime che le rigavano le guance. «E voglio starti accanto nel tuo viaggio. Abbiamo superato il Rubicone.»

Sorrisi al suo riferimento all'antico fiume, un tempo considerato il punto che, una volta superato, marcava il vero impegno a continuare il viaggio. Il Rubicone era il punto di non ritorno. «Arriverò fino in fondo, Gray. Non volterò più le spalle a questo, *a noi*, mai più. Farlo prima mi ha quasi ucciso. Non sarò più così stupido.»

Gray mi mise le braccia intorno al collo, tirandomi verso di sé. Sentii la familiare fitta di desiderio espandersi e impossessarsi di me, ma ero anche eccitato dalla prospettiva di averla vicino a me, di tenerla tra le braccia, dormire pacificamente accanto a lei. Era ciò che volevo per tutti i nostri domani.

Quindi la presi per mano e la condussi nella mia stanza. Ci svestimmo. Ci baciammo e ci tenemmo stretti, e poi ci addormentammo, strettamente abbracciati.

Al buio.

CAPITOLO VENTISETTE
EPILOGO
GRAY

UNA SETTIMANA DOPO...

I FLASH LAMPEGGIAVANO MENTRE RYAN AFFRONTAVA ancora una volta uno stormo di giornalisti e media influencer sul palco allestito nell'officina di assemblaggio dell'XVenture. Una vera sezione del razzo Rubicon III, dipinto di bianco con dettagli e scritte rosse, forniva lo sfondo perfetto.

Dopo il conciso annuncio da parte di Tolan e una dichiarazione ancora più breve da parte del nuovo membro numero uno dell'equipaggio del volo di prova, il colonnello Noah Sutton, Ryan salì sul podio e nella stanza calò il silenzio.

Era serio, composto e molto meno nervoso di entrambi i suoi predecessori. Indossava un completo blu scuro, cravatta verde e la scintillante spilla d'oro da astronauta sul risvolto, ed era splendido. Il mio cuore fece una piccola capriola mentre gli scattavo alcune fotografie con il cellulare.

Il silenzio praticamente echeggiò nella stanza quando Ryan si eresse in tutta la sua statura e afferrò i lati del podio, guardando diritto davanti a sé. Non aveva appunti e non c'era un gobbo elettronico. Apparentemente aveva mandato a memoria tutto ciò che voleva dire.

«L'astronauta Alexander Freed era un amico, un fratello. Ma è stato anche l'eroe che mi ha salvato la vita. E a causa di circostanze fuori dal nostro controllo, io sono ritornato sano e salvo a casa dalla nostra ultima missione, e Xander no.» Fece una pausa, facendo un respiro profondo e sembrò farsi forza per ciò che veniva dopo.

Nel modo più chiaro e conciso possibile, Ryan descrisse l'incidente e come Xander si fosse scollegato dal cavo per poter arrivare da Ryan quando aveva notato che la sua tuta aveva una falla. Dalla folla si levarono mormorii agitati mentre Ryan continuava a narrare l'incidente nei termini più semplici.

Ma la stampa non aveva mai sentito quella versione, quindi era una grossa novità.

Nessuno aveva sentito quella versione finché Ryan non l'aveva raccontata a me, e poi a Karen.

«Sto ancora cercando di scendere a patti con ciò che significa aver perso Xander. Lui ha fatto il sacrificio estremo per salvare il suo amico, ed io cerco ogni giorno di trovare il significato di quella decisione.» Ryan fece un'altra lunga pausa per riprendersi. Io strinsi forte i pugni davanti alla bocca, desiderando di poter in qualche modo dargli forza da lontano.

«La strada per tornare alla normalità dal giorno in cui l'abbiamo perso è stata lunga e travagliata. Ed io ho combattuto in privato e nel modo più aspro. Ho avuto bisogno di tantissimo aiuto, ma ho imparato tanto. Abbastanza da sapere che non sono ancora pronto a tornare al volo spaziale in questo momento. Ma l'XPAC ha tutto il mio sostegno e la mia dedizione. Resterò a lavorare con loro, ad aiutarli a gestire le operazioni nell'ufficio astronauti finché sarò utile.»

Si leccò le labbra e frugò la stanza con gli occhi finché sembrò trovare ciò che stava cercando, o meglio chi. Quando i nostri occhi si trovarono, io sorrisi e gli mostrai i pollici alzati per incoraggiarlo. Lui mi rivolse un piccolissimo cenno con la testa, come per comunicarmi che aveva capito.

«Xander Freed è morto da eroe ed è stato il suo sacrificio che ha salvato altri quattro astronauti e la Stazione Spaziale Internazionale. La mia speranza è che il suo sacrificio sia ricordato per sempre e che continuiamo le nostre missioni dall'orbita terreste, fino alla luna, a Marte e altre destinazioni nel nostro sistema solare. Non dovremmo dimenticare le persone forti e coraggiose, quelle dell'Apollo 1, della Soyuz 1 e 11, degli shuttle *Challenger* e *Columbia*, che, come Xander Freed, hanno dato la loro vita per far continuare queste missioni. Dobbiamo a loro di continuare con i voli spaziali.

«Sono eternamente grato a Xander per ogni mio respiro e per ogni giorno in cui posso vivere la mia vita. So che Xander avrebbe voluto che coloro che amava di più al mondo vivessero una vita piena e felice. E cercherò ogni giorno di vivere secondo ciò che avrebbe voluto.»

Nonostante la miriade di mani e tentativi di attirare la sua attenzione dopo la conclusione del suo discorso, Ryan si ritirò poco dopo. Noah e Tolan restarono per rispondere alle restanti domande sui cambiamenti nella missione. Sia Noah sia Tolan confermarono il loro massimo sostegno a Ryan, ma io ne udii sono una minima parte mentre uscivo. Usando il mio lasciapassare per tornare nell'edificio principale e il mio intuito, trovai in fretta Ryan. Era seduto alla sua scrivania nell'ufficio degli astronauti.

Al buio.

«Ehi» gli dissi, restando sulla porta aperta, aspettando che i miei occhi si adattassero. «Vuoi compagnia o preferisci restare un po' da solo?»

Ci fu un piccolo movimento nel suo angolo e lo sentii che si alzava e manovrava intorno ai tavoli fino ad arrivare alla lama di luce della porta aperta. Si fermò lì e mi guardò. «Dipende dalla compagnia.»

Sorrisi e andai verso di lui. La porta si richiuse lentamente e quando lo raggiunsi era di nuovo buio. Ryan mi tirò tra le sue braccia.

«Io, me e me stessa siamo una compagnia accettabile?»

Le sue braccia si strinsero, appiattendomi contro di lui mentre mi dava un bacio sulla bocca, aprendola in un attimo. La sua lingua entrò, danzò con la mia, accendendo quelle consuete, piacevoli fiamme.

Quando sollevò nuovamente la testa, respirò contro di me. «È la compagnia migliore.»

Gli misi le braccia intorno al collo, alzandomi sulla punta dei piedi per sussurrargli all'orecchio: «Il tuo discorso è stato impressionante. Sono fiera di te.»

Lui fece scivolare la bocca lungo il mio collo, mordicchiandomi. «Dicevo sul serio, sai. Sul fatto di voltar pagina. Sul cercare di vivere una vita felice.»

Gli misi le mani sulle guance, incorniciando il suo viso. «Bene, perché è ciò che meriti» dissi guardandolo negli occhi. Era difficile leggere la sua precisa espressione al buio. «Avevi ragioni dicendo che è ciò che lui avrebbe voluto.»

Ci baciammo di nuovo, dondolando insieme. «Sai che significa che sei obbligata a restare con me, vero? Perché non sarò mai felice senza di te.» Riuscivo a sentire il sorriso nella sua voce.

«Davvero? Anche se non rispetto tutte le tue regole?»

«*Specialmente* perché non le rispetti.»

Mi lasciò per un momento per andare alla porta. Sentii la chiave girare nella serratura, poi tornò da me.

«Ora, ho voglia di correre qualche rischio.»

«Proprio qui?» gli chiesi mentre mi sollevava ed io agganciavo le gambe intorno alla sua vita.

Ryan camminò con me in braccio verso la scrivania nel suo angolo e mi fece sedere. Io mi chinai all'indietro, appoggiandomi sulle braccia, e alzai un piede per tracciargli il torace, sentendomi contemporaneamente stupida e sexy in quella posa.

Ryan mi prese delicatamente la caviglia e poi fece scivolare la mano per accarezzarmi il polpaccio. Io sentii il calore che mi invadeva.

«Sono felice che indossi una gonna oggi.»

Sorrise mentre gli slacciavo la cintura. «Ho la sensazione che stia per dimostrarmelo.»

Ryan mise le mani sulle mie mutandine, tirando insistentemente. «Ho parecchio da mostrarti.»

Scoppiai a ridere al buio, stesa sulla schiena.

«Che cosa c'è di così buffo?»

«È un'altra delle tue battute dozzinali.» Abbassai il tono della voce per imitarlo. «*Ho parecchio da mostrarti.*»

Lui si liberò dei boxer e si avvicinò al bordo della scrivania. «A questo punto sai benissimo che non è una battuta, è una promessa.»

Mi spostò per mettersi tra le mie ginocchia, con il palmo della mano dietro il mio collo. Poi m'infilò le dita tra i capelli mentre le nostre bocche si univano di nuovo, risucchiandoci reciprocamente il fiato. Mi strofinò un capezzolo con il palmo della mano finché fu quasi dolorosamente eretto.

Stavo ansimando quando si tirò indietro. «I ragazzi potrebbero tornare da un momento all'altro.»

Scivolò dentro di me, caldo e sicuro, emettendo un sospiro di piacere mentre lo faceva. «È un rischio che sono disposto di correre.»

CIRCA UN ANNO DOPO...

Mi era sempre piaciuto l'Osservatorio di Griffith Park. Mi portava lì mia madre, quando ero una ragazzina. Le piacevano le lunghe passeggiate e avevamo le colline e il grande parco dietro il nostro quartiere in cui girovagare e da esplorare. Il mondo mi era sembrato così grande allora. E l'osservatorio aveva ampliato quella comprensione fino a includere il vasto universo.

Era lì che, da bambina, mi ero innamorata delle stelle e avevo sognato di visitare strani pianeti. Ed era lì che, quella sera, ero seduta tra il pubblico mentre l'uomo che amavo leggeva un estratto dalla sua autobiografia appena pubblicata e rispondeva alle domande della folla.

Era favoloso, con la camicia button-down dall'eleganza informale, il blazer e pantaloni eleganti. Niente tuta di volo quella sera. Nessuno dei tipici accessori da astronauta, eccetto l'onnipresente spilla d'oro, che scintillava sotto le luci ogni volta che si muoveva.

Avevo Pari da un lato, Karen e AJ dall'altro, anche se facevamo a turno a tenere in braccio AJ perché potesse vedere meglio lo zio Ty.

Le mani si alzavano e le voci si levavano ogni pochi minuti mentre il moderatore accettava le nuove domande. Un'adolescente si alzò in piedi, un'improbabile fan dello spazio, proprio come dovevo essere apparsa io quando avevo la sua età, se si escludevano le magliette da nerd che portavo.

«Comandante Tyler. Devo proprio chiederglielo. C'è qualche speranza che torni con Keely?»

Mi voltai a dare un'occhiata a Karen e ci mettemmo entrambe a ridere. Ryan nascose la sua smorfia interiore come un vero fenomeno e solo quelli che lo conoscevano bene avrebbero potuto capire che era lievemente irritato da quella domanda.

Spostò il microfono dalla bocca, tossicchiò e poi rispose. «Ho un grandissimo rispetto per Keely e resteremo sempre buoni amici. E non vorrei deluderti, ma da un po' c'è qualcun altro nella mia vita. Mi rende felice ed è decisamente quella giusta. Quindi ritengo che la mia ricerca sia finita.»

Restai senza fiato come se mi avessero dato un pugno. Una bella sorpresa, certo. La più piacevole delle sorprese che avrei potuto immaginare. Sbattendo le palpebre, cercai di assorbire le sue parole ma sembrava che ci fosse uno strano rumore di statica nelle mie orecchie.

«Beh, per il bene di tutte noi ragazze che facevamo il tifo per il ritorno di "Tyley", dovrebbe proprio metterle un anello al dito.»

Nella sala scoppiò una risata. Ryan alzò le spalle e disse. «Sai, forse dovrei proprio farlo.»

Karen appoggiò la mano sopra la mia, stringendomela forte. Fece un urletto che sentii solo io. E dall'altra parte sentii una piccola gomitata nelle costole da parte di Pari.

«Ti ama» mormorò.

E tutto ciò che potevo fare era restare lì seduta e sentire tutte quelle strane sensazioni invadermi. Ed era buffo per il mio cervello razionale, perché sapevo già che mi amava. Aveva mantenuto la sua promessa di dirmelo quasi ogni singolo giorno.

E non solo a parole. Me l'aveva dimostrato con i gesti. Mi aveva incoraggiato a mettermi in contatto con mio padre per cercare di riparare il nostro rapporto a brandelli. E dopo mesi di gelo l'avevo fatto.

E di recente, loro due avevano passato una serata nella stessa stanza senza scambiarsi un solo commento pungente. Ryan, nonostante avesse parecchi motivi per detestare Conrad Barrett, aveva acconsentito in fretta alla détente. Perché mi amava.

Ed io di sicuro amavo lui.

Più tardi restammo in piccoli gruppi mentre Ryan firmava i libri, seduto accanto al suo assistente e co-autore, Lee, e all'addetta stampa del tour. Hammer, Noah e Kirill ci raggiunsero poco dopo, tutti così attraenti che attiravano gli sguardi femminili dovunque fossero.

Victoria si avvicinò con una pila di libri firmati sotto il braccio. Passò il braccio libero intorno alla vita della sua ragazza, Pari si voltò verso di lei. «Non è possibile che il libro ti piaccia tanto da comprarne cinque copie.»

Victoria scoppiò a ridere. «Sono regali per alcuni dei miei amici.»

Pari sogghignò. «Ed io che pensavo che stessi solo leccando i piedi a Ty.» Si chinò in avanti per dare un bacio sulla bocca a Victoria, ma all'ultimo momento cambiò direzione e le baciò la guancia. «Hai il rossetto.»

Kirill tese le braccia ad AJ che balzò in avanti, felice di poter fare un giro sulle spalle del cosmonauta. «Avrei dovuto essere quassù quando Ty stava leggendo il libro» disse AJ. «Da qui posso vedere tutto.»

Hammer gli tirò scherzosamente un piede. «Il libro di Ty allora non era noioso? Nemmeno un po'?»

AJ alzò le spalle. «Servono più fotografie nel suo libro. Non ce n'è nemmeno una mia.»

Karen ed io ci guardammo negli occhi e sorridemmo. Ce n'erano però tantissime di suo padre nella sezione fotografica.

Karen e AJ si erano trasferiti in California durante l'estate e ora vivevamo a una distanza abbastanza breve da poterci chiamare vicini di casa. Quella felice circostanza ci aveva permesso di passare regolarmente del tempo assieme e a Ryan di restare accanto al suo "piccolo amico".

Il gruppetto si sciolse quando uscimmo dall'edificio per gironzolare all'esterno mentre Ty finiva. Hammer e Kirill stavano giocando con AJ a una specie di strana acchiapparella che non riuscivo a riconoscere. Pari e Victoria erano andate alla loro auto per riporre la pila di libri. Noah e Karen stavano andando al belvedere per guardare le luci della città.

Io aspettai accanto alla porta aperta, sbirciando ogni tanto e scattando più di una foto di Ryan, con il suo aspetto così accademico, mentre firmava i libri.

Gli mancava solo un blazer di tweed con le toppe ai gomiti e avrebbe avuto quell'aspetto sexy da professore. *Grrr.* Non avrei mai pensato di avere una simile fantasia finché non mi era saltata in testa quell'idea.

L'addetta stampa, Lee e Ryan uscirono dall'edificio poco dopo. Ryan si guardò intorno, cercando con determinazione. Quando il suo sguardo si posò su di me, cominciò a sorridere. Si scusò con i suoi compagni e si avvicinò in fretta.

Piegai la testa e lo guardai di sottecchi. «Dici che dovrei farmi vedere con te? Sai, ho sentito che adesso hai qualcuno di speciale.»

«Vieni con me, per favore» disse Ryan, prendendomi il braccio e dirigendosi verso il belvedere. C'era altra gente lì, ma lui mi guidò verso un punto isolato. La maggior parte della gente che aveva partecipato all'evento se n'era già andata e nella zona restavano solo i nostri amici e la famiglia.

Mi voltai, raddrizzandogli i risvolti. «Bene, comandante Tyler, stasera eri particolarmente attraente. E devo avvertirti che potrei saltarti addosso appena saremo da soli.»

Lui tolse il braccio dalla mia vita e per un momento sembrò stranamente rigido, poi fissò le luci come se stesse cercando di prendere una decisione, con le sopracciglia aggrottate.

Preoccupata gli chiesi: «Va tutto bene?»

Lui si voltò verso di me e mi prese la mano. «Più che bene. Sono innamorato di una donna meravigliosa, incredibile, e ho il desiderio improvviso di seguire il consiglio di un'adolescente.»

Sbattei gli occhi: «Cosa?» *Dovrebbe proprio metterle un anello al dito.* Deglutii e aprii la bocca per chiedergli qualcosa di più e notai che stava appoggiando un ginocchio sull'erba di fronte a noi.

Cosa? Uhm. Era tutto vero o mi stava facendo uno scherzo?

«Il suo consiglio era di metterti un anello al dito, ma non ho un anello in questo momento. Penso, però, di avere qualcosa che va altrettanto bene…» Mise la mano sul risvolto e staccò la spilla da astronauta, rimettendo il fermo sul perno prima di prendere nuovamente la mia mano. Mi mise la spilla nel palmo, tenendola con la sua. «Angharad Grace Barrett, vuoi diventare mia moglie?»

Respira, Gray. Respira. Dentro l'aria buona, fuori quella cattiva… Clic, clic, clicchete, clic.

Il mio cuore stava correndo e Ryan lo sapeva bene. Mi aspettavo un sorrisino sardonico davanti alla mia reazione quando lo guardai in faccia. Invece sembrava pallido e come se potesse crollare se non avessi risposto presto.

Ma per potergli rispondere, avrei innanzitutto dovuto ricordare come cazzo si faceva a respirare.

Chiusi le dita intorno alla spilla e deglutii, riuscendo finalmente a risucchiare un po' d'aria. «Io... io...»

Ryan arcuò le sopracciglia. Adesso cominciava a sembrare preoccupato.

«Sì» riuscii finalmente a dire con la voce strozzata. «Ovviamente.»

Ryan rilassò le spalle, sollevato.

«Ma solo se non mi chiamerai mai più con quei due nomi.»

Rise e si rimise in piedi davanti a me. «Beh, dovrò ripeterli ancora una volta, quando ci sposeremo, ma dopo quello, okay.»

Si chinò in avanti per un bacio lungo e tenero, che fu disturbato all'improvviso dagli urrah e dagli applausi. Ci staccammo e ci voltammo a guardare. Si era formato un gruppetto che ci osservava da una ventina di metri. Gli astronauti, i dipendenti dell'XVenture, incluso Tolan. Perfino alcuni ritardatari del firmacopie e altri visitatori casuali dell'osservatorio.

Karen aveva il telefono in mano e stava scattando foto senza dubbio per documentare quella pietra miliare.

Mentre continuavano a fischiare e ad applaudire, Ryan mi tolse la spilla dalla mano e me l'appuntò sul corpino del vestito. «Ecco» disse, raddrizzandola. «È perfetta. E sarà presto sostituita da un vero e proprio anello di fidanzamento.»

Lo guardai mettendo una mano sopra la spilla. «Diavolo, no. Questa non te la ridò.»

Ryan mi mise le braccia intorno alla vita per stringermi ancora una volta, ridendo. Poi AJ uscì dal gruppetto e si precipitò correndo verso di noi, ignorando i richiami di sua madre di restare indietro. Diede uno strattone alla gamba dei pantaloni di Ryan che lo sollevò doverosamente alla nostra altezza.

«Che cos'è successo, zio Ty?»

Ryan mi guardò e sorrise. «Gray diventerà tua zia.»

AJ mi guardò come chiedendomi di confermare e quando annuii e sorrisi, alzò il pugno verso di me per il nostro solito saluto. «Oh, io sapevo benissimo che sarebbe successo» disse annuendo solennemente.

«Qui ci vuole un abbraccio di gruppo!» disse Hammer con una risata.

Ryan si voltò di scatto verso di lui. «Stai indietro, somaro» grugnì ma gli erano già addosso. I tre ragazzi lo circondarono e Karen venne accanto a me e di colpo ci fu una strana ammucchiata. Si agganciarono l'uno all'altro e Ryan ed io restammo sommersi in qualche punto nel mezzo di quel groviglio di braccia e gambe che ci stavano schiacciando l'uno contro l'altro.

«Abbraccio di gruppo!» gridarono tutti e gli altri amici e colleghi si avvicinarono e si unirono al divertimento.

Alzai le braccia e le misi intorno al collo del mio futuro marito, tirandolo verso di me per dirgli a voce alta nell'orecchio. «Alla nuova avventura! Insieme.»

BIOGRAFIA

Brenna Aubrey è un'autrice bestseller di USA TODAY di romanzi contemporanei centrati sulla cultura geek.

Ha sempre cercato conforto in un buon libro e nelle storie lunghe e convolute che intesse nella sua testa. Brenna è una ragazza di città con un grande amore per la natura nel cuore. Quindi, appena può, cerca i grandi spazi verdi e aperti. È anche una mamma, un'insegnante e una geek, una francofila, un'indomita dipendente dai videogiochi, nonché un'accumulatrice compulsiva di libri.

Attualmente risiede sulla costa occidentale degli Stati Uniti con suo marito, due bambini e due adorabili golden retriever.

Ulteriori informazioni sul sito www.BrennaAubrey.it.